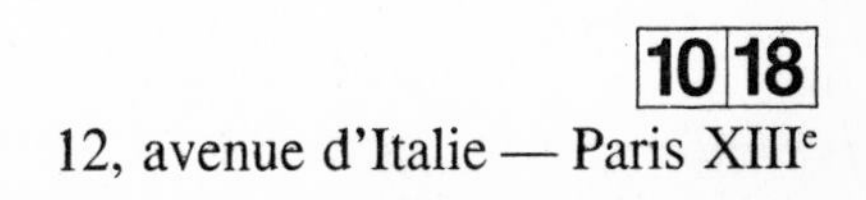
10|18
12, avenue d'Italie — Paris XIIIe

Sur l'auteur

Jane Austen, dernière d'une famille de cinq enfants, est née le 16 décembre 1775 à Stevenson dans le Hampshire (Angleterre). Entre sa vingtième et sa vingt-cinquième année, Jane Austen écrit trois récits de jeunesse qui deviennent des pièces maîtresses de son œuvre : *Elinor et Mariane, Raison et Sentiments* (1795), *First Impression,* ébauche d'*Orgueil et Préjugés,* et enfin, en 1798, *Northanger Abbey.* Après la mort de son père, Jane Austen s'installe avec sa mère et sa sœur à Chatow, où elle va écrire l'essentiel de son œuvre. En 1911, un éditeur londonien soumet pour la première fois au grand public, sous couvert d'anonymat, *Raison et Sentiments.* Elle publie ensuite *Mansfield Park,* mais c'est avec *Emma* que Jane Austen s'impose véritablement sur la scène littéraire. Véritable classique de la littérature anglaise, son œuvre a été récemment redécouverte par un très large public à la faveur de plusieurs adaptations cinématographiques : *Emma,* réalisé par Douglas McGrath, et surtout *Raison et Sentiments,* sorti en 1996, mis en scène par Ang Lee avec Hugh Grant, Emma Thompson et Kate Winsley dans les rôles principaux.

ORGUEIL ET PRÉJUGÉS

PAR

JANE AUSTEN

Traduit de l'anglais
par V. LECONTE et Ch. PRESSOIR

Préface de Virginia Woolf
traduite de l'anglais par Denise Getzler

Note biographique
établie par Jacques Roubaud

« Domaine étranger »
dirigé par Jean-Claude Zylberstein

CHRISTIAN BOURGOIS ÉDITEUR

Du même auteur
aux Éditions 10/18

RAISON ET SENTIMENTS, n° 1475
▶ ORGUEIL ET PRÉJUGÉS, n° 1505
EMMA, n° 1526
NORTHANGER ABBEY, n° 1596
MANSFIELD PARK, n° 1675
PERSUASION, n° 1771
LADY SUSAN/LES WATSON/SANDITON, n° 2925
JUVENILIA, n° 3033

Titre original :
Pride and Prejudice

ISBN 2-264-02382-1

Préface

S'il n'avait tenu qu'à Miss Cassandra Austen, il ne nous resterait probablement rien de Jane Austen, que ses romans. Ce n'est qu'à sa sœur aînée qu'elle écrivait librement ; c'est à elle seule qu'elle confia ses espoirs, et, si l'on en croit la rumeur, l'unique grande désillusion de sa vie ; mais, à mesure que Miss Cassandra Austen vieillissait, la gloire grandissante de sa sœur faisait naître en elle des inquiétudes : un jour arriverait où des inconnus viendraient fureter, où des érudits feraient des conjectures ; aussi brûla-t-elle, ce qui lui coûta beaucoup, toutes les lettres qui auraient pu satisfaire leur curiosité, et n'épargna que ce qu'elle jugea trop banal pour être de quelque intérêt.

Voilà pourquoi ce que nous connaissons de Jane Austen provient de maigres commérages, de quelques lettres, et de ses livres. Quant aux commérages, lorsqu'ils ont passé à la postérité, on ne doit jamais les dédaigner ; un léger remaniement, et ils serviront notre propos admirablement. Par exemple, Jane « n'est pas du tout jolie, elle est guindée, elle ne ressemble pas à une fillette de douze ans... Jane est fantasque, affectée », dit la jeune Philadelphia Austen de sa cousine. Puis, voilà Mrs. Mitford qui connut les sœurs Austen lorsqu'elles étaient fillettes, « c'est le plus joli papillon en quête de mari que j'aie jamais rencontré, le plus stupide, le plus maniéré ». Ensuite vient l'amie anonyme de Mrs. Mitford, « qui lui rend visite et selon qui elle s'est pétrifiée dans "le bonheur du célibat" pour devenir le plus bel exemple de raideur perpendiculaire, méticuleuse et taciturne qui ait jamais existé ; jusqu'à ce que *Orgueil et Préjugés* ait montré quel diamant précieux était caché dans ce fourreau inflexible, on ne la remarquait pas plus en société qu'on ne remarque un tisonnier ou un pare-feu... Il en va tout autrement maintenant, poursuit la bonne dame, c'est toujours un tisonnier, mais un tisonnier dont on a peur... Un bel esprit, un dessinateur de caractères qui ne parle pas est bien terrifiant en vérité ! » D'un autre côté, bien sûr, il y a les Austen, race peu encline à faire son propre éloge, mais, néanmoins, ses frères, dit-on, « l'aimaient beaucoup et étaient fiers d'elle. Leur attachement était dû à ses talents, ses vertus, ses manières engageantes, et par la suite, ils aimaient imaginer quelque ressemblance entre une de leurs nièces ou filles et leur chère sœur Jane, sachant toutefois qu'ils ne pourraient jamais trouver sa pareille ». Charmante mais d'une raideur perpendiculaire, aimée des siens mais redoutée des étrangers, la langue mordante mais le cœur tendre, ces contrastes ne sont en aucune façon incompatibles, et lorsqu'on se tourne vers les romans, on s'aperçoit que l'on se heurte, là aussi, chez l'écrivain, à cette même complexité.

Pour commencer, cette petite fille guindée qui, selon Philadelphia, n'avait pas l'air d'une fillette de douze ans, qui était, selon elle, fantasque et affectée, allait bientôt devenir l'auteur d'une histoire étonnante et guère enfantine, *Love and Friendship* (Amour et Amitié), écrite à l'âge de quinze ans, si incroyable que cela puisse paraître. Elle l'écrivit, semble-t-il, pour amuser ses camarades d'école ; dans le même livre, avec une feinte gravité, elle a dédié une de ses histoires à son frère ; sa sœur a illustré soigneusement une autre de ces histoires avec des portraits à l'aquarelle. Voilà des plaisanteries qui faisaient partie, on le sent bien, du patrimoine familial ; voilà des pointes satiriques qui atteignaient leur but, car tous les jeunes Austen se moquaient en chœur des belles dames qui « soupiraient et s'évanouissaient sur les sofas ».

Ses frères et sœurs ont dû bien rire, lorsque Jane leur lut à haute voix sa dernière trouvaille, dirigée contre les vices qu'ils abhorraient tous. « Je meurs, douloureuse martyre, victime de la souffrance infligée par la mort d'Auguste. Un évanouissement fatal m'a coûté la vie. Prends garde aux évanouissements, chère Laura... Tu peux être prise de folie, aussi souvent que tu le désires, mais ne t'évanouis pas... » Et la voilà qui poursuit à toute allure, aussi vite que sa plume le lui permet, plus vite que ne le lui permet son orthographe, les aventures incroyables de Laure et de Sophie, de Galant et de Gustave, du gentleman qui faisait le va-et-vient en voiture entre Stirling et Edimbourg, tous les deux jours, ou du vol du trésor caché dans le tiroir de la table, des mères mourant de faim et des fils qui jouaient *Macbeth.* Sans aucun doute cette histoire fit naître des tempêtes de rires parmi les écoliers. Et pourtant, cette jeune fille de quinze ans, assise dans un coin du salon, n'écrivait, on ne peut en douter, ni pour faire rire ses frères et sœurs ni pour la consommation familiale. Elle écrivait pour tout le monde, pour personne, pour notre époque, pour la sienne ; en d'autres termes, même à cet âge précoce, Jane Austen écrivait. C'est ce que l'on entend dans le rythme, dans les proportions, dans la rigueur des phrases. « Ce n'était rien qu'une jeune femme obligeante, courtoise, amène ; comme telle, elle ne pouvait guère déplaire ; ce n'était qu'un objet de mépris. » Pareille phrase est faite pour durer, bien après les vacances de Noël. Plein de verve, de drôlerie, d'aisance, côtoyant en toute liberté l'absurdité pure, *Amour et Amitié* est tout cela ; mais quelle est cette note claire et pénétrante que l'on entend distinctement dans tout le volume ? C'est le rire. Dans son coin, la jeune fille de quinze ans se moque du monde entier.

Les jeunes filles de quinze ans sont toujours en train de rire. Elles rient, quand Monsieur Binney se sert et prend du sel au lieu du sucre. Elles manquent mourir de rire lorsque la vieille Madame Tomkins s'assied sur le chat. Mais l'instant d'après, les voilà qui pleurent. Sans point fixe, elles ne peuvent voir qu'il y a quelque chose d'extrêmement ridicule dans la nature humaine, que tout homme et femme possède en lui quelque qualité qui suscitera toujours la satire. Elles ne savent pas que Lady Greville qui inflige affront sur affront, et la pauvre Maria qui les subit, sont des personnages que l'on trouve dans toute salle de bal. Mais Jane Austen l'apprit en naissant, pour toute la vie. L'une de ces fées qui se penchent sur les berceaux a dû s'envoler avec elle à sa naissance et survoler le monde. Une fois déposée dans son berceau, Jane savait non seulement à quoi ressemblait le monde, mais elle avait déjà choisi quel royaume serait le sien. Sa décision était prise : si elle voulait régner sur ce territoire, il lui faudrait n'en convoiter aucun autre. Ainsi à l'âge de quinze ans, elle avait peu d'illusions sur les autres, et aucune sur elle-même. Tous ses écrits, quels qu'ils soient, sont parfaits, achevés, reliés non au presbytère, mais à l'univers. Elle est impersonnelle ; elle est impénétrable. Quand Jane Austen, l'écrivain, dans l'un des épisodes les plus remarquables du livre, note quelques propos de Lady Greville, il ne reste aucune trace de la colère éprouvée jadis par la fille de pasteur, Jane Austen, lorsqu'elle subit un affront. Son regard va droit au but, et l'on sait exactement où se trouve ce but sur la carte géographique de la nature humaine. On le sait, parce que Jane a tenu ses engagements ; elle ne franchit jamais les limites qu'elle s'est imposées. Jamais, même à quinze ans, âge où l'on est si facile à émouvoir, elle ne s'est retournée contre elle-même, dans un mouvement de pudeur, jamais elle n'a supprimé un sarcasme dans un accès de compassion, jamais elle n'a fait disparaître un contour dans une brume de transports extatiques. Les accès et les transports, semble-t-elle vouloir dire, en levant sa canne, s'arrêtent là ; et la ligne de démarcation est très nette. Mais elle ne refuse pas de croire que lunes, montagnes et châteaux puissent exister — de l'autre côté. Elle s'accorde même une passion romanesque, bien à elle. Pour la reine d'Ecosse. Elle avait vraiment beaucoup d'admiration pour elle. C'est « l'une des plus importantes figures qui soient, disait-elle, une princesse ensorcelante dont le seul ami fut le duc de Norfolk, et dont les seuls amis maintenant sont Monsieur Whitaker, Madame Lefroy, Madame Knight, et moi-même ». Ces mots seuls suffisent à circonscrire de façon précise sa passion et à l'esquiver d'un rire. Il est amusant de se souvenir dans quels termes les jeunes sœurs Brontë s'exprimeront, quelques années plus tard, dans leur presbytère du Nord, lorsqu'elles parleront du duc de Wellington.

La fillette compassée grandit. Elle devint « le plus joli papillon en quête de mari » qu'ait jamais rencontré Mrs. Mitford, « le plus stupide, le plus maniéré », et incidemment, l'auteur d'un roman intitulé *Orgueil et Préjugés*, écrit furtivement, à l'abri d'une porte grinçante, qui demeura inédit de nombreuses années. On pense qu'un peu plus tard, elle commença une autre histoire, *les Watson*, et que, comme pour une raison ou une autre, l'histoire ne la satisfaisait pas, elle la laissa inachevée. Les œuvres de second ordre d'un grand écrivain valent la peine qu'on les lise, car elles permettent une critique meilleure de ses œuvres maîtresses. Là ses difficultés sont plus apparentes, et la méthode utilisée pour les surmonter moins habilement masquée. Tout d'abord, la raideur et la sécheresse des premiers chapitres montrent bien qu'elle appartenait à cette catégorie d'écrivains qui exposent les faits plutôt sèchement dans la première version, et qui ensuite les retravaillent sans cesse, sans arrêt, jusqu'à ce qu'ils se couvrent de chair et s'imprègnent d'une atmosphère particulière. Comment cela se serait-il fait, on ne peut le dire, par quelles suppressions, quelles coupures, quels procédés ingénieux ? Mais le miracle se serait accompli ; l'histoire monotone de la vie d'une famille, quatorze années durant, se serait métamorphosée en une autre de ces introductions délicieuses, apparemment si faciles ; et il aurait été impossible de deviner à quelle ingrate besogne préliminaire Jane Austen s'était astreinte. On se rend compte là qu'elle n'avait rien de l'illusionniste, après tout. Il lui fallait, comme d'autres écrivains, créer l'atmosphère dans laquelle son génie propre pourrait s'épanouir. Ici elle tâtonne, là elle nous fait attendre. Tout d'un coup, le tour est joué ; tout peut se dérouler selon son désir. La famille Edward va au bal. L'équipage des Tomlinson passe ; elle nous informe que Charles est en train de se munir de ses gants, qu'on lui dit de ne pas les enlever ; Tom Musgrave se retire dans un coin, à l'écart, avec un baril d'huîtres, et il est merveilleusement à l'aise. Son génie s'est libéré, devient actif. Subitement, nos sens sont en éveil ; l'intensité qu'elle seule sait conférer s'empare de nous. Mais de quoi tout cela se compose-t-il ? D'un bal dans une ville provinciale ; de quelques couples qui se rencontrent et se prennent la main dans une salle de bal ; de quelques collations, quelques libations ; et en guise de catastrophe, une jeune dame inflige un affront à un jeune garçon qu'une autre dame traite avec bienveillance. Il n'y a ni tragédie ni héroïsme. Pourtant, pour une raison ou pour une autre, cette petite scène nous émeut, sans que sa gravité superficielle puisse le laisser prévoir. On nous a fait comprendre que si Emma a agi ainsi dans la salle de bal, quelle tendresse, quelle délicatesse, quels sentiments sincères elle aurait montrés dans ces moments décisifs de la vie qui surviennent inévitablement lorsque nous la regardons vivre. Jane Austen suscite ainsi une émotion plus profonde que celle qui apparaît en surface. Elle nous invite à recréer ce qui n'est pas là. Ce qu'elle propose semble dénué d'importance, pourtant cette chose insignifiante grandit dans l'esprit du lecteur et anime de façon durable des scènes apparemment banales. L'accent est toujours mis sur la force de caractère. Le lecteur se demande quelle sera la conduite d'Emma, lorsque, à trois heures moins cinq, à l'instant même où Mary apporte le plateau et le coffret à couteaux, elle recevra la visite de Lord Osborne et de Tom Musgrave. C'est une situation extrêmement embarrassante. Les deux jeunes gens sont habitués à un extrême raffinement. Peut-être Emma va-t-elle se révéler vulgaire, insignifiante, mal élevée. Les tours et les détours du dialogue nous laissent dans l'incertitude, sur des charbons ardents. Notre attention se porte en partie sur le moment présent, en partie sur l'avenir. Et quand, finalement, Emma, par sa conduite, justifie les plus hauts espoirs mis en elle, le lecteur est ému comme s'il avait été témoin d'un événement de la plus haute importance. En vérité, on trouve dans cette histoire inachevée, somme toute de second ordre, tous les éléments qui font la grandeur de Jane Austen. Elle possède cette qualité permanente qui fait l'œuvre littéraire. Si l'on enlève l'animation superficielle, la ressemblance avec la vie, il reste, ce qui nous procure un plaisir plus profond, un discernement subtil des valeurs humaines. Si l'on chasse cela aussi de son esprit, on peut s'attarder avec une extrême satisfaction sur un art plus abstrait ; dans la scène du bal, cet art procure des émotions si variées, dose les différentes parties de telle façon, qu'il est possible de goûter la scène comme un poème, pour elle-même, et non comme un chaînon qui entraîne l'histoire dans telle ou telle direction.

Mais d'après les commérages, Jane Austen était « d'une raideur perpendiculaire, méticuleuse et taciturne » ; c'était « un tisonnier dont tout le monde a peur ». De cela, il reste des traces ; il lui arrivait d'être tout à fait impitoyable ; c'est l'un des écrivains satiriques les plus conséquents de toute la littérature. Le caractère anguleux des premiers chapitres, dans *les Watson*, montre que son génie n'était pas celui d'un écrivain prolifique. Il ne lui suffisait pas, comme à Emily Brontë, d'ouvrir la porte, pour que le lecteur sente sa présence. Humble et joyeuse, elle ramassait les brindilles et les fétus de paille dont elle se servirait pour bâtir le nid, et les assemblait avec soin. Les brindilles et les fétus étaient un peu secs, un peu poussiéreux en eux-mêmes. Il y avait la grande et la petite maison ; un goûter, un souper, un pique-nique occasionnel ; la vie était contenue dans le cercle formé par des relations fortunées et des revenus suffisants ; par des routes boueuses, des pieds mouillés, et de la part des dames une tendance à être fatiguées ; pour soutenir cette vie il y avait quelques principes, le sentiment de son importance ainsi que l'éducation communément reçue, à la campagne, par les familles aisées de la bourgeoisie. Le vice, l'aventure, la passion, elle les laisse dehors. Mais, de toute cette banalité, de toute cette médiocrité, elle ne cache ni n'escamote rien. Elle nous raconte avec minutie et patience qu'ils « ne s'arrêtèrent nulle part avant d'avoir atteint Newsbury, où un repas copieux, faisant office à la fois de dîner et de souper, mit un point final aux plaisirs et aux fatigues de la journée ». Elle ne se contente pas non plus de rendre aux conventions un hommage superficiel ; non seulement elle les accepte, mais encore elle croit en elles. Quand elle décrit, par exemple, un pasteur, comme Edmond Bertram, ou un marin, on dirait que la sainteté de leur office la retient d'utiliser son principal outil, le génie comique, et elle est encline, par conséquent, à se laisser aller à des descriptions prosaïques ou des panégyriques bienséants. Mais ce sont là des exceptions ; dans la plupart des cas, son attitude rappelle l'exclamation de la dame anonyme : « Un bel esprit, un dessinateur de caractères qui ne parle pas est terrifiant. » Elle ne souhaite ni réformer ni anéantir ; elle reste silencieuse ; et ce silence est vraiment terrifiant.

L'un après l'autre, elle crée ses sots, ses fats, ses mondains, ses Monsieur Collins, ses Sir Walter Elliott, ses Madame Bennet. Elle les enferme dans la boucle d'une expression cinglante comme un coup de fouet qui, lorsqu'elle s'enroule autour d'eux, découpe à jamais leur silhouette. Mais là ils demeurent ; elle ne leur trouve aucune excuse, ne leur montre aucune pitié. Il ne reste rien de Julia et de Maria Bertram lorsqu'elle en a terminé avec elles ; Lady Bertram demeure à jamais « assise, en train d'appeler Pug et d'essayer de l'empêcher d'aller dans les plates-bandes ». C'est le règne d'une justice divine distributive. Le docteur Grant, qui, au début, aime son oie tendre, finit par provoquer « mort et apoplexie, en instituant trois grands dîners par semaine ». On dirait parfois que Jane Austen fait naître ses personnages dans le seul but de se procurer le suprême plaisir de leur trancher la tête. Elle est heureuse et satisfaite ; pour rien au monde, elle ne voudrait changer un seul cheveu de place, déplacer une brique ou un brin d'herbe dans un monde qui lui offre des plaisirs aussi délicieux.

Et nous non plus, en vérité. Car même si les tourments d'une vanité blessée, ou l'emportement d'un juste courroux, nous incitaient à essayer sans cesse d'améliorer ce monde si malveillant, mesquin et fou, cette tâche serait au-dessus de nos forces. Ainsi va le monde ; la jeune fille de quinze ans le savait ; dans sa maturité, l'écrivain le démontre. En cet instant même, quelque Lady Bertram essaie d'empêcher Pug d'aller dans les plates-bandes ; elle envoie un peu tard Chapman aider Fanny. Le jugement est si parfait, la satire si juste, que, malgré leur cohérence, on les remarque à peine. Pas la moindre trace de mesquinerie, pas un soupçon de malveillance ne nous arrachent à notre contemplation. La beauté illumine ces sots.

Cette qualité indéfinissable se compose souvent en fait de parties très différentes, et pour les rassembler il faut un génie particulier. L'intelligence de Jane Austen n'a d'égale que la perfection de son goût. Ses sots sont des sots, ses snobs des snobs, parce qu'ils s'éloignent du modèle de raison et de bon sens qu'elle a en tête, et qu'elle nous transmet clairement à l'instant même où elle nous fait rire. Jamais romancier n'a fait autant usage, et à la perfection, de son sens des valeurs humaines. C'est en contraste avec un cœur sûr, un bon goût infaillible, des principes moraux presque austères, qu'elle fait ressortir ces traits, qui vont à l'encontre de ce qui est bon, vrai et sincère, et qui sont parmi les choses les plus délicieuses de la langue anglaise. Elle dépeint une Mary Crawford, chez qui se mêlent le bien et le mal, uniquement de cette façon. Elle la laisse pérorer contre le clergé, ou se lancer dans des discours en faveur du baronnage et de dix mille livres par an, avec la plus grande aisance et énergie ; mais de temps en temps, elle fait entendre une note personnelle, très doucement, mais en parfaite harmonie, et immédiatement, tout le bavardage de Mary Crawford, même s'il continue à nous amuser, sonne creux. D'où la profondeur, la beauté, la complexité des scènes. Il naît de ces contrastes une beauté, une gravité même, tout aussi remarquables que l'intelligence de l'auteur, et indissolublement liées à elle. Dans *les Watson*, elle nous donne un avant-goût de ce talent particulier ; elle nous oblige à nous demander pourquoi un geste banal de bienveillance, ainsi qu'elle l'appelle, se charge de tellement de sens. Dans ses chefs-d'œuvre, ce même don atteint un sommet de perfection. Là, rien ne vient rompre l'harmonie ; il est midi dans le comté de Northampton ; un jeune homme un peu terne parle à une jeune femme chétive, sur les marches d'un escalier, au moment où ils montent s'habiller pour dîner, parmi des femmes de chambre qui passent. Mais, tout à coup, leurs paroles cessent d'être banales et ordinaires ; tout à coup, elles se chargent de sens, et cet instant devient, pour les deux jeunes gens, l'un des plus mémorables de leur vie. Il se gonfle ; il brille ; il rayonne ; il demeure en suspens devant nous, profond, palpitant, serein, pendant une seconde ; puis la femme de chambre passe, et cette gouttelette dans laquelle était recueilli tout le bonheur du monde, retombe doucement, pour se fondre dans le flux et le reflux de la vie quotidienne.

Quoi de plus naturel, donc, pour Jane Austen, qui savait si bien en pénétrer la profondeur, d'avoir choisi d'écrire sur les banalités de la vie de tous les jours, sur des réceptions, des pique-niques et des bals provinciaux ? Ni le prince régent ni M. Parker, lui « suggérant de modifier son style d'écriture », ne parvinrent à la tenter ; aucune histoire romanesque, aucune aventure, intrigue politique ou amoureuse n'était de taille à rivaliser avec la vie dans l'escalier d'une maison de campagne, telle qu'elle apparaissait à ses yeux. En réalité, le prince régent et son bibliothécaire avaient donné de la tête contre un obstacle des plus redoutables ; ils essayaient de corrompre une conscience incorruptible. L'enfant qui, à quinze ans, composait des phrases aussi admirables, ne cessa jamais d'en composer, et n'écrivit jamais pour le régent ou son bibliothécaire, mais pour le monde entier. Elle savait exactement quels talents étaient les siens, comment les employer de telle sorte que la matière à traiter soit utilisée en accord avec son sens extrême de la finalité. Certaines impressions n'appartenaient pas à son domaine ; il y avait des émotions qu'aucun artifice, aucun effort ne pourrait revêtir et habiller proprement, s'il lui fallait compter sur ses seules ressources. Par exemple, elle ne savait pas faire parler avec enthousiasme une jeune fille, lorsqu'il était question de bannières et de chapelles Elle ne parvenait pas à se plonger corps et âme dans un moment de passion romanesque. Elle avait toutes sortes de procédés pour éviter les scènes passionnées. Elle n'abordait la nature et ses beautés que de façon détournée, et cela lui est particulier. Elle décrit une belle nuit sans faire une seule fois allusion à la lune.

Néanmoins, quand on lit les quelques expressions cérémonieuses, « l'éclat d'une nuit sans nuages contrastant avec l'ombre profonde des bois », la nuit nous apparaît aussi simplement qu'elle nous la décrit, à la fois « solennelle, apaisante et délicieuse ».

L'équilibre de ses dons était exceptionnellement parfait. Parmi les romans achevés, il n'y a pas de romans ratés, et parmi les nombreux chapitres, il y en a peu qui soient, de façon sensible, inférieurs aux autres. Mais, après tout, elle est morte à quarante ans. Elle était encore soumise à ces changements qui donnent tant d'intérêt aux dernières années de la carrière d'un écrivain. Sans aucun doute, son entrain, sa force irrépressible, la vitalité de son imagination créatrice, lui auraient permis de continuer à écrire, si elle avait vécu, et l'on est tenté de se demander si elle n'aurait pas écrit différemment. Les frontières étaient tracées ; les lunes, montagnes et châteaux demeuraient de l'autre côté. Mais n'était-elle pas tentée quelquefois de franchir ces limites, l'espace d'un instant ? Ne songeait-elle pas, à sa manière allègre et brillante, à partir pour un bref voyage de découverte ?

Prenons *Persuasion*, le dernier roman achevé, et examinons à sa lumière les livres qu'elle aurait pu écrire si elle avait vécu. Il y a une beauté particulière, un prosaïsme particulier dans *Persuasion*. Ce prosaïsme est celui qui marque si souvent une étape de transition entre deux périodes différentes. L'écrivain s'ennuie un peu. Elle connaît trop le train dont va le monde. Les remarques qu'elle fait à son sujet ont perdu de leur fraîcheur. Il y a de la brusquerie dans cette comédie, ce qui incite à penser que la vanité d'un Sir Walter ou l'affectation d'une Miss Elliott ont cessé de l'amuser. La satire est rude, la comédie brutale. Les incidents amusants de la vie quotidienne ne lui paraissent plus aussi neufs. Son esprit ne se concentre pas entièrement sur le but à atteindre. Mais, même si l'on a le sentiment que Jane Austen a déjà fait cela auparavant, et l'a mieux fait, on a également le sentiment qu'elle essaie d'accomplir quelque chose qu'elle n'a jamais encore tenté. Il y a, dans *Persuasion*, un élément nouveau, cette qualité, peut-être, qui suscita l'enthousiasme du docteur Whewell et lui fit déclarer que c'était « le plus beau de tous ses livres ». Elle commence à découvrir que le monde est plus vaste, plus mystérieux, plus romantique qu'elle ne l'a supposé. On sent que le jugement porté sur Anne pourrait lui convenir : « On l'avait contrainte à la prudence dans sa jeunesse, en vieillissant elle découvrit le romanesque — conséquence naturelle d'un début si contraire à la nature. » Elle s'attarde souvent sur la beauté et la mélancolie de la nature, sur l'automne, alors qu'elle avait coutume de s'attarder sur le printemps. Elle parle de « la douce et mélancolique influence des mois d'automne à la campagne ». Elle note « les feuilles rousses et les haies desséchées ». « On n'aime pas moins un lieu parce qu'on y a souffert », fait-elle remarquer. Mais le changement n'est pas seulement perceptible dans cette nouvelle sensibilité à la nature. C'est envers la vie même que son attitude s'est modifiée. Elle voit la vie, dans la majeure partie du livre, à travers les yeux d'une femme qui, malheureuse elle-même, éprouve de la sympathie pour le bonheur et le malheur des autres, sympathie qu'elle est contrainte de garder jusqu'au bout pour elle-même. Il s'ensuit que l'observation porte moins sur les faits et plus sur les sentiments, contrairement à ce qui se passe d'habitude. L'émotion s'exprime clairement dans la scène du concert, et dans le passage célèbre sur la constance féminine ce qui prouve non seulement la véracité de ce fait biographique — Jane Austen avait aimé — mais encore celle du fait esthétique : elle n'avait plus peur d'en parler. L'expérience, lorsqu'elle était primordiale, devait pénétrer profondément, et être entièrement désinfectée par le passage du temps, avant qu'elle ne s'autorise à en parler dans un roman. Mais alors, en 1817, elle était prête. Sa situation par rapport au monde extérieur était sur le point de changer. Sa réputation avait grandi très lentement. « Je doute, écrivait Austen Leigh, qu'il soit possible de citer un seul autre écrivain de son importance qui ait vécu dans une obscurité aussi complète. » Si elle avait vécu ne serait-ce que quelques années de plus, tout se serait passé autrement. Elle serait restée à Londres, aurait dîné dehors, soupé dehors, rencontré des gens célèbres, se serait fait de nouveaux amis, aurait lu, voyagé, et, de retour dans la paisible maison provinciale, aurait eu un trésor d'observations dont se repaître à loisir.

Et quel effet cela aurait-il eu sur les six romans que Jane Austen n'a pas écrits ? Elle n'aurait pas écrit sur les crimes, les passions ou sur l'aventure. Elle ne se serait pas laissé entraîner à la négligence ou au manque de sincérité par des éditeurs importuns ou des amis flatteurs. Mais elle aurait connu plus de choses. Son sentiment de sécurité aurait été ébranlé. Sa comédie en aurait souffert. Elle se serait moins fiée au dialogue (cela est déjà perceptible dans *Persuasion*), et plus à la réflexion pour nous faire connaître ses personnages. Ces merveilleux petits discours qui résument, en une conversation de quelques minutes, tout ce qu'il nous faut savoir pour connaître un amiral Croft ou une Madame Musgrove, cette méthode de sténographie qui contient des chapitres d'analyse et de psychologie, seraient devenus trop grossiers pour englober tout ce qu'elle percevait maintenant de la complexité de la nature humaine. Elle aurait inventé une méthode, claire et tranquille comme toujours, mais plus pénétrante et évocatrice, pour communiquer non seulement ce que disent les gens, mais ce qui n'est pas dit ; non seulement ce qu'ils sont, mais ce qu'est la vie. Elle aurait pris de la distance par rapport à ses personnages, les aurait vus plus en groupes, moins en tant qu'individus. Sa satire, moins souvent utilisée, aurait été plus rigoureuse, plus stricte. Elle aurait été le précurseur de

Henry James et de Proust — mais cela suffit. Ces spéculations sont vaines. L'artiste la plus parfaite parmi les femmes, l'écrivain dont les livres sont immortels, est morte « au moment même où elle commençait à croire qu'elle réussirait ».

Virginia Woolf[1]

1. Extrait de *The Common Reader*, p. 168-183, The Hogarth Press, Londres, 1975.

1

C'est une vérité universellement reconnue qu'un célibataire pourvu d'une belle fortune doit avoir envie de se marier, et, si peu que l'on sache de son sentiment à cet égard, lorsqu'il arrive dans une nouvelle résidence, cette idée est si bien fixée dans l'esprit de ses voisins qu'ils le considèrent sur-le-champ comme la propriété légitime de l'une ou l'autre de leurs filles.

— Savez-vous, mon cher ami, dit un jour Mrs. Bennet à son mari, que Netherfield Park est enfin loué ?

Mr. Bennet répondit qu'il l'ignorait.

— Eh bien, c'est chose faite. Je le tiens de Mrs. Long qui sort d'ici.

Mr. Bennet garda le silence.

— Vous n'avez donc pas envie de savoir qui s'y installe ! s'écria sa femme impatientée.

— Vous brûlez de me le dire et je ne vois aucun inconvénient à l'apprendre.

Mrs. Bennet n'en demandait pas davantage.

— Eh bien, mon ami, à ce que dit Mrs. Long, le nouveau locataire de Netherfield serait un jeune homme très riche du nord de l'Angleterre. Il est venu lundi dernier en chaise de poste pour visiter la propriété et l'a trouvée tellement à son goût qu'il s'est immédiatement entendu avec Mr. Morris. Il doit s'y installer avant la Saint-Michel et plusieurs domestiques arrivent dès la fin de la semaine prochaine afin de mettre la maison en état.

— Comment s'appelle-t-il ?

— Bingley.

— Marié ou célibataire ?

— Oh ! mon ami, célibataire ! Célibataire et très riche ! Quatre ou cinq mille livres de rente ! Quelle chance pour nos filles !

— Nos filles ? En quoi cela les touche-t-il ?

— Que vous êtes donc agaçant, mon ami ! Je pense, vous le devinez bien, qu'il pourrait être un parti pour l'une d'elles.

— Est-ce dans cette intention qu'il vient s'installer ici ?

— Dans cette intention ! Quelle plaisanterie ! Comment pouvez-vous parler ainsi ?... Tout de même, il n'y aurait rien d'invraisemblable à ce qu'il s'éprenne de l'une d'elles. C'est pourquoi vous ferez bien d'aller lui rendre visite dès son arrivée.

— Je n'en vois pas l'utilité. Vous pouvez y aller vous-même avec vos filles, ou vous pouvez les envoyer seules, ce qui serait peut-être encore préférable, car vous êtes si bien conservée que Mr. Bingley pourrait se tromper et égarer sur vous sa préférence.

— Vous me flattez, mon cher. J'ai certainement eu ma part de beauté jadis, mais aujourd'hui j'ai abdiqué toute prétention. Lorsqu'une femme a cinq filles en âge de se marier elle doit cesser de songer à ses propres charmes.

— D'autant que, dans ce cas, il est rare qu'il lui en reste beaucoup.

— Enfin, mon ami, il faut absolument que vous alliez voir Mr. Bingley dès qu'il sera notre voisin.

— Je ne m'y engage nullement.

— Mais pensez un peu à vos enfants, à ce que serait pour l'une d'elles un tel établissement ! Sir William et lady Lucas ont résolu d'y aller uniquement pour cette raison, car vous savez que, d'ordinaire, ils ne font jamais visite aux nouveaux venus. Je vous le répète. Il est indispensable que vous alliez à Netherfield, sans quoi nous ne pourrions y aller nous-mêmes.

— Vous avez vraiment trop de scrupules, ma chère. Je suis persuadé que Mr. Bingley serait enchanté de vous voir, et je pourrais vous confier quelques lignes pour l'assurer de mon chaleureux consentement à son mariage avec celle de mes filles qu'il voudra bien choisir. Je crois, toutefois, que je mettrai un mot en faveur de ma petite Lizzy.

— Quelle idée ! Lizzy n'a rien de plus que les autres ; elle est beaucoup moins jolie que Jane et n'a pas la vivacité de Lydia.

— Certes, elles n'ont pas grand-chose pour les recommander les unes ni les autres, elles sont sottes et ignorantes comme toutes les jeunes filles. Lizzy, pourtant, a un peu plus d'esprit que ses sœurs.

— Oh ! Mr. Bennet, parler ainsi de ses propres filles !... Mais vous prenez toujours plaisir à me vexer ; vous n'avez aucune pitié pour mes pauvres nerfs !

— Vous vous trompez, ma chère ! J'ai pour vos nerfs le plus grand respect. Ce sont de vieux amis : voilà plus de vingt ans que je vous entends parler d'eux avec considération.

— Ah ! vous ne vous rendez pas compte de ce que je souffre !

— J'espère, cependant, que vous prendrez le dessus et que vous vivrez assez longtemps pour voir de nombreux jeunes gens pourvus de quatre mille livres de rente venir s'installer dans le voisinage.

— Et quand il en viendrait vingt, à quoi cela servirait-il, puisque vous refusez de faire leur connaissance ?

— Soyez sûre, ma chère, que lorsqu'ils atteindront ce nombre, j'irai leur faire visite à tous.

Mr. Bennet était un si curieux mélange de vivacité, d'humeur sarcastique, de fantaisie et de réserve qu'une expérience de vingt-trois années n'avait pas suffi à sa femme pour lui faire comprendre son caractère. Mrs. Bennet elle-même avait une nature moins compliquée : d'intelligence médiocre, peu cultivée et de caractère inégal, chaque fois qu'elle était de mauvaise humeur elle s'imaginait éprouver des malaises nerveux. Son grand souci dans l'existence était de marier ses filles et sa distraction la plus chère, les visites et les potins.

2

Mr. Bennet fut des premiers à se présenter chez Mr. Bingley. Il avait toujours eu l'intention d'y aller, tout en affirmant à sa femme jusqu'au dernier moment qu'il ne s'en souciait pas, et ce fut seulement le soir qui suivit cette visite que Mrs. Bennet en eut connaissance. Voici comment elle l'apprit : Mr. Bennet, qui regardait sa seconde fille occupée à garnir un chapeau, lui dit subitement :

— J'espère, Lizzy, que Mr. Bingley le trouvera de son goût.

— Nous ne prenons pas le chemin de connaître les goûts de Mr. Bingley, répliqua la mère avec amertume, puisque nous n'aurons aucune relation avec lui.

— Vous oubliez, maman, dit Elizabeth, que nous le rencontrerons en soirée et que Mrs. Long a promis de nous le présenter.

— Mrs. Long n'en fera rien ; elle-même a deux nièces à caser. C'est une femme égoïste et hypocrite. Je n'attends rien d'elle.

— Moi non plus, dit Mr. Bennet, et je suis bien aise de penser que vous n'aurez pas besoin de ses services.

Mrs. Bennet ne daigna pas répondre ; mais, incapable

de se maîtriser, elle se mit à gourmander une de ses filles :

— Kitty, pour l'amour de Dieu, ne toussez donc pas ainsi. Ayez un peu pitié de mes nerfs.

— Kitty manque d'à-propos, dit le père, elle ne choisit pas le bon moment pour tousser.

— Je ne tousse pas pour mon plaisir, répliqua Kitty avec humeur. Quand doit avoir lieu votre prochain bal, Lizzy ?

— Demain en quinze.

— Justement ! s'écria sa mère. Et Mrs. Long qui est absente ne rentre que la veille. Il lui sera donc impossible de nous présenter Mr. Bingley puisqu'elle-même n'aura pas eu le temps de faire sa connaissance.

— Eh bien, chère amie, vous aurez cet avantage sur Mrs. Long : c'est vous qui le lui présenterez.

— Impossible, Mr. Bennet, impossible, puisque je ne le connaîtrai pas. Quel plaisir trouvez-vous à me taquiner ainsi ?

— J'admire votre réserve ; évidemment, des relations qui ne datent que de quinze jours sont peu de chose, mais si nous ne prenons pas cette initiative, d'autres la prendront à notre place. Mrs. Long sera certainement touchée de notre amabilité et si vous ne voulez pas faire la présentation, c'est moi qui m'en chargerai.

Les jeunes filles regardaient leur père avec surprise. Mrs. Bennet dit seulement :

— Sottises que tout cela !

— Quel est le sens de cette énergique exclamation ? s'écria son mari. Vise-t-elle les formes protocolaires de la présentation ? Si oui, je ne suis pas tout à fait de votre avis. Qu'en dites-vous, Mary, vous qui êtes une jeune personne réfléchie, toujours plongée dans de gros livres ?

Mary aurait aimé faire une réflexion profonde, mais ne trouva rien à dire.

— Pendant que Mary rassemble ses idées, continua-t-il, retournons à Mr. Bingley.

— Je ne veux plus entendre parler de Mr. Bingley ! déclara Mrs. Bennet.

— J'en suis bien fâché ; pourquoi ne pas me l'avoir dit plus tôt ? Si je l'avais su ce matin je me serais certainement dispensé d'aller lui rendre visite. C'est très regrettable, mais maintenant que la démarche est faite, nous ne pouvons plus esquiver les relations.

La stupéfaction de ces dames à cette déclaration fut aussi complète que Mr. Bennet pouvait le souhaiter, celle de sa femme surtout, bien que, la première explosion de joie calmée, elle assurât qu'elle n'était nullement étonnée.

— Que vous êtes bon, mon cher ami ! Je savais bien que je finirais par vous persuader. Vous aimez trop vos enfants pour négliger une telle relation. Mon Dieu, que je suis contente ! Et quelle bonne plaisanterie aussi, d'avoir fait cette visite ce matin et de ne nous en avoir rien dit jusqu'à présent !

— Maintenant, Kitty, vous pouvez tousser tant que vous voudrez, déclara Mr. Bennet.

Et il se retira, un peu fatigué des transports de sa femme.

— Quel excellent père vous avez, mes enfants ! poursuivit celle-ci, lorsque la porte se fut refermée. Je ne sais comment vous pourrez jamais vous acquitter envers lui. A notre âge, je peux bien vous l'avouer, on ne trouve pas grand plaisir à faire sans cesse de nouvelles connaissances. Mais pour vous, que ne ferions-nous pas !... Lydia, ma chérie, je suis sûre que Mr. Bingley dansera avec vous au prochain bal, bien que vous soyez la plus jeune.

— Oh ! dit Lydia d'un ton décidé, je ne crains rien ; je suis la plus jeune, c'est vrai, mais c'est moi qui suis la plus grande.

Le reste de la soirée se passa en conjectures ; ces dames se demandaient quand Mr. Bingley rendrait la visite de Mr. Bennet, et quel jour on pourrait l'inviter à dîner.

3

Malgré toutes les questions dont Mrs. Bennet, aidée de ses filles, accabla son mari au sujet de Mr. Bingley, elle ne put obtenir de lui un portrait qui satisfît sa curiosité. Ces dames livrèrent l'assaut avec une tactique variée : questions directes, suppositions ingénieuses, lointaines conjectures. Mais Mr. Bennet se déroba aux manœuvres les plus habiles, et elles furent réduites finalement à se contenter des renseignements de seconde main fournis par leur voisine, lady Lucas.

Le rapport qu'elle leur fit était hautement favorable : sir William, son mari, avait été enchanté du nouveau voisin. Celui-ci était très jeune, fort joli garçon, et, ce qui achevait de le rendre sympathique, il se proposait d'assister au prochain bal et d'y amener tout un groupe d'amis. Que pouvait-on rêver de mieux ? Le goût de la danse mène tout droit à l'amour ; on pouvait espérer beaucoup du cœur de Mr. Bingley.

— Si je pouvais voir une de mes filles heureusement établie à Netherfield et toutes les autres aussi bien mariées, répétait Mrs. Bennet à son mari, je n'aurais plus rien à désirer.

Au bout de quelques jours, Mr. Bingley rendit sa visite à Mr. Bennet, et resta avec lui une dizaine de minutes dans la bibliothèque. Il avait espéré entrevoir les jeunes filles dont on lui avait beaucoup vanté le charme, mais il ne vit que le père. Ces dames furent plus favorisées car, d'une fenêtre de l'étage supérieur, elles eurent l'avantage de constater qu'il portait un habit bleu et montait un cheval noir.

Une invitation à dîner lui fut envoyée peu après et,

déjà, Mrs. Bennet composait un menu qui ferait honneur à ses qualités de maîtresse de maison quand la réponse de Mr. Bingley vint tout suspendre : il était obligé de partir pour Londres le jour suivant, et ne pouvait, par conséquent, avoir l'honneur d'accepter..., etc.

Mrs. Bennet en fut toute décontenancée. Elle n'arrivait pas à imaginer quelle affaire pouvait appeler Mr. Bingley à Londres si tôt après son arrivée en Hertfordshire. Allait-il, par hasard, passer son temps à se promener d'un endroit à un autre au lieu de s'installer convenablement à Netherfield comme c'était son devoir ?... Lady Lucas calma un peu ses craintes en suggérant qu'il était sans doute allé à Londres pour chercher les amis qu'il devait amener au prochain bal. Et bientôt se répandit la nouvelle que Mr. Bingley amènerait avec lui douze dames et sept messieurs. Les jeunes filles gémissaient devant un nombre aussi exagéré de danseuses, mais, la veille du bal, elles eurent la consolation d'apprendre que Mr. Bingley n'avait ramené de Londres que ses cinq sœurs et un cousin. Finalement, lorsque le contingent de Netherfield fit son entrée dans la salle du bal, il ne comptait en tout que cinq personnes : Mr. Bingley, ses deux sœurs, le mari de l'aînée et un autre jeune homme.

Mr. Bingley plaisait dès l'abord par un extérieur agréable, une allure distinguée, un air avenant et des manières pleines d'aisance et de naturel. Ses sœurs étaient de belles personnes d'une élégance incontestable, et son beau-frère, Mr. Hurst, avait l'air d'un gentleman, sans plus ; mais la haute taille, la belle physionomie, le grand air de son ami, Mr. Darcy, aidés de la rumeur qui, cinq minutes après son arrivée, circulait dans tous les groupes, qu'il possédait dix mille livres de rente, attirèrent bientôt sur celui-ci l'attention de toute la salle.

Le sexe fort le jugea très bel homme, les dames affirmèrent qu'il était beaucoup mieux que Mr. Bingley, et, pendant toute une partie de la soirée, on le considéra avec la plus vive admiration.

Peu à peu, cependant, le désappointement causé par son attitude vint modifier cette impression favorable. On s'aperçut bientôt qu'il était fier, qu'il regardait tout le monde de haut et ne daignait pas exprimer la moindre satisfaction. Du coup, toute son immense propriété du Derbyshire ne put empêcher qu'on le déclarât antipathique et tout le contraire de son ami.

Mr. Bingley, lui, avait eu vite fait de se mettre en rapport avec les personnes les plus en vue de l'assemblée. Il se montra ouvert, plein d'entrain, prit part à toutes les danses, déplora de voir le bal se terminer de si bonne heure, et parla d'en donner un lui-même à Netherfield. Des manières si parfaites se recommandent d'elles-mêmes. Quel contraste avec son ami !... Mr. Darcy dansa seulement une fois avec Mrs. Hurst et une fois avec miss Bingley. Il passa le reste du temps à se promener dans la salle, n'adressant la parole qu'aux personnes de son groupe et refusant de se laisser présenter aux autres. Aussi fut-il vite jugé. C'était l'homme le plus désagréable et le plus hautain que la terre eût jamais porté, et l'on espérait bien qu'il ne reparaîtrait à aucune autre réunion.

Parmi les personnes empressées à le condamner se trouvait Mrs. Bennet. L'antipathie générale tournait chez elle en rancune personnelle, Mr. Darcy ayant fait affront à l'une de ses filles. Par suite du nombre restreint des cavaliers, Elizabeth Bennet avait dû rester sur sa chaise l'espace de deux danses, et, pendant un moment, Mr. Darcy s'était tenu debout assez près d'elle pour qu'elle pût entendre les paroles qu'il échangeait avec Mr. Bingley venu pour le presser de se joindre aux danseurs.

— Allons, Darcy, venez danser. Je suis agacé de vous voir vous promener seul. C'est tout à fait ridicule. Faites comme tout le monde et dansez.

— Non, merci ! La danse est pour moi sans charmes à moins que je ne connaisse particulièrement une danseuse. Je n'y prendrais aucun plaisir dans une réunion de ce genre. Vos sœurs ne sont pas libres et ce serait pour moi une pénitence que d'inviter quelqu'un d'autre.

— Vous êtes vraiment difficile ! s'écria Bingley. Je déclare que je n'ai jamais vu dans une soirée tant de jeunes filles aimables. Quelques-unes même, vous en conviendrez, sont remarquablement jolies.

— Votre danseuse est la seule jolie personne de la réunion, dit Mr. Darcy en désignant du regard l'aînée des demoiselles Bennet.

— Oh ! c'est la plus charmante créature que j'aie jamais rencontrée ; mais il y a une de ses sœurs assise derrière vous qui est aussi fort agréable. Laissez-moi demander à ma danseuse de vous présenter.

— De qui voulez-vous parler ?

Mr. Darcy se retourna et considéra un instant Elizabeth. Rencontrant son regard, il détourna le sien et déclara froidement :

— Elle est passable, mais pas assez jolie pour me décider à l'inviter. Du reste je ne me sens pas en humeur, ce soir, de m'occuper des demoiselles qui font tapisserie. Retournez vite à votre souriante partenaire, vous perdez votre temps avec moi.

Mr. Bingley suivit ce conseil et Mr. Darcy s'éloigna, laissant Elizabeth animée à son égard de sentiments très peu cordiaux. Néanmoins elle raconta l'histoire à ses amies avec beaucoup de verve, car elle avait l'esprit fin et un sens très vif de l'humour.

Malgré tout, ce fut, dans l'ensemble, une agréable soirée pour tout le monde. Le cœur de Mrs. Bennet était tout réjoui de voir sa fille aînée distinguée par les habitants de Netherfield. Mr. Bingley avait dansé deux fois avec elle et ses sœurs lui avaient fait des avances. Jane était aussi satisfaite que sa mère, mais avec plus de calme. Elizabeth était contente du plaisir de Jane ; Mary était fière d'avoir été présentée à miss Bingley comme la jeune fille la plus cultivée du pays, et Catherine et Lydia n'avaient pas manqué une seule danse, ce qui, à leur âge, suffisait à combler tous leurs vœux.

Elles revinrent donc toutes de très bonne humeur à Longbourn, le petit village dont les Bennet étaient les principaux habitants. Mr. Bennet était encore debout ; avec un livre il ne sentait jamais le temps passer et, pour une fois, il était assez curieux d'entendre le compte rendu d'une soirée qui, à l'avance, avait fait naître tant de magnifiques espérances. Il s'attendait un peu à voir sa femme revenir désappointée, mais il s'aperçut vite qu'il n'en était rien.

— Oh ! mon cher Mr. Bennet, s'écria-t-elle en entrant dans la pièce, quelle agréable soirée, quel bal réussi ! J'aurais voulu que vous fussiez là... Jane a eu tant de succès ! tout le monde m'en a fait compliment. Mr. Bingley l'a trouvée tout à fait charmante. Il a dansé deux fois avec elle ; oui, mon ami, deux fois ! Et elle est la seule qu'il ait invitée une seconde fois. Sa première invitation a été pour miss Lucas — j'en étais assez vexée — mais il n'a point paru l'admirer beaucoup, ce qui n'a rien de surprenant. Puis, en voyant danser Jane, il a eu l'air charmé, a demandé qui elle était et, s'étant fait présenter, l'a invitée pour les deux danses suivantes. Après quoi il en a dansé deux avec miss King, encore deux autres avec Jane, la suivante avec Lizzy, la « boulangère » avec...

— Pour l'amour du ciel, arrêtez cette énumération, s'écria son mari impatienté. S'il avait eu pitié de moi il n'aurait pas dansé moitié autant. Que ne s'est-il tordu le pied à la première danse !

— Oh ! mon ami, continuait Mrs. Bennet, il m'a tout à fait conquise. Physiquement, il est très bien et ses sœurs sont des femmes charmantes. Je n'ai rien vu d'aussi élégant que leurs toilettes. La dentelle sur la robe de Mrs. Hurst...

Ici, nouvelle interruption, Mr. Bennet ne voulant écouter aucune description de chiffons. Sa femme fut donc obligée de changer de sujet et raconta avec beaucoup d'amertume et quelque exagération l'incident où Mr. Darcy avait montré une si choquante grossièreté.

— Mais je vous assure, conclut-elle, qu'on ne perd pas grand-chose à ne pas être appréciée par ce monsieur ! C'est un homme horriblement désagréable qui ne mérite pas qu'on cherche à lui plaire. Hautain et dédaigneux, il se promenait de droite et de gauche dans la salle avec l'air de se croire un personnage extraordinaire. J'aurais aimé que vous fussiez là pour lui dire son fait, comme vous savez le faire ! Non, en vérité, je ne puis pas le sentir.

4

Lorsque Jane et Elizabeth se trouvèrent seules, Jane, qui, jusque-là, avait mis beaucoup de réserve dans ses louanges sur Mr. Bingley, laissa voir à sa sœur la sympathie qu'il lui inspirait.

— Il a toutes les qualités qu'on apprécie chez un jeune homme, dit-elle. Il est plein de bon sens, de bonne humeur et d'entrain. Je n'ai jamais vu à d'autres jeunes gens des manières aussi agréables, tant d'aisance unie à une si bonne éducation.

— Et, de plus, ajouta Elizabeth, il est très joli garçon, ce qui ne gâte rien. On peut donc le déclarer parfait.

— J'ai été très flattée qu'il m'invite une seconde fois ; je ne m'attendais pas à un tel hommage.

— Moi, je n'en ai pas été surprise. C'était très naturel. Pouvait-il ne pas s'apercevoir que vous étiez infiniment plus jolie que toutes les autres danseuses ?... Il n'y a pas lieu de lui en être reconnaissante. Cela dit, il est certainement très agréable et je vous autorise à lui accorder votre sympathie. Vous l'avez donnée à bien d'autres qui ne le valaient pas.

— Ma chère Lizzy !

— La vérité, c'est que vous êtes portée à juger tout le monde avec trop de bienveillance : vous ne voyez jamais de défaut à personne. De ma vie, je ne vous ai entendue critiquer qui que ce soit.

— Je ne veux juger personne trop précipitamment, mais je dis toujours ce que je pense.

— Je le sais, et c'est ce qui m'étonne. Comment, avec votre bon sens, pouvez-vous être aussi loyalement aveuglée sur la sottise d'autrui ? Il n'y a que vous qui ayez assez de candeur pour ne voir jamais chez les gens que leur bon côté... Alors, les sœurs de ce jeune homme vous plaisent aussi ? Elles sont pourtant beaucoup moins sympathiques que lui

— Oui, au premier abord, mais quand on cause avec elles on s'aperçoit qu'elles sont fort aimables. Miss Bingley va venir habiter avec son frère, et je serais fort surprise si nous ne trouvions en elle une agréable voisine.

Elizabeth ne répondit pas, mais elle n'était pas convaincue. L'attitude des sœurs de Mr. Bingley au bal ne lui avait pas révélé chez elles le désir de se rendre agréables à tout le monde. D'un esprit plus observateur et d'une nature moins simple que celle de Jane, n'étant pas, de plus, influencée par les attentions de ces dames, Elizabeth était moins disposée à les juger favorablement. Elle voyait en elles d'élégantes personnes, capables de se mettre en frais pour qui leur plaisait, mais, somme toute, fières et affectées.

Mrs. Hurst et miss Bingley étaient assez jolies, elles avaient été élevées dans un des meilleurs pensionnats de Londres et possédaient une fortune de vingt mille livres, mais l'habitude de dépenser sans compter et de fréquenter la haute société les portait à avoir d'elles-mêmes une excellente opinion et à juger leur prochain avec quelque dédain. Elles appartenaient à une très bonne famille du nord de l'Angleterre, chose dont elles se souvenaient plus volontiers que de l'origine de leur fortune qui avait été faite dans le commerce.

Mr. Bingley avait hérité d'environ cent mille livres de son père. Celui-ci, qui souhaitait acheter un domaine, n'avait pas vécu assez longtemps pour exécuter son projet. Mr. Bingley avait la même intention et ses sœurs désiraient vivement la lui voir réaliser. Bien qu'il n'eût fait que louer Netherfield, miss Bingley était toute prête à diriger sa maison, et Mrs. Hurst, qui avait épousé un homme plus brillant que fortuné, n'était pas moins disposée à considérer la demeure de son frère comme la sienne. Il y avait à peine deux ans que Mr. Bingley avait atteint sa majorité, lorsque, par un effet du hasard, il avait entendu parler du domaine de Netherfield. Il était allé le visiter, l'avait parcouru en une demi-heure, et, le site et la maison lui plaisant, s'était décidé à louer sur-le-champ.

En dépit d'une grande opposition de caractères, Bingley et Darcy étaient unis par une solide amitié. Darcy aimait Bingley pour sa nature confiante et docile, deux dispositions pourtant si éloignées de son propre caractère. Bingley, de son côté, avait la plus grande confiance dans l'amitié de Darcy et la plus haute opinion de son jugement. Il lui était inférieur par l'intelligence, bien que lui-même n'en fût point dépourvu, mais Darcy était hautain, distant, d'une courtoisie froide et décourageante, et, à cet égard, son ami reprenait l'avantage. Partout où il paraissait, Bingley était sûr de plaire ; les manières de Darcy n'inspiraient trop souvent que de l'éloignement.

Il n'y avait qu'à les entendre parler du bal de Meryton pour juger de leurs caractères : Bingley n'avait, de sa vie, rencontré des gens plus aimables, des jeunes filles plus jolies ; tout le monde s'était montré plein d'attentions pour lui ; point de raideur ni de cérémonie ; il s'était bientôt senti en pays de connaissance ; quant à miss Bennet, c'était véritablement un ange de beauté !... Mr. Darcy, au contraire, n'avait vu là qu'une collection de gens chez qui il n'avait trouvé ni élégance ni charme ; personne ne lui avait inspiré le moindre intérêt ; personne ne lui avait marqué de sympathie ni procuré d'agrément. Il reconnaissait que miss Bennet était jolie, mais elle souriait trop.

Mrs. Hurst et sa sœur étaient de cet avis ; cependant, Jane leur plaisait ; elles déclarèrent que c'était une aimable personne avec laquelle on pouvait assurément se lier. Et leur frère se sentit autorisé par ce jugement à rêver à miss Bennet tout à sa guise.

5

A peu de distance de Longbourn vivait une famille avec laquelle les Bennet étaient particulièrement liés.

Sir William Lucas avait commencé par habiter Meryton où il se faisait une petite fortune dans les affaires lorsqu'il s'était vu élever à la dignité de Chevalier à la suite d'un discours qu'il avait adressé au roi comme maire de la ville. Cette distinction lui avait un peu tourné la tête en lui donnant le dégoût du commerce et de la vie simple de sa petite ville. Quittant l'un et l'autre, il était venu se fixer avec sa famille dans une propriété située à un mile de Meryton qui prit dès lors le nom de « Lucas Lodge ». Là, délivré du joug des affaires, il pouvait à loisir méditer sur son importance et s'appliquer à devenir l'homme le plus courtois de l'univers. Son nouveau titre l'enchantait, sans lui donner pour cela le moindre soupçon d'arrogance ; il se multipliait, au contraire, en attentions pour tout le monde. Inoffensif, bon et serviable par nature, sa présentation à Saint-James avait fait de lui un gentilhomme.

Lady Lucas était une très bonne personne à qui ses

facultés moyennes permettaient de voisiner agréablement avec Mrs. Bennet. Elle avait plusieurs enfants et l'aînée, jeune fille de vingt-sept ans, intelligente et pleine de bon sens, était l'amie particulière d'Elizabeth.

Les demoiselles Lucas et les demoiselles Bennet avaient l'habitude de se réunir, après un bal, pour échanger leurs impressions. Aussi, dès le lendemain de la soirée de Meryton on vit arriver les demoiselles Lucas à Longbourn.

— Vous avez bien commencé la soirée, Charlotte, dit Mrs. Bennet à miss Lucas avec une amabilité un peu forcée. C'est vous que Mr. Bingley a invitée la première.

— Oui, mais il a paru de beaucoup préférer la danseuse qu'il a invitée la seconde.

— Oh ! vous voulez parler de Jane parce qu'il l'a fait danser deux fois. C'est vrai, il avait l'air de l'admirer assez, et je crois même qu'il faisait plus que d'en avoir l'air... On m'a dit là-dessus quelque chose — je ne sais plus trop quoi — où il était question de Mr. Robinson...

— Peut-être s'agit-il de la conversation entre Mr. Bingley et Mr. Robinson que j'ai entendue par hasard ; ne vous l'ai-je pas répétée ? Mr. Robinson lui demandait ce qu'il pensait de nos réunions de Meryton, s'il ne trouvait pas qu'il y avait beaucoup de jolies personnes parmi les danseuses et laquelle était à son avis la plus jolie. A cette question Mr. Bingley a répondu sans hésiter : « Oh ! l'aînée des demoiselles Bennet ; cela ne fait pas de doute. »

— Voyez-vous ! Eh bien ! voilà qui est parler net. Il semble en effet que... Cependant, il se peut que tout cela ne mène à rien...

— J'ai entendu cette conversation bien à propos. Je n'en dirai pas autant pour celle que vous avez surprise, Eliza, dit Charlotte. Les réflexions de Mr. Darcy sont moins gracieuses que celles de son ami. Pauvre Eliza ! s'entendre qualifier tout juste de « passable » !

— Je vous en prie, ne poussez pas Lizzy à se formaliser de cette impertinence. Ce serait un grand malheur de plaire à un homme aussi désagréable. Mrs. Long me disait hier soir qu'il était resté une demi-heure à côté d'elle sans desserrer les lèvres.

— Ne faites-vous pas erreur, maman ? dit Jane. J'ai certainement vu Mr. Darcy lui parler.

— Ah oui, parce qu'à la fin elle lui a demandé s'il se plaisait à Netherfield et force lui a été de répondre, mais il paraît qu'il avait l'air très mécontent qu'on prît la liberté de lui adresser la parole.

— Miss Bingley dit qu'il n'est jamais loquace avec les étrangers, mais que dans l'intimité c'est le plus aimable causeur.

— Je n'en crois pas un traître mot, mon enfant : s'il était si aimable, il aurait causé avec Mrs. Long. Non, je sais ce qu'il en est : Mr. Darcy — tout le monde en convient — est bouffi d'orgueil. Il aura su, je pense, que Mrs. Long n'a pas d'équipage et que c'est dans une voiture de louage qu'elle est venue au bal.

— Cela m'est égal qu'il n'ait pas causé avec Mrs. Long, dit Charlotte, mais j'aurais trouvé bien qu'il dansât avec Eliza.

— Une autre fois, Lizzy, dit la mère, à votre place, je refuserais de danser avec lui.

— Soyez tranquille, ma mère, je crois pouvoir vous promettre en toute sûreté que je ne danserai jamais avec lui.

— Cet orgueil, dit miss Lucas, me choque moins chez lui parce que j'y trouve des excuses. On ne peut s'étonner qu'un jeune homme aussi bien physiquement et pourvu de toutes sortes d'avantages tels que le rang et la fortune ait de lui-même une haute opinion. Il a, si je puis dire, un peu le droit d'avoir de l'orgueil.

— Sans doute, fit Elizabeth, et je lui passerais volontiers son orgueil s'il n'avait pas modifié le mien.

— L'orgueil, observa Mary qui se piquait de psychologie, est, je crois, un sentiment très répandu. La nature nous y porte et bien peu parmi nous échappent à cette complaisance que l'on nourrit pour soi-même à cause de telles ou telles qualités souvent imaginaires. La vanité et l'orgueil sont choses différentes, bien qu'on emploie souvent ces deux mots l'un pour l'autre ; on peut être orgueilleux sans être vaniteux. L'orgueil se rapporte plus à l'opinion que nous avons de nous-mêmes, la vanité à celle que nous voudrions que les autres aient de nous.

— Si j'étais aussi riche que Mr. Darcy, s'écria un jeune Lucas qui avait accompagné ses sœurs, je me moquerais bien de tout cela ! Je commencerais par avoir une meute pour la chasse au renard, et je boirais une bouteille de vin fin à chacun de mes repas.

6

Les dames de Longbourn ne tardèrent pas à faire visite aux dames de Netherfield et celles-ci leur rendirent leur politesse suivant toutes les formes. Le charme de Jane accrut les dispositions bienveillantes de Mrs. Hurst et de miss Bingley à son égard et, tout en jugeant la mère ridicule et les plus jeunes sœurs insignifiantes, elles exprimèrent aux deux aînées le désir de faire avec elles plus ample connaissance.

Jane reçut cette marque de sympathie avec un plaisir extrême, mais Elizabeth trouva qu'il y avait toujours bien de la hauteur dans les manières de ces dames, même à l'égard de sa sœur. Décidément, elle ne les aimait point ; cependant, elle appréciait leurs avances, voulant y voir l'effet de l'admiration que leur frère éprouvait pour Jane. Cette admiration devenait plus évidente à chacune de leurs rencontres et pour Elizabeth il semblait également certain que Jane cédait de plus en plus à la sympathie qu'elle avait ressentie dès le commencement pour Mr. Bingley. Bien heureusement, pensait Elizabeth, personne ne devait s'en apercevoir. Car, à beaucoup de sensibilité, Jane unissait une égalité d'humeur et une maîtrise d'elle-même qui la préservaient des curiosités indiscrètes.

Elizabeth fit part de ces réflexions à miss Lucas.

— Il peut être agréable en pareil cas de tromper des indifférents, répondit Charlotte ; mais une telle réserve ne peut-elle parfois devenir un désavantage ? Si une jeune fille cache avec tant de soin sa préférence à celui qui en est l'objet, elle risque de perdre l'occasion de le fixer, et se dire ensuite que le monde n'y a rien vu est une bien mince consolation. La gratitude et la vanité jouent un tel rôle dans le développement d'une inclination qu'il n'est pas prudent de l'abandonner à elle-même. Votre sœur plaît à Bingley sans aucun doute, mais tout peut en rester là, si elle ne l'encourage pas.

— Votre conseil serait excellent, si le désir de faire un beau mariage était seul en question ; mais ce n'est pas le cas de Jane. Elle n'agit point par calcul ; elle n'est même pas encore sûre de la profondeur du sentiment qu'elle éprouve, et elle se demande sans doute si ce sentiment est raisonnable. Voilà seulement quinze jours qu'elle a fait la connaissance de Mr. Bingley : elle a bien dansé quatre fois avec lui à Meryton, l'a vu en visite à Netherfield un matin, et s'est trouvée à plusieurs dîners où lui-même était invité ; mais ce n'est pas assez pour le bien connaître.

— Allons, dit Charlotte, je fais de tout cœur des vœux pour le bonheur de Jane ; mais je crois qu'elle aurait tout autant de chances d'être heureuse, si elle épousait Mr. Bingley demain, que si elle se met à étudier son caractère pendant une année entière ; car le bonheur en ménage est pure affaire de hasard. La félicité de deux époux ne m'apparaît pas devoir être plus grande du fait qu'ils se connaissaient à fond avant leur mariage ; cela n'empêche pas les divergences de naître ensuite et de provoquer les inévitables déceptions. Mieux vaut, à mon avis, ignorer le plus possible les défauts de celui qui partagera votre existence !

— Vous m'amusez, Charlotte ; mais ce n'est pas sérieux, n'est-ce pas ? Non, et vous-même n'agiriez pas ainsi.

Tandis qu'elle observait ainsi Mr. Bingley, Elizabeth était bien loin de soupçonner qu'elle commençait elle-même à attirer l'attention de son ami. Mr. Darcy avait refusé tout d'abord de la trouver jolie. Il l'avait regardée avec indifférence au bal de Meryton et ne s'était occupé d'elle ensuite que pour la critiquer. Mais à peine avait-il convaincu son entourage du manque de beauté de la jeune fille qu'il s'aperçut que ses grands yeux sombres donnaient à sa physionomie une expression singulièrement intelligente. D'autres découvertes suivirent, aussi mortifiantes : il dut reconnaître à Elizabeth une silhouette fine et gracieuse et, lui qui avait déclaré que ses manières n'étaient pas celles de la haute société, il se sentit séduit par leur charme tout spécial fait de naturel et de gaieté.

De tout ceci Elizabeth était loin de se douter. Pour elle, Mr. Darcy était seulement quelqu'un qui ne cherchait jamais à se rendre agréable et qui ne l'avait pas jugée assez jolie pour la faire danser.

Mr. Darcy éprouva bientôt le désir de la mieux connaître, mais avant de se décider à entrer en conversation avec elle, il commença par l'écouter lorsqu'elle causait avec ses amies. Ce fut chez sir William Lucas où une nombreuse société se trouvait réunie que cette manœuvre éveilla pour la première fois l'attention d'Elizabeth.

— Je voudrais bien savoir, dit-elle à Charlotte, pourquoi Mr. Darcy prenait tout à l'heure un si vif intérêt à ce que je disais au colonel Forster.

— Lui seul pourrait vous le dire.

— S'il recommence, je lui montrerai que je m'en aperçois. Je n'aime pas son air ironique. Si je ne lui sers pas bientôt une impertinence de ma façon, vous verrez qu'il finira par m'intimider !

Et comme, peu après, Mr. Darcy s'approchait des deux jeunes filles sans manifester l'intention de leur adresser la parole, miss Lucas mit son amie au défi d'exécuter sa menace. Ainsi provoquée, Elizabeth se tourna vers le nouveau venu et dit :

— N'êtes-vous pas d'avis, Mr. Darcy, que je m'exprimais tout à l'heure avec beaucoup d'éloquence lorsque je tourmentais le colonel Forster pour qu'il donne un bal à Meryton ?

— Avec une grande éloquence. Mais, c'est là un sujet qui en donne toujours aux jeunes filles.

— Vous êtes sévère pour nous.

— Et maintenant, je vais la tourmenter à son tour, intervint miss Lucas. Eliza, j'ouvre le piano et vous savez ce que cela veut dire...

— Quelle singulière amie vous êtes de vouloir me faire jouer et chanter en public ! Je vous en serais reconnaissante si j'avais des prétentions d'artiste, mais, pour l'instant, je préférerais me taire devant un auditoire habitué à entendre les plus célèbres virtuoses.

Puis, comme miss Lucas insistait, elle ajouta :

— C'est bien ; puisqu'il le faut, je m'exécute.

Le talent d'Elizabeth était agréable sans plus. Quand elle eut chanté un ou deux morceaux, avant même qu'elle eût pu répondre aux instances de ceux qui lui en demandaient un autre, sa sœur Mary, toujours impatiente de se produire, la remplaça au piano.

Mary, la seule des demoiselles Bennet qui ne fût pas jolie, se donnait beaucoup de peine pour perfectionner son éducation. Malheureusement, la vanité qui animait son ardeur au travail lui donnait en même temps un air pédant et satisfait qui aurait gâté un talent plus grand que le sien. Elizabeth jouait beaucoup moins bien que Mary, mais, simple et naturelle, on l'avait écoutée avec plus de plaisir que sa sœur. A la fin d'un interminable concerto, Mary fut heureuse d'obtenir quelques bravos en jouant des airs écossais réclamés par ses plus jeunes sœurs qui se mirent à danser à l'autre bout du salon avec deux ou trois officiers et quelques membres de la famille Lucas.

Non loin de là, Mr. Darcy regardait les danseurs avec désapprobation, ne comprenant pas qu'on pût ainsi passer toute une soirée sans réserver un moment pour la conversation ; il fut soudain tiré de ses réflexions par la voix de sir William Lucas :

— Quel joli divertissement pour la jeunesse que la danse, Mr. Darcy ! A mon avis, c'est le plaisir le plus raffiné des sociétés civilisées.

— Certainement, monsieur, et il a l'avantage d'être également en faveur parmi les sociétés les moins civilisées : tous les sauvages dansent.

Sir William se contenta de sourire.

— Votre ami danse à la perfection, continua-t-il au bout d'un instant en voyant Bingley se joindre au groupe des danseurs. Je ne doute pas que vous-même, Mr. Darcy, vous n'excelliez dans cet art. Dansez-vous souvent à la cour ?

— Jamais, monsieur.

— Ce noble lieu mériterait pourtant cet hommage de votre part.

— C'est un hommage que je me dispense toujours de rendre lorsque je puis m'en dispenser.

— Vous avez un hôtel à Londres, m'a-t-on dit ?

Mr. Darcy s'inclina, mais ne répondit rien.

— J'ai eu jadis des velléités de m'y fixer moi-même car j'aurais aimé vivre dans un monde cultivé, mais j'ai craint que l'air de la ville ne fût contraire à la santé de lady Lucas.

Ces confidences restèrent encore sans réponse. Voyant

alors Elizabeth qui venait de leur côté, sir William eut une idée qui lui sembla des plus galantes.

— Comment ! ma chère miss Eliza, vous ne dansez pas ? s'exclama-t-il. Mr. Darcy, laissez-moi vous présenter cette jeune fille comme une danseuse remarquable. Devant tant de beauté et de charme, je suis certain que vous ne vous déroberez pas.

Et, saisissant la main d'Elizabeth, il allait la placer dans celle de Mr. Darcy qui, tout étonné, l'aurait cependant prise volontiers, lorsque la jeune fille la retira brusquement en disant d'un ton vif :

— En vérité, monsieur, je n'ai pas la moindre envie de danser et je vous prie de croire que je ne venais point de ce côté quêter un cavalier.

Avec courtoisie Mr. Darcy insista pour qu'elle consentît à lui donner la main, mais ce fut en vain. La décision d'Elizabeth était irrévocable et sir William lui-même ne put l'en faire revenir.

— Vous dansez si bien, miss Eliza, qu'il est cruel de me priver du plaisir de vous regarder, et Mr. Darcy, bien qu'il apprécie peu ce passe-temps, était certainement tout prêt à me donner cette satisfaction pendant une demi-heure.

Elizabeth sourit d'un air moqueur et s'éloigna. Son refus ne lui avait point fait tort auprès de Mr. Darcy, et il pensait à elle avec une certaine complaisance lorsqu'il se vit interpeller par miss Bingley.

— Je devine le sujet de vos méditations, dit-elle.

— En êtes-vous sûre ?

— Vous songez certainement qu'il vous serait bien désagréable de passer beaucoup de soirées dans le genre de celle-ci. C'est aussi mon avis. Dieu ! que ces gens sont insignifiants, vulgaires et prétentieux ! Je donnerais beaucoup pour vous entendre dire ce que vous pensez d'eux.

— Vous vous trompez tout à fait ; mes réflexions étaient d'une nature beaucoup plus agréable : je songeais seulement au grand plaisir que peuvent donner deux beaux yeux dans le visage d'une jolie femme.

Miss Bingley le regarda fixement en lui demandant quelle personne pouvait lui inspirer ce genre de réflexion.

— Miss Elizabeth Bennet, répondit Mr. Darcy sans sourciller.

— Miss Elizabeth Bennet ! répéta miss Bingley. Je n'en reviens pas. Depuis combien de temps occupe-t-elle ainsi vos pensées, et quand faudra-t-il que je vous présente mes vœux de bonheur ?

— Voilà bien la question que j'attendais. L'imagination des femmes court vite et saute en un clin d'œil de l'admiration à l'amour et de l'amour au mariage. J'étais sûr que vous alliez m'offrir vos félicitations.

— Oh ! si vous le prenez ainsi, je considère la chose comme faite. Vous aurez en vérité une délicieuse belle-mère et qui vous tiendra sans doute souvent compagnie à Pemberley.

Mr. Darcy écouta ces plaisanteries avec la plus parfaite indifférence et, rassurée par son air impassible, miss Bingley donna libre cours à sa verve moqueuse.

7

La fortune de Mr. Bennet consistait presque tout entière en un domaine d'un revenu de deux mille livres mais qui, malheureusement pour ses filles, devait, à défaut d'héritier mâle, revenir à un cousin éloigné. L'avoir de leur mère, bien qu'appréciable, ne pouvait compenser une telle perte. Mrs. Bennet, qui était la fille d'un avoué de Meryton, avait hérité de son père quatre mille livres ; elle avait une sœur mariée à un Mr. Philips, ancien clerc et successeur de son père, et un frère honorablement établi à Londres dans le commerce.

Le village de Longbourn n'était qu'à un mile de Meryton, distance commode pour les jeunes filles qui, trois ou quatre fois par semaine, éprouvaient l'envie d'aller présenter leurs devoirs à leur tante ainsi qu'à la modiste qui lui faisait face de l'autre côté de la rue. Les deux benjamines, d'esprit plus frivole que leurs aînées, mettaient à rendre ces visites un empressement particulier. Quand il n'y avait rien de mieux à faire, une promenade à Meryton occupait leur matinée et fournissait un sujet de conversation pour la soirée. Si peu fertile que fût le pays en événements extraordinaires, elles arrivaient toujours à glaner quelques nouvelles chez leur tante.

Actuellement elles étaient comblées de joie par la récente arrivée dans le voisinage d'un régiment de la milice. Il devait y cantonner tout l'hiver et Meryton était le quartier général. Les visites à Mrs. Philips étaient maintenant fécondes en informations du plus haut intérêt, chaque jour ajoutait quelque chose à ce que l'on savait sur les officiers, leurs noms, leurs familles, et bientôt l'on fit connaissance avec les officiers eux-mêmes. Mr. Philips leur fit visite à tous, ouvrant ainsi à ses nièces une source de félicité inconnue jusqu'alors. Du coup, elles ne parlèrent plus que des officiers, et la grande fortune de Mr. Bingley, dont l'idée seule faisait vibrer l'imagination de leur mère, n'était rien pour elles, comparée à l'uniforme rouge d'un sous-lieutenant.

Un matin, après avoir écouté leur conversation sur cet inépuisable sujet, Mr. Bennet observa froidement :

— Tout ce que vous me dites me fait penser que vous êtes deux des filles les plus sottes de la région. Je m'en doutais depuis quelque temps, mais aujourd'hui, j'en suis convaincu.

Catherine, déconcertée, ne souffla mot, mais Lydia, avec une parfaite indifférence, continua d'exprimer son admiration pour le capitaine Carter et l'espoir de le voir le jour même car il partait le lendemain pour Londres.

— Je suis surprise, mon ami, intervint Mrs. Bennet, de vous entendre déprécier vos filles aussi facilement. Si j'étais en humeur de critique, ce n'est pas à mes propres enfants que je m'attaquerais.

— Si mes filles sont sottes, j'espère bien être capable de m'en rendre compte.

— Oui, mais il se trouve au contraire qu'elles sont toutes fort intelligentes.

— Voilà le seul point — et je m'en flatte — sur lequel nous sommes en désaccord. Je voulais croire que vos sentiments et les miens coïncidaient en toute chose mais je dois reconnaître qu'ils diffèrent en ce qui concerne nos deux plus jeunes filles que je trouve remarquablement niaises.

— Mon cher Mr. Bennet, vous ne pouvez vous attendre à trouver chez ces enfants le jugement de leur père et de leur mère. Lorsqu'elles auront notre âge, j'ose dire qu'elles ne penseront pas plus aux militaires que nous n'y pensons nous-mêmes. Je me rappelle le temps où j'avais aussi l'amour de l'uniforme ; à dire vrai je le garde toujours au fond du cœur et si un jeune et élégant colonel pourvu de cinq ou six mille livres de rente désirait la main d'une de mes filles, ce n'est pas moi qui le découragerais. L'autre soir, chez sir William, j'ai trouvé que le colonel Forster avait vraiment belle mine en uniforme.

— Maman, s'écria Lydia, ma tante dit que le colonel Forster et le capitaine Carter ne vont plus aussi souvent chez miss Watson et qu'elle les voit maintenant faire de fréquentes visites à la librairie Clarke.

La conversation fut interrompue par l'entrée du valet de chambre qui apportait une lettre adressée à Jane. Elle venait de Netherfield et un domestique attendait la réponse.

Les yeux de Mrs. Bennet étincelèrent de plaisir et, pendant que sa fille lisait, elle la pressait de questions :

— Eh bien ! Jane, de qui est-ce ? De quoi s'agit-il ? Voyons, répondez vite, ma chérie.

— C'est de miss Bingley, répondit Jane, et elle lut tout haut : « Chère amie, si vous n'avez pas la charité de venir dîner aujourd'hui avec Louisa et moi, nous courrons le risque de nous brouiller pour le reste de nos jours, car un tête-à-tête de toute une journée entre deux femmes ne peut se terminer sans querelle. Venez aussitôt ce mot reçu. Mon frère et ses amis doivent dîner avec les officiers. Bien à vous. Caroline Bingley. »

— Avec les officiers ! s'exclama Lydia. Je m'étonne que ma tante ne nous en ait rien dit.

— Ils dînent en ville, dit Mrs. Bennet. Pas de chance.

— Puis-je avoir la voiture ? demanda Jane.

— Non, mon enfant, vous ferez mieux d'y aller à cheval car le temps est à la pluie ; vous ne pourrez vraisemblablement pas revenir ce soir.

— Ce serait fort bien, dit Elizabeth, si vous étiez sûre que les Bingley n'offriront pas de la faire reconduire.

— Oh ! pour aller à Meryton, ces messieurs ont dû prendre le cabriolet de Mr. Bingley et les Hurst n'ont pas d'équipage.

— J'aimerais mieux y aller en voiture.

— Ma chère enfant, votre père ne peut donner les chevaux ; on en a besoin à la ferme, n'est-ce pas, Mr. Bennet ?

— On en a besoin à la ferme plus souvent que je ne puis les donner.

— Alors, si vous les donnez aujourd'hui, dit Elizabeth, vous servirez les projets de ma mère.

Mr. Bennet, finalement, reconnut que les chevaux étaient occupés. Jane fut donc obligée de partir à cheval et sa mère la conduisit jusqu'à la porte en formulant toutes sortes de joyeux pronostics sur le mauvais temps.

Son espérance se réalisa : Jane était à peine partie que

la pluie se mit à tomber avec violence. Ses sœurs n'étaient pas sans inquiétude à son sujet, mais sa mère était enchantée. La pluie continua toute la soirée sans arrêt : certainement, Jane ne pourrait pas revenir.

— J'ai eu là vraiment une excellente idée, dit Mrs. Bennet à plusieurs reprises, comme si c'était elle-même qui commandait à la pluie.

Ce ne fut cependant que le lendemain matin qu'elle apprit tout le succès de sa combinaison. Le breakfast s'achevait lorsqu'un domestique de Netherfield arriva, porteur d'une lettre pour Elizabeth :

« Ma chère Lizzy, je me sens très souffrante ce matin, du fait, je suppose, d'avoir été trempée jusqu'aux os hier. Mes aimables amies ne veulent pas entendre parler de mon retour à la maison avant que je sois mieux. Elles insistent pour que je voie Mr. Jones. Aussi ne vous alarmez pas si vous entendiez dire qu'il est venu pour moi à Netherfield. Je n'ai rien de sérieux, simplement un mal de gorge accompagné de migraine. Tout à vous..., etc. »

— Eh bien, ma chère amie, dit Mr. Bennet quand Elizabeth eut achevé de lire la lettre à haute voix, si l'indisposition de votre fille s'aggravait et se terminait mal, vous auriez la consolation de penser qu'elle l'a contractée en courant après Mr. Bingley pour vous obéir.

— Oh ! je suis sans crainte. On ne meurt pas d'un simple rhume. Elle est certainement bien soignée. Tant qu'elle reste là-bas on peut être tranquille. J'irais la voir si la voiture était libre.

Mais Elizabeth, vraiment anxieuse, décida de se rendre elle-même à Netherfield. Comme la voiture n'était pas disponible et que la jeune fille ne montait pas à cheval, elle n'avait d'autre possibilité que d'y aller à pied.

— Avec une boue pareille ? A quoi pensez-vous ! s'écria sa mère lorsqu'elle annonça son intention. Vous ne serez pas présentable en arrivant.

— Je le serai suffisamment pour voir Jane et c'est tout ce que je veux.

— Donnez-vous à entendre, dit le père, que je devrais envoyer chercher les chevaux ?

— Nullement ; je ne crains pas la marche. La distance n'est rien quand on a un motif pressant et il n'y a que trois miles ; je serai de retour avant le dîner.

— J'admire l'ardeur de votre dévouement fraternel, déclara Mary. Mais toute impulsion du sentiment devrait être réglée par la raison, et l'effort, à mon avis, doit toujours être proportionné au but qu'on se propose.

— Nous vous accompagnons jusqu'à Meryton, dirent Catherine et Lydia.

Elizabeth accepta leur compagnie et les trois jeunes filles partirent ensemble.

— Si nous nous dépêchons, dit Lydia en cours de route, peut-être apercevrons-nous le capitaine Carter avant son départ.

A Meryton elles se séparèrent. Les deux plus jeunes se rendirent chez la femme d'un officier tandis qu'Elizabeth poursuivait seule son chemin. On eût pu la voir, dans son impatience d'arriver, aller à travers champs, franchir les échaliers, sauter les flaques d'eau, pour se trouver enfin devant la maison, les jambes lasses, les bas crottés, et les joues enflammées par l'exercice.

Elle fut introduite dans la salle à manger où tout le monde était réuni sauf Jane. Son apparition causa une vive surprise. Que seule, à cette heure matinale, elle eût fait trois miles dans une boue pareille, Mrs. Hurst et miss Bingley n'en revenaient pas et, dans leur étonnement, Elizabeth sentit nettement de la désapprobation. Elles lui firent toutefois un accueil très poli. Dans les manières de leur frère il y avait mieux que de la politesse, il y avait de la cordialité ; Mr. Darcy dit peu de choses et Mr. Hurst rien du tout. Le premier, tout en admirant le teint d'Elizabeth avivé par la marche, se demandait s'il y avait réellement motif à ce qu'elle eût fait seule une si longue course ; le second ne pensait qu'à achever son déjeuner.

Les questions d'Elizabeth au sujet de sa sœur reçurent

une réponse peu satisfaisante. Miss Bennet avait mal dormi ; elle s'était levée cependant, mais se sentait fiévreuse et n'avait pas quitté sa chambre. Elizabeth se fit conduire immédiatement auprès d'elle et Jane, qui, par crainte d'alarmer les siens, n'avait pas osé réclamer une visite, fut ravie de la voir entrer. Son état ne lui permettait pas de parler beaucoup et, quand miss Bingley les eut laissées ensemble, elle se borna à exprimer sa reconnaissance pour l'extrême bonté qu'on lui témoignait.

Leur déjeuner terminé, les deux sœurs vinrent les rejoindre et Elizabeth elle-même se sentit touchée en voyant l'affection et la sollicitude dont elles entouraient Jane. Le médecin, arrivant à ce moment, examina la malade et déclara comme on s'y attendait qu'elle avait pris un gros rhume qui demandait à être soigné sérieusement. Il lui conseilla de se remettre au lit et promit de lui envoyer quelques potions. Jane obéit docilement car les symptômes de fièvre augmentaient ainsi que les douleurs de tête.

Elizabeth ne quitta pas un instant la chambre de sa sœur et Mrs. Hurst et miss Bingley ne s'en éloignèrent pas beaucoup non plus. Les messieurs étant sortis, elles n'avaient rien de plus intéressant à faire.

Quand l'horloge sonna trois heures, Elizabeth, bien à contrecœur, annonça son intention de repartir. Miss Bingley lui offrit de la faire reconduire en voiture, mais Jane témoigna une telle contrariété à la pensée de voir sa sœur la quitter que miss Bingley se vit obligée de transformer l'offre du cabriolet en une invitation à demeurer à Netherfield qu'Elizabeth accepta avec beaucoup de reconnaissance. Un domestique fut donc envoyé à Longbourn pour mettre leur famille au courant et rapporter le supplément de linge et de vêtements dont elles avaient besoin.

8

A cinq heures, Mrs. Hurst et miss Bingley allèrent s'habiller, et à six heures et demie, on annonçait à Elizabeth que le dîner était servi. Quand elle entra dans la salle à manger, elle fut assaillie de questions parmi lesquelles elle eut le plaisir de noter la sollicitude toute spéciale exprimée par Mr. Bingley. Comme elle répondait que l'état de Jane ne s'améliorait pas, les deux sœurs répétèrent trois ou quatre fois qu'elles en étaient désolées, qu'un mauvais rhume est une chose bien désagréable et qu'elles-mêmes avaient horreur d'être malades ; après quoi elles s'occupèrent d'autre chose, laissant à penser que Jane, hors de leur présence, ne comptait plus beaucoup pour elles et cette indifférence réveilla aussitôt l'antipathie d'Elizabeth.

Leur frère était vraiment la seule personne de la maison qu'elle jugeât avec faveur. Son anxiété au sujet de l'état de Jane était manifeste, et ses attentions pour Elizabeth des plus aimables. Grâce à lui elle avait moins l'impression d'être une intruse dans leur cercle familial. Parmi les autres, personne ne s'occupait beaucoup d'elle : miss Bingley n'avait d'yeux que pour Mr. Darcy, sa sœur également ; Mr. Hurst, qui se trouvait à côté d'Elizabeth, était un homme indolent qui ne vivait que pour manger, boire et jouer aux cartes, et lorsqu'il eut découvert que sa voisine préférait les plats simples aux mets compliqués, il ne trouva plus rien à lui dire.

Le dîner terminé, elle remonta directement auprès de Jane. Elle avait à peine quitté sa place que miss Bingley se mettait à faire son procès : ses manières, mélange de présomption et d'impertinence, furent déclarées très déplaisantes ; elle était dépourvue de conversation et n'avait ni élégance, ni goût, ni beauté. Mrs. Hurst pensait de même et ajouta :

— Il faut lui reconnaître une qualité, celle d'être une excellente marcheuse. Je n'oublierai jamais son arrivée, ce matin ; son aspect était inénarrable !

— En effet, Louisa, j'avais peine à garder mon sérieux. Est-ce assez ridicule de courir la campagne pour une sœur enrhumée ! Et ses cheveux tout ébouriffés !

— Et son jupon ! Avez-vous vu son jupon ? Il avait bien un demi-pied de boue que sa robe n'arrivait pas à cacher.

— Votre description peut être très exacte, Louisa, dit Bingley, mais rien de tout cela ne m'a frappé. Miss Elizabeth Bennet m'a paru tout à fait à son avantage quand elle est arrivée ce matin, et je n'ai pas remarqué son jupon boueux.

— Vous, Mr. Darcy, vous l'avez remarqué, j'en suis sûre, dit miss Bingley, et j'incline à penser que vous n'aimeriez pas voir votre sœur s'exhiber dans une telle tenue.

— Evidemment non.

— Faire ainsi je ne sais combien de miles dans la boue, toute seule ! A mon avis, cela dénote un abominable esprit d'indépendance et un mépris des convenances des plus campagnards.

— A mes yeux, c'est une preuve très touchante de tendresse fraternelle, dit Bingley.

— Je crains bien, Mr. Darcy, observa confidentiellement miss Bingley, que cet incident ne fasse tort à votre admiration pour les beaux yeux de miss Elizabeth.

— En aucune façon, répliqua Darcy : la marche les avait rendus encore plus brillants.

Un court silence suivit ces paroles après lequel Mrs. Hurst reprit :

— J'ai beaucoup de sympathie pour Jane Bennet qui est vraiment charmante et je souhaite de tout cœur lui voir faire un joli mariage, mais avec une famille comme la sienne, je crains bien qu'elle n'ait point cette chance.

— Il me semble vous avoir entendue dire qu'elle avait un oncle avoué à Meryton ?

— Oui, et un autre à Londres qui habite quelque part du côté de Cheapside.

— Quartier des plus élégants, ajouta sa sœur, et toutes deux se mirent à rire aux éclats.

— Et quand elles auraient des oncles à en remplir Cheapside, s'écria Bingley, ce n'est pas cela qui les rendrait moins aimables.

— Oui, mais cela diminuerait singulièrement leurs chances de se marier dans la bonne société, répliqua Darcy.

Bingley ne dit rien, mais ses sœurs approuvèrent cha leureusement, et pendant quelque temps encore donnèrent libre cours à leur gaieté aux dépens de la parenté vulgaire de leur excellente amie.

Cependant, reprises par un accès de sollicitude, elles montèrent à sa chambre en quittant la salle à manger et restèrent auprès d'elle jusqu'à ce qu'on les appelât pour le café. Jane souffrait toujours beaucoup et sa sœur ne voulait pas la quitter ; cependant, tard dans la soirée, ayant eu le soulagement de la voir s'endormir, elle se dit qu'il serait plus correct, sinon plus agréable, de descendre un moment.

En entrant dans le salon, elle trouva toute la société en train de jouer à la mouche et fut immédiatement priée de se joindre à la partie. Comme elle soupçonnait qu'on jouait gros jeu, elle déclina l'invitation et, donnant comme excuse son rôle de garde-malade, dit qu'elle prendrait volontiers un livre pendant les quelques instants où elle pouvait rester en bas. Mr. Hurst la regarda, stupéfait.

— Préféreriez-vous la lecture aux cartes ? demanda-t-il. Quel goût singulier !

— Miss Elizabeth Bennet dédaigne les cartes, répondit miss Bingley, et la lecture est son unique passion.

— Je ne mérite ni cette louange ni ce reproche, répliqua Elizabeth. Je ne suis point aussi fervente de lecture que vous l'affirmez, et je prends plaisir à beaucoup d'autres choses.

— Vous prenez plaisir, j'en suis sûr, à soigner votre sœur, intervint Bingley, et j'espère que ce plaisir sera bientôt redoublé par sa guérison.

Elizabeth remercia cordialement, puis se dirigea vers une table où elle voyait quelques livres. Bingley aussitôt lui offrit d'aller en chercher d'autres.

— Pour votre agrément, comme pour ma réputation, je souhaiterais avoir une bibliothèque mieux garnie, mais voilà, je suis très paresseux, et, bien que je possède peu de livres, je ne les ai même pas tous lus.

— Je suis surprise, dit miss Bingley, que mon père ait laissé si peu de livres. Mais vous, Mr. Darcy, quelle merveilleuse bibliothèque vous avez à Pemberley !

— Rien d'étonnant à cela, répondit-il, car elle est l'œuvre de plusieurs générations.

— Et vous-même travaillez encore à l'enrichir. Vous êtes toujours en train d'acheter des livres.

— Je ne comprends pas qu'on puisse négliger une bibliothèque de famille !

— Je suis sûre que vous ne négligez rien de ce qui peut ajouter à la splendeur de votre belle propriété. Charles, lorsque vous vous ferez bâtir une résidence, je vous conseille sérieusement d'acheter le terrain aux environs de Pemberley et de prendre le manoir de Mr. Darcy comme modèle. Il n'y a pas en Angleterre de plus beau comté que le Derbyshire.

— Certainement. J'achèterai même Pemberley si Darcy veut me le vendre.

— Charles, je parle de choses réalisables.

— Ma parole, Caroline, je crois qu'il serait plus facile d'acheter Pemberley que de le copier.

Elizabeth, intéressée par la conversation, se laissa distraire de sa lecture. Elle posa bientôt son livre et, s'approchant de la table, prit place entre Mr. Bingley et sa sœur aînée pour suivre la partie.

— Miss Darcy a-t-elle beaucoup changé depuis ce printemps ? dit miss Bingley. Promet-elle d'être aussi grande que moi ?

— Je crois que oui ; elle est maintenant à peu près de la taille de miss Elizabeth, ou même plus grande.

— Comme je serais heureuse de la revoir ! Je n'ai jamais rencontré personne qui me fût plus sympathique. Elle a des manières si gracieuses, elle est si accomplie pour son âge ! Son talent de pianiste est vraiment remarquable.

— Je voudrais savoir, dit Bingley, comment font les jeunes filles pour acquérir tant de talents. Toutes savent peindre de petites tables, broder des éventails, tricoter des bourses ; je n'en connais pas une qui ne sache faire tout cela ; jamais je n'ai entendu parler d'une jeune fille sans être aussitôt informé qu'elle était « parfaitement accomplie ».

— Ce n'est que trop vrai, dit Darcy. On qualifie ainsi nombre de femmes qui ne savent en effet que broder un écran ou tricoter une bourse, mais je ne puis souscrire à votre jugement général sur les femmes. Pour ma part je n'en connais pas dans mes relations plus d'une demi-douzaine qui méritent réellement cet éloge.

— Alors, observa Elizabeth, c'est que vous faites entrer beaucoup de choses dans l'idée que vous vous formez d'une femme accomplie.

— Beaucoup en effet.

— Oh ! sans doute, s'écria miss Bingley, sa fidèle alliée, pour qu'une femme soit accomplie, il faut qu'elle ait une connaissance approfondie de la musique, du chant, de la danse et des langues étrangères. Mais il faut encore qu'elle ait dans l'air, la démarche, le son de la voix, la manière de s'exprimer, un certain quelque chose faute de quoi ce qualificatif ne serait qu'à demi mérité.

— Et à tout ceci, ajouta Mr. Darcy, elle doit joindre un avantage plus essentiel en cultivant son intelligence par de nombreuses lectures.

— S'il en est ainsi, je ne suis pas surprise que vous ne connaissiez pas plus d'une demi-douzaine de femmes accomplies. Je m'étonne plutôt que vous en connaissiez autant.

— Etes-vous donc si sévère pour votre propre sexe ?

— Non, mais je n'ai jamais vu réunis tant de capacités, tant de goût, d'application et d'élégance.

Mrs. Hurst et miss Bingley protestèrent en chœur contre l'injustice d'Elizabeth, affirmant qu'elles connaissaient beaucoup de femmes répondant à ce portrait, lorsque Mr. Hurst les rappela à l'ordre en se plaignant amèrement de ce que personne ne prêtait attention au jeu. La conversation se trouvant suspendue, Elizabeth quitta peu après le salon.

— Elizabeth Bennet, dit miss Bingley dès que la porte fut refermée, est de ces jeunes filles qui cherchent à se faire valoir auprès de l'autre sexe en dénigrant le leur, et je crois que beaucoup d'hommes s'y laissent prendre ; mais c'est à mon avis un artifice bien méprisable.

— Sans aucun doute, répliqua Darcy à qui ces paroles s'adressaient spécialement, il y a quelque chose de méprisable dans *tous* les artifices que les femmes s'abaissent à mettre en œuvre pour nous séduire.

Miss Bingley fut trop peu satisfaite par cette réponse pour insister davantage sur ce sujet.

Lorsque Elizabeth reparut, ce fut seulement pour dire que sa sœur était moins bien et qu'il lui était impossible de la quitter. Bingley insistait pour qu'on allât chercher immédiatement Mr. Jones, tandis que ses sœurs, dédaignant ce praticien rustique, jugeaient qu'il vaudrait mieux envoyer un exprès à Londres pour ramener un des meilleurs médecins. Elizabeth écarta formellement cette idée, mais elle accepta le conseil de Mr. Bingley et il fut convenu qu'on irait dès le matin chercher Mr. Jones si la nuit n'apportait aucune amélioration à l'état de miss Bennet. Bingley avait l'air très inquiet et ses sœurs se déclaraient navrées, ce qui ne les empêcha pas de chanter des duos après le souper tandis que leur frère calmait son anxiété en faisant à la femme de charge mille recommandations pour le bien-être de la malade et de sa sœur.

9

Elizabeth passa la plus grande partie de la nuit auprès de Jane ; mais le matin elle eut le plaisir de donner de meilleures nouvelles à la domestique venue de bonne heure de la part de Mr. Bingley, puis, un peu plus tard, aux deux élégantes caméristes attachées au service de ses sœurs. En dépit de cette amélioration elle demanda qu'on fît porter à Longbourn un billet où elle priait sa mère de venir voir Jane pour juger elle-même de son état. Le billet fut aussitôt porté et la réponse arriva peu après le déjeuner sous la forme de Mrs. Bennet escortée de ses deux plus jeunes filles.

Mrs. Bennet, si elle avait trouvé Jane en danger, aurait été certainement bouleversée ; mais, constatant que son indisposition n'avait rien d'alarmant, elle ne désirait nullement la voir se rétablir trop vite, sa guérison devant avoir pour conséquence son départ de Netherfield. Avec cette arrière-pensée elle refusa d'écouter Jane qui demandait à être transportée à Longbourn. Au reste, le médecin, arrivé à peu près au même moment, ne jugeait pas non plus la chose raisonnable.

Quand elles eurent passé quelques instants avec Jane, miss Bingley emmena ses visiteuses dans le petit salon, et Bingley vint exprimer à Mrs. Bennet l'espoir qu'elle n'avait pas trouvé sa fille plus souffrante qu'elle ne s'y attendait.

— En vérité si, monsieur, répondit-elle. Elle est même beaucoup trop malade pour qu'on puisse la transporter à la maison. Mr. Jones dit qu'il n'y faut pas penser. Nous voilà donc obligées d'abuser encore de votre hospitalité.

— La transporter chez vous ! s'écria Bingley. Mais la question ne se pose même pas ! Ma sœur s'y refuserait absolument.

— Vous pouvez être sûre, madame, dit miss Bingley avec une froide politesse, que miss Bennet, tant qu'elle restera ici, recevra les soins les plus empressés.

Mrs. Bennet se confondit en remerciements.

— Si vous ne vous étiez pas montrés aussi bons, je ne sais ce qu'elle serait devenue, car elle est vraiment malade et souffre beaucoup, bien qu'avec une patience angélique comme à l'ordinaire. Cette enfant a le plus délicieux caractère qu'on puisse imaginer et je dis souvent à mes autres filles qu'elles sont loin de valoir leur sœur. Cette pièce est vraiment charmante, Mr. Bingley, et quelle jolie vue sur cette allée sablée ! Je ne connais pas dans tout le voisinage une propriété aussi agréable que Netherfield. Vous n'êtes pas pressé de le quitter, je pense, bien que vous n'ayez pas fait un long bail.

— Mes résolutions, madame, sont toujours prises rapidement, et si je décidais de quitter Netherfield, la chose serait probablement faite en un quart d'heure. Pour l'instant, je me considère comme fixé ici définitivement.

— Voilà qui ne me surprend pas de vous, dit Elizabeth.

— Eh quoi ! fit-il en se tournant vers elle, vous commencez déjà à me connaître.

— Oui, je commence à vous connaître parfaitement.

— Je voudrais voir dans ces mots un compliment, mais je crains qu'il ne soit pas très flatteur d'être pénétré aussi facilement.

— Pourquoi donc ? Une âme profonde et compliquée n'est pas nécessairement plus estimable que la vôtre.

— Lizzy, s'écria sa mère, rappelez-vous où vous êtes et ne discourez pas avec la liberté qu'on vous laisse prendre à la maison.

— Je ne savais pas, poursuivait Bingley, que vous aimiez vous livrer à l'étude des caractères.

— La campagne, dit Darcy, ne doit pas vous fournir beaucoup de sujets d'étude. La société y est généralement restreinte et ne change guère.

— Oui, mais les gens eux-mêmes changent tellement qu'il y a toujours du nouveau à observer.

— Assurément, intervint Mrs. Bennet froissée de la façon dont Darcy parlait de leur entourage, et je vous assure que sur ce point la province ne le cède en rien à la capitale. Quels sont après tout les grands avantages de Londres, à part les magasins et les lieux publics ? La campagne est beaucoup plus agréable, n'est-ce pas, Mr. Bingley ?

— Quand je suis à la campagne je ne souhaite point la quitter, et quand je me trouve à Londres je suis exactement dans les mêmes dispositions.

— Eh ! c'est que vous avez un heureux caractère. Mais ce gentleman — et Mrs. Bennet lança un regard dans la direction de Darcy — semble mépriser la province.

— En vérité, maman, s'écria Elizabeth, vous vous méprenez sur les paroles de Mr. Darcy. Il voulait seulement dire qu'on ne rencontre pas en province une aussi grande variété de gens qu'à Londres et vous devez reconnaître qu'il a raison.

— Certainement, ma chère enfant, personne ne le conteste, mais il ne faut pas dire que nous ne voyons pas grand monde ici. Pour notre part, nous échangeons des invitations à dîner avec vingt-quatre familles.

La sympathie de Mr. Bingley pour Elizabeth l'aida seule à garder son sérieux. Sa sœur, moins délicate, regarda Mr. Darcy avec un sourire significatif. Elizabeth, voulant changer de conversation, demanda à sa mère si Charlotte Lucas était venue à Longbourn depuis son départ.

— Oui, nous l'avons vue hier ainsi que son père. Quel homme charmant que sir William, n'est-ce pas, Mr. Bingley ? Distingué, naturel, ayant toujours un mot aimable à dire à chacun. C'est pour moi le type de l'homme bien élevé, au contraire de ces gens tout gonflés de leur importance qui ne daignent même pas ouvrir la bouche.

— Charlotte a-t-elle dîné avec vous ?

— Non. Elle a tenu à retourner chez elle où on l'attendait, je crois, pour la confection des tartelettes. Quant à moi, Mr. Bingley, je m'arrange pour avoir des domestiques capables de faire seuls leur besogne, et mes filles ont été élevées autrement. Mais chacun juge à sa manière et les demoiselles Lucas sont fort gentilles. C'est dommage seulement qu'elles ne soient pas plus jolies ; non pas que je trouve Charlotte vraiment laide, mais aussi, c'est une amie tellement intime...

— Elle m'a semblé fort aimable, dit Bingley.

— Oh ! certainement, mais il faut bien reconnaître qu'elle n'est pas jolie. Mrs. Lucas en convient elle-même et nous envie la beauté de Jane. Certes, je n'aime pas faire l'éloge de mes enfants, mais une beauté comme celle de Jane se voit rarement. A peine âgée de quinze ans, elle a rencontré à Londres, chez mon frère Gardiner, un monsieur à qui elle plut tellement que ma belle-sœur s'attendait à ce qu'il la demandât en mariage. Il n'en fit rien toutefois — sans doute la trouvait-il trop jeune —, mais il a écrit sur elle des vers tout à fait jolis.

— Et ainsi, dit Elizabeth avec un peu d'impatience, se termina cette grande passion. Ce n'est pas la seule dont on ait triomphé de cette façon, et je me demande qui, le premier, a eu l'idée de se servir de la poésie pour se guérir de l'amour.

— J'avais toujours été habitué, dit Darcy, à considérer la poésie comme l'aliment de l'amour.

— Oh ! d'un amour vrai, sain et vigoureux, peut-être ! Tout fortifie ce qui est déjà fort. Mais lorsqu'il s'agit d'une pauvre petite inclination, je suis sûre qu'un bon sonnet peut en avoir facilement raison.

Darcy répondit par un simple sourire. Dans la crainte d'un nouveau discours intempestif de sa mère, Elizabeth aurait voulu continuer ; mais avant qu'elle eût pu trouver un autre sujet de conversation, Mrs. Bennet avait recommencé la litanie de ses remerciements pour l'hospitalité offerte à ses deux filles. Mr. Bingley répondit avec naturel et courtoisie, sa sœur avec politesse, sinon avec autant de bonne grâce, et, satisfaite, Mrs. Bennet ne tarda pas à redemander sa voiture.

A ce signal, Lydia s'avança : elle avait chuchoté avec Kitty tout le temps de la visite et toutes deux avaient décidé de rappeler à Mr. Bingley la promesse qu'il avait faite à son arrivée de donner un bal à Netherfield. Lydia était une belle fille fraîche, joyeuse, et pleine d'entrain ; bien qu'elle n'eût que quinze ans, sa mère dont elle était la préférée la conduisait déjà dans le monde. Les assiduités des officiers de la milice qu'attiraient les bons dîners de son oncle, et qu'encourageait sa liberté d'allure, avaient transformé son assurance naturelle en un véritable aplomb. Il n'y avait donc rien d'étonnant à ce qu'elle rappelât à Mr. Bingley sa promesse, en ajoutant que ce serait « vraiment honteux » s'il ne la tenait pas.

La réponse de Mr. Bingley à cette brusque mise en demeure dut charmer les oreilles de Mrs. Bennet.

— Je vous assure que je suis tout prêt à tenir mes engagements, et, dès que votre sœur sera remise, vous fixerez vous-même le jour. Vous n'auriez pas le cœur, je pense, de danser pendant qu'elle est malade.

Lydia se déclara satisfaite. En effet, ce serait mieux d'attendre la guérison de Jane ; et puis, à ce moment sans doute, le capitaine Carter serait revenu à Meryton.

— Et quand vous aurez donné votre bal, ajouta-t-elle, j'insisterai auprès du colonel Forster pour que les officiers en donnent un également.

Mrs. Bennet et ses filles prirent alors congé. Elizabeth remonta immédiatement auprès de Jane, laissant à ces dames et à Mr. Darcy la liberté de critiquer à leur aise son attitude et celle de sa famille.

10

La journée s'écoula, assez semblable à la précédente. Mrs. Hurst et miss Bingley passèrent quelques heures de l'après-midi avec la malade qui continuait, bien que lentement, à se remettre et, dans la soirée, Elizabeth descendit rejoindre ses hôtes au salon.

La table de jeu, cette fois, n'était pas dressée. Mr. Darcy écrivait une lettre et miss Bingley, assise auprès de lui, l'interrompait à chaque instant pour le charger de messages pour sa sœur. Mr. Hurst et Mr. Bingley faisaient une partie de piquet que suivait Mrs. Hurst.

Elizabeth prit un ouvrage mais fut bientôt distraite par les propos échangés entre Darcy et sa voisine. Les compliments que lui adressait constamment celle-ci sur l'élégance et la régularité de son écriture ou sur la longueur de sa lettre, et la parfaite indifférence avec laquelle ces louanges étaient accueillies formaient une amusante opposition, tout en confirmant l'opinion qu'Elizabeth se faisait de l'un et de l'autre.

— Comme miss Darcy sera contente de recevoir une si longue lettre !

Point de réponse.

— Vous écrivez vraiment avec une rapidité merveilleuse.

— Erreur. J'écris plutôt lentement.
— Vous direz à votre sœur qu'il me tarde beaucoup de la voir.
— Je le lui ai déjà dit une fois à votre prière.
— Votre plume grince ! Passez-la-moi. J'ai un talent spécial pour tailler les plumes.
— Je vous remercie, mais c'est une chose que je fais toujours moi-même.
— Comment pouvez-vous écrire si régulièrement ?
— ...
— Dites à votre sœur que j'ai été enchantée d'apprendre les progrès qu'elle a faits sur la harpe. Dites-lui aussi que son petit croquis m'a plongée dans le ravissement : il est beaucoup plus réussi que celui de miss Grantley.
— Me permettez-vous de réserver pour ma prochaine lettre l'expression de votre ravissement ? Actuellement, il ne me reste plus de place.
— Oh ! cela n'a pas d'importance. Je verrai du reste votre sœur en janvier. Lui écrivez-vous chaque fois d'aussi longues et charmantes missives, Mr. Darcy ?
— Longues, oui ; charmantes, ce n'est pas à moi de les juger telles.
— A mon avis, des lettres écrites avec autant de facilité sont toujours agréables.
— Votre compliment tombe à faux, Caroline, s'écria son frère. Darcy n'écrit pas avec facilité ; il recherche trop les mots savants, les mots de quatre syllabes, n'est-ce pas, Darcy ?
— Mon style épistolaire est évidemment très différent du vôtre.
— Oh ! s'écria miss Bingley. Charles écrit d'une façon tout à fait désordonnée ; il oublie la moitié des mots et barbouille le reste.
— Les idées se pressent sous ma plume si abondantes que je n'ai même pas le temps de les exprimer. C'est ce qui explique pourquoi mes lettres en sont quelquefois totalement dépourvues.

— Votre humilité devrait désarmer la critique, Mr. Bingley, dit Elizabeth.

— Humilité apparente, dit Darcy, et dont il ne faut pas être dupe. Ce n'est souvent que dédain de l'opinion d'autrui et parfois même prétention dissimulée.

— Lequel de ces deux termes appliquez-vous au témoignage de modestie que je viens de vous donner ?

— Le second. Au fond, vous êtes fier des défauts de votre style que vous attribuez à la rapidité de votre pensée et à une insouciance d'exécution que vous jugez originale. On est toujours fier de faire quelque chose rapidement et l'on ne prend pas garde aux imperfections qui en résultent. Lorsque vous avez dit ce matin à Mrs. Bennet que vous vous décideriez en cinq minutes à quitter Netherfield, vous entendiez provoquer son admiration. Pourtant, qu'y a-t-il de si louable dans une précipitation qui oblige à laisser inachevées des affaires importantes et qui ne peut être d'aucun avantage à soi ni à personne ?

— Allons ! Allons ! s'écria Bingley, on ne doit pas rappeler le soir les sottises qui ont été dites le matin. Et cependant, sur mon honneur, j'étais sincère et ne songeais nullement à me faire valoir devant ces dames par une précipitation aussi vaine.

— J'en suis convaincu, mais j'ai moins de certitude quant à la promptitude de votre départ. Comme tout le monde, vous êtes à la merci des circonstances, et si au moment où vous montez à cheval un ami venait vous dire : « Bingley, vous feriez mieux d'attendre jusqu'à la semaine prochaine », il est plus que probable que vous ne partiriez pas. Un mot de plus, et vous resteriez un mois.

— Vous nous prouvez par là, s'écria Elizabeth, que Mr. Bingley s'est calomnié, et vous le faites valoir ainsi bien plus qu'il ne l'a fait lui-même.

— Je suis très touché, répondit Bingley, de voir transformer la critique de mon ami en un éloge de mon bon caractère. Mais je crains que vous ne trahissiez sa pensée ; car il m'estimerait sûrement davantage si en une telle occasion je refusais tout net, sautais à cheval et m'éloignais à bride abattue !

— Mr. Darcy estime donc que votre entêtement à exécuter votre décision rachèterait la légèreté avec laquelle vous l'auriez prise ?

— J'avoue qu'il m'est difficile de vous dire au juste ce qu'il pense : je lui passe la parole.

— Vous me donnez à défendre une opinion que vous m'attribuez tout à fait gratuitement ! Admettons cependant le cas en question : rappelez-vous, miss Bennet, que l'ami qui cherche à le retenir ne lui offre aucune raison pour le décider à rester.

— Alors, céder aimablement à la requête d'un ami n'est pas un mérite, à vos yeux ?

— Non. Céder sans raison ne me paraît être honorable ni pour l'un ni pour l'autre.

— Il me semble, Mr. Darcy, que vous comptez pour rien le pouvoir de l'affection. On cède souvent à une demande par pure amitié sans avoir besoin d'y être décidé par des motifs ou des raisonnements. Laissons pour l'instant jusqu'à ce qu'il se présente le cas que vous avez imaginé pour Mr. Bingley. D'une façon générale, si quelqu'un sollicite un ami de modifier une résolution, d'ailleurs peu importante, blâmerez-vous ce dernier d'y consentir sans attendre qu'on lui donne des arguments capables de le persuader ?

— Avant de pousser plus loin ce débat, ne conviendrait-il pas de préciser l'importance de la question, aussi bien que le degré d'intimité des deux amis ?

— Alors, interrompit Bingley, n'oublions aucune des données du problème, y compris la taille et le poids des personnages, ce qui compte plus que vous ne croyez, miss Bennet. Je vous assure que si Darcy n'était pas un gaillard si grand et si vigoureux je ne lui témoignerais pas moitié autant de déférence. Vous ne pouvez vous imaginer la crainte qu'il m'inspire parfois ; chez lui, en particulier, le dimanche soir, lorsqu'il n'a rien à faire.

Mr. Darcy sourit, mais Elizabeth crut deviner qu'il était un peu vexé et se retint de rire. Miss Bingley, indignée, reprocha à son frère de dire tant de sottises.

— Je vois ce que vous cherchez, Bingley, lui dit son ami. Vous n'aimez pas les discussions et voulez mettre un terme à celle-ci.

— Je ne dis pas non. Les discussions ressemblent trop à des querelles. Si vous et miss Bennet voulez bien attendre que je sois hors du salon, je vous en serai très reconnaissant, et vous pourrez dire de moi tout ce que vous voudrez.

— Ce ne sera pas pour moi un grand sacrifice, dit Elizabeth, et Mr. Darcy, de son côté, ferait mieux de terminer sa lettre.

Mr. Darcy suivit ce conseil et, quand il eut fini d'écrire, il pria miss Bingley et Elizabeth de bien vouloir faire un peu de musique. Miss Bingley s'élança vers le piano et après avoir poliment offert à Elizabeth de jouer la première — ce que celle-ci refusa avec autant de politesse et plus de conviction —, elle s'installa elle-même devant le clavier.

Mrs. Hurst chanta accompagnée par sa sœur. Elizabeth, qui feuilletait des partitions éparses sur le piano, ne put s'empêcher de remarquer que le regard de Mr. Darcy se fixait souvent sur elle. Il était impossible qu'elle inspirât un intérêt flatteur à ce hautain personnage ! D'autre part, supposer qu'il la regardait parce qu'elle lui déplaisait était encore moins vraisemblable. « Sans doute, finit-elle par se dire, y a-t-il en moi quelque chose de répréhensible qui attire son attention. » Cette supposition ne la troubla point ; il ne lui était pas assez sympathique pour qu'elle se souciât de son opinion.

Après avoir joué quelques chansons italiennes, miss Bingley, pour changer, attaqua un air écossais vif et alerte.

— Est-ce que cela ne vous donne pas grande envie de danser un *reel*[1], miss Bennet ? dit Darcy en s'approchant.

Elizabeth sourit mais ne fit aucune réponse.

Un peu surpris de son silence, il répéta sa question.

— Oh ! dit-elle, je vous avais bien entendu la première fois, mais ne savais tout d'abord que vous répondre. Vous espériez, j'en suis sûre, que je dirais oui, pour pouvoir ensuite railler mon mauvais goût. Mais j'ai toujours plaisir à déjouer de tels desseins et à priver quelqu'un de l'occasion de se moquer de moi. Je vous répondrai donc que je n'ai aucune envie de danser un *reel*. Et maintenant, riez de moi si vous l'osez.

— Je ne me le permettrais certainement pas.

Elizabeth, qui pensait l'avoir vexé, fut fort étonnée de cette aimable réponse, mais il y avait chez elle un mélange d'espièglerie et de charme qui empêchait ses manières d'être blessantes, et jamais encore une femme n'avait exercé sur Darcy une pareille séduction. « En vérité, pensait-il, sans la vulgarité de sa famille, je courrais quelque danger. »

Miss Bingley était assez clairvoyante pour que sa jalousie fût en éveil et sa sollicitude pour la santé de sa chère Jane se doublait du désir d'être débarrassée d'Elizabeth. Elle essayait souvent de rendre la jeune fille antipathique à Darcy en plaisantant devant lui sur leur prochain mariage et sur le bonheur qui l'attendait dans une telle alliance.

— J'espère, lui dit-elle le lendemain, tandis qu'ils se promenaient dans la charmille, que, lors de cet heureux événement, vous donnerez à votre belle-mère quelques bons conseils sur la nécessité de tenir sa langue, et que vous essayerez de guérir vos belles-sœurs de leur passion pour les militaires ; et, s'il m'est permis d'aborder un

1. *Reel* : danse écossaise.

sujet aussi délicat, ne pourriez-vous faire aussi disparaître cette pointe d'impertinence et de suffisance qui caractérise la dame de vos pensées ?

— Avez-vous d'autres conseils à me donner en vue de mon bonheur domestique ?

— Encore ceci : n'oubliez pas de mettre les portraits de l'oncle et de la tante Philips dans votre galerie à Pemberley et placez-les à côté de celui de votre grand-oncle le juge. Ils sont un peu de la même profession, n'est-ce pas ? Quant à votre Elizabeth, inutile d'essayer de la faire peindre. Quel artiste serait capable de rendre des yeux aussi admirables ?

A ce moment, Mrs. Hurst et Elizabeth débouchèrent d'une allée transversale.

— Je ne savais pas que vous vous promeniez aussi, dit miss Bingley un peu confuse à l'idée qu'on avait pu surprendre sa conversation avec Darcy.

— C'est très mal à vous, répondit Mrs. Hurst, d'avoir disparu ainsi sans nous dire que vous sortiez.

Et, s'emparant de l'autre bras de Mr. Darcy, elle laissa Elizabeth seule en arrière. On ne pouvait marcher dans le sentier qu'à trois de front. Mr. Darcy, conscient de l'impolitesse de ses compagnes, dit aussitôt :

— Cette allée n'est pas assez large ; si nous allions dans l'avenue ?

— Non, non, dit Elizabeth en riant, vous faites à vous trois un groupe charmant dont ma présence romprait l'harmonie. Adieu !

Et elle s'enfuit gaiement, heureuse à l'idée de se retrouver bientôt chez elle. Jane se remettait si bien qu'elle avait l'intention de quitter sa chambre une heure ou deux ce soir-là.

11

Lorsque les dames se levèrent de table à la fin du dîner, Elizabeth remonta en courant chez sa sœur et, après avoir veillé à ce qu'elle fût bien couverte, redescendit avec elle au salon. Jane fut accueillie par ses amies avec de grandes démonstrations de joie. Jamais Elizabeth ne les avait vues aussi aimables que pendant l'heure qui suivit. Elles avaient vraiment le don de la conversation, pouvaient faire le récit détaillé d'une partie de plaisir, conter une anecdote avec humour et se moquer de leurs relations avec beaucoup d'agrément. Mais quand les messieurs rentrèrent au salon, Jane passa soudain au second plan.

Mr. Darcy, dès son entrée, fut interpellé par miss Bingley mais il s'adressa d'abord à miss Bennet pour la féliciter poliment de sa guérison. Mr. Hurst lui fit aussi un léger salut en murmurant : « Enchanté ! » mais l'accueil de Bingley se distingua par sa chaleur et sa cordialité ; plein de joie et de sollicitude, il passa la première demi-heure à empiler du bois dans le feu de crainte que Jane ne souffrît du changement de température. Sur ses instances, elle dut se placer de l'autre côté de la cheminée afin d'être plus loin de la porte ; il s'assit alors auprès d'elle et se mit à l'entretenir sans plus s'occuper des autres. Elizabeth, qui travaillait un peu plus loin, observait cette petite scène avec une extrême satisfaction.

Après le thé, Mr. Hurst réclama sans succès la table de jeu. Sa belle-sœur avait découvert que Mr. Darcy n'appréciait pas les cartes. Elle affirma que personne n'avait envie de jouer et le silence général parut lui donner raison. Mr. Hurst n'eut donc d'autre ressource que de s'allonger sur un sofa et de s'y endormir. Darcy prit un livre, miss Bingley en fit autant; Mrs. Hurst, occupée surtout à jouer avec ses bracelets et ses bagues, plaçait un mot de temps à autre dans la conversation de son frère et de miss Bennet.

Miss Bingley était moins absorbée par sa lecture que par celle de Mr. Darcy et ne cessait de lui poser des questions ou d'aller voir à quelle page il en était ; mais ses tentatives de conversation restaient infructueuses ; il se contentait de lui répondre brièvement sans interrompre sa lecture. A la fin, lasse de s'intéresser à un livre qu'elle avait pris uniquement parce que c'était le second volume de l'ouvrage choisi par Darcy, elle dit en étouffant un bâillement :

— Quelle agréable manière de passer une soirée ! Nul plaisir, vraiment, ne vaut la lecture ; on ne s'en lasse jamais tandis qu'on se lasse du reste. Lorsque j'aurai une maison à moi, je serai bien malheureuse si je n'ai pas une très belle bibliothèque.

Personne n'ayant répondu, elle bâilla encore une fois, mit son livre de côté et jeta les yeux autour d'elle en quête d'une autre distraction. Entendant alors son frère parler d'un bal à miss Bennet, elle se tourna soudain de son côté en disant :

— A propos, Charles, est-ce sérieusement que vous songez à donner un bal à Netherfield ? Vous feriez mieux de nous consulter tous avant de rien décider. Si je ne me trompe, pour certains d'entre nous ce bal serait plutôt une pénitence qu'un plaisir.

— Si c'est à Darcy que vous pensez, répliqua son frère, libre à lui d'aller se coucher à huit heures ce soir-là. Quant au bal, c'est une affaire décidée et dès que Nichols aura préparé assez de « blanc manger » j'enverrai mes invitations.

— Les bals me plairaient davantage s'ils étaient organisés d'une façon différente. Ces sortes de réunions sont d'une insupportable monotonie. Ne serait-il pas beaucoup plus raisonnable d'y donner la première place à la conversation et non à la danse ?

— Ce serait beaucoup mieux, sans nul doute, ma chère Caroline, mais ce ne serait plus un bal.

Miss Bingley ne répondit point et, se levant, se mit à se promener à travers le salon. Elle avait une silhouette élégante et marchait avec grâce, mais Darcy dont elle cherchait à attirer l'attention restait inexorablement plongé dans son livre. En désespoir de cause elle voulut tenter un nouvel effort et, se tournant vers Elizabeth :

— Miss Eliza Bennet, dit-elle, suivez donc mon exemple et venez faire le tour du salon. Cet exercice est un délassement, je vous assure, quand on est resté si longtemps immobile.

Elizabeth, bien que surprise, consentit, et le but secret de miss Bingley fut atteint : Mr. Darcy leva les yeux. Cette sollicitude nouvelle de miss Bingley à l'égard d'Elizabeth le surprenait autant que celle-ci, et, machinalement, il ferma son livre. Il fut aussitôt prié de se joindre à la promenade, mais il déclina l'invitation : il ne voyait, dit-il, que deux motifs pour les avoir décidées à faire les cent pas ensemble et, dans un cas comme dans l'autre, jugeait inopportun de se joindre à elles. Que signifiaient ces paroles ? Miss Bingley mourait d'envie de le savoir, et demanda à Elizabeth si elle comprenait.

— Pas du tout, répondit-elle. Mais soyez sûre qu'il y a là-dessous une méchanceté à notre adresse. Le meilleur moyen de désappointer Mr. Darcy est donc de ne rien lui demander.

Mais désappointer Mr. Darcy était pour miss Bingley une chose impossible et elle insista pour avoir une explication.

— Rien n'empêche que je vous la donne, dit-il, dès qu'elle lui permit de placer une parole ; vous avez choisi ce passe-temps soit parce que vous avez des confidences à échanger, soit pour nous faire admirer l'élégance de votre démarche. Dans le premier cas je serais de trop entre vous et, dans le second, je suis mieux placé pour vous contempler, assis au coin du feu.

— Quelle abomination ! s'écria miss Bingley. A-t-on jamais rien entendu de pareil ? Comment pourrions-nous le punir d'un tel discours ?

— C'est bien facile, si vous en avez réellement le désir. Taquinez-le, moquez-vous de lui. Vous êtes assez intimes pour savoir comment vous y prendre.

— Mais pas le moins du monde, je vous assure. Le moyen de s'attaquer à un homme d'un calme aussi imperturbable et d'une telle présence d'esprit ! Non, non ; c'est être vaincu d'avance. Nous n'aurons pas l'imprudence de rire de lui sans sujet. Mr. Darcy peut donc triompher.

— Comment ? On ne peut pas rire de Mr. Darcy ? Il possède là un avantage bien rare !

— Miss Bingley, dit celui-ci, me fait trop d'honneur. Les hommes les meilleurs et les plus sages, ou, si vous voulez, les meilleurs et les plus sages de leurs actes peuvent toujours être tournés en ridicule par ceux qui ne songent qu'à plaisanter.

— J'espère, dit Elizabeth, que je ne suis pas de ce nombre et que je ne tourne jamais en ridicule ce qui est respectable. Les sottises, les absurdités, les caprices d'autrui me divertissent, je l'avoue, et j'en ris chaque fois que j'en ai l'occasion ; mais Mr. Darcy, je le suppose, n'a rien à faire avec de telles faiblesses.

— Peut-être est-ce difficile, mais j'ai pris à tâche d'éviter les faiblesses en question, car elles amoindrissent les esprits les mieux équilibrés.

— La vanité et l'orgueil, par exemple ?

— Oui, la vanité est véritablement une faiblesse, mais l'orgueil, chez un esprit supérieur, se tiendra toujours dans de justes limites.

Elizabeth se détourna pour cacher un sourire.

— Avez-vous fini l'examen de Mr. Darcy ? demanda miss Bingley. Pouvons-nous en savoir le résultat ?

— Certainement. Mr. Darcy n'a pas de défaut, il l'avoue lui-même sans aucune fausse honte.

— Non, dit Darcy, je suis bien loin d'être aussi présomptueux. J'ai bon nombre de défauts mais je me flatte qu'ils n'affectent pas mon jugement. Je n'ose répondre de mon caractère ; je crois qu'il manque de souplesse — il n'en a certainement pas assez au gré d'autrui. J'oublie difficilement les offenses qui me sont faites et mon humeur mériterait sans doute l'épithète de vindicative. On ne me fait pas aisément changer d'opinion. Quand je retire mon estime à quelqu'un, c'est d'une façon définitive.

— Etre incapable de pardonner ! Eh bien ! voilà qui est un défaut ! Mais vous l'avez bien choisi ; il m'est impossible d'en rire.

— Il y a, je crois, en chacun de nous un défaut naturel que la meilleure éducation ne peut arriver à faire disparaître.

— Le vôtre est une tendance à mépriser vos semblables.

— Et le vôtre, répliqua-t-il avec un sourire, est de prendre un malin plaisir à défigurer leur pensée.

— Faisons un peu de musique, voulez-vous ? proposa miss Bingley, fatiguée d'une conversation où elle n'avait aucune part. Vous ne m'en voudrez pas, Louisa, de réveiller votre mari ?

Mrs. Hurst n'ayant fait aucune objection, le piano fut ouvert et Darcy, à la réflexion, n'en fut pas fâché. Il commençait à sentir qu'il y avait quelque danger à trop s'occuper d'Elizabeth.

12

Comme il avait été convenu entre les deux sœurs, Elizabeth écrivit le lendemain matin à sa mère pour lui demander de leur envoyer la voiture dans le cours de la journée. Mais Mrs. Bennet qui avait calculé que ses filles resteraient une semaine entière à Netherfield envisageait sans plaisir un si prompt retour. Elle répondit donc qu'elles ne pourraient pas avoir la voiture avant le mardi, ajoutant en post-scriptum que si l'on insistait pour les garder plus longtemps on pouvait bien se passer d'elles à Longbourn.

Elizabeth repoussait l'idée de rester davantage à Netherfield ; d'ailleurs elle ne s'attendait pas à recevoir une invitation de ce genre et craignait, au contraire, qu'en prolongeant sans nécessité leur séjour elle et sa sœur ne parussent indiscrètes. Elle insista donc auprès de Jane pour que celle-ci priât Mr. Bingley de leur prêter sa voiture et elles décidèrent d'annoncer à leurs hôtes leur intention de quitter Netherfield le jour même.

De nombreuses protestations accueillirent cette communication et de telles instances furent faites que Jane se laissa fléchir et consentit à rester jusqu'au lendemain. Miss Bingley regretta alors d'avoir proposé ce délai, car la jalousie et l'antipathie que lui inspirait l'une des deux sœurs l'emportaient de beaucoup sur son affection pour l'autre.

Le maître de la maison ne pouvait se résigner à les voir partir si vite et, à plusieurs reprises, essaya de persuader miss Bennet qu'elle n'était pas encore assez rétablie pour voyager sans imprudence. Mais, sûre d'agir raisonnablement, Jane ne céda pas.

Quant à Mr. Darcy il apprit la nouvelle sans déplaisir : Elizabeth était restée assez longtemps à Netherfield et il se sentait attiré vers elle plus qu'il ne l'aurait voulu. D'un autre côté, miss Bingley la traitait avec peu de politesse et le harcelait lui-même de ses moqueries. Il résolut sagement de ne laisser échapper aucune marque d'admiration, aucun signe qui pût donner à Elizabeth l'idée qu'elle possédait la moindre influence sur sa tranquillité. Si un tel espoir avait pu naître chez elle, il était évident que la conduite de Darcy pendant cette dernière journée devait agir de façon définitive, ou pour le confirmer, ou pour le détruire.

Ferme dans sa résolution, c'est à peine s'il adressa la parole à Elizabeth durant toute la journée du samedi et, dans un tête-à-tête d'une demi-heure avec elle, il resta consciencieusement plongé dans son livre sans même lui jeter un regard.

Le dimanche après l'office du matin eut lieu cette séparation presque unanimement souhaitée. Miss Bingley, au moment des adieux, sentit s'augmenter son affection pour Jane et redevint polie envers Elizabeth ; elle embrassa l'une tendrement en l'assurant de la joie qu'elle aurait toujours à la revoir et serra la main de l'autre presque amicalement. Elizabeth, de son côté, se sentait de très joyeuse humeur en prenant congé.

L'accueil qu'elles reçurent de leur mère en arrivant à Longbourn fut moins cordial. Mrs. Bennet s'étonna de leur retour et les blâma sévèrement d'avoir donné à leurs hôtes l'embarras de les faire reconduire. De plus, elle était bien sûre que Jane avait repris froid ; mais leur père, malgré l'expression laconique de son contentement, était très heureux de les voir de retour. Ses filles aînées lui avaient beaucoup manqué ; il avait senti la place qu'elles occupaient à son foyer, et les veillées familiales, en leur absence, avaient perdu beaucoup de leur animation et presque tout leur charme.

Elles trouvèrent Mary plongée dans ses grandes études et, comme d'habitude, prête à leur lire les derniers extraits de ses lectures accompagnés de réflexions philosophiques peu originales. Catherine et Lydia avaient des nouvelles d'un tout autre genre ; il s'était passé beaucoup de choses au régiment depuis le précédent mercredi : plusieurs officiers étaient venus dîner chez leur oncle ; un soldat avait été fustigé et le bruit du prochain mariage du colonel Forster commençait à se répandre.

13

— J'espère, ma chère amie, que vous avez commandé un bon dîner pour ce soir, dit Mr. Bennet à sa femme en déjeunant le lendemain, car il est probable que nous aurons un convive.

— Et qui donc, mon ami ? Je ne vois personne qui soit dans le cas de venir, sauf peut-être Charlotte Lucas, et je pense que notre ordinaire peut lui suffire.

— Le convive dont je parle est un gentleman et un étranger.

Les yeux de Mrs. Bennet étincelèrent.

— Un gentleman et un étranger ! Alors ce ne peut être que Mr. Bingley ! Oh ! Jane ! petite rusée, vous n'en aviez rien dit... Assurément je serai ravie de voir Mr. Bingley. Mais, grand Dieu ! Comme c'est ennuyeux qu'on ne puisse pas trouver de poisson aujourd'hui ! Lydia, mon amour, sonnez vite ! Il faut que je parle tout de suite à la cuisinière.

— Ce n'est pas Mr. Bingley, intervint son mari ; c'est quelqu'un que je n'ai jamais vu.

Cette déclaration provoqua un étonnement général suivi d'un déluge de questions que Mr. Bennet se fit un malin plaisir de laisser quelque temps sans réponse.

A la fin, il consentit à s'expliquer.

— J'ai reçu, il y a un mois environ, la lettre que voici et à laquelle j'ai répondu il y a quinze jours seulement car l'affaire dont il s'agissait était délicate et demandait réflexion. Cette lettre est de mon cousin, Mr. Collins, qui, à ma mort, peut vous mettre toutes à la porte de cette maison aussitôt qu'il lui plaira.

— Ah ! mon ami, s'écria sa femme, je vous en prie,

ne nous parlez pas de cet homme odieux. C'est certainement une calamité que votre domaine doive être ainsi arraché à vos propres filles, et je sais qu'à votre place je me serais arrangée d'une façon ou d'une autre pour écarter une telle perspective.

Jane et Elizabeth s'efforcèrent, mais en vain, de faire comprendre à leur mère ce qu'était un « entail[1] ». Elles l'avaient déjà tenté plusieurs fois ; mais c'était un sujet sur lequel Mrs. Bennet se refusait à entendre raison, et elle n'en continua pas moins à protester amèrement contre la cruauté qu'il y avait à déshériter une famille de cinq filles en faveur d'un homme dont personne ne se souciait.

— C'est évidemment une iniquité, dit Mr. Bennet, et rien ne peut laver Mr. Collins du crime d'être héritier de Longbourn. Mais si vous voulez bien écouter sa lettre, les sentiments qu'il y exprime vous adouciront peut-être un peu.

— Ah ! pour cela non ! J'en suis certaine. Je pense au contraire que c'est de sa part le comble de l'impertinence et de l'hypocrisie que de vous écrire. Que ne reste-t-il brouillé avec vous comme l'était son père ?

— Il paraît justement avoir eu, à cet égard, quelques scrupules, ainsi que vous allez l'entendre :

Hunsford, par Westerham, Kent. 15 octobre.

Cher monsieur,

Le désaccord subsistant entre vous et mon regretté père m'a toujours été fort pénible, et depuis que j'ai eu l'infortune de le perdre, j'ai souvent souhaité d'y remédier. Pendant quelque temps j'ai été retenu par la crainte de manquer à sa mémoire en me réconciliant avec une personne pour laquelle, toute sa vie, il avait professé des

---

1. Disposition par laquelle un domaine, à défaut d'héritier mâle, passe à une autre branche de la famille.

sentiments hostiles... — Vous voyez, Mrs. Bennet !... — *Néanmoins, j'ai fini par prendre une décision. Ayant reçu à Pâques l'ordination, j'ai eu le privilège d'être distingué par la Très Honorable lady Catherine de Bourgh, veuve de sir Lewis de Bourgh, à la bonté et à la générosité de laquelle je dois l'excellente cure de Hunsford où mon souci constant sera de témoigner ma respectueuse reconnaissance à Sa Grâce, en même temps que mon empressement à célébrer les rites et cérémonies institués par l'Eglise d'Angleterre.*

En ma qualité d'ecclésiastique, je sens qu'il est de mon devoir de faire avancer le règne de la paix dans toutes les familles soumises à mon influence. Sur ce terrain j'ose me flatter que mes avances ont un caractère hautement recommandable, et vous oublierez, j'en suis sûr, le fait que je suis l'héritier du domaine de Longbourn pour accepter le rameau d'olivier que je viens vous offrir.

Je suis réellement peiné d'être l'involontaire instrument du préjudice causé à vos charmantes filles. Qu'il me soit permis de vous exprimer mes regrets en même temps que mon vif désir de leur faire accepter tous les dédommagements qui sont en mon pouvoir ; mais, de ceci, nous reparlerons plus tard.

Si vous n'avez point de raison qui vous empêche de me recevoir je me propose de vous rendre visite le lundi 18 novembre à quatre heures, et j'abuserai de votre hospitalité jusqu'au samedi de la semaine suivante — ce que je puis faire sans inconvénient, lady Catherine ne voyant pas d'objection à ce que je m'absente un dimanche, pourvu que je me fasse remplacer par un de mes confrères.

Veuillez présenter mes respectueux compliments à ces dames et me croire votre tout dévoué serviteur et ami.

William Collins.

— Donc, à quatre heures, nous verrons arriver ce pacifique gentleman. C'est, semble-t-il, un jeune homme extrêmement consciencieux et courtois et nous aurons sans doute d'agréables relations avec lui pour peu que lady Catherine daigne lui permettre de revenir nous voir.

— Ce qu'il dit à propos de nos filles est plein de raison, et s'il est disposé à faire quelque chose en leur faveur, ce n'est pas moi qui le découragerai.

— Bien que je ne voie pas trop comment il pourrait s'y prendre, dit Jane, le désir qu'il en a lui fait certainement honneur.

Elizabeth était surtout frappée de l'extraordinaire déférence exprimée par Mr. Collins à l'égard de lady Catherine et de la solennité avec laquelle il affirmait son intention de baptiser, marier, ou enterrer ses paroissiens, chaque fois que son ministère serait requis.

— Ce doit être un singulier personnage, dit-elle. Son style est bien emphatique ; et que signifient ces excuses d'être l'héritier de Longbourn ? Y changerait-il quelque chose s'il le pouvait ? Pensez-vous que ce soit un homme de grand sens, père ?

— Non, ma chère enfant ; je suis même assuré de découvrir le contraire. Il y a dans sa lettre un mélange de servilité et d'importance qui m'intrigue. J'attends sa visite avec une vive impatience.

— Au point de vue du style, dit Mary, sa lettre ne me semble pas défectueuse. L'idée du rameau d'olivier, pour n'être pas très neuve, est néanmoins bien exprimée.

Pour Catherine et Lydia, la lettre ni son auteur n'étaient le moins du monde intéressants. Il y avait peu de chances que leur cousin apparût avec un uniforme écarlate et, depuis quelque temps, la société des gens vêtus d'une autre couleur ne leur procurait plus aucun plaisir. Quant à leur mère, la lettre de Mr. Collins avait en grande partie dissipé sa mauvaise humeur et elle se préparait à recevoir son hôte avec un calme qui étonnait sa famille.

Mr. Collins arriva ponctuellement à l'heure dite et fut reçu avec beaucoup de politesse par toute la famille. Mr. Bennet parla peu, mais ces dames ne demandaient qu'à parler à sa place. Mr. Collins de son côté ne paraissait ni sauvage ni taciturne. C'était un grand garçon un peu lourd, à l'air grave et compassé et aux manières cérémonieuses. A peine assis, il se mit à complimenter Mrs. Bennet sur sa charmante famille. Il avait, dit-il, beaucoup entendu vanter la beauté de ses cousines, mais il constatait qu'en cette circonstance le bruit public était au-dessous de la vérité. Il ne doutait pas, ajouta-t-il, qu'en temps voulu leur mère n'eût la joie de les voir toutes honorablement établies. Ces galants propos n'étaient pas goûtés de même façon par tous ses auditeurs, mais Mrs. Bennet, qui n'était point difficile sur les compliments, répondit avec empressement :

— Ce que vous me dites là est fort aimable, monsieur, et je souhaite fort que votre prévision se réalise, autrement mes filles se trouveraient un jour dans une situation bien fâcheuse avec des affaires aussi singulièrement arrangées.

— Vous faites allusion peut-être à l'« entail » de ce domaine.

— Naturellement, monsieur, et vous devez reconnaître que c'est une clause bien regrettable pour mes pauvres enfants. Non que je vous en rende personnellement responsable.

— Je suis très sensible, madame, au désavantage subi par mes belles cousines et j'en dirais plus sans la crainte de vous paraître un peu trop pressé mais je puis affirmer à ces demoiselles que j'arrive tout prêt à goûter leur charme. Je n'ajoute rien quant à présent. Peut-être, quand nous aurons fait plus ample connaissance...

Il fut interrompu par l'annonce du dîner et les jeunes filles échangèrent un sourire. Elles n'étaient pas seules à exciter l'admiration de Mr. Collins : le hall, la salle à manger et son mobilier furent examinés et hautement appréciés. Tant de louanges auraient touché le cœur de Mrs. Bennet si elle n'avait eu la pénible arrière-pensée que Mr. Collins passait la revue de ses futurs biens. Le dîner à son tour fut l'objet de ses éloges et il insista pour savoir à laquelle de ses belles cousines revenait l'honneur de plats aussi parfaitement réussis. Mais ici, Mrs. Bennet l'interrompit un peu vivement pour lui dire qu'elle avait le moyen de s'offrir une bonne cuisinière, et que ses filles ne mettaient pas le pied à la cuisine. Mr. Collins la supplia de ne pas lui en vouloir, à quoi elle répondit d'un ton plus doux qu'il n'y avait point d'offense, mais il n'en continua pas moins à s'excuser jusqu'à la fin du dîner.

14

Pendant le repas Mr. Bennet avait à peine ouvert la bouche. Lorsque les domestiques se furent retirés, il pensa qu'il était temps de causer un peu avec son hôte, et mit la conversation sur le sujet qu'il estimait le mieux choisi pour le faire parler en félicitant son cousin d'avoir trouvé une protectrice qui se montrait si pleine d'attentions pour ses désirs et de sollicitude pour son confort.

Mr. Bennet ne pouvait mieux tomber. Mr. Collins fut éloquent dans ses éloges. De sa vie, affirma-t-il, solennellement, il n'avait rencontré chez un membre de l'aristocratie l'affabilité et la bienveillance que lui témoignait lady Catherine. Elle avait été assez bonne pour apprécier les deux sermons qu'il avait eu l'honneur de prêcher devant elle. Deux fois déjà elle l'avait invité à dîner à Rosings, et le samedi précédent encore l'avait envoyé chercher pour faire le quatrième à sa partie de « quadrille ». Beaucoup de gens lui reprochaient d'être hautaine, mais il n'avait jamais rien vu de tel chez elle. Elle le traitait en gentleman et ne voyait aucune objection à ce qu'il fréquentât la société du voisinage ou s'absentât une semaine ou deux pour aller voir sa famille. Elle avait même poussé la bonté jusqu'à lui conseiller de se marier le plus tôt possible, pourvu qu'il fît un choix judicieux. Elle lui avait fait visite une fois dans son presbytère où elle avait pleinement approuvé les améliorations qu'il y avait apportées et daigné même en suggérer d'autres, par exemple des rayons à poser dans les placards du premier étage.

— Voilà une intention charmante, dit Mrs. Bennet, et je ne doute pas que lady Catherine ne soit une fort aimable femme. C'est bien regrettable que les grandes dames, en général, lui ressemblent si peu. Habite-t-elle dans votre voisinage, monsieur ?

— Le jardin qui entoure mon humble demeure n'est séparé que par un sentier de Rosings Park, résidence de Sa Grâce.

— Je crois vous avoir entendu dire qu'elle était veuve. A-t-elle des enfants ?

— Elle n'a qu'une fille, héritière de Rosings et d'une immense fortune.

— Ah ! s'écria Mrs. Bennet en soupirant. Elle est mieux partagée que beaucoup d'autres. Et cette jeune fille, est-elle jolie ?

— Elle est tout à fait charmante. Lady Catherine dit elle-même que miss de Bourgh possède quelque chose de mieux que la beauté car, dans ses traits, se reconnaît la marque d'une haute naissance. Malheureusement elle est d'une constitution délicate et n'a pu se perfectionner comme elle l'aurait voulu dans différents arts d'agrément pour lesquels elle témoignait des dispositions remarquables. Je tiens ceci de la dame qui a surveillé son éducation et qui continue à vivre auprès d'elle à Rosings, mais miss de Bourgh est parfaitement aimable et daigne souvent passer à côté de mon humble presbytère dans le petit phaéton attelé de poneys qu'elle conduit elle-même.

— A-t-elle été présentée ? Je ne me rappelle pas avoir vu son nom parmi ceux des dames reçues à la cour.

— Sa frêle santé, malheureusement, ne lui permet pas de vivre à Londres. C'est ainsi, comme je l'ai dit un jour à lady Catherine, que la cour d'Angleterre se trouve privée d'un de ses plus gracieux ornements. Lady Catherine a paru touchée de mes paroles. Vous devinez que je suis heureux de lui adresser de ces compliments toujours appréciés des dames chaque fois que l'occasion s'en présente. Ces petits riens plaisent à Sa Grâce et font partie des hommages que je considère comme mon devoir de lui rendre.

— Vous avez tout à fait raison, dit Mr. Bennet, et c'est un bonheur pour vous de savoir flatter avec tant de délicatesse. Puis-je vous demander si ces compliments vous viennent spontanément ou si vous devez les préparer d'avance ?

— Oh ! spontanément, en général. Je m'amuse aussi parfois à en préparer quelques-uns d'avance, mais je m'efforce toujours de les placer de façon aussi naturelle que possible.

Les prévisions de Mr. Bennet avaient été justes : son cousin était aussi parfaitement ridicule qu'il s'y attendait. Il l'écoutait avec un vif amusement sans communiquer ses impressions autrement que par un coup d'œil que, de temps à autre, il lançait à Elizabeth. Cependant, à l'heure du thé, trouvant la mesure suffisante, il fut heureux de ramener son hôte au salon.

Après le thé il lui demanda s'il voulait bien faire la lecture à ces dames. Mr. Collins consentit avec empressement. Un livre lui fut présenté, mais à la vue du titre il eut un léger recul et s'excusa, protestant qu'il ne lisait jamais de romans. Kitty le regarda avec ahurissement et Lydia s'exclama de surprise. D'autres livres furent apportés parmi lesquels il choisit, après quelques hésitations, les sermons de Fordyce. Lydia se mit à bâiller lorsqu'il ouvrit le volume et il n'avait pas lu trois pages d'une voix emphatique et monotone qu'elle l'interrompit en s'écriant :

— Maman, savez-vous que l'oncle Philips parle de renvoyer Richard et que le colonel Forster serait prêt à le prendre à son service ? J'irai demain à Meryton pour en savoir davantage et demander quand le lieutenant Denny reviendra de Londres.

Lydia fut priée par ses deux aînées de se taire, mais Mr. Collins, froissé, referma son livre en disant :

— J'ai souvent remarqué que les jeunes filles ne savent pas s'intéresser aux œuvres sérieuses. Cela me confond, je l'avoue, car rien ne peut leur faire plus de bien qu'une lecture instructive, mais je n'ennuierai pas plus longtemps ma jeune cousine.

Et, malgré l'insistance de Mrs. Bennet et de ses filles pour qu'il reprît sa lecture, Mr. Collins, tout en protestant qu'il ne gardait nullement rancune à Lydia, se tourna vers Mr. Bennet et lui proposa une partie de trictrac.

15

Mr. Collins était dépourvu d'intelligence, et ni l'éducation ni l'expérience ne l'avaient aidé à combler cette lacune de la nature. Son père, sous la direction duquel il avait passé la plus grande partie de sa jeunesse, était un homme avare et illettré, et lui-même, à l'université où il n'était demeuré que le temps nécessaire pour la préparation de sa carrière, n'avait fait aucune relation profitable.

Le rude joug de l'autorité paternelle lui avait donné dans les manières une grande humilité que combattait maintenant la fatuité naturelle à un esprit médiocre et enivré par une prospérité rapide et inattendue.

Une heureuse chance l'avait mis sur le chemin de lady

Catherine de Bourgh au moment où le bénéfice d'Hunsford se trouvait vacant, et la vénération que lui inspirait sa noble protectrice, jointe à la haute opinion qu'il avait de lui-même et de son autorité pastorale, faisait de Mr. Collins un mélange singulier de servilité et d'importance, d'orgueil et d'obséquiosité.

A présent qu'il se trouvait en possession d'une maison agréable et d'un revenu suffisant, il songeait à se marier. Ce rêve n'était pas étranger à son désir de se réconcilier avec sa famille car il avait l'intention de choisir une de ses jeunes cousines, si elles étaient aussi jolies et agréables qu'on le disait communément. C'était là le plan qu'il avait formé pour les dédommager du tort qu'il leur ferait en héritant à leur place de la propriété de leur père, il le jugeait excellent. N'était-il pas convenable et avantageux pour les Bennet, en même temps que très généreux et désintéressé de sa part ?

La vue de ses cousines ne changea rien à ses intentions. Le charmant visage de Jane, ainsi que sa qualité d'aînée, fixa son choix le premier soir, mais, le lendemain matin, il lui fallut modifier ses projets. Dans un bref entretien qu'il eut avant le déjeuner avec Mrs. Bennet il lui laissa entrevoir ses espérances, à quoi celle-ci répondit avec force sourires et mines encourageantes qu'elle ne pouvait rien affirmer au sujet de ses plus jeunes filles, mais que l'aînée — c'était son devoir de l'en prévenir — serait sans doute fiancée d'ici peu.

Mr. Collins n'avait plus qu'à passer de Jane à Elizabeth. C'est ce qu'il fit pendant que Mrs. Bennet tisonnait le feu. Elizabeth qui par l'âge et la beauté venait immédiatement après Jane était toute désignée pour lui succéder.

Cette confidence remplit de joie Mrs. Bennet qui voyait déjà deux de ses filles établies et, de ce fait, l'homme dont la veille encore le nom seul lui était odieux se trouva promu très haut dans ses bonnes grâces

Lydia n'oubliait point son projet de se rendre à Meryton. Ses sœurs, à l'exception de Mary, acceptèrent de l'accompagner, et Mr. Bennet, désireux de se débarrasser de son cousin qui depuis le déjeuner s'était installé dans sa bibliothèque où il l'entretenait sans répit de son presbytère et de son jardin, le pressa vivement d'escorter ses filles, ce qu'il accepta sans se faire prier.

Mr. Collins passa le temps du trajet à émettre solennellement des banalités auxquelles ses cousines acquiesçaient poliment. Mais, sitôt entrées dans la ville, les deux plus jeunes cessèrent de lui prêter le moindre intérêt ; elles fouillaient les rues du regard dans l'espoir d'y découvrir un uniforme, et il ne fallait rien de moins qu'une robe nouvelle ou un élégant chapeau à une devanture pour les distraire de leurs recherches.

Bientôt l'attention des demoiselles Bennet fut attirée par un inconnu jeune et d'allure distinguée qui se promenait de long en large avec un officier de l'autre côté de la rue. L'officier était ce même Mr. Denny dont le retour préoccupait si fort Lydia, et il les salua au passage.

Toutes se demandaient quel pouvait être cet étranger dont la physionomie les avait frappées. Kitty et Lydia, bien décidées à l'apprendre, traversèrent la rue sous prétexte de faire un achat dans un magasin et elles arrivèrent sur le trottoir opposé pour se trouver face à face avec les deux hommes qui revenaient sur leurs pas. Mr. Denny leur demanda la permission de leur présenter son ami, Mr. Wickham, qui était arrivé de Londres avec lui la veille et venait de prendre un brevet d'officier dans son régiment.

Voilà qui était parfait : l'uniforme seul manquait à ce jeune homme pour le rendre tout à fait séduisant. Extérieurement tout était en sa faveur : silhouette élégante, belle prestance, manières aimables. Aussitôt présenté il engagea la conversation avec un empressement qui n'excluait ni la correction ni la simplicité. La conversation allait son train lorsque Mr. Bingley et Mr. Darcy apparurent à cheval au bout de la rue. En distinguant les jeunes filles dans le groupe, ils vinrent jusqu'à elles pour leur présenter leurs hommages. Ce fut Bingley qui parla surtout et, s'adressant particulièrement à Jane, dit qu'il était en route pour Longbourn où il se proposait d'aller prendre des nouvelles de sa santé. Mr. Darcy confirmait par un signe de tête lorsque ses yeux tombèrent sur l'étranger et leurs regards se croisèrent. Elizabeth qui les regardait à cet instant fut satisfaite de l'effet produit par cette rencontre : tous deux changèrent de couleur ; l'un pâlit, l'autre rougit. Mr. Wickham, au bout d'un instant, toucha son chapeau et Mr. Darcy daigna à peine lui rendre ce salut. Qu'est-ce que tout cela signifiait ? Il était difficile de le deviner, difficile aussi de ne pas désirer l'apprendre.

Une minute plus tard, Mr. Bingley, qui semblait ne s'être aperçu de rien, prit congé et poursuivit sa route avec son ami.

Mr. Denny et Mr. Wickham accompagnèrent les demoiselles Bennet jusqu'à la maison de leur oncle ; mais là ils les quittèrent en dépit des efforts de Lydia pour les décider à entrer et malgré l'invitation de Mrs. Philips elle-même qui, surgissant à la fenêtre de son salon, appuya bruyamment les instances de sa nièce.

Mrs. Philips accueillit Mr. Collins avec une grande cordialité. Il y répondit par de longs discours pour s'excuser de l'indiscrétion qu'il commettait en osant venir chez elle sans lui avoir été préalablement présenté. Sa parenté avec ces demoiselles Bennet justifiait un peu, pensait-il, cette incorrection. Mrs. Philips était émerveillée d'un tel excès de politesse, mais elle fut vite distraite par les questions impétueuses de ses nièces sur l'étranger qu'elles venaient de rencontrer. Elle ne put du reste leur apprendre que ce qu'elles savaient déjà : que Mr. Denny avait ramené ce jeune homme de Londres et qu'il allait recevoir un brevet de lieutenant. Cependant, quelques officiers devant dîner chez les Philips le lendemain, la tante promit d'envoyer son mari inviter Mr. Wickham à condition que la famille de Longbourn vînt passer la soirée. Mrs. Philips annonçait une bonne partie de loto, joyeuse et bruyante, suivie d'un petit souper chaud. La perspective de telles délices mit tout le monde en belle humeur et l'on se sépara gaiement de part et d'autre. Mr. Collins répéta ses excuses en quittant les Philips et reçut une fois de plus l'aimable assurance qu'elles étaient parfaitement inutiles.

De retour à Longbourn il fit grand plaisir à Mrs. Bennet en louant la politesse et les bonnes manières de Mrs. Philips : à l'exception de lady Catherine et de sa fille, jamais il n'avait rencontré de femme plus distinguée. Non contente de l'avoir accueilli avec une parfaite bonne grâce, elle l'avait compris dans son invitation pour le lendemain, lui dont elle venait à peine de faire la connaissance. Sans doute sa parenté avec les Bennet y était pour quelque chose mais, tout de même, il n'avait jamais rencontré une telle amabilité dans tout le cours de son existence.

16

Aucune objection n'ayant été faite à la partie projetée, la voiture emporta le lendemain soir à Meryton Mr. Collins et ses cinq cousines. En entrant au salon, ces demoiselles eurent le plaisir d'apprendre que Mr. Wickham avait accepté l'invitation de leur oncle et qu'il était déjà dans la maison. Cette nouvelle donnée, tout le monde s'assit et Mr. Collins put regarder et louer à son aise ce qui l'entourait. Frappé par les dimensions et le mobilier de la pièce, il déclara qu'il aurait presque pu se croire dans la petite salle où l'on prenait le déjeuner du matin à Rosings. Cette comparaison ne produisit pas d'abord tout l'effet qu'il en attendait, mais quand il expliqua ce que c'était que Rosings, quelle en était la propriétaire, et comment la cheminée d'un des salons avait coûté huit cents livres à elle seule, Mrs. Philips comprit l'honneur qui lui était fait et aurait pu entendre comparer son salon à la chambre de la femme de charge sans en être trop froissée. Mr. Collins s'étendit sur l'importance de lady Catherine et de son château en ajoutant quelques digressions sur son modeste presbytère et les améliorations qu'il tâchait d'y apporter et il ne tarit pas jusqu'à l'arrivée des messieurs. Mrs. Philips l'écoutait avec une considération croissante ; quant aux jeunes filles, qui ne s'intéressaient pas aux récits de leur cousin, elles trouvèrent l'attente un peu longue et ce fut avec plaisir qu'elles virent enfin les messieurs faire leur entrée dans le salon.

En voyant paraître Mr. Wickham, Elizabeth pensa que l'admiration qu'il lui avait inspirée à leur première rencontre n'avait rien d'exagéré. Les officiers du régiment de Meryton étaient, pour la plupart, des gens de bonne famille et les plus distingués d'entre eux étaient présents ce soir-là mais Mr. Wickham ne leur était pas moins supérieur par l'élégance de sa personne et de ses manières qu'ils ne l'étaient eux-mêmes au gros oncle Philips qui entrait à leur suite en répandant une forte odeur de porto.

Vers Mr. Wickham — heureux mortel — convergeaient presque tous les regards féminins. Elizabeth fut l'heureuse élue auprès de laquelle il vint s'asseoir, et la manière aisée avec laquelle il entama la conversation, bien qu'il ne fût question que de l'humidité de la soirée et de la prévision d'une saison pluvieuse, lui fit sentir aussitôt que le sujet le plus banal et le plus dénué d'intérêt peut être rendu attrayant par la finesse et le charme de l'interlocuteur.

Avec des concurrents aussi sérieux que Mr. Wickham

et les officiers, Mr. Collins parut sombrer dans l'insignifiance. Aux yeux des jeunes filles il ne comptait certainement plus, mais, par intervalles, il trouvait encore un auditeur bénévole dans la personne de Mrs. Philips et, grâce à ses bons soins, fut abondamment pourvu de café et de muffins. Il put à son tour faire plaisir à son hôtesse en prenant place à la table de whist.

— Je suis encore un joueur médiocre, dit-il, mais je serai heureux de me perfectionner. Un homme dans ma situation...

Mais Mrs. Philips, tout en lui sachant gré de sa complaisance, ne prit pas le temps d'écouter ses raisons.

Mr. Wickham, qui ne jouait point au whist, fut accueilli avec joie à l'autre table où il prit place entre Elizabeth et Lydia. Tout d'abord on put craindre que Lydia ne l'accaparât par son bavardage, mais elle aimait beaucoup les cartes et son attention fut bientôt absorbée par les paris et les enjeux. Tout en suivant la partie, Mr. Wickham eut donc tout le loisir de causer avec Elizabeth. Celle-ci était toute disposée à l'écouter, bien qu'elle ne pût espérer apprendre ce qui l'intéressait le plus, à savoir quelles étaient ses relations avec Mr. Darcy. Elle n'osait même pas nommer ce dernier. Sa curiosité se trouva cependant très inopinément satisfaite car Mr. Wickham aborda lui-même le sujet. Il s'informa de la distance qui séparait Netherfield de Meryton et, sur la réponse d'Elizabeth, demanda avec une légère hésitation depuis quand y séjournait Mr. Darcy.

— Depuis un mois environ, dit-elle, et, pour ne pas quitter ce sujet, elle ajouta : J'ai entendu dire qu'il y avait de grandes propriétés dans le Derbyshire.

— En effet, répondit Wickham, son domaine est splendide et d'un rapport net de dix mille livres. Personne ne peut vous renseigner mieux que moi sur ce chapitre, car, depuis mon enfance, je connais de fort près la famille de Mr. Darcy.

Elizabeth ne put retenir un mouvement de surprise.

— Je comprends votre étonnement, miss Bennet, si, comme il est probable, vous avez remarqué la froideur de notre rencontre d'hier. Connaissez-vous beaucoup Mr. Darcy ?

— Très suffisamment pour mon goût, dit Elizabeth avec vivacité. J'ai passé quatre jours avec lui dans une maison amie, et je le trouve franchement antipathique.

— Je n'ai pas le droit de vous donner mon opinion sur ce point, dit Wickham ; je connais Mr. Darcy trop bien et depuis trop longtemps pour le juger avec impartialité. Cependant, je crois que votre sentiment serait en général accueilli avec surprise. Du reste, hors d'ici où vous êtes dans votre famille, vous ne l'exprimeriez peut-être pas aussi énergiquement.

— Je vous assure que je ne parlerais pas autrement dans n'importe quelle maison du voisinage, sauf à Netherfield. Personne ici ne vous dira du bien de Mr. Darcy ; son orgueil a rebuté tout le monde.

— Je ne prétends pas être affligé de voir qu'il n'est pas estimé au-delà de ses mérites, dit Wickham après un court silence ; mais je crois que pareille chose ne lui arrive pas souvent. Les gens sont généralement aveuglés par sa fortune, par son rang, ou bien intimidés par la hauteur de ses manières, et le voient tel qu'il désire être vu.

— D'après le peu que je connais de lui, il me semble avoir assez mauvais caractère.

Wickham hocha la tête sans répondre.

— Je me demande, reprit-il au bout d'un instant, s'il va rester encore longtemps ici.

— Il m'est impossible de vous renseigner là-dessus, mais il n'était pas question de son départ lorsque j'étais à Netherfield. J'espère que vos projets en faveur de votre garnison ne se trouveront pas modifiés du fait de sa présence dans la région.

— Pour cela non. Ce n'est point à moi à fuir devant Mr. Darcy. S'il ne veut pas me voir, il n'a qu'à s'en aller.

Nous ne sommes pas en bons termes, c'est vrai, et chaque rencontre avec lui m'est pénible mais, je puis le dire très haut, je n'ai pas d'autre raison de l'éviter que le souvenir de mauvais procédés à mon égard et le profond regret de voir ce qu'il est devenu. Son père, miss Bennet, le défunt Mr. Darcy, était le meilleur homme de l'univers et l'ami le plus sincère que j'aie jamais eu : je ne puis me trouver en présence de son fils sans être ému jusqu'à l'âme par mille souvenirs attendrissants. Mr. Darcy s'est conduit envers moi d'une manière scandaleuse, cependant, je crois que je pourrais tout lui pardonner, tout, sauf d'avoir trompé les espérances et manqué à la mémoire de son père.

Elizabeth, de plus en plus intéressée, ne perdait pas une seule de ces paroles, mais le sujet était trop délicat pour lui permettre de poser la moindre question.

Mr. Wickham revint à des propos d'un intérêt plus général : Meryton, les environs, la société. De celle-ci, surtout, il paraissait enchanté et le disait dans les termes les plus galants.

— C'est la perspective de ce milieu agréable qui m'a poussé à choisir ce régiment. Je le connaissais déjà de réputation et mon ami Denny a achevé de me décider en me vantant les charmes de sa nouvelle garnison et des agréables relations qu'on pouvait y faire. J'avoue que la société m'est nécessaire : j'ai eu de grands chagrins, je ne puis supporter la solitude. Il me faut de l'occupation et de la compagnie. L'armée n'était pas ma vocation, les circonstances seules m'y ont poussé. Je devais entrer dans les ordres, c'est dans ce but que j'avais été élevé et je serais actuellement en possession d'une très belle cure si tel avait été le bon plaisir de celui dont nous parlions tout à l'heure.

— Vraiment !

— Oui, le défunt Mr. Darcy m'avait désigné pour la prochaine vacance du meilleur bénéfice de son domaine.

J'étais son filleul et il me témoignait une grande affection. Jamais je ne pourrai trop louer sa bonté. Il pensait avoir, de cette façon, assuré mon avenir ; mais, quand la vacance se produisit, ce fut un autre qui obtint le bénéfice.

— Grand Dieu ! Est-ce possible ? s'écria Elizabeth. Comment a-t-on pu faire aussi peu de cas de ses dernières volontés ? Pourquoi n'avez-vous pas eu recours à la justice ?

— Il y avait, par malheur, dans le testament, un vice de forme qui rendait stérile tout recours. Un homme loyal n'aurait jamais mis en doute l'intention du donateur. Il a plu à Mr. Darcy de le faire et de considérer cette recommandation comme une apostille conditionnelle en affirmant que j'y avais perdu tout droit par mes imprudences, mes extravagances, tout ce que vous voudrez. Ce qu'il y a de certain, c'est que le bénéfice est devenu vacant il y a deux ans exactement, lorsque j'étais en âge d'y aspirer, et qu'il a été donné à un autre : et il n'est pas moins sûr que je n'avais rien fait pour mériter d'en être dépossédé. Je suis d'une humeur assez vive et j'ai pu dire avec trop de liberté à Mr. Darcy ce que je pensais de lui, mais la vérité c'est que nos caractères sont radicalement opposés et qu'il me déteste.

— C'est honteux ! Il mériterait qu'on lui dise son fait publiquement.

— Ceci lui arrivera sans doute un jour ou l'autre, mais ce n'est point moi qui le ferai. Il faudrait d'abord que je puisse oublier tout ce que je dois à son père.

De tels sentiments redoublèrent l'estime d'Elizabeth, et celui qui les exprimait ne lui en sembla que plus séduisant.

— Mais, reprit-elle après un silence, quels motifs ont donc pu le pousser, et le déterminer à si mal agir ?

— Une antipathie profonde et tenace à mon égard, une antipathie que je suis forcé, en quelque mesure, d'attribuer à la jalousie. Si le père avait eu moins d'affection pour moi, le fils m'aurait sans doute mieux supporté. Mais l'amitié vraiment peu commune que son père me témoignait l'a, je crois, toujours irrité. Il n'était point homme à accepter l'espèce de rivalité qui nous divisait et la préférence qui m'était souvent manifestée.

— Je n'aurais jamais cru Mr. Darcy aussi vindicatif. Tout en n'éprouvant aucune sympathie pour lui, je ne le jugeais pas aussi mal. Je le supposais bien rempli de dédain pour ses semblables, mais je ne le croyais pas capable de s'abaisser à une telle vengeance, de montrer tant d'injustice et d'inhumanité.

Elle reprit après quelques minutes de réflexion :

— Je me souviens cependant qu'un jour, à Netherfield, il s'est vanté d'être implacable dans ses ressentiments et de ne jamais pardonner. Quel triste caractère !

— Je n'ose m'aventurer sur ce sujet, répliqua Wickham. Il me serait trop difficile d'être juste à son égard.

De nouveau, Elizabeth resta un moment silencieuse et pensive ; puis elle s'exclama :

— Traiter ainsi le filleul, l'ami, le favori de son père !...

Elle aurait pu ajouter « un jeune homme aussi sympathique » ! Elle se contenta de dire :

— Et, de plus, un ami d'enfance ! Ne m'avez-vous pas dit que vous aviez été élevés ensemble ?

— Nous sommes nés dans la même paroisse, dans l'enceinte du même parc. Nous avons passé ensemble la plus grande partie de notre jeunesse, partageant les mêmes jeux, entourés des mêmes soins paternels. Mon père, à ses débuts, avait exercé la profession où votre oncle Philips semble si bien réussir, mais il l'abandonna pour rendre service au défunt Mr. Darcy et consacrer tout son temps à diriger le domaine de Pemberley. Mr. Darcy avait pour lui une haute estime et le traitait en confident et en ami. Il a souvent reconnu tous les avantages que lui avait valus l'active gestion de mon père. Peu de temps avant sa mort, il lui fit la promesse de se charger de mon avenir et je suis convaincu que ce fut autant pour acquitter une dette de reconnaissance envers mon père que par affection pour moi.

— Que cela est extraordinaire ! s'écria Elizabeth. Je m'étonne que la fierté de Mr. Darcy ne l'ait pas poussé à se montrer plus juste envers vous, que l'orgueil, à défaut d'un autre motif, ne l'ait pas empêché de se conduire malhonnêtement — car c'est une véritable malhonnêteté dont il s'agit là.

— Oui, c'est étrange, répondit Wickham, car l'orgueil, en effet, inspire la plupart de ses actions et c'est ce sentiment, plus que tous les autres, qui le rapproche de la vertu. Mais nous ne sommes jamais conséquents avec nous-mêmes, et, dans sa conduite à mon égard, il a cédé à des impulsions plus fortes encore que son orgueil.

— Pensez-vous qu'un orgueil aussi détestable puisse jamais le porter à bien agir ?

— Certainement ; c'est par orgueil qu'il est libéral, généreux, hospitalier, qu'il assiste ses fermiers et secourt les pauvres. L'orgueil familial et filial — car il a le culte de son père — est la cause de cette conduite. La volonté de ne pas laisser se perdre les vertus traditionnelles et l'influence de sa maison à Pemberley est le mobile de tous ses actes. L'orgueil fraternel renforcé d'un peu d'affection fait de lui un tuteur plein de bonté et de sollicitude pour sa sœur, et vous l'entendrez généralement être vanté comme le frère le meilleur et le plus dévoué.

— Quelle sorte de personne est miss Darcy ?

Wickham hocha la tête.

— Je voudrais vous dire qu'elle est aimable — il m'est pénible de critiquer une Darcy — mais vraiment elle ressemble trop à son frère : c'est la même excessive fierté. Enfant, elle était gentille et affectueuse, et me témoignait beaucoup d'amitié. J'ai passé des heures nombreuses à l'amuser, mais, aujourd'hui, je ne suis plus rien pour elle. C'est une belle fille de quinze ou seize ans, très instruite, m'a-t-on dit. Depuis la mort de son père elle vit à Londres avec une institutrice qui dirige son éducation.

Elizabeth, à diverses reprises, essaya d'aborder d'autres sujets mais elle ne put s'empêcher de revenir au premier.

— Je suis étonnée, dit-elle, de l'intimité de Mr. Darcy avec Mr. Bingley. Comment Mr. Bingley, qui semble la bonne humeur et l'amabilité personnifiées, a-t-il pu faire son ami d'un tel homme ? Comment peuvent-ils s'entendre ? Connaissez-vous Mr. Bingley ?

— Nullement.

— C'est un homme charmant. Il ne connaît sûrement pas Mr. Darcy sous son vrai jour.

— C'est probable, mais Mr. Darcy peut plaire quand il le désire. Il ne manque pas de charme ni de talents ; c'est un fort agréable causeur quand il veut s'en donner la peine. Avec ses égaux il peut se montrer extrêmement différent de ce qu'il est avec ses inférieurs. Sa fierté ne l'abandonne jamais complètement, mais, dans la haute société, il sait se montrer large d'idées, juste, sincère, raisonnable, estimable, et peut-être même séduisant, en faisant la juste part due à sa fortune et à son extérieur.

La partie de whist avait pris fin. Les joueurs se groupèrent autour de l'autre table et Mr. Collins s'assit entre Elizabeth et Mrs. Philips. Cette dernière lui demanda si la chance l'avait favorisé. Non, il avait continuellement perdu et, comme elle lui en témoignait son regret, il l'assura avec gravité que la chose était sans importance ; il n'attachait à l'argent aucune valeur et il la priait de ne pas s'en affecter.

— Je sais très bien, madame, que lorsqu'on s'assied à une table de jeu l'on doit s'en remettre au hasard et mes moyens, c'est heureux, me permettent de perdre cinq shillings. Beaucoup sans doute ne peuvent en dire autant, mais, grâce à lady Catherine de Bourgh, je puis regarder avec indifférence de pareils détails.

Ces mots attirèrent l'attention de Mr. Wickham et,

après avoir considéré Mr. Collins un instant, il demanda tout bas à Elizabeth si son cousin était très intime avec la famille de Bourgh.

— Lady Catherine lui a fait donner récemment la cure de Hunsford, répondit-elle. Je ne sais pas du tout comment Mr. Collins a été présenté à cette dame mais je suis certaine qu'il ne la connaît pas depuis longtemps.

— Vous savez sans doute que lady Catherine de Bourgh et lady Anne Darcy étaient sœurs et que, par conséquent, lady Catherine est la tante de Mr. Darcy.

— Non vraiment ! J'ignore tout de la parenté de lady Catherine. J'ai entendu parler d'elle avant-hier pour la première fois.

— Sa fille, miss de Bourgh, est l'héritière d'une énorme fortune et l'on croit généralement qu'elle et son cousin réuniront les deux domaines.

Cette information fit sourire Elizabeth qui pensa à la pauvre miss Bingley. A quoi serviraient tous ses soins, l'amitié qu'elle affichait pour la sœur, l'admiration qu'elle montrait pour le frère si celui-ci était déjà promis à une autre ?

— Mr. Collins, remarqua-t-elle, dit beaucoup de bien de lady Catherine et de sa fille. Mais, d'après certains détails qu'il nous a donnés sur Sa Grâce, je le soupçonne de se laisser aveugler par la reconnaissance, et sa protectrice me fait l'effet d'être une personne hautaine et arrogante.

— Je crois, répondit Wickham, qu'elle mérite largement ces deux qualificatifs. Je ne l'ai pas revue depuis des années mais je me rappelle que ses manières avaient quelque chose de tyrannique et d'insolent qui ne m'a jamais plu. On vante la fermeté de son jugement mais je crois qu'elle doit cette réputation pour une part à son rang et à sa fortune, pour une autre à ses manières autoritaires, et pour le reste à la fierté de son neveu qui a décidé que tous les membres de sa famille étaient des êtres supérieurs.

Elizabeth convint que c'était assez vraisemblable et la conversation continua de la sorte jusqu'à l'annonce du souper qui, en interrompant la partie de cartes, rendit aux autres dames leur part des attentions de Mr. Wickham. Toute conversation était devenue impossible dans le brouhaha du souper de Mrs. Philips, mais Mr. Wickham se rendit agréable à tout le monde. Tout ce qu'il disait était si bien exprimé, et tout ce qu'il faisait était fait avec grâce.

Elizabeth partit l'esprit rempli de Mr. Wickham. Pendant le trajet du retour elle ne pensa qu'à lui et à tout ce qu'il lui avait raconté ; mais elle ne put même pas mentionner son nom car ni Lydia ni Mr. Collins ne cessèrent de parler une seconde. Lydia bavardait sur la partie de cartes, sur les fiches qu'elle avait gagnées et celles qu'elle avait perdues et Mr. Collins avait tant à dire de l'hospitalité de Mr. et de Mrs. Philips, de son indifférence pour ses pertes au jeu, du menu du souper, de la crainte qu'il avait d'être de trop dans la voiture, qu'il n'avait pas terminé lorsqu'on arriva à Longbourn.

17

Le lendemain Elizabeth redit à Jane la conversation qu'elle avait eue avec Mr. Wickham. Jane l'écouta, stupéfaite et consternée : elle ne pouvait se décider à croire que Mr. Darcy fût indigne à ce point de l'estime de Mr. Bingley. D'autre part, il n'était pas dans sa nature de soupçonner la véracité d'un jeune homme d'apparence aussi sympathique que Wickham. La seule pensée qu'il eût pu subir une aussi grande injustice suffisait à émouvoir son âme sensible. Ce qu'il y avait de mieux à faire était de n'accuser personne et de mettre sur le compte du hasard ou d'une erreur ce qu'on ne pouvait expliquer autrement.

— Tous deux ont sans doute été trompés, des gens intéressés ont pu faire à chacun de faux rapports sur le compte de l'autre ; bref, il est impossible d'imaginer ce qui, sans tort réel d'aucun côté, a pu faire naître une pareille inimitié.

— Certes oui. Et maintenant, ma chère Jane, qu'avez-vous à dire pour excuser les « gens intéressés » qui sont sans doute les vrais coupables ? Justifiez-les aussi, que nous n'en soyons pas réduites à les mal juger !

— Riez tant qu'il vous plaira ; cela ne changera point mon opinion. Ne voyez-vous point, ma chère Lizzy, sous quel jour détestable ceci place Mr. Darcy ? Traiter ainsi le protégé dont son père avait promis d'assurer l'avenir ! Quel homme ayant le souci de sa réputation serait capable d'agir ainsi ? Et ses amis, pourraient-ils s'abuser à ce point sur son compte ? Oh ! non !

— Il m'est plus facile de croire que Mr. Bingley s'est trompé à son sujet que d'imaginer que Mr. Wickham a inventé tout ce qu'il m'a conté hier soir en donnant les noms, les faits, tous les détails. Si c'est faux, que Mr. Darcy le dise.

A ce moment on appela les jeunes filles qui durent quitter le bosquet où elles s'entretenaient pour retourner à la maison. Mr. Bingley et ses sœurs venaient apporter eux-mêmes leur invitation pour le bal si impatiemment attendu et qui se trouvait fixé au mardi suivant. Mrs. Hurst et miss Bingley se montrèrent enchantées de retrouver leur chère Jane, déclarant qu'il y avait des siècles qu'elles ne s'étaient vues. Au reste de la famille elles accordèrent peu d'attention : elles évitèrent autant que possible de causer avec Mrs. Bennet, dirent quelques mots à Elizabeth et rien du tout aux autres. Au bout de très peu de temps elles se levèrent avec un empressement qui déconcerta quelque peu leur frère et firent rapidement leurs adieux comme pour échapper aux démonstrations de Mrs. Bennet.

La perspective du bal de Netherfield causait un vif plaisir à Longbourn. Mrs. Bennet se flattait qu'il fût donné à l'intention de sa fille aînée, et considérait comme une faveur particulière que Mr. Bingley fût venu faire son invitation en personne au lieu d'envoyer la carte d'usage.

Jane se promettait une agréable soirée où elle goûterait la compagnie de ses deux amies et les attentions de leur frère. Elizabeth jouissait d'avance du plaisir de danser beaucoup avec Mr. Wickham, et d'observer la confirmation de ce qu'il lui avait confié dans l'expression et l'attitude de Mr. Darcy. La joie que se promettaient Catherine et Lydia dépendait moins de telle personne ou de telle circonstance en particulier ; bien que, comme Elizabeth, chacune d'elles fût décidée à danser la moitié de la soirée avec Mr. Wickham, il n'était pas l'unique danseur qui pût les satisfaire, et un bal, après tout, est toujours un bal. Et Mary elle-même pouvait, sans mentir, assurer que la perspective de cette soirée n'était pas pour lui déplaire.

Elizabeth était pleine d'entrain et de gaieté et bien qu'elle ne recherchât point d'ordinaire la conversation de Mr. Collins, elle lui demanda s'il comptait accepter l'invitation de Mr. Bingley et, le cas échéant, s'il jugerait convenable de se mêler aux divertissements de la soirée. A son grand étonnement il lui répondit qu'il n'éprouvait à ce sujet aucun scrupule et qu'il était sûr de n'encourir aucun blâme de la part de son évêque ou de lady Catherine s'il s'aventurait à danser.

— Je ne crois nullement, l'assura-t-il, qu'un bal donné par un jeune homme de qualité à des gens respectables puisse rien présenter de répréhensible, et je réprouve si peu la danse que j'espère que toutes mes charmantes cousines me feront l'honneur de m'accepter pour cavalier dans le cours de la soirée. Je saisis donc cette occasion, miss Elizabeth, pour vous inviter pour les deux premières danses. J'espère que ma cousine Jane attribuera cette préférence à sa véritable cause et non pas à un manque d'égards pour elle.

Elizabeth se trouvait prise. Elle avait rêvé de se faire inviter pour ces mêmes danses par Wickham ! Il n'y avait plus qu'à accepter l'invitation de son cousin d'aussi bonne grâce que possible, mais cette galanterie lui causait d'autant moins de plaisir qu'elle ouvrait la porte à une supposition nouvelle. Pour la première fois l'idée vint à Elizabeth que, parmi ses sœurs, c'était elle que Mr. Collins avait élue pour aller régner au presbytère de Hunsford et faire la quatrième à la table de whist de Rosings en l'absence de plus nobles visiteurs. Cette supposition se changea en certitude devant les attentions multipliées de son cousin et ses compliments sur sa vivacité et son esprit. A sa fille, plus étonnée que ravie de sa conquête, Mrs. Bennet donna bientôt à entendre que la perspective de ce mariage lui était extrêmement agréable. Elizabeth jugea préférable d'avoir l'air de ne point comprendre afin d'éviter une discussion. Après tout, il se pouvait fort bien que Mr. Collins ne fît jamais la demande de sa main et, jusqu'à ce qu'il la fît, il était bien inutile de se quereller à son sujet.

Sans les préparatifs du bal de Netherfield et les conversations qui s'y rapportaient, les deux cadettes se seraient trouvées dans une situation navrante car, entre le jour où avait été lancée l'invitation et celui du bal, une pluie persistante les empêcha de se rendre à Meryton une seule fois. Leur tante, les officiers, les nouvelles du bourg — tout cela était hors de leur portée ; Elizabeth elle-même était proche d'épuiser ses réserves de patience à l'égard du temps, qui lui interdisait toute possibilité d'une nouvelle rencontre avec Mr. Wickham ; seule la perspective de danser le mardi rendit supportables, pour Kitty et Lydia, le vendredi, le samedi, le dimanche et le lundi qui précédèrent.

18

Quand elle fit son entrée dans le salon de Netherfield, Elizabeth remarqua que Wickham ne figurait point dans le groupe d'habits rouges qui y étaient rassemblés. Jusque-là l'idée de cette absence n'avait même pas effleuré son esprit ; au contraire, mettant à sa toilette un soin tout particulier, elle s'était préparée joyeusement à achever sa conquête, persuadée que c'était l'affaire d'une soirée.

Alors, brusquement, surgit l'affreux soupçon que les Bingley, par complaisance pour Mr. Darcy, avaient omis sciemment Wickham dans l'invitation adressée aux officiers. Bien que la supposition fût inexacte, son absence fut bientôt confirmée par son ami, Mr. Denny ; à Lydia qui le pressait de questions il répondit que Wickham avait dû partir pour Londres la veille et qu'il n'était point encore de retour, ajoutant d'un air significatif :

— Je ne crois pas que ses affaires l'eussent décidé à s'absenter précisément aujourd'hui s'il n'avait eu surtout le désir d'éviter une rencontre avec un gentleman de cette société.

Cette allusion, perdue pour Lydia, fut saisie par Elizabeth et lui montra que Darcy n'était pas moins responsable de l'absence de Wickham que si sa première supposition avait été juste. L'antipathie qu'il lui inspirait s'en trouva tellement accrue qu'elle eut grand-peine à lui répondre dans des termes suffisamment polis lorsque, peu après, il vint lui-même lui présenter ses hommages. Ne voulant avoir aucune conversation avec lui, elle se détourna avec un mouvement de mauvaise humeur qu'elle ne put tout de suite surmonter, même en causant avec Mr. Bingley dont l'aveugle partialité à l'égard de son ami la révoltait.

Mais il n'était pas dans la nature d'Elizabeth de s'abandonner longtemps à une telle impression, et quand elle se fut soulagée en exposant son désappointement à Charlotte Lucas, elle fut bientôt capable de faire dévier la conversation sur les originalités de son cousin et de les signaler à l'attention de son amie.

Les deux premières danses, cependant, furent pour elle un intolérable supplice : Mr. Collins, solennel et maladroit, se répandant en excuses au lieu de faire attention, dansant à contretemps sans même s'en apercevoir, donnait à sa cousine tout l'ennui, toute la mortification qu'un mauvais cavalier peut infliger à sa danseuse. Elizabeth en retrouvant sa liberté éprouva un soulagement indicible. Invitée ensuite par un officier, elle eut la satisfaction de parler avec lui de Wickham et d'entendre dire qu'il était universellement apprécié.

Elle venait de reprendre sa conversation avec Charlotte Lucas, lorsque Mr. Darcy s'approcha et, s'inclinant devant elle, sollicita l'honneur d'être son cavalier. Elle se trouva tellement prise au dépourvu qu'elle accepta sans trop savoir ce qu'elle faisait. Il s'éloigna aussitôt, la laissant toute dépitée d'avoir montré si peu de présence d'esprit. Charlotte Lucas essaya de la réconforter :

— Après tout, vous allez peut-être le trouver très aimable.

— Le ciel m'en préserve. Quoi ! Trouver aimable un homme qu'on est résolu à détester !

Mais quand la musique recommença et que Darcy s'avança pour lui rappeler sa promesse, Charlotte Lucas ne put s'empêcher de lui souffler à l'oreille que son caprice pour Wickham ne devait pas lui faire commettre la sottise de se rendre déplaisante aux yeux d'un homme dont la situation valait dix fois celle de l'officier.

Elizabeth prit rang parmi les danseurs, confondue de l'honneur d'avoir Mr. Darcy pour cavalier et lisant dans les regards de ses voisines un étonnement égal au sien. Pendant un certain temps ils gardèrent le silence. Elizabeth était bien décidée à ne pas le rompre la première lorsque l'idée lui vint qu'elle infligerait une pénitence à Mr. Darcy en l'obligeant à parler. Elle fit donc une réflexion sur la danse. Il lui répondit, puis retomba dans son mutisme.

Au bout de quelques instants, elle reprit :

— Maintenant, Mr. Darcy, c'est à votre tour. J'ai déjà parlé de la danse. A vous de faire la remarque qu'il vous plaira sur les dimensions du salon ou le nombre des danseurs.

Il sourit et l'assura qu'il était prêt à dire tout ce qu'elle désirait.

— Très bien. Quant à présent, cette réponse peut suffire. Un peu plus tard j'observerai que les soirées privées présentent plus d'agrément que les bals officiels, mais pour l'instant, nous pouvons en rester là.

— Est-ce donc par devoir que vous causez en dansant ?

— Quelquefois. Il faut bien parler un peu. Il serait étrange de rester ensemble une demi-heure sans ouvrir la bouche. Cependant, pour la commodité de certains danseurs, il vaut mieux que la conversation soit réglée de telle façon qu'ils n'aient à parler que le moins possible.

— Dans le cas présent, suivez-vous vos préférences ou cherchez-vous à vous conformer aux miennes ?

— Aux unes et aux autres tout ensemble, car j'ai remarqué dans notre tour d'esprit une grande ressemblance. Nous sommes tous deux de caractère taciturne et peu sociable et nous n'aimons guère à penser, à moins que ce ne soit pour dire une chose digne d'étonner ceux qui nous écoutent et de passer à la postérité avec tout *l'éclat*[1] d'un proverbe.

---

1. En français dans le texte.

— Ce portrait ne vous ressemble pas d'une façon frappante selon moi, dit-il. A quel point il me ressemble, c'est ce que je ne puis décider. Vous le trouvez fidèle, sans doute ?

— Ce n'est pas à moi de juger de mon œuvre.

Mr. Darcy ne reprit la conversation qu'au début de la deuxième danse pour demander à Elizabeth si elle allait souvent à Meryton avec ses sœurs. Elle répondit affirmativement et, ne pouvant résister à la tentation, ajouta :

— Lorsque vous nous avez rencontrées l'autre jour, nous venions justement de faire une nouvelle connaissance.

L'effet fut immédiat. Un air de hauteur plus accentuée se répandit sur le visage de Darcy, mais il resta un instant sans répondre. Il dit enfin d'un air contraint :

— Mr. Wickham est doué de manières agréables qui lui permettent de se faire facilement des amis. Qu'il soit également capable de les conserver est une chose moins sûre.

— Je sais qu'il a eu le malheur de perdre votre amitié, répliqua Elizabeth, et cela d'une façon telle qu'il en souffrira probablement toute son existence.

Darcy ne répondit pas et parut désireux de changer la conversation. A ce moment apparut près d'eux sir William Lucas qui essayait de traverser le salon en se faufilant entre les groupes. A la vue de Mr. Darcy il s'arrêta pour lui faire son salut le plus courtois et lui adresser quelques compliments sur lui et sa danseuse.

— Vous me voyez ravi, cher monsieur. On a rarement l'avantage de voir danser avec un art aussi consommé. Vous me permettrez d'ajouter que votre aimable danseuse vous fait honneur. J'espère que ce plaisir se renouvellera souvent pour moi, surtout, ma chère Eliza, si un événement des plus souhaitables vient à se produire, ajouta-t-il en lançant un coup d'œil dans la direction de Jane et de Bingley. Quel sujet de joie et de félicitations pour tout le monde ! J'en appelle à Mr. Darcy. Mais que je ne vous retienne pas, monsieur. Vous m'en voudriez de vous importuner davantage et les beaux yeux de votre jeune danseuse condamnent mon indiscrétion.

La fin de ce discours fut à peine entendue de Darcy. L'allusion de sir William semblait l'avoir frappé, et il dirigeait vers Bingley et Jane un regard préoccupé. Il se ressaisit vite, cependant, et, se tournant vers sa danseuse :

— L'interruption de sir William, dit-il, m'a fait oublier de quoi nous nous entretenions.

— Mais nous ne parlions de rien, je crois. Nous avions essayé sans succès deux ou trois sujets de conversation et je me demande quel pourra être le suivant.

— Si nous parlions lecture ? dit-il en souriant.

— Lecture ? oh non ! Je suis sûre que nous n'avons pas les mêmes goûts.

— Je le regrette. Mais, quand cela serait, nous pourrions discuter nos idées respectives.

— Non, il m'est impossible de causer littérature dans un bal ; mon esprit est trop occupé d'autre chose.

— Est-ce ce qui vous entoure qui vous absorbe à ce point ? demanda-t-il d'un air de doute.

— Oui, répondit-elle machinalement, car sa pensée était ailleurs comme elle le montra bientôt par cette soudaine exclamation :

— Mr. Darcy, je me rappelle vous avoir entendu dire que vous ne pardonniez jamais une offense. Je suppose que ce n'est pas à la légère que vous concevez un ressentiment aussi implacable.

— Non, certes, affirma-t-il avec force.

— Et vous ne vous laissez jamais aveugler par des préventions ?

— J'espère que non.

— Ceux qui ne changent jamais d'opinion doivent naturellement veiller à juger du premier coup sans se tromper.

— Puis-je vous demander à quoi tendent ces questions ?

— A expliquer votre caractère, tout simplement, dit-elle en reprenant le ton de la plaisanterie. J'essaye en ce moment de le comprendre.

— Y réussissez-vous ?

— Guère, répondit-elle en hochant la tête ; j'entends sur vous des jugements si contradictoires que je m'y perds.

— Je crois en effet, répondit-il d'un ton grave, que l'on exprime sur moi des opinions très différentes, et ce n'est pas en ce moment, miss Bennet, que j'aurais plaisir à vous voir essayer de faire mon portrait, car l'œuvre, je le crains, ne ferait honneur ni à vous ni à moi.

Elizabeth n'ajouta rien. La danse terminée, ils se séparèrent en silence, mécontents l'un de l'autre, mais à un degré différent, car Darcy avait dans le cœur un sentiment qui le poussa bientôt à pardonner à Elizabeth et à réserver toute sa colère pour un autre.

Presque aussitôt miss Bingley se dirigea vers Elizabeth, et, d'un air de politesse dédaigneuse, l'accosta.

— Il paraît, miss Elizabeth, que George Wickham a fait votre conquête ? Votre sœur vient de me poser sur lui toutes sortes de questions et j'ai constaté que ce jeune homme avait négligé de vous dire, entre autres choses intéressantes, qu'il était le fils du vieux Wickham, l'intendant de feu Mr. Darcy. Permettez-moi de vous donner un conseil amical : ne recevez pas comme parole d'Evangile tout ce qu'il vous racontera. Il est faux que Mr. Darcy ait fait tort à Wickham : il l'a toujours traité avec une grande générosité, alors que Wickham, au contraire, s'est conduit fort mal envers lui. J'ignore les détails de cette affaire, mais je puis vous affirmer que Mr. Darcy n'a rien à se reprocher, qu'il ne veut plus entendre parler de Wickham, et que mon frère, n'ayant pu se dispenser d'inviter ce dernier avec les autres officiers, a été ravi de voir que de lui-même il s'était retiré. Je me demande comment il a eu l'audace de venir dans ce pays-ci. Je vous plains, miss Elizabeth, d'être mise ainsi face à face avec l'indignité de votre favori : mais connaissant son origine, on ne pouvait guère s'attendre à mieux !

— En somme, répliqua Elizabeth irritée, votre accusation la plus fondée est celle d'être le fils d'un subalterne : et je puis vous certifier que Mr. Wickham m'avait lui-même révélé ce détail !

— Oh ! pardon, répondit miss Bingley en s'éloignant avec un ricanement moqueur. Et excusez-moi en faveur de mon intention, qui était bonne !

« Insolente créature ! se dit Elizabeth. Croit-elle donc m'influencer par d'aussi misérables procédés ?... je ne vois là qu'ignorance voulue de sa part, et méchanceté pure du côté de Mr. Darcy. »

Puis elle chercha sa sœur aînée qui avait dû entreprendre une enquête sur le même sujet auprès de Bingley.

Elle trouva Jane avec un sourire de contentement et une flamme joyeuse dans le regard qui montraient assez combien elle était satisfaite de sa soirée. Elizabeth s'en aperçut tout de suite et tout autre sentiment s'effaça en elle devant l'espoir de voir Jane sur le chemin du bonheur.

— J'aimerais savoir, dit-elle en souriant, elle aussi, si vous avez appris quelque chose sur Mr. Wickham. Mais vous étiez peut-être engagée dans un entretien trop agréable pour penser aux autres. En ce cas, vous êtes tout excusée.

— Non, reprit Jane, je ne l'ai point oublié, mais je n'ai rien de satisfaisant à vous dire. Mr. Bingley ne connaît pas toute son histoire et ignore ce qui a le plus offensé Mr. Darcy. Il répond seulement de la probité et de l'honneur de son ami et il est convaincu que Mr. Wickham ne mérite même pas ce que Mr. Darcy a fait pour lui. Je regrette de dire que, d'après sa sœur comme d'après lui, Mr. Wickham ne serait pas un jeune homme respectable.

— Mr. Bingley connaît-il lui-même Mr. Wickham ?

— Non, il l'a vu l'autre matin à Meryton pour la pre mière fois.

— Donc les renseignements qu'il vous a donnés lui viennent de Mr. Darcy. Cela me suffit. Je n'éprouve aucun doute quant à la sincérité de Mr. Bingley, mais permettez-moi de ne pas me laisser convaincre par de simples affirmations. Puisque Mr. Bingley ignore une partie de l'affaire et n'en connaît le reste que par son ami je préfère m'en tenir à mon sentiment personnel sur les deux personnes en question.

Elle prit alors un sujet plus agréable pour toutes deux et sur lequel elles ne pouvaient manquer de s'entendre. Elizabeth se réjouit d'entendre sa sœur lui exprimer l'espoir joyeux, bien que timide, qu'entretenait en elle l'attitude de Mr. Bingley à son égard et dit ce qu'elle put pour affermir la confiance de Jane. Puis, comme Mr. Bingley lui-même s'avança de leur côté, Elizabeth se retira près de miss Lucas. Elle avait à peine eu le temps de répondre aux questions de son amie sur son dernier danseur que Mr. Collins les joignit, leur annonçant d'un ton joyeux qu'il venait de faire une importante découverte.

— Par un hasard singulier, j'ai trouvé, dit-il, qu'il y avait dans ce salon un proche parent de ma bienfaitrice. J'ai, à son insu, entendu ce gentleman prononcer lui-même le nom de sa cousine, miss de Bourgh, et celui de sa mère, lady Catherine, en causant avec la jeune dame qui fait les honneurs du bal. Que le monde est donc petit ! et qui aurait pu penser que je ferais dans cette réunion la rencontre d'un neveu de lady Catherine de Bourgh ! Je suis bienheureux d'avoir fait cette découverte à temps pour que je puisse aller lui présenter mes respects. J'espère qu'il me pardonnera de ne pas m'être acquitté plus tôt de ce devoir. L'ignorance totale où j'étais de cette parenté me servira d'excuse.

— Vous n'allez pas aborder Mr. Darcy sans lui avoir été présenté ?

— Et pourquoi non ? C'est, si j'ai bien compris, le

propre neveu de lady Catherine. J'aurai le plaisir de lui apprendre que Sa Grâce se portait parfaitement il y a huit jours.

Elizabeth essaya en vain de l'arrêter et de lui faire comprendre que s'il s'adressait à Mr. Darcy sans lui avoir été présenté, celui-ci considérerait cette démarche plutôt comme une incorrection que comme un acte de déférence envers sa tante. Mr. Collins l'écouta avec l'air d'un homme décidé à n'en faire qu'à sa tête, et quand elle eut fini :

— Ma chère miss Elizabeth, dit-il, j'ai la plus haute opinion de votre excellent jugement pour toutes les matières qui sont de votre compétence. Mais permettez-moi de vous faire observer qu'à l'égard de l'étiquette les gens du monde et le clergé ne sont pas astreints aux mêmes règles. Laissez-moi donc, en la circonstance, suivre les ordres de ma conscience et remplir ce que je considère comme un devoir, et pardonnez-moi de négliger vos avis qui, en toute autre occasion, me serviront toujours de guide.

Et, s'inclinant profondément, il la quitta pour aller aborder Mr. Darcy.

Elizabeth le suivit des yeux, curieuse de voir l'accueil qu'il recevrait. L'étonnement de Mr. Darcy fut d'abord manifeste. Mr. Collins avait préludé par un grand salut et, bien qu'elle fût trop loin pour entendre, Elizabeth croyait tout comprendre et reconnaître, aux mouvements des lèvres, les mots « excuses, Hunsford, lady Catherine de Bourgh ». Il lui était pénible de voir son cousin s'exposer ainsi à la critique d'un tel homme ; Mr. Darcy regardait son interlocuteur avec une surprise non dissimulée, et, lorsque celui-ci voulut bien s'arrêter, il répondit avec un air de politesse distante. Ceci ne parut pas décourager Mr. Collins qui se remit à parler de plus belle, mais l'air dédaigneux de Mr. Darcy s'accentuait à mesure que son discours s'allongeait. Lorsqu'il eut enfin terminé, Mr. Darcy fit simplement un léger salut et s'éloigna. Mr. Collins revint alors près d'Elizabeth.

— Je suis très satisfait, je vous assure, de la réception qui m'a été faite. Mr. Darcy a paru beaucoup apprécier la délicatesse de mon intention et m'a répondu avec la plus grande courtoisie. Il a même eu l'amabilité de me dire qu'il connaissait assez sa tante pour être sûr qu'elle n'accordait pas ses faveurs sans discernement. Voilà une belle pensée bien exprimée. En définitive, il me plaît beaucoup.

Elizabeth tourna ensuite toute son attention du côté de sa sœur et de Mr. Bingley, et les réflexions agréables que suscita cet examen la rendirent presque aussi heureuse que sa sœur elle-même. Elle voyait déjà Jane installée dans cette même maison et toute au bonheur que seule peut donner dans le mariage une véritable affection. La pensée de Mrs. Bennet suivait visiblement le même cours. Au souper, Elizabeth, qui n'était séparée d'elle que par lady Lucas, eut la mortification d'entendre sa mère parler ouvertement à sa voisine de ses espérances maternelles. Entraînée par son sujet, Mrs. Bennet ne se lassait pas d'énumérer les avantages d'une telle union : un jeune homme si bien, si riche, n'habitant qu'à trois miles de Longbourn ! dont les sœurs montraient tant d'affection pour Jane et souhaitaient certainement cette alliance autant qu'elle-même. D'autre part, quel avantage pour les plus jeunes filles que le beau mariage de leur aînée qui les aiderait sans doute à trouver elles aussi des partis avantageux. Enfin Mrs. Bennet serait très heureuse de pouvoir les confier à la garde de leur sœur et de se dispenser ainsi de les accompagner dans le monde. C'est là un sentiment qu'il est d'usage d'exprimer en pareille circonstance, mais il était difficile de se représenter Mrs. Bennet éprouvant, à n'importe quel âge, une si grande satisfaction à rester chez elle.

Elizabeth essayait d'arrêter ce flot de paroles ou de persuader sa mère de mettre une sourdine à sa voix, car elle rougissait à la pensée que Mr. Darcy, qui était assis en face d'elles, ne devait presque rien perdre du chuchotement trop intelligible de Mrs. Bennet, mais celle-ci ne répondit qu'en taxant sa fille d'absurdité.

— Et pour quelle raison dois-je avoir si grand-peur de Mr. Darcy, je vous prie ? L'amabilité qu'il nous montre m'oblige-t-elle donc à ne pas prononcer une parole qui puisse avoir le malheur de lui déplaire ?

— Pour l'amour du ciel, ma mère, parlez plus bas. Quel avantage voyez-vous à blesser Mr. Darcy ? Cela ne sera certainement pas une recommandation pour vous auprès de son ami.

Tout ce que put dire Elizabeth fut absolument inutile ; sa mère continua à parler de ses espoirs d'avenir avec aussi peu de réserve. Rouge de honte et de contrariété, Elizabeth ne pouvait s'empêcher de regarder constamment dans la direction de Mr. Darcy et chaque coup d'œil la confirmait dans ses craintes. Il ne regardait pas Mrs. Bennet, mais son attention certainement était fixée sur elle et l'expression de son visage passa graduellement de l'indignation à une froideur dédaigneuse. A la fin, pourtant, Mrs. Bennet n'eut plus rien à dire et lady Lucas, que ces considérations sur un bonheur qu'elle n'était pas appelée à partager faisaient bâiller depuis longtemps, put enfin savourer en paix son jambon et son poulet froid.

Elizabeth commençait à respirer, mais cette tranquillité ne fut pas de longue durée. Le souper terminé, on proposa un peu de musique et elle eut l'ennui de voir Mary, qu'on en avait à peine priée, se préparer à charmer l'auditoire. Du regard, elle tenta de l'en dissuader, mais enchantée de cette occasion de se produire, Mary ne voulut pas comprendre et commença une romance. Elizabeth l'écouta chanter plusieurs strophes avec une impatience qui ne s'apaisa point à la fin du morceau ; car quelqu'un ayant exprimé vaguement l'espoir de l'entendre encore, Mary se remit au piano. Son talent n'était pas à la hauteur de la circonstance ; sa voix manquait d'ampleur et son interprétation de naturel. Elizabeth, au supplice, lança un coup d'œil à Jane pour savoir ce qu'elle en pensait, mais Jane causait tranquillement avec Bingley. Ses yeux se tournèrent alors vers les deux sœurs qu'elle vit échanger des regards amusés, vers Mr. Darcy, qui gardait le même sérieux impénétrable, vers son père, enfin, à qui elle fit signe d'intervenir, dans la crainte que Mary ne continuât à chanter toute la nuit. Mr. Bennet comprit et lorsque Mary eut achevé son second morceau, il dit à haute voix :

— C'est parfait, mon enfant. Mais vous nous avez charmés assez longtemps. Laissez aux autres le temps de se produire à leur tour.

Mary, bien qu'elle fît semblant de n'avoir pas entendu, se montra quelque peu décontenancée et Elizabeth, contrariée par l'apostrophe de son père, regretta son intervention. On invitait maintenant d'autres personnes à se faire entendre.

— Si j'avais le bonheur de savoir chanter, dit Mr. Collins, j'aurais grand plaisir à charmer la compagnie car j'estime que la musique est une distraction innocente et parfaitement compatible avec la profession de clergyman. Je ne veux pas dire, cependant, que nous soyons libres d'y consacrer beaucoup de temps. Le recteur d'une paroisse est très occupé : quand il a composé ses sermons et rempli les devoirs de sa charge, il lui reste bien peu de loisirs pour les soins à donner à son intérieur qu'il serait inexcusable de ne pas rendre aussi confortable que possible. D'autre part, il doit avoir le souci constant de se montrer plein d'égards pour tous, et en particulier pour la famille de laquelle il tient son bénéfice. C'est une obligation dont il ne saurait se dispenser, et pour ma part, je ne pourrais juger favorablement celui qui négligerait une occasion de témoigner son respect à toute personne apparentée à ses bienfaiteurs.

Et par un salut adressé à Mr. Darcy, il conclut ce discours débité assez haut pour être entendu de la moitié du salon. Plusieurs personnes le regardèrent avec étonnement, d'autres sourirent, mais personne ne paraissait plus amusé que Mr. Bennet tandis que sa femme, avec un grand sérieux, félicitait Mr. Collins de la sagesse de ses propos et faisait observer à voix basse à lady Lucas que ce jeune homme était fort sympathique et d'une intelligence remarquable.

Il semblait à Elizabeth que si sa famille avait pris tâche, ce soir-là, de se rendre ridicule, elle n'aurait pu le faire avec plus de succès. Heureusement qu'une partie de cette exhibition avait échappé à Mr. Bingley ; mais la pensée que ses deux sœurs et Mr. Darcy n'en avaient pas perdu un détail lui était fort pénible, et elle ne savait si elle souffrait plus du mépris silencieux de l'un ou des sourires moqueurs des deux autres.

Le reste de la soirée offrit peu d'agrément à Elizabeth, agacée par la présence continuelle de Mr. Collins à ses côtés. S'il n'obtint pas d'elle la faveur d'une nouvelle danse, il l'empêcha du moins de danser avec d'autres. En vain lui offrit-elle de le présenter à ses amies ; il l'assura que la danse le laissait indifférent, que son seul objet était de lui être agréable et qu'il se ferait un devoir de lui tenir compagnie toute la soirée. Il n'y avait donc rien à faire. Elizabeth dut son unique soulagement à miss Lucas qui, en se joignant à leur conversation, détourna sur elle-même une partie des discours de Mr. Collins.

Du moins Elizabeth n'eut-elle plus à subir les attentions de Mr. Darcy. Bien qu'il demeurât longtemps seul à peu de distance de leur groupe, il ne chercha plus à lui adresser la parole. Elizabeth vit dans cette attitude le résultat de ses allusions à Mr. Wickham et s'en félicita.

Les habitants de Longbourn furent des derniers à prendre congé, et, par suite d'une manœuvre de Mrs. Bennet, ils durent attendre leur voiture un quart d'heure de plus que les autres invités, ce qui leur laissa le temps de voir combien leur départ était ardemment souhaité par une partie de leurs hôtes. Mrs. Hurst et sa sœur étaient visiblement impatientes de recouvrer leur liberté pour aller se coucher, et n'ouvraient la bouche que pour se plaindre de la fatigue, laissant Mrs. Bennet essayer sans succès de soutenir la conversation. Mr. Darcy ne disait mot ; Mr. Bingley et Jane, un peu à l'écart, causaient sans s'occuper des autres ; Elizabeth gardait le même silence que Mrs. Hurst et miss Bingley, et Lydia elle-même n'avait plus la force que de s'exclamer de temps à autre avec un large bâillement : « Dieu, que je suis lasse ! »

Quand ils se levèrent enfin pour partir, Mrs. Bennet exprima d'une manière pressante son désir de voir bientôt tous ses hôtes à Longbourn, et s'adressa particulièrement à Mr. Bingley pour l'assurer du plaisir qu'il leur ferait en venant n'importe quel jour, sans invitation, partager leur repas de famille. Avec plaisir et reconnaissance, Mr. Bingley promit de saisir la première occasion d'aller lui faire visite après son retour de Londres où il devait se rendre le lendemain même pour un bref séjour.

Mrs. Bennet était pleinement satisfaite. Elle quitta ses hôtes avec l'agréable conviction que — en tenant compte des délais nécessaires pour dresser le contrat et commander l'équipage et les toilettes de noce — elle pouvait espérer voir sa fille installée à Netherfield dans un délai de trois ou quatre mois.

19

Le lendemain amena du nouveau à Longbourn : Mr. Collins fit sa déclaration. Il n'avait plus de temps à perdre, son congé devant se terminer le samedi suivant ; et comme sa modestie ne lui inspirait aucune inquiétude qui pût l'arrêter au dernier moment, il décida de faire sa demande dans les formes qu'il jugeait indispensables dans cette circonstance.

Trouvant après le breakfast Mrs. Bennet en compagnie d'Elizabeth et d'une autre de ses filles, il lui parla ainsi :

— Puis-je, madame, solliciter votre bienveillant appui pour obtenir de votre fille, Elizabeth, un entretien particulier dans le cours de la matinée ?

Avant qu'Elizabeth rougissante eût eu le temps d'ouvrir la bouche, Mrs. Bennet avait déjà répondu :

— Mais je crois bien ! Je suis sûre qu'Elizabeth ne demande pas mieux. Venez, Kitty, j'ai besoin de vous au premier.

Et rassemblant son ouvrage, elle se hâtait vers la porte, lorsque Elizabeth s'écria :

— Ma mère, ne sortez pas, je vous en prie. Mr. Collins m'excusera, mais il n'a certainement rien à me dire que tout le monde ne puisse entendre. Je vais moi-même me retirer.

— Non, non, Lizzy ! Quelle est cette sottise ? Je désire que vous restiez.

Et comme Elizabeth, rouge de confusion et de colère, continuait à gagner la porte, Mrs. Bennet ajouta :

— Lizzy, j'insiste pour que vous restiez et que vous écoutiez ce que Mr. Collins veut vous dire.

La jeune fille ne pouvait résister à une telle injonction : comprenant, après un instant de réflexion, que mieux valait en finir au plus vite, elle se rassit et reprit son ouvrage pour se donner une contenance et dissimuler la contrariété ou l'envie de rire qui la prenaient tour à tour.

La porte était à peine refermée sur Mrs. Bennet et Kitty que Mr. Collins commençait :

— Croyez, chère miss Elizabeth, que votre modestie, loin de me déplaire, ne fait à mes yeux qu'ajouter à vos charmes. Vous m'auriez paru moins aimable sans ce petit mouvement de retraite, mais laissez-moi vous assurer que j'ai pour vous parler la permission de votre respectable mère. Vous vous doutez sûrement du but de cet entretien, bien que votre délicatesse vous fasse simuler le contraire. J'ai eu pour vous trop d'attentions pour que vous ne m'ayez pas deviné. A peine avais-je franchi le seuil de cette maison que je voyais en vous la compagne de mon existence ; mais avant de me laisser emporter par le flot de mes sentiments, peut-être serait-il plus convenable de vous exposer les raisons qui me font songer au mariage et le motif qui m'a conduit en Hertfordshire pour y chercher une épouse.

L'idée du solennel Mr. Collins « se laissant emporter par le flot de ses sentiments » parut si comique à Elizabeth qu'elle dut faire effort pour ne pas éclater de rire et perdit l'occasion d'interrompre cet éloquent discours.

— Les raisons qui me déterminent à me marier, continua-t-il, sont les suivantes : premièrement, je considère qu'il est du devoir de tout clergyman de donner le bon exemple à sa paroisse en fondant un foyer. Deuxièmement, je suis convaincu, ce faisant, de travailler à mon bonheur. Troisièmement — j'aurais dû peut-être commencer par là —, je réponds ainsi au désir exprimé par la très noble dame que j'ai l'honneur d'appeler ma protectrice. Par deux fois, et sans que je l'en eusse priée, elle a daigné me faire savoir son opinion à ce sujet. Le samedi soir qui a précédé mon départ, entre deux parties de « quadrilles », elle m'a encore dit : « Mr. Collins, il faut vous marier. Un clergyman comme vous doit se marier. Faites un bon choix. Pour ma satisfaction, et pour la vôtre, prenez une fille de bonne famille, active, travailleuse ; non point élevée dans des idées de grandeur mais capable de tirer un bon parti d'un petit revenu. Trouvez une telle compagne le plus tôt possible, amenez-la à Hunsford, et j'irai lui rendre visite. » Permettez-moi, ma belle cousine, de vous dire en passant que la bienveillance de lady Catherine de Bourgh n'est pas un des moindres avantages que je puis vous offrir. Ses qualités dépassent tout ce que je puis vous en dire, et je crois que votre vivacité et votre esprit lui plairont, surtout s'ils sont tempérés par la discrétion et le respect que son rang ne peut manquer de vous inspirer.

« Tels sont les motifs qui me poussent au mariage. Il me reste à vous dire pourquoi je suis venu choisir une femme à Longbourn plutôt que dans mon voisinage où, je vous assure, il ne manque pas d'aimables jeunes filles ; mais devant hériter de ce domaine à la mort de votre honorable père (qui, je l'espère, ne se produira pas d'ici de longues années), je ne pourrais être complètement satisfait si je ne choisissais une de ses filles afin de diminuer autant que possible le tort que je leur causerai lorsque arrivera le douloureux événement. (Dieu veuille que ce soit le plus tard possible !) Ces raisons, ma chère cousine, ne me feront pas, je l'espère, baisser dans votre estime. Et maintenant il ne me reste plus qu'à vous exprimer en termes ardents toute la force de mes sentiments. La question de la fortune me laisse indifférent. Je sais que votre père ne peut rien vous donner et que mille livres placées à quatre pour cent sont tout ce que vous pouvez espérer recueillir après la mort de votre mère. Je garderai donc le silence le plus absolu sur ce chapitre et vous pouvez être sûre que jamais vous n'entendrez sortir de ma bouche un reproche dénué de générosité lorsque nous serons mariés.

— Vous allez trop vite, monsieur, s'écria Elizabeth. Vous oubliez que je ne vous ai pas encore répondu. Laissez-moi le faire sans plus tarder. Je suis très sensible à l'honneur que vous me faites par cette proposition et je vous en remercie, mais il m'est impossible de ne point la décliner.

— Je sais depuis longtemps, répliqua Mr. Collins avec un geste majestueux, qu'il est d'usage parmi les jeunes filles de repousser celui qu'elles ont au fond l'intention d'épouser lorsqu'il se déclare pour la première fois, et qu'il leur arrive de renouveler ce refus une seconde et même une troisième fois ; c'est pourquoi votre réponse ne peut me décourager, et j'ai confiance que j'aurai avant longtemps le bonheur de nous conduire à l'autel.

— En vérité, monsieur, cette confiance est plutôt

extraordinaire après ce que je viens de vous déclarer ! Je vous affirme que je ne suis point de ces jeunes filles — si tant est qu'il en existe — assez imprudentes pour jouer leur bonheur sur la chance de se voir demander une seconde fois. Mon refus est des plus sincères : vous ne pourriez pas me rendre heureuse et je suis la dernière femme qui pourrait faire votre bonheur. Bien plus, si votre amie lady Catherine me connaissait, je suis sûre qu'elle me trouverait fort mal qualifiée pour la situation que vous me proposez.

— Quand bien même, répondit gravement Mr. Collins, l'avis de lady Catherine... Mais je ne puis imaginer Sa Grâce vous regardant d'un œil défavorable et soyez certaine que, lorsque je la reverrai, je lui vanterai avec chaleur votre modestie, votre esprit d'ordre et vos autres aimables qualités.

— Mr. Collins, toutes ces louanges seraient inutiles. Veuillez m'accorder la liberté de juger pour mon compte et me faire la grâce de croire ce que je vous dis. Je souhaite vous voir heureux et riche et, en vous refusant ma main, je contribue à la réalisation de ce vœu. Les scrupules respectables que vous exprimiez au sujet de ma famille sont sans objet maintenant que vous m'avez proposé d'être votre femme et vous pourrez, quand le temps viendra, entrer en possession de Longbourn sans vous adresser aucun reproche. Cette question est donc réglée.

Elle s'était levée en prononçant ces derniers mots et allait quitter la pièce quand Mr. Collins l'arrêta par ces mots :

— Lorsque j'aurai l'honneur de reprendre cette conversation avec vous, j'espère recevoir une réponse plus favorable ; non point que je vous accuse de cruauté et peut-être même, en faisant la part de la réserve habituelle à votre sexe, en avez-vous dit assez aujourd'hui pour m'encourager à poursuivre mon projet.

— En vérité, Mr. Collins, s'écria Elizabeth avec chaleur, vous me confondez ! Si vous considérez tout ce que je viens de vous dire comme un encouragement, je me demande en quels termes il me faut exprimer mon refus pour vous convaincre que c'en est un !

— Laissez-moi croire, ma chère cousine, que ce refus n'est qu'une simple formalité. Il ne me semble pas que je sois indigne de vous, ni que l'établissement que je vous offre ne soit pas pour vous des plus enviables. Ma situation, mes relations avec la famille de Bourgh, ma parenté avec votre famille, sont autant de conditions favorables à ma cause. En outre, vous devriez considérer qu'en dépit de tous vos attraits vous n'êtes nullement certaine de recevoir une autre demande en mariage. Votre dot est malheureusement si modeste qu'elle doit inévitablement contrebalancer l'effet de votre charme et de vos qualités. Force m'est donc de conclure que votre refus n'est pas sérieux, et je préfère l'attribuer au désir d'exciter ma tendresse en la tenant en suspens, suivant l'élégante coutume des femmes du monde.

— Soyez sûr, monsieur, que je n'ai aucune prétention à cette sorte d'élégance, qui consiste à faire souffrir un honnête homme. Je préférerais qu'on me fît le compliment de croire à ce que je dis. Je vous remercie mille fois de votre proposition, mais il m'est impossible de l'accepter ; mes sentiments me l'interdisent absolument. Puis-je parler avec plus de clarté ? Ne me prenez pas pour une coquette qui prendrait plaisir à vous tourmenter, mais pour une personne raisonnable qui parle en toute sincérité.

– Vous êtes vraiment délicieuse, quoi que vous fassiez ! s'écria-t-il avec une lourde galanterie, et je suis persuadé que ma demande, une fois sanctionnée par la volonté expresse de vos excellents parents, ne manquera pas de vous paraître acceptable.

Devant cette invincible persistance à vouloir s'abuser, Elizabeth abandonna la partie et se retira en silence.

20

Mr. Collins ne resta pas longtemps seul à méditer sur le succès de sa déclaration. Mrs. Bennet, qui rôdait dans le vestibule en attendant la fin de l'entretien, n'eut pas plus tôt vu sa fille ouvrir la porte et gagner rapidement l'escalier qu'elle entra dans la salle à manger et félicita Mr. Collins avec chaleur en lui exprimant la joie que lui causait la perspective de leur alliance prochaine. Mr. Collins reçut ces félicitations et y répondit avec autant de plaisir, après quoi il se mit à relater les détails d'une entrevue dont il avait tout lieu d'être satisfait puisque le refus que sa cousine lui avait obstinément opposé n'avait d'autre cause que sa modestie et l'extrême délicatesse de ses sentiments.

Ce récit cependant causa quelque trouble à Mrs. Bennet. Elle eût bien voulu partager cette belle assurance et croire que sa fille, en repoussant Mr. Collins, avait eu l'intention de l'encourager. Mais la chose lui paraissait peu vraisemblable et elle ne put s'empêcher de le dire.

— Soyez sûr, Mr. Collins, que Lizzy finira par entendre raison. C'est une fille sotte et entêtée qui ne connaît point son intérêt ; mais je me charge de le lui faire comprendre.

— Permettez, madame : si votre fille est réellement sotte et entêtée comme vous le dites, je me demande si elle est la femme qui me convient. Un homme dans ma situation désire naturellement trouver le bonheur dans l'état conjugal et si ma cousine persiste à rejeter ma demande, peut-être vaudrait-il mieux ne pas essayer de la lui faire agréer de force ; sujette à de tels défauts de caractère, elle ne me paraît pas faite pour assurer ma félicité.

— Monsieur, vous interprétez mal mes paroles, s'écria Mrs. Bennet alarmée. Lizzy ne montre d'entêtement que dans des questions de ce genre. Autrement c'est la meilleure nature qu'on puisse rencontrer. Je vais de ce pas trouver Mr. Bennet et nous aurons tôt fait, à nous deux, de régler cette affaire avec elle.

Et, sans lui donner le temps de répondre, elle se précipita dans la bibliothèque où se trouvait son mari.

— Ah ! Mr. Bennet, s'exclama-t-elle en entrant, j'ai besoin de vous tout de suite. Venez vite obliger Lizzy à accepter Mr. Collins. Elle jure ses grands dieux qu'elle ne veut pas de lui. Si vous ne vous hâtez pas, il va changer d'avis, et c'est lui qui ne voudra plus d'elle !

Mr. Bennet avait levé les yeux de son livre à l'entrée de sa femme et la fixait avec une indifférence tranquille que l'émotion de celle-ci n'arriva pas à troubler.

— Je n'ai pas l'avantage de vous comprendre, dit-il quand elle eut fini. De quoi parlez-vous donc ?

— Mais de Lizzy et de Mr. Collins ! Lizzy dit qu'elle ne veut pas de Mr. Collins et Mr. Collins commence à dire qu'il ne veut plus de Lizzy.

— Et que puis-je faire à ce propos ? Le cas me semble plutôt désespéré.

— Parlez à Lizzy. Dites-lui que vous tenez à ce mariage.

— Faites-la appeler. Je vais lui dire ce que j'en pense.

Mrs. Bennet sonna et donna l'ordre d'avertir miss Elizabeth qu'on la demandait dans la bibliothèque.

— Arrivez ici, mademoiselle, lui cria son père dès qu'elle parut. Je vous ai envoyé chercher pour une affaire d'importance. Mr. Collins, me dit-on, vous aurait demandée en mariage. Est-ce exact ?

— Très exact, répondit Elizabeth.

— Vous avez repoussé cette demande ?

— Oui, mon père.

— Fort bien. Votre mère insiste pour que vous l'acceptiez. C'est bien cela, Mrs. Bennet ?

— Parfaitement ; si elle s'obstine dans son refus, je ne la reverrai de ma vie.

— Ma pauvre enfant, vous voilà dans une cruelle alternative. A partir de ce jour, vous allez devenir étrangère à l'un de nous deux. Votre mère refuse de vous revoir si vous n'épousez pas Mr. Collins, et je vous défends de reparaître devant moi si vous l'épousez.

Elizabeth ne put s'empêcher de sourire à cette conclusion inattendue ; mais Mrs. Bennet, qui avait supposé que son mari partageait son sentiment, fut excessivement désappointée.

— Mr. Bennet ! A quoi pensez-vous de parler ainsi ? Vous m'aviez promis d'amener votre fille à la raison !

— Ma chère amie, répliqua son mari, veuillez m'accorder deux faveurs : la première, c'est de me permettre en cette affaire le libre usage de mon jugement, et la seconde de me laisser celui de ma bibliothèque. Je serais heureux de m'y retrouver seul le plus tôt possible.

Malgré la défection de son mari, Mrs. Bennet ne se résigna pas tout de suite à s'avouer battue. Elle entreprit Elizabeth à plusieurs reprises, la suppliant et la menaçant tour à tour. Elle essaya aussi de se faire une alliée de Jane, mais, avec toute la douceur possible, celle-ci refusa d'intervenir. Quant à Elizabeth, tantôt avec énergie, tantôt avec gaieté, elle repoussa tous les assauts, changeant de tactique, mais non de détermination.

Mr. Collins pendant ce temps méditait solitairement sur la situation. La haute opinion qu'il avait de lui-même l'empêchait de concevoir les motifs qui avaient poussé sa cousine à le refuser et, bien que blessé dans son amour-propre, il n'éprouvait pas un véritable chagrin. Son attachement pour Elizabeth était un pur effet d'imagination et la pensée qu'elle méritait peut-être les reproches de sa mère éteignait en lui tout sentiment de regret.

Pendant que toute la famille était ainsi dans le désarroi,

Charlotte Lucas vint pour passer la journée avec ses amies. Elle fut accueillie dans le hall par Lydia qui se précipita vers elle en chuchotant :

— Je suis contente que vous soyez venue car il se passe ici des choses bien drôles. Devinez ce qui est arrivé ce matin : Mr. Collins a offert sa main à Lizzy ; et elle l'a refusée !

Charlotte n'avait pas eu le temps de répondre qu'elles étaient rejointes par Kitty, pressée de lui annoncer la même nouvelle. Enfin, dans la salle à manger, Mrs. Bennet, qu'elles y trouvèrent seule, reprit le même sujet et réclama l'aide de miss Lucas en la priant d'user de son influence pour décider son amie à se plier aux vœux de tous les siens.

— Je vous en prie, chère miss Lucas, dit-elle d'une voix plaintive, faites cela pour moi ! Personne n'est de mon côté, personne ne me soutient, personne n'a pitié de mes pauvres nerfs.

L'entrée de Jane et d'Elizabeth dispensa Charlotte de répondre.

— Et justement la voici, poursuivit Mrs. Bennet, aussi tranquille, aussi indifférente que s'il s'agissait du shah de Perse ! Tout lui est égal, pourvu qu'elle puisse faire ses volontés. Mais, prenez garde, miss Lizzy, si vous vous entêtez à repousser toutes les demandes qui vous sont adressées, vous finirez par rester vieille fille et je ne sais pas qui vous fera vivre lorsque votre père ne sera plus là. Ce n'est pas moi qui le pourrai, je vous en avertis. Je vous ai dit tout à l'heure, dans la bibliothèque, que je ne vous parlerais plus ; vous verrez si je ne tiens point parole. Je n'ai aucun plaisir à causer avec une fille si peu soumise. Non que j'en aie beaucoup à causer avec personne ; les gens qui souffrent de malaises nerveux comme moi n'ont jamais grand goût pour la conversation. Personne ne sait ce que j'endure ! Mais c'est toujours la même chose, on ne plaint jamais ceux qui ne se plaignent pas eux-mêmes.

Ses filles écoutaient en silence cette litanie, sachant que tout effort pour raisonner leur mère ou pour la calmer ne ferait que l'irriter davantage. Enfin les lamentations de Mrs. Bennet furent interrompues par l'arrivée de Mr. Collins qui entrait avec un air plus solennel encore que d'habitude.

Sur un signe, les jeunes filles quittèrent la pièce et Mrs. Bennet commença d'une voix douloureuse :

— Mon cher Mr. Collins...

— Ma chère madame, interrompit celui-ci, ne parlons plus de cette affaire. Je suis bien loin, continua-t-il d'une voix où perçait le mécontentement, de garder rancune à votre fille. La résignation à ce qu'on ne peut empêcher est un devoir pour tous, et plus spécialement pour un homme qui a fait choix de l'état ecclésiastique. Ce devoir, je m'y soumets d'autant plus aisément qu'un doute m'est venu sur le bonheur qui m'attendait si ma belle cousine m'avait fait l'honneur de m'accorder sa main. Et j'ai souvent remarqué que la résignation n'est jamais si parfaite que lorsque la faveur refusée commence à perdre à nos yeux quelque chose de sa valeur. J'espère que vous ne considérerez pas comme un manque de respect envers vous que je retire mes prétentions aux bonnes grâces de votre fille sans vous avoir sollicités, vous et Mr. Bennet, d'user de votre autorité en ma faveur. Peut-être ai-je eu tort d'accepter un refus définitif de la bouche de votre fille plutôt que de la vôtre, mais nous sommes tous sujets à nous tromper. J'avais les meilleures intentions : mon unique objet était de m'assurer une compagne aimable, tout en servant les intérêts de votre famille. Cependant, si vous voyez dans ma conduite quelque chose de répréhensible, je suis tout prêt à m'en excuser.

21

La discussion provoquée par la demande de Mr. Collins était maintenant close. Elizabeth en gardait seulement un souvenir pénible et devait encore supporter de temps à autre les aigres allusions de sa mère. Quant au soupirant malheureux, ses sentiments ne s'exprimaient point par de l'embarras ou de la tristesse, mais par une attitude raide et un silence plein de ressentiment. C'est à peine s'il s'adressait à Elizabeth, et les attentions dont il la comblait auparavant se reportèrent sur miss Lucas dont la complaisance à écouter ses discours fut un soulagement pour tout le monde et en particulier pour Elizabeth.

Le lendemain, la santé et l'humeur de Mrs. Bennet ne présentaient aucune amélioration et Mr. Collins, de son côté, continuait à personnifier l'orgueil blessé. Elizabeth s'était flattée de l'espoir que son mécontentement le déciderait à abréger son séjour, mais ses plans n'en paraissaient nullement affectés ; il s'était toujours proposé de rester jusqu'au samedi et n'entendait pas s'en aller un jour plus tôt.

Après le déjeuner les jeunes filles se rendirent à Meryton pour savoir si Mr. Wickham était de retour. Comme elles entraient dans la ville, elles le rencontrèrent lui-même et il les accompagna jusque chez leur tante où son regret d'avoir manqué le bal de Netherfield et la déception que tout le monde en avait éprouvée furent l'objet de longs commentaires. A Elizabeth pourtant, il ne fit aucune difficulté pour avouer que son absence avait été volontaire.

— A mesure que la date du bal se rapprochait, dit-il, j'avais l'impression de plus en plus nette que je ferais mieux d'éviter une rencontre avec Mr. Darcy. Me trouver avec lui dans la même salle, dans la même société pendant plusieurs heures, était peut-être plus que je ne pouvais supporter ; il aurait pu en résulter des incidents aussi désagréables pour les autres que pour moi-même.

Elizabeth approuva pleinement son abstention. Ils eurent tout le loisir de s'étendre sur ce sujet, car Wickham et un de ses camarades reconduisirent les jeunes filles jusqu'à Longbourn et, pendant le trajet, il s'entretint surtout avec Elizabeth. Touchée d'un empressement aussi flatteur, elle profita de l'occasion pour le présenter à ses parents.

Peu après leur retour, un pli apporté de Netherfield fut remis à Jane qui l'ouvrit aussitôt. L'enveloppe contenait une feuille d'un charmant papier satiné couverte d'une écriture féminine élégante et déliée. Elizabeth vit que sa sœur changeait de couleur en lisant et qu'elle s'arrêtait spécialement à certains passages de la lettre. Jane, d'ailleurs, reprit vite son sang-froid et se joignit à la conversation générale avec son entrain habituel. Mais, dès que Wickham et son compagnon furent partis, elle fit signe à Elizabeth de la suivre dans leur chambre. A peine y étaient-elles qu'elle dit en lui tendant la lettre :

— C'est de Caroline Bingley, et la nouvelle qu'elle m'apporte n'est pas sans me surprendre. A l'heure qu'il est, ils ont tous quitté Netherfield et sont en route pour Londres, sans idée de retour. Ecoutez plutôt.

Elle lut la première phrase qui annonçait la résolution de ces dames de rejoindre leur frère et de dîner ce même soir à Grosvenor Street, où les Hurst avaient leur maison. La lettre continuait ainsi : « Nous ne regretterons pas grand-chose du Hertfordshire, à part votre société, chère amie. Espérons cependant que l'avenir nous réserve l'occasion de renouer nos si agréables relations et, qu'en attendant, nous adoucirons l'amertume de l'éloignement par une correspondance fréquente et pleine d'abandon. »

Cette grande tendresse laissa Elizabeth très froide.

Bien que la soudaineté de ce départ la surprît, elle n'y voyait rien qui valût la peine de s'en affliger. Le fait que ces dames n'étaient plus à Netherfield n'empêcherait vraisemblablement point Mr. Bingley d'y revenir et sa présence, Elizabeth en était persuadée, aurait vite consolé Jane de l'absence de ses sœurs.

— C'est dommage, dit-elle après un court silence, que vous n'ayez pu les revoir avant leur départ ; cependant il nous est peut-être permis d'espérer que l'occasion de vous retrouver se présentera plus tôt que miss Bingley ne le prévoit. Qui sait si ces rapports d'amitié qu'elle a trouvés si agréables ne se renoueront pas plus intimes encore ?... Mr. Bingley ne se laissera pas retenir longtemps à Londres.

— Caroline déclare nettement qu'aucun d'eux ne reviendra à Netherfield de tout l'hiver. Voici ce qu'elle dit : « Quand mon frère nous a quittés hier, il pensait pouvoir conclure en trois ou quatre jours l'affaire qui l'appelait à Londres, mais c'est certainement impossible et comme nous sommes convaincus, d'autre part, que Charles, une fois à Londres, ne sera nullement pressé d'en revenir, nous avons décidé de le rejoindre afin de lui épargner le désagrément de la vie à l'hôtel. Beaucoup de nos amis ont déjà regagné la ville pour l'hiver. Comme je serais heureuse d'apprendre que vous-même, chère amie, vous proposez de faire un tour dans la capitale ! Mais, hélas ! je n'ose y compter. Je souhaite sincèrement que les fêtes de Noël soient chez vous des plus joyeuses et que vos nombreux succès vous consolent du départ des trois admirateurs que nous allons vous enlever. »

— Ceci montre bien, conclut Jane, que Mr. Bingley ne reviendra pas de cet hiver.

— Ceci montre seulement que miss Bingley ne veut pas qu'il revienne.

— Qu'est-ce qui vous le fait croire ? Mr. Bingley est maître de ses actes ; c'est de lui que vient sans doute cette décision. Mais attendez le reste. A vous, je ne veux rien cacher, et je vais vous lire le passage qui me peine le plus. « Mr. Darcy est impatient de retrouver sa sœur et, à vous dire vrai, nous ne le sommes pas moins que lui. Il est difficile de trouver l'égale de Georgiana Darcy sous le rapport de la beauté, de l'élégance et de l'éducation, et la sympathie que nous avons pour elle, Louisa et moi, est accrue par l'espérance de la voir un jour devenir notre sœur. Je ne sais si je vous ai jamais fait part de nos sentiments à cet égard, mais je ne veux pas vous quitter sans vous en parler. Mon frère admire beaucoup Georgiana ; il aura maintenant de fréquentes occasions de la voir dans l'intimité, les deux familles s'accordent pour désirer cette union et je ne crois pas être aveuglée par l'affection fraternelle en disant que Charles a tout ce qu'il faut pour se faire aimer. Avec tant de circonstances favorables ai-je tort, ma chère Jane, de souhaiter la réalisation d'un événement qui ferait tant d'heureux ? »

« Que pensez-vous de cette phrase, ma chère Lizzy ? dit Jane en achevant sa lecture, ne dit-elle pas clairement que Caroline n'a aucun désir de me voir devenir sa sœur, qu'elle est tout à fait convaincue de l'indifférence de son frère à mon égard et que, si elle soupçonne la nature des sentiments qu'il m'inspire, elle veut très amicalement me mettre sur mes gardes ? Peut-on voir autre chose dans ce que je viens de vous lire ?

— Oui, certes, car mon impression est tout à fait différente, et la voici en deux mots : miss Bingley s'est aperçue que son frère vous aime alors qu'elle veut lui faire épouser miss Darcy. Elle va le rejoindre afin de le retenir à Londres, et elle essaye de vous persuader qu'il ne pense pas à vous.

Jane secoua la tête.

— Jane, je vous dis la vérité. Tous ceux qui vous ont vue avec Mr. Bingley ne peuvent douter de ses sentiments pour vous, miss Bingley pas plus que les autres, car elle n'est point sotte. Si elle pouvait croire que

Mr. Darcy éprouve seulement la moitié de cette affection pour elle-même, elle aurait déjà commandé sa robe de noce. Mais le fait est que nous ne sommes ni assez riches ni assez nobles pour eux, et miss Bingley est d'autant plus désireuse de voir son frère épouser miss Darcy qu'elle pense qu'une première alliance entre les deux familles en facilitera une seconde. Ce n'est pas mal combiné et pourrait après tout réussir si miss de Bourgh n'était pas dans la coulisse. Mais voyons, ma chère Jane, si miss Bingley vous raconte que son frère est plein d'admiration pour miss Darcy, ce n'est pas une raison suffisante pour croire qu'il soit moins sensible à vos charmes que quand il vous a quittée mardi dernier, ni qu'elle puisse le persuader à son gré que ce n'est pas de vous, mais de son amie qu'il est épris.

— Tout ce que vous me dites là pourrait me tranquilliser si nous nous faisions la même idée de miss Bingley, répliqua Jane, mais je suis certaine que vous la jugez injustement. Caroline est incapable de tromper quelqu'un de propos délibéré. Tout ce que je puis espérer de mieux dans le cas présent, c'est qu'elle se trompe elle-même.

— C'est parfait. Du moment que vous ne voulez pas de mon explication, vous ne pouviez en trouver une meilleure. Croyez donc que miss Bingley se trompe, et que cette supposition charitable vous redonne la tranquillité.

— Mais, ma chère Elizabeth, même en mettant tout au mieux, pourrais-je être vraiment heureuse en épousant un homme que ses sœurs et ses amis désirent tant marier à une autre ?

— Cela, c'est votre affaire, et si, à la réflexion, vous trouvez que la douleur de désobliger les deux sœurs est plus grande que la joie d'épouser le frère, je vous conseille vivement de ne plus penser à lui.

— Pouvez-vous parler ainsi, dit Jane avec un faible sourire. Vous savez bien que malgré la peine que me causerait leur désapprobation, je n'hésiterais pas. Mais il est probable que je n'aurai pas à choisir si Mr. Bingley ne revient pas cet hiver. Tant de choses peuvent se produire en six mois !

Les deux sœurs convinrent d'annoncer ce départ à leur mère sans rien ajouter qui pût l'inquiéter sur les intentions de Mr. Bingley. Cette communication incomplète ne laissa pas toutefois de contrarier vivement Mrs. Bennet, qui déplora ce départ comme une calamité : ne survenait-il pas juste au moment où les deux familles commençaient à se lier intimement ?

Après s'être répandue quelque temps en doléances, l'idée que Mr. Bingley reviendrait sans doute bientôt et dînerait à Longbourn lui apporta un peu de réconfort. En l'invitant, elle avait parlé d'un repas de famille, mais elle décida que le menu n'en comporterait pas moins deux services complets.

22

Les Bennet dînaient ce jour-là chez les Lucas et, de nouveau, miss Lucas eut la patience de servir d'auditrice à Mr. Collins pendant la plus grande partie de la soirée. Elizabeth lui en rendit grâces :

— Vous le mettez ainsi de bonne humeur, dit-elle ; je ne sais comment vous en remercier...

Charlotte répondit que le sacrifice de son temps était largement compensé par la satisfaction d'obliger son amie. C'était fort aimable : mais la bonté de Charlotte visait beaucoup plus loin que ne le soupçonnait Elizabeth, car son but était de la délivrer d'une admiration importune en prenant tout simplement sa place dans le cœur de Mr. Collins. Quand on se sépara, à la fin de la soirée, l'affaire était en si bon train que Charlotte se serait crue assurée du succès si Mr. Collins n'avait pas été à la veille de quitter le Hertfordshire.

Mais elle n'avait pas bien mesuré l'ardeur des sentiments de Mr. Collins et l'indépendance de son caractère. Car, le lendemain matin, il s'échappait de Longbourn, en dissimulant son dessein avec une habileté incomparable, et accourait à Lucas Lodge pour se jeter à ses pieds. Il désirait surtout éviter d'éveiller l'attention de ses cousines, persuadé qu'elles ne manqueraient pas de soupçonner ses intentions, car il ne voulait pas qu'on apprît sa tentative avant qu'il pût en annoncer l'heureux résultat. Bien que se sentant assez tranquille — car Charlotte avait été passablement encourageante —, il se tenait quand même sur ses gardes depuis son aventure du mercredi précédent.

L'accueil qu'il reçut cependant fut des plus flatteurs. D'une fenêtre du premier étage miss Lucas l'aperçut qui se dirigeait vers la maison et elle se hâta de sortir pour le rencontrer accidentellement dans le jardin, mais jamais elle n'aurait pu imaginer que tant d'amour et d'éloquence l'attendaient au bout de l'allée.

En aussi peu de temps que le permirent les longs discours de Mr. Collins, tout était réglé entre les deux jeunes gens à leur mutuelle satisfaction et, comme ils entraient dans la maison, Mr. Collins suppliait déjà Charlotte de fixer le jour qui mettrait le comble à sa félicité. Si une telle demande ne pouvait être exaucée sur-le-champ, l'objet de sa flamme ne manifestait du moins aucune inclination à différer son bonheur. L'inintelligence dont la nature avait gratifié Mr. Collins n'était pas pour faire souhaiter des fiançailles prolongées avec un tel soupirant, et miss Lucas, qui l'avait accepté dans le seul désir de s'établir honorablement, se souciait assez peu que la date du mariage fût plus ou moins proche.

Le consentement de sir William et de lady Lucas, demandé aussitôt, fut accordé avec un empressement joyeux. La situation de Mr. Collins faisait de lui un parti avantageux pour leur fille dont la dot était modeste tandis que les espérances de fortune du jeune homme étaient fort belles.

Avec un intérêt qu'elle n'avait encore jamais éprouvé, lady Lucas se mit tout de suite à calculer combien d'années Mr. Bennet pouvait bien avoir encore à vivre, et sir William déclara que lorsque son gendre serait en possession du domaine de Longbourn, il ferait bien de se faire présenter à la cour avec sa femme. Bref, toute la famille était ravie ; les plus jeunes filles voyaient dans ce mariage l'occasion de faire un peu plus tôt leur entrée dans le monde, et les garçons se sentaient délivrés de la crainte de voir Charlotte mourir vieille fille.

Charlotte elle-même était assez calme. Parvenue à ses fins, elle examinait maintenant le fruit de sa victoire, et ses réflexions étaient, somme toute, satisfaisantes. Mr. Collins n'avait évidemment ni intelligence ni charme, sa conversation était ennuyeuse et dans l'ardeur de ses sentiments il entrait sans doute moins d'amour que d'imagination, mais, tel qu'il était, c'était un mari ; or, sans se faire une très haute idée des hommes, Charlotte Lucas avait toujours eu la vocation et le désir de se marier. Elle voyait dans le mariage la seule situation convenable pour une femme d'éducation distinguée et de fortune modeste, car, s'il ne donnait pas nécessairement le bonheur, il mettait du moins à l'abri des difficultés matérielles. Arrivée à l'âge de vingt-sept ans et n'ayant jamais été jolie, elle appréciait à sa valeur la chance qui s'offrait à elle.

Ce qui la gênait le plus, c'était la surprise qu'elle allait causer à Elizabeth Bennet dont l'amitié lui était particulièrement chère. Elizabeth s'étonnerait sûrement, la blâmerait peut-être et, si sa résolution ne devait pas en être ébranlée, elle pourrait du moins se sentir blessée par la désapprobation de sa meilleure amie. Elle résolut de lui faire part elle-même de l'événement et, quand Mr. Collins, à l'heure du dîner, se mit en devoir de retourner à

Longbourn, elle le pria de ne faire aucune allusion à leurs fiançailles devant la famille Bennet. La promesse d'être discret fut naturellement donnée avec beaucoup de soumission, mais elle ne fut pas tenue sans difficulté, la curiosité éveillée par la longue absence de Mr. Collins se manifestant à son retour par des questions tellement directes qu'il lui fallut beaucoup d'ingéniosité pour les éluder toutes, ainsi que beaucoup d'abnégation pour dissimuler un triomphe qu'il brûlait de publier.

Comme il devait partir le lendemain matin de très bonne heure, la cérémonie des adieux eut lieu le soir, au moment où les dames allaient se retirer.

Mrs. Bennet, toute politesse et cordialité, dit combien ils seraient très heureux de le revoir lorsque les circonstances le permettraient.

— Chère madame, répondit-il, cette invitation m'est d'autant plus agréable que je la souhaitais vivement et vous pouvez être sûre que j'en profiterai aussitôt qu'il me sera possible.

Un étonnement général accueillit ces paroles, et Mr. Bennet, à qui la perspective d'un retour aussi rapide ne souriait nullement, se hâta de dire :

— Mais êtes-vous bien sûr, mon cher monsieur, d'obtenir l'approbation de lady Catherine ? Mieux vaudrait négliger un peu votre famille que courir le risque de mécontenter votre protectrice.

— Cher monsieur, répliqua Mr Collins, laissez-moi vous remercier de ce conseil amical. Soyez certain que je ne prendrais pas une décision aussi importante sans l'assentiment de Sa Grâce.

— Certes, vous ne pouvez lui marquer trop de déférence. Risquez tout plutôt que son mécontentement, et si jamais votre visite ici devait le provoquer, demeurez en paix chez vous et soyez persuadé que nous n'en serons nullement froissés.

— Mon cher monsieur, tant d'attention excite ma gratitude et vous pouvez compter recevoir bientôt une lettre de remerciements pour toutes les marques de sympathie dont vous m'avez comblé pendant mon séjour ici. Quant à mes aimables cousines, bien que mon absence doive être sans doute de courte durée, je prends maintenant la liberté de leur souhaiter santé et bonheur... sans faire d'exception pour ma cousine Elizabeth.

Après quelques paroles aimables, Mrs. Bennet et ses filles se retirèrent, surprises de voir qu'il méditait un aussi prompt retour à Longbourn. Mrs. Bennet aurait aimé en déduire qu'il songeait à l'une de ses plus jeunes filles, et Mary se serait laissé persuader de l'accepter : plus que ses sœurs elle appréciait ses qualités et goûtait ses réflexions judicieuses ; encouragée par un exemple comme le sien à développer sa culture, elle estimait qu'il pourrait faire un très agréable compagnon. Le lendemain matin vit s'évanouir cet espoir. Miss Lucas, arrivée peu après le breakfast, prit Elizabeth à part et lui raconta ce qui s'était passé la veille.

Que Mr. Collins se crût épris de son amie, l'idée en était déjà venue à Elizabeth au cours des deux journées précédentes, mais que Charlotte eût pu l'encourager, la chose lui paraissait inconcevable. Elle fut tellement abasourdie, qu'oubliant toute politesse elle s'écria :

— Fiancée à Mr. Collins ? Ma chère Charlotte, c'est impossible !

Le calme avec lequel Charlotte avait pu parler jusque-là fit place à une confusion momentanée devant un blâme aussi peu déguisé. Mais elle reprit bientôt son sang-froid et répliqua paisiblement :

— Pourquoi cette surprise, ma chère Eliza ? Trouvez-vous si incroyable que Mr. Collins puisse obtenir la faveur d'une femme parce qu'il n'a pas eu la chance de gagner la vôtre ?

Mais Elizabeth s'était déjà reprise et, avec un peu d'effort, put assurer son amie que la perspective de leur prochaine parenté lui était très agréable, et qu'elle lui souhaitait toutes les prospérités imaginables.

— Je devine votre sentiment, répondit Charlotte. Mr. Collins ayant manifesté si récemment le désir de vous épouser, il est naturel que vous éprouviez un étonnement très vif. Cependant, quand vous aurez eu le temps d'y réfléchir, je crois que vous m'approuverez. Vous savez que je ne suis pas romanesque — je ne l'ai jamais été —, un foyer confortable est tout ce que je désire ; or, en considérant l'honorabilité de Mr. Collins, ses relations, sa situation sociale, je suis convaincue d'avoir en l'épousant des chances de bonheur que tout le monde ne trouve pas dans le mariage.

— Sans aucun doute, répondit Elizabeth, et après une pause un peu gênée, toutes deux rejoignirent le reste de la famille.

Charlotte ne resta pas longtemps et, après son départ, Elizabeth se mit à réfléchir sur ce qu'elle venait d'apprendre. Que Mr. Collins pût faire deux demandes en mariage en trois jours était à ses yeux moins étrange que de le voir agréé par son amie. Elizabeth avait toujours senti que les idées de Charlotte sur le mariage différaient des siennes, mais elle n'imaginait point que, le moment venu, elle serait capable de sacrifier les sentiments les plus respectables à une situation mondaine et à des avantages matériels. Charlotte mariée à Mr. Collins ! Quelle image humiliante ! Au regret de voir son amie se diminuer ainsi dans son estime s'ajoutait la conviction pénible qu'il lui serait impossible de trouver le bonheur dans le lot qu'elle s'était choisi.

23

Elizabeth qui travaillait en compagnie de sa mère et de ses sœurs se demandait si elle était autorisée à leur communiquer ce qu'elle venait d'apprendre, lorsque sir William Lucas lui-même fit son entrée, envoyé par sa fille pour annoncer officiellement ses fiançailles à toute la famille. Avec force compliments, et en se félicitant pour son compte personnel de la perspective d'une alliance entre les deux maisons, il leur fit part de la nouvelle qui provoqua autant d'incrédulité que de surprise. Mrs. Bennet, avec une insistance discourtoise, protesta qu'il devait faire erreur, tandis que Lydia, toujours étourdie, s'exclamait bruyamment :

— Grand Dieu ! sir William, que nous contez-vous là ? Ne savez-vous donc pas que Mr. Collins veut épouser Lizzy ?

Il fallait toute la politesse d'un homme de cour pour supporter un pareil assaut. Sir William, néanmoins, tout en priant ces dames de croire à sa véracité, sut écouter leurs peu discrètes protestations de la meilleure grâce du monde.

Elizabeth, sentant qu'elle devait lui venir en aide dans une aussi fâcheuse situation, intervint pour dire qu'elle connaissait déjà la nouvelle par Charlotte et s'efforça de mettre un terme aux exclamations de sa mère et de ses sœurs en offrant à sir William de cordiales félicitations auxquelles se joignirent celles de Jane ; puis elle s'étendit en diverses considérations sur le bonheur futur de Charlotte, l'honorabilité de Mr. Collins et la courte distance qui séparait Hunsford de Londres. Mrs. Bennet était tellement stupéfaite qu'elle ne trouva plus rien à dire jusqu'au départ de sir William ; mais, dès qu'il se fut retiré, elle donna libre cours au flot tumultueux de ses sentiments. Elle commença par s'obstiner dans son incrédulité, puis elle affirma que Mr. Collins s'était laissé « entortiller » par Charlotte, elle déclara ensuite que ce ménage ne serait pas heureux et, pour finir, annonça la rupture prochaine des fiançailles. Deux choses, cependant, se dégageaient clairement de ces discours : Elizabeth était la cause de tout le mal, et elle, Mrs. Bennet, avait été indignement traitée. Elle médita tout le jour ces deux points. Rien ne pouvait la consoler et la journée ne suffit pas à calmer son ressentiment. De toute la semaine elle ne put voir Elizabeth sans lui renouveler ses reproches ; il lui fallut plus d'un mois pour reprendre vis-à-vis de sir William et de lady Lucas une attitude suffisamment correcte, et il s'écoula beaucoup plus de temps encore avant qu'elle parvînt à pardonner à leur fille.

Mr. Bennet accueillit la nouvelle avec plus de sérénité. Il lui plaisait, dit-il, de constater que Charlotte Lucas, qu'il avait toujours considérée comme une fille raisonnable, n'avait pas plus de bon sens que sa femme et en avait certainement moins que sa fille.

Entre Elizabeth et Charlotte, une gêne subsistait qui les empêchait toutes deux d'aborder ce chapitre. Elizabeth sentait bien qu'il ne pouvait plus y avoir entre elles la même confiance. Désappointée par Charlotte, elle se tourna avec plus d'affection vers sa sœur sur la droiture et la délicatesse de laquelle elle savait pouvoir toujours compter, mais elle devenait chaque jour plus anxieuse au sujet de son bonheur, car Bingley était parti depuis plus d'une semaine et il n'était pas question de son retour. Jane avait répondu tout de suite à Caroline et comptait dans combien de jours elle pouvait raisonnablement espérer une nouvelle lettre.

Les remerciements annoncés par Mr. Collins arrivèrent le mardi. Adressée à Mr. Bennet, sa lettre exprimait avec emphase sa gratitude aussi profonde que s'il eût fait un séjour de toute une année dans la famille Bennet. Ce devoir accompli, Mr. Collins annonçait en termes dithyrambiques le bonheur qu'il avait eu de conquérir le cœur de leur aimable voisine et révélait que c'était avec le dessein de se rapprocher d'elle qu'il avait accepté si volontiers leur aimable invitation : il pensait donc faire sa réapparition à Longbourn quinze jours plus tard. Lady Catherine, ajoutait-il, approuvait si complètement son mariage qu'elle désirait le voir célébrer le plus tôt possible et il comptait sur cet argument péremptoire pour décider l'aimable Charlotte à fixer rapidement le jour qui ferait de lui le plus heureux des hommes. Le retour de Mr. Collins ne pouvait plus causer aucun plaisir à Mrs. Bennet. Au contraire, tout autant que son mari, elle le trouvait le plus fâcheux du monde. N'était-il pas étrange que Mr. Collins vînt à Longbourn au lieu de descendre chez les Lucas ? C'était fort gênant et tout à fait ennuyeux. Elle n'avait pas besoin de voir des hôtes chez elle avec sa santé fragile et encore moins des fiancés qui, de tous, sont les gens les plus désagréables à recevoir. Ainsi murmurait Mrs. Bennet, et ces plaintes ne cessaient que pour faire place à l'expression plus amère du chagrin que lui causait l'absence prolongée de Mr. Bingley. Cette absence inquiétait aussi Jane et Elizabeth. Les jours s'écoulaient sans apporter de nouvelles, sinon celle qui commençait à circuler à Meryton qu'on ne le reverrait plus de tout l'hiver à Netherfield. Elizabeth elle-même commençait à craindre que Mr. Bingley ne se fût laissé retenir à Londres par ses sœurs. Malgré sa répugnance à admettre une supposition qui ruinait le bonheur de sa sœur et donnait une idée si médiocre de la constance de Bingley, elle ne pouvait s'empêcher de penser que les efforts réunis de deux sœurs insensibles et d'un ami autoritaire, joints aux charmes de miss Darcy et aux plaisirs de Londres, pourraient bien avoir raison de son attachement pour Jane.

Quant à cette dernière, l'incertitude lui était, cela va de soi, encore plus pénible qu'à Elizabeth. Mais quels que fussent ses sentiments, elle évitait de les laisser voir et c'était un sujet que les deux sœurs n'abordaient jamais ensemble.

Mr. Collins revint ponctuellement quinze jours plus tard comme il l'avait annoncé et s'il ne fut pas reçu à Longbourn aussi chaudement que la première fois, il était trop heureux pour s'en apercevoir. Du reste, ses devoirs de fiancé le retenaient presque toute la journée chez les Lucas et il ne rentrait souvent que pour s'excuser de sa longue absence à l'heure où ses hôtes regagnaient leurs chambres.

Mrs. Bennet était vraiment à plaindre. La moindre allusion au mariage de Mr. Collins la mettait hors d'elle et, partout où elle allait, elle était sûre d'en entendre parler. La vue de miss Lucas lui était devenue odieuse, elle ne pouvait, sans horreur, penser qu'elle lui succéderait à Longbourn et, le cœur plein d'amertume, elle fatiguait son mari de ses doléances.

— Oui, Mr. Bennet, il est trop dur de penser que Charlotte Lucas sera un jour maîtresse de cette maison et qu'il me faudra m'en aller pour lui céder la place.

— Chère amie, écartez ces pensées funèbres. Flattons-nous plutôt de l'espoir que je vous survivrai.

Mais cette consolation semblait un peu mince à Mrs. Bennet qui, sans y répondre, continuait :

— Je ne puis supporter l'idée que tout ce domaine lui appartiendra. Ah ! s'il n'y avait pas cet « entail », comme cela me serait égal !

— Qu'est-ce qui vous semblerait égal ?

— Tout le reste.

— Rendons grâce au ciel, alors, de vous avoir préservée d'une telle insensibilité.

— Jamais, Mr. Bennet, je ne rendrai grâce pour ce qui touche à ce maudit « entail ». Qu'on puisse prendre des dispositions pareilles pour frustrer ses filles de leur bien, c'est une chose que je ne pourrai jamais comprendre. Et tout cela pour les beaux yeux de Mr. Collins, encore ! Pourquoi lui plutôt qu'un autre ?

— Je vous laisse le soin de résoudre le problème, dit Mr. Bennet.

24

La lettre de miss Bingley arriva et mit fin à tous les doutes. Dès la première phrase elle confirmait la nouvelle de leur installation à Londres pour tout l'hiver et transmettait les regrets de Mr. Bingley de n'avoir pu aller présenter ses respects à ses voisins avant de quitter la campagne. Il fallait donc renoncer à tout espoir et quand Jane eut le courage d'achever sa lettre, à part les protestations d'amitié de Caroline, elle n'y trouva rien qui pût la réconforter. Les louanges de miss Darcy en occupaient la plus grande partie : miss Bingley se félicitait de leur intimité croissante et prévoyait l'accomplissement des désirs secrets qu'elle avait révélés à son amie dans sa lettre précédente. Elle racontait avec satisfaction que son frère fréquentait beaucoup chez Mr. Darcy et décrivait avec transports les plans de celui-ci pour le renouvellement de son mobilier.

Elizabeth, à qui Jane communiqua le principal de sa lettre, écouta, silencieuse et pleine d'indignation, le cœur partagé entre la pitié qu'elle éprouvait pour sa sœur et le ressentiment que lui inspiraient les Bingley. Elle n'attachait aucune valeur à ce que disait Caroline sur l'admiration de son frère pour miss Darcy ; de la tendresse de celui-ci pour Jane elle n'avait jamais douté et n'en doutait pas encore, mais elle ne pouvait sans colère, à peine sans mépris, songer à ce manque de décision qui faisait de lui actuellement le jouet des intrigues des siens et l'amenait à sacrifier son bonheur à leurs préférences. Et s'il ne s'agissait que de son bonheur !... libre à lui d'en disposer. Mais celui de Jane aussi était en jeu et il ne pouvait l'ignorer.

Un jour ou deux se passèrent avant que Jane eût le courage d'aborder ce sujet avec Elizabeth, mais un après-midi où sa mère avait plus encore que d'habitude épanché son irritation contre le maître de Netherfield, elle ne put s'empêcher de dire :

— Comme je souhaiterais que notre mère eût un peu plus d'empire sur elle-même ! Elle ne se doute pas de la peine qu'elle me cause avec ses allusions continuelles à Mr. Bingley. Mais je ne veux pas me plaindre. Tout cela passera et nous nous retrouverons comme auparavant.

Elizabeth, sans répondre, regarda sa sœur avec une tendresse incrédule.

— Vous ne me croyez pas ! s'écria Jane en rougissant ; vous avez tort. Il restera dans ma mémoire comme l'homme le plus aimable que j'aie connu. Mais c'est tout. Je n'ai rien à lui reprocher ; Dieu soit loué de m'avoir, du moins, évité ce chagrin. Aussi, dans un peu de temps... je serai certainement capable de me ressaisir.

Elle ajouta bientôt d'une voix plus ferme :

— J'ai pour l'instant cette consolation : tout ceci n'a été qu'une erreur de mon imagination et n'a pu faire de mal qu'à moi-même.

— Jane, ma chérie, vous êtes trop généreuse, s'exclama Elizabeth. Votre douceur, votre désintéressement sont vraiment angéliques. Je ne sais que vous dire. Il me semble que je ne vous ai jamais rendu justice ni montré toute la tendresse que vous méritiez.

Jane repoussa ces éloges avec force et se mit en retour à louer la chaude affection de sa sœur.

— Non, dit Elizabeth, ce n'est pas juste. Vous voulez ne voir partout que du bien ; vous êtes contrariée si je porte un jugement sévère, et quand je vous déclare parfaite vous protestez. Oh ! ne craignez pas que j'exagère ou que j'empiète sur votre privilège de juger favorablement tout l'univers. Plus je vais et moins le monde me satisfait. Chaque jour me montre davantage l'instabilité des caractères et le peu de confiance qu'on peut mettre dans les apparences de l'intelligence et du mérite. Je viens d'en avoir deux exemples. De l'un, je ne parlerai pas ; l'autre, c'est le mariage de Charlotte. N'est-il pas inconcevable à tous les points de vue ?

— Ma chère Lizzy, ne vous laissez pas aller à des sentiments de ce genre. Vous ne tenez pas assez compte des différences de situation et de caractère. Considérez seulement l'honorabilité de Mr. Collins et l'esprit sensé et prudent de Charlotte. Souvenez-vous qu'elle appartient à une nombreuse famille, que ce mariage, sous le rapport de la fortune, est très avantageux, et, par égard pour tous deux, efforcez-vous de croire que Charlotte peut vraiment éprouver quelque chose comme de l'estime et de l'affection pour notre cousin.

— Je croirai n'importe quoi pour vous faire plaisir, mais je me demande qui, hormis vous, en bénéficiera. Si je pouvais me persuader que Charlotte aime notre cousin, il me faudrait juger son esprit aussi sévèrement que je juge son cœur. Vous ne pouvez nier, ma chère Jane, que Mr. Collins ne soit un être prétentieux, pompeux et ridicule, et vous sentez forcément comme moi que la femme qui consent à l'épouser manque de jugement. Vous ne pouvez donc la défendre, même si elle s'appelle Charlotte Lucas.

— Je trouve seulement que vous exprimez votre pensée en termes trop sévères, et vous en serez convaincue, je l'espère, en les voyant heureux ensemble. Mais laissons ce sujet. Vous avez parlé de « deux » exemples et je vous ai bien comprise. Je vous en prie, ma chère Lizzy, n'ajoutez pas à ma peine en jugeant une certaine personne digne de blâme et en déclarant qu'elle a perdu votre estime. Il ne faut pas se croire si vite victime d'une offense volontaire ; nous ne devons pas attendre d'un jeune homme gai et plein d'entrain tant de prudence et de circonspection. Bien souvent c'est votre propre vanité qui vous égare, et les femmes croient trouver dans l'admiration qu'elles excitent beaucoup de choses qui n'y sont pas.

— Et les hommes font bien ce qu'ils peuvent pour le leur faire croire.

— S'ils le font sciemment, ils sont impardonnables. Mais je ne puis voir partout d'aussi noirs calculs.

— Je suis loin de charger Mr. Bingley d'une telle accusation. Mais sans avoir de mauvaise intention on peut mal agir et être une cause de chagrin. Il suffit pour cela d'être insouciant, de ne pas tenir assez compte des sentiments des autres, ou de manquer de volonté.

— Laquelle de ces trois choses reprochez-vous à Mr. Bingley ?

— La dernière.

— Vous persistez alors à supposer que ses sœurs ont essayé de l'influencer ?

— Oui, et son ami également.

— C'est une chose que je ne puis croire. Elles ne peuvent souhaiter que son bonheur, et, s'il m'aime, aucune autre femme ne pourra le rendre heureux.

— Elles peuvent souhaiter bien d'autres choses que son bonheur ! Elles peuvent souhaiter pour lui plus de richesse et de considération ; elles peuvent souhaiter lui voir épouser une jeune fille qui lui apporte à la fois de la fortune et de hautes relations.

— Sans aucun doute elles souhaitent le voir épouser miss Darcy. Mais cela peut venir d'un meilleur sentiment que vous ne pensez. La connaissant depuis plus longtemps que moi, il est naturel qu'elles me la préfèrent. Cependant si elles croyaient qu'il m'aime, elles ne chercheraient pas à nous séparer, et, s'il m'aimait, elles ne pourraient y réussir. Pour croire qu'il m'aime, il faut supposer que tout le monde agit mal et cette idée me rend malheureuse. Au contraire, je n'éprouve nulle honte à reconnaître que je me suis trompée. Laissez-moi donc voir l'affaire sous ce jour qui me paraît être le véritable.

Elizabeth ne pouvait que se rendre au désir de sa sœur et entre elles, à partir de ce jour, le nom de Mr. Bingley ne fut plus que rarement prononcé.

La société de Mr. Wickham fut précieuse pour dissiper le voile de tristesse que ces malencontreux événements avaient jeté sur Longbourn. On le voyait souvent et à ses autres qualités s'ajoutait maintenant un abandon qui le rendait encore plus aimable. Tout ce qu'Elizabeth avait appris de ses démêlés avec Mr. Darcy était devenu public : on en parlait un peu partout et l'on se plaisait à remarquer que Mr. Darcy avait paru antipathique à tout le monde avant même que personne fût au courant de cette affaire. Jane était la seule à supposer qu'il pouvait exister des faits ignorés de la société de Meryton. Dans sa candeur charitable, elle plaidait toujours les circonstances atténuantes, et alléguait la possibilité d'une erreur, mais tous les autres s'accordaient pour condamner Mr. Darcy et le déclarer le plus méprisable des hommes.

25

Après une semaine passée à exprimer son amour et à faire des rêves de bonheur, l'arrivée du samedi arracha Mr. Collins à son aimable Charlotte. Le chagrin de la séparation, toutefois, allait être allégé de son côté par les préparatifs qu'il avait à faire pour la réception de la jeune épouse car il avait tout lieu d'espérer que le jour du mariage serait fixé à son prochain retour en Hertfordshire. Il prit congé des habitants de Longbourn avec autant de solennité que la première fois, renouvela ses vœux de santé et de bonheur à ses belles cousines et promit à leur père une autre lettre de remerciements.

Le lundi suivant, Mrs. Bennet eut le plaisir de recevoir son frère et sa belle-sœur qui venaient comme à l'ordinaire passer la Noël à Longbourn. Mr. Gardiner était un homme intelligent et de bonnes manières, infiniment supérieur à sa sœur tant par les qualités naturelles que par l'éducation. Les dames de Netherfield auraient eu peine à croire qu'un homme qui était dans le commerce pouvait être aussi agréable et aussi distingué. Mrs. Gardiner, plus jeune que Mrs. Bennet, était une femme aimable, élégante et fine que ses nièces de Longbourn aimaient beaucoup. Les deux aînées surtout lui étaient unies par une vive affection, et elles faisaient de fréquents séjours à Londres chez leur tante.

Le premier soin de Mrs. Gardiner fut de distribuer des cadeaux qu'elle avait apportés et de décrire les dernières modes de Londres. Cela fait, son rôle devint moins actif et ce fut alors son tour d'écouter. Mrs. Bennet avait beaucoup de griefs à raconter, beaucoup de plaintes à exhaler depuis leur dernière rencontre, sa famille avait eu bien de la malchance. Deux de ses filles avaient été sur le point de se marier et, finalement, les deux projets avaient échoué.

— Je ne blâme pas Jane, ajoutait-elle : ce n'est pas sa faute si l'affaire a manqué. Mais Lizzy !... Oh ! ma sœur, il est tout de même dur de penser qu'elle pourrait à l'heure qu'il est s'appeler « Mrs. Collins », n'eût été son déplorable entêtement. Il l'a demandée en mariage dans cette pièce même, et elle l'a refusé ! Le résultat, c'est que lady Lucas aura une fille mariée avant moi et que la propriété de Longbourn sortira de la famille. Les Lucas sont des gens fort habiles, ma sœur, et disposés à s'emparer de tout ce qui est à leur portée : je regrette de le dire, mais c'est la pure vérité. Quant à moi, cela me rend malade d'être contrecarrée de la sorte par les miens et d'avoir des voisins qui pensent toujours à eux-mêmes avant de penser aux autres ; mais votre arrivée est un véritable réconfort, et je suis charmée de ce que vous me dites au sujet des manches longues.

Mrs. Gardiner, qui avait déjà été mise au courant des faits par sa correspondance avec Jane et Elizabeth, répondit brièvement à sa belle-sœur et, par amitié pour ses nièces, détourna la conversation. Mais elle reprit le sujet un peu plus tard, quand elle se trouva seule avec Elizabeth.

— Ce parti semblait vraiment souhaitable pour Jane, dit-elle, et je suis bien fâchée que la chose en soit restée là, mais il n'est pas rare de voir un jeune homme tel que vous me dépeignez Mr. Bingley s'éprendre soudain d'une jolie fille et, si le hasard vient à les séparer, l'oublier aussi vite.

— Voilà certes une excellente consolation, dit Elizabeth, mais, dans notre cas, le hasard n'est point responsable, et il est assez rare qu'un jeune homme de fortune indépendante se laisse persuader par les siens d'oublier une jeune fille dont il était violemment épris quelques jours auparavant.

— Cette expression de « violemment épris » est à la fois si vague et si rebattue qu'elle ne me représente pas grand-chose. On l'emploie aussi bien pour un sentiment passager, né d'une simple rencontre, que pour un attachement réel et profond. S'il vous plaît, comment se manifestait ce violent amour de Mr. Bingley ?

— Je n'ai jamais vu une inclination aussi pleine de promesses. Il ne voyait que Jane et ne faisait plus attention à personne. Au bal qu'il a donné chez lui, il a froissé plusieurs jeunes filles en oubliant de les inviter à danser, et moi-même ce jour-là je lui ai adressé deux fois la parole sans qu'il eût l'air de m'entendre. Est-il symptôme plus significatif ? Le fait d'être impoli envers tout le monde n'est-il pas chez un homme la marque même de l'amour !

— Oui... de cette sorte d'amour qu'éprouvait sans doute Mr. Bingley. Pauvre Jane ! j'en suis fâchée pour elle ; avec sa nature il lui faudra longtemps pour se remettre. Si vous aviez été à sa place, Lizzy, votre gaieté vous aurait aidée à réagir plus vite. Mais pensez-vous que nous pourrions décider Jane à venir à Londres avec nous ? Un changement lui ferait du bien, et quitter un peu sa famille serait peut-être pour elle le remède le plus salutaire.

Elizabeth applaudit à cette proposition, sûre que Jane l'accepterait volontiers.

— J'espère, ajouta Mrs. Gardiner, qu'aucune arrière-pensée au sujet de ce jeune homme ne l'arrêtera. Nous habitons un quartier tout différent, nous n'avons pas les mêmes relations, et nous sortons peu, comme vous le savez. Il est donc fort peu probable qu'ils se rencontrent, à moins que lui-même ne cherche réellement à la voir.

— Oh ! cela, c'est impossible, car il est maintenant sous la garde de son ami, et Mr. Darcy ne lui permettra certainement pas d'aller rendre visite à Jane dans un tel quartier. Ma chère tante, y pensez-vous ? Mr. Darcy a peut-être entendu parler d'une certaine rue qu'on appelle Gracechurch Street, mais un mois d'ablutions lui semblerait à peine suffisant pour s'en purifier si jamais il y mettait les pieds et, soyez-en sûre, Mr. Bingley ne sort jamais sans lui.

— Tant mieux. J'espère qu'ils ne se rencontreront pas du tout. Mais Jane n'est-elle pas en correspondance avec la sœur ? Elle ne pourra résister au désir d'aller la voir.

— Elle laissera, je pense, tomber cette relation.

Tout en faisant cette déclaration avec la même assurance qu'elle avait prédit que Mr. Bingley n'aurait pas la permission d'aller voir Jane, Elizabeth ressentait au fond d'elle-même une anxiété qui, à la réflexion, lui prouva qu'elle ne jugeait pas l'affaire absolument désespérée. Après tout il était possible — elle allait même jusqu'à se dire probable — que l'amour de Mr. Bingley se réveillât, et que l'influence des siens se trouvât moins forte que le pouvoir plus naturel des attraits qui l'avaient charmé.

Jane accepta l'invitation de sa tante avec plaisir et, si elle pensa aux Bingley, ce fut simplement pour se dire que, Caroline n'habitant pas avec son frère, elle pourrait, sans risquer de le rencontrer, passer quelquefois une matinée avec elle.

Les Gardiner restèrent une semaine à Longbourn, et entre les Philips, les Lucas et les officiers de la milice, il n'y eut pas une journée sans invitation. Mrs. Bennet avait si bien pourvu à la distraction de son frère et de sa belle-sœur qu'ils ne dînèrent pas une seule fois en famille. Si l'on passait la soirée à la maison, il ne manquait jamais d'y avoir comme convives quelques officiers et parmi eux Mr. Wickham. Dans ces occasions, Mrs. Gardiner, mise en éveil par la sympathie avec laquelle Elizabeth lui avait parlé de ce dernier, les observait tous deux avec attention. Sans les croire très sérieusement épris l'un de l'autre, le plaisir évident qu'ils éprouvaient à se voir suffit à l'inquiéter un peu, et elle résolut de représenter avant son départ à Elizabeth l'imprudence qu'il y aurait à encourager un tel sentiment.

Indépendamment de ses qualités personnelles, Wickham avait un moyen de se rendre agréable à Mrs. Gardiner. Celle-ci, avant son mariage, avait habité un certain temps la région dont il était lui-même originaire, dans le Derbyshire. Ils avaient donc beaucoup de connaissances communes et, bien qu'il eût quitté le pays depuis cinq ans, il pouvait lui donner de ses relations d'autrefois des nouvelles plus fraîches que celles qu'elle possédait elle-même.

Mrs. Gardiner avait vu Pemberley, jadis, et avait beaucoup entendu parler du père de Mr. Darcy. C'était là un inépuisable sujet de conversation. Elle prenait plaisir à comparer ses souvenirs de Pemberley avec la description minutieuse qu'en faisait Wickham et à dire son estime pour l'ancien propriétaire. Son interlocuteur ne se montrait pas moins charmé qu'elle par cette évocation du passé. Lorsqu'il lui raconta la façon dont l'avait traité le fils elle essaya de se rappeler ce qu'on disait de celui-ci au temps où il n'était encore qu'une jeune garçon et, en fouillant dans sa mémoire, il lui sembla avoir entendu dire que le jeune Fitzwilliam Darcy était un enfant extrêmement orgueilleux et désagréable.

26

Mrs. Gardiner saisit la première occasion favorable pour donner doucement à Elizabeth l'avertissement qu'elle jugeait nécessaire. Après lui avoir dit franchement ce qu'elle pensait, elle ajouta :

— Vous êtes, Lizzy, une fille trop raisonnable pour vous attacher à quelqu'un simplement parce que l'on cherche à vous en détourner, c'est pourquoi je ne crains pas de vous parler avec cette franchise. Très sérieusement, je voudrais que vous vous teniez sur vos gardes : ne vous laissez pas prendre — et ne laissez pas Mr. Wickham se prendre — aux douceurs d'une affection que le manque absolu de fortune de part et d'autre rendrait singulièrement imprudente. Je n'ai rien à dire contre lui ; c'est un garçon fort sympathique, et s'il possédait la position qu'il mérite, je crois que vous ne pourriez mieux choisir, mais, la situation étant ce qu'elle est, il vaut mieux ne pas laisser votre imagination s'égarer. Vous avez beaucoup de bon sens et nous comptons que vous saurez en user. Votre père a toute confiance dans votre jugement et votre fermeté de caractère ; n'allez pas lui causer une déception.

— Ma chère tante, voilà des paroles bien sérieuses !

— Oui, et j'espère vous décider à être sérieuse, vous aussi.

— Eh bien ! Rassurez-vous. Je vous promets d'être sur mes gardes, et Mr. Wickham ne s'éprendra pas de moi si je puis l'en empêcher.

— Elizabeth, vous n'êtes pas sérieuse en ce moment.

— Je vous demande pardon ; je vais faire tous mes efforts pour le devenir. Pour l'instant, je ne suis pas amoureuse de Mr. Wickham. Non, très sincèrement, je ne le suis pas, mais c'est, sans comparaison, l'homme le plus agréable que j'aie jamais rencontré, et, s'il s'attachait à moi... Non, décidément, il vaut mieux que cela n'arrive pas ; je vois quel en serait le danger. — Oh ! cet horrible Mr. Darcy ! — L'estime de mon père me fait grand honneur, et je serais très malheureuse de la perdre. Mon père, cependant, a un faible pour Mr. Wickham. En résumé, ma chère tante, je serais désolée de vous faire de la peine, mais puisque nous voyons tous les jours que les jeunes gens qui s'aiment se laissent rarement arrêter par le manque de fortune, comment pourrais-je m'engager à me montrer plus forte que tant d'autres en cas de tentation ? Comment, même, pourrais-je être sûre qu'il est plus sage de résister ? Aussi, tout ce que je puis vous promettre, c'est de ne rien précipiter, de ne pas me hâter de croire que je suis l'unique objet des pensées de Mr. Wickham. En un mot, je ferai de mon mieux.

— Peut-être serait-il bon de ne pas l'encourager à venir aussi souvent ; tout au moins pourriez-vous ne pas suggérer à votre mère de l'inviter.

— Comme je l'ai fait l'autre jour, dit Elizabeth qui sourit à l'allusion. C'est vrai, il serait sage de m'en abstenir. Mais ne croyez pas que ses visites soient habituellement aussi fréquentes ; c'est en votre honneur qu'on l'a invité si souvent cette semaine. Vous connaissez les idées de ma mère sur la nécessité d'avoir continuellement du monde pour distraire ses visiteurs. En toute sincérité, j'essaierai de faire ce qui me semblera le plus raisonnable. Et maintenant, j'espère que vous voilà satisfaite.

Sur la réponse affirmative de sa tante, Elizabeth la remercia de son affectueux intérêt et ainsi se termina l'entretien — exemple bien rare d'un avis donné en pareille matière sans blesser le personnage qui le reçoit.

Mr. Collins revint en Hertfordshire après le départ des Gardiner et de Jane, mais comme il descendit cette fois chez les Lucas, son retour ne gêna pas beaucoup

Mrs. Bennet. Le jour du mariage approchant, elle s'était enfin résignée à considérer l'événement comme inévitable, et allait jusqu'à dire d'un ton désagréable qu'elle « souhaitait qu'ils fussent heureux ».

Le mariage devant avoir lieu le jeudi, miss Lucas vint le mercredi à Longbourn pour faire sa visite d'adieu. Lorsqu'elle se leva pour prendre congé, Elizabeth, confuse de la mauvaise grâce de sa mère et de ses souhaits dépourvus de cordialité, sortit de la pièce en même temps que Charlotte pour la reconduire. Comme elles descendaient ensemble, celle-ci lui dit :

— Je compte recevoir souvent de vos nouvelles, Elizabeth.

— Je vous le promets.

— Et j'ai une autre faveur à vous demander, celle de venir me voir.

— Nous nous rencontrerons souvent ici, je l'espère.

— Il est peu probable que je quitte le Kent d'ici quelque temps. Promettez-moi donc de venir à Hunsford.

Elizabeth ne pouvait refuser, bien que la perspective de cette visite la séduisît peu au premier abord.

— Mon père et Maria doivent venir me faire visite en mars. Vous consentirez, je l'espère, à les accompagner, et vous serez accueillie aussi chaleureusement qu'eux-mêmes.

Le mariage eut lieu. Les mariés partirent pour le Kent au sortir de l'église, et dans le public on échangea les propos habituels en de telles circonstances.

Les premières lettres de Charlotte furent accueillies avec empressement. On se demandait naturellement avec curiosité comment elle parlerait de sa nouvelle demeure, de lady Catherine, et surtout de son bonheur. Les lettres lues, Elizabeth vit que Charlotte s'exprimait sur chaque point exactement comme elle l'avait prévu. Elle écrivait avec beaucoup de gaieté, semblait jouir d'une existence pleine de confort et louait tout ce dont elle parlait : la maison, le mobilier, les voisins, les routes ne laissaient rien à désirer et lady Catherine se montrait extrêmement aimable et obligeante. Dans tout cela on reconnaissait les descriptions de Mr. Collins sous une forme plus tempérée. Elizabeth comprit qu'il lui faudrait attendre d'aller à Hunsford pour connaître le reste.

Jane avait déjà écrit quelques lignes pour annoncer qu'elle avait fait bon voyage, et Elizabeth espérait que sa seconde lettre parlerait un peu des Bingley. Cet espoir eut le sort de tous les espoirs en général. Au bout d'une semaine passée à Londres, Jane n'avait ni vu Caroline ni rien reçu d'elle. Ce silence, elle l'expliquait en supposant que sa dernière lettre écrite de Longbourn s'était perdue. « Ma tante, continuait-elle, va demain dans leur quartier, et j'en profiterai pour passer à Grosvenor Street. »

La visite faite, elle écrivit de nouveau : elle avait vu miss Bingley. « Je n'ai pas trouvé à Caroline beaucoup d'entrain, disait-elle, mais elle a paru très contente de me voir et m'a reproché de ne pas lui avoir annoncé mon arrivée à Londres. Je ne m'étais donc pas trompée ; elle n'avait pas reçu ma dernière lettre. J'ai naturellement demandé des nouvelles de son frère : il va bien, mais est tellement accaparé par Mr. Darcy que ses sœurs le voient à peine. J'ai appris au cours de la conversation qu'elles attendaient miss Darcy à dîner ; j'aurais bien aimé la voir. Ma visite n'a pas été longue parce que Caroline et Mrs. Hurst allaient sortir. Je suis sûre qu'elles ne tarderont pas à me la rendre. »

Elizabeth hocha la tête en lisant cette lettre. Il était évident qu'un hasard seul pouvait révéler à Mr. Bingley la présence de sa sœur à Londres.

Un mois s'écoula sans que Jane entendît parler de lui. Elle tâchait de se convaincre que ce silence la laissait indifférente mais il lui était difficile de se faire encore illusion sur les sentiments de miss Bingley. Après l'avoir attendue de jour en jour pendant une quinzaine, en lui trouvant chaque soir une nouvelle excuse, elle la vit enfin apparaître. Mais la brièveté de sa visite, et surtout le changement de ses manières, lui ouvrirent cette fois les yeux. Voici ce qu'elle écrivit à ce propos à sa sœur :

Vous êtes trop bonne, ma chère Lizzy, j'en suis sûre, pour vous glorifier d'avoir été plus perspicace que moi quand je vous confesserai que je m'étais complètement abusée sur les sentiments de miss Bingley à mon égard. Mais, ma chère sœur, bien que les faits vous donnent raison, ne m'accusez pas d'obstination si j'affirme qu'étant donné ses démonstrations passées, ma confiance était aussi naturelle que vos soupçons. Je ne comprends pas du tout pourquoi Caroline a désiré se lier avec moi ; et si les mêmes circonstances se représentaient, il serait possible que je m'y laisse prendre de nouveau. C'est hier seulement qu'elle m'a rendu ma visite, et jusque-là elle ne m'avait pas donné le moindre signe de vie. Il était visible qu'elle faisait cette démarche sans plaisir : elle s'est vaguement excusée de n'être pas venue plus tôt, n'a pas dit une parole qui témoignât du désir de me revoir et m'a paru en tout point tellement changée que lorsqu'elle est partie j'étais parfaitement résolue à laisser tomber nos relations. Je ne puis m'empêcher de la blâmer et de la plaindre à la fois. Elle a eu tort de me témoigner tant d'amitié — car je puis certifier que toutes les avances sont venues d'elle. Mais je la plains, cependant, parce qu'elle doit sentir qu'elle a mal agi et que sa sollicitude pour son frère en est la cause. Je n'ai pas besoin de m'expliquer davantage. Je suis étonnée seulement que ses craintes subsistent encore à l'heure qu'il est ; car si son frère avait pour moi la moindre inclination, il y a longtemps qu'il aurait tâché de me revoir. Il sait certainement que je suis à Londres ; une phrase de Caroline me l'a laissé à entendre.

Je n'y comprends rien. J'aurais presque envie de dire qu'il y a dans tout cela quelque chose de louche, si je ne craignais de faire un jugement téméraire. Mais je vais essayer de chasser ces pensées pénibles pour me souvenir seulement de ce qui peut me rendre heureuse : votre affection, par exemple, et l'inépuisable bonté de mon oncle et de ma tante. Ecrivez-moi bientôt. Miss Bingley m'a fait comprendre que son frère ne retournerait pas à Netherfield et résilierait son bail, mais sans rien dire de précis. N'en parlons pas, cela vaut mieux.

Je suis très heureuse que vous ayez de bonnes nouvelles de vos amis de Hunsford. Il faut que vous alliez les voir avec sir William et Maria. Vous ferez là-bas, j'en suis sûre, un agréable séjour. A vous affectueusement.

Cette lettre causa quelque peine à Elizabeth, mais elle se réconforta bientôt par la pensée que Jane avait cessé d'être dupe de miss Bingley. Du frère, il n'y avait plus rien à espérer ; un retour à ses premiers sentiments ne semblait même plus souhaitable à Elizabeth, tant il avait baissé dans son estime. Son châtiment serait d'épouser bientôt miss Darcy qui, sans doute, si Wickham avait dit la vérité, lui ferait regretter amèrement ce qu'il avait dédaigné.

A peu près vers cette époque, Mrs. Gardiner rappela à sa nièce ce qu'elle lui avait promis au sujet de Wickham et réclama d'être tenue au courant. La réponse que fit Elizabeth était de nature à satisfaire sa tante plutôt qu'elle-même. La prédilection que semblait lui témoigner Wickham avait disparu ; son empressement avait cessé ; ses soins avaient changé d'objet. Elizabeth s'en rendait compte mais pouvait constater ce changement sans en éprouver un vrai chagrin. Son cœur n'avait été que légèrement touché, et la conviction que seule la question de fortune l'avait empêchée d'être choisie suffisait à satisfaire son amour-propre. Un héritage inattendu de dix mille livres était le principal attrait de la jeune fille à qui, maintenant, s'adressaient ses hommages, mais Elizabeth, moins clairvoyante ici, semblait-il, que dans le cas de Charlotte, n'en voulait point à Wickham de la prudence de ses calculs. Au contraire, elle ne trouvait rien de plus naturel, et, tout en supposant qu'il avait dû lui en coûter un peu de renoncer à son premier rêve, elle était prête à approuver la sagesse de sa conduite et souhaitait sincèrement qu'il fût heureux.

Elizabeth disait en terminant sa lettre à Mrs. Gardiner :

Je suis convaincue maintenant, ma chère tante, que mes sentiments pour lui n'ont jamais été bien profonds, autrement son nom seul me ferait horreur et je lui souhaiterais toutes sortes de maux ; or, non seulement je me sens pour lui pleine de bienveillance, mais encore je n'en veux pas le moins du monde à miss King et ne demande qu'à lui reconnaître beaucoup de qualités. Tout ceci ne peut vraiment pas être de l'amour ; ma vigilance a produit son effet. Certes, je serais plus intéressante si j'étais folle de chagrin, mais je préfère, somme toute, la médiocrité de mes sentiments. Kitty et Lydia prennent plus à cœur que moi la défection de Mr. Wickham. Elles sont jeunes, et l'expérience ne leur a pas encore appris que les jeunes gens les plus aimables ont besoin d'argent pour vivre, tout aussi bien que les autres.

27

Sans autre événement plus notable que des promenades à Meryton, tantôt par la boue et tantôt par la gelée, janvier et février s'écoulèrent.

Mars devait amener le départ d'Elizabeth pour Hunsford. Tout d'abord, elle n'avait pas songé sérieusement à s'y rendre, mais bientôt, s'étant rendu compte que Charlotte comptait véritablement sur sa visite, elle en vint à envisager elle-même ce voyage avec un certain plaisir. L'absence avait excité chez elle le désir de revoir son amie et atténué en même temps son antipathie pour Mr. Collins. Ce séjour mettrait un peu de variété dans son existence, et, comme avec sa mère et ses sœurs d'humeur si différente, la maison n'était pas toujours un paradis, un peu de changement serait, après tout, le bienvenu. Elle aurait de plus l'occasion de voir Jane au passage. Bref, à mesure que le jour du départ approchait, elle eût été bien fâchée que le voyage fût remis.

Tout s'arrangea le mieux du monde, et selon les premiers plans de Charlotte. Elizabeth devait partir avec sir William et sa seconde fille ; son plaisir fut complet lorsqu'elle apprit qu'on s'arrêterait une nuit à Londres.

Les adieux qu'elle échangea avec Mr. Wickham furent pleins de cordialité, du côté de Mr. Wickham tout particulièrement. Ses projets actuels ne pouvaient lui faire oublier qu'Elizabeth avait été la première à attirer son attention, la première à écouter ses confidences avec sympathie, la première à mériter son admiration. Aussi, dans la façon dont il lui souhaita un heureux séjour, en lui rappelant quel genre de personne elle allait trouver en lady Catherine de Bourgh, et en exprimant l'espoir que là comme ailleurs leurs opinions s'accorderaient toujours, il y avait un intérêt, une sollicitude à laquelle Elizabeth fut extrêmement sensible, et, en le quittant, elle garda la conviction que, marié ou célibataire, il resterait toujours à ses yeux le modèle de l'homme aimable.

La distance jusqu'à Londres n'était que de vingt-quatre miles et, partis dès le matin, les voyageurs purent être chez les Gardiner à Gracechurch Street vers midi. Jane qui les guettait à une fenêtre du salon s'élança pour les accueillir dans le vestibule. Le premier regard d'Elizabeth fut pour scruter anxieusement le visage de sa sœur et elle fut heureuse de constater qu'elle avait bonne mine et qu'elle était aussi fraîche et jolie qu'à l'ordinaire. Sur l'escalier se pressait toute une bande de petits garçons et de petites filles impatients de voir leur cousine ; l'atmosphère était joyeuse et accueillante, et la journée se passa très agréablement, l'après-midi dans les magasins et la soirée au théâtre.

Elizabeth s'arrangea pour se placer à côté de sa tante. Elles commencèrent naturellement par s'entretenir de Jane, et Elizabeth apprit avec plus de peine que de surprise que sa sœur, malgré ses efforts pour se dominer, avait encore des moments d'abattement. Mrs. Gardiner donna aussi quelques détails sur la visite de miss Bingley et rapporta plusieurs conversations qu'elle avait eues avec Jane, qui prouvaient que la jeune fille avait renoncé à cette relation d'une façon définitive.

Mrs. Gardiner plaisanta ensuite sa nièce sur l'infidélité de Wickham et la félicita de prendre les choses d'une âme si tranquille.

— Mais comment est donc cette miss King ? Il me serait pénible de penser que notre ami ait l'âme vénale.

— Pourriez-vous me dire, ma chère tante, quelle est la différence entre la vénalité et la prudence ? Où finit l'une et où commence l'autre ? A Noël, vous aviez peur qu'il ne m'épousât ; vous regardiez ce mariage comme une imprudence, et maintenant qu'il cherche à épouser une jeune fille pourvue d'une modeste dot de dix mille livres, vous voilà prête à le taxer de vénalité !

— Dites-moi seulement comment est miss King, je saurai ensuite ce que je dois penser.

— C'est, je crois, une très bonne fille. Je n'ai jamais entendu rien dire contre elle.

— Mais Mr. Wickham ne s'était jamais occupé d'elle jusqu'au jour où elle a hérité cette fortune de son grand-père ?

— Non ; pourquoi l'aurait-il fait ? S'il ne lui était point permis de penser à moi parce que je n'avais pas d'argent, comment aurait-il pu être tenté de faire la cour à une jeune fille qui n'en avait pas davantage et qui par surcroît lui était indifférente ?

— Il semble peu délicat de s'empresser auprès d'elle sitôt son changement de fortune.

— Un homme pressé par le besoin d'argent n'a pas le temps de s'arrêter à des convenances que d'autres ont le loisir d'observer. Si miss King n'y trouve rien à redire, pourquoi serions-nous choquées ?

— L'indulgence de miss King ne le justifie point. Cela prouve seulement que quelque chose lui manque aussi, bon sens ou délicatesse.

— Eh bien ! s'écria Elizabeth, qu'il en soit comme vous le voulez, et admettons une fois pour toutes qu'elle est sotte, et qu'il est, lui, un coureur de dot.

— Non, Lizzy, ce n'est pas du tout ce que je veux. Il m'est pénible de porter ce jugement sévère sur un jeune homme originaire du Derbyshire.

— Oh ! quant à cela, j'ai une assez pauvre opinion des jeunes gens du Derbyshire ; et leurs intimes amis du Hertfordshire ne valent pas beaucoup mieux. Je suis excédée des uns et des autres, Dieu merci ! Je vais voir demain un homme totalement dépourvu de sens, d'intelligence et d'éducation, et je finis par croire que ces gens-là seuls sont agréables à fréquenter !

— Prenez garde, Lizzy, voilà un discours qui sent fort le désappointement.

Avant la fin de la représentation, Elizabeth eut le plaisir très inattendu de se voir inviter par son oncle et sa tante à les accompagner dans le voyage d'agrément qu'ils projetaient pour l'été suivant.

— Nous n'avons pas encore décidé où nous irons. Peut-être dans la région des Lacs.

Nul projet ne pouvait être plus attrayant pour Elizabeth et l'invitation fut acceptée avec empressement et reconnaissance.

— Oh ! ma chère tante, s'écria-t-elle ravie, vous me transportez de joie ! Quelles heures exquises nous passerons ensemble ! Adieu, tristesses et déceptions ! Nous oublierons les hommes en contemplant les montagnes !

28

Dans le voyage du lendemain, tout parut nouveau et intéressant à Elizabeth. Rassurée sur la santé de Jane par sa belle mine et ravie par la perspective de son voyage dans le Nord, elle se sentait pleine d'entrain et de gaieté.

Quand on quitta la grand-route pour prendre le chemin de Hunsford, tous cherchèrent des yeux le presbytère, s'attendant à le voir surgir à chaque tournant. Leur route longeait d'un côté la grille de Rosings Park. Elizabeth sourit en se souvenant de tout ce qu'elle avait entendu au sujet de sa propriétaire.

Enfin, le presbytère apparut. Le jardin descendant jusqu'à la route, les palissades vertes, la haie de lauriers, tout annonçait qu'on était au terme du voyage. Mr. Collins et Charlotte se montrèrent à la porte, et la voiture s'arrêta devant la barrière, séparée de la maison par une courte avenue de lauriers.

Mrs. Collins reçut son amie avec une joie si vive qu'Elizabeth, devant cet accueil affectueux, se félicita encore davantage d'être venue. Elle vit tout de suite que le mariage n'avait pas changé son cousin et que sa politesse était toujours aussi cérémonieuse. Il la retint plusieurs minutes à la porte pour s'informer de toute sa famille, puis après avoir, en passant, fait remarquer le bel aspect de l'entrée, il introduisit ses hôtes sans plus de délai dans la maison.

Au salon, il leur souhaita une seconde fois la bienvenue dans son modeste presbytère et répéta ponctuellement les offres de rafraîchissements que sa femme faisait aux voyageurs.

Elizabeth s'attendait à le voir briller de tout son éclat,

et, pendant qu'il faisait admirer les belles proportions du salon, l'idée lui vint qu'il s'adressait particulièrement à elle comme s'il souhaitait de lui faire sentir tout ce qu'elle avait perdu en refusant de l'épouser. Il lui eût été difficile pourtant d'éprouver le moindre regret, et elle s'étonnait plutôt que son amie, vivant avec un tel compagnon, pût avoir l'air aussi joyeux. Toutes les fois que Mr. Collins proférait quelque sottise — et la chose n'était pas rare —, les yeux d'Elizabeth se tournaient involontairement vers sa femme. Une ou deux fois, elle crut surprendre sur son visage une faible rougeur, mais la plupart du temps, Charlotte, très sagement, avait l'air de ne pas entendre.

Après avoir tenu ses visiteurs assez longtemps pour leur faire admirer en détail le mobilier, depuis le bahut jusqu'au garde-feu, et entendre le récit de leur voyage, Mr. Collins les emmena faire le tour du jardin qui était vaste, bien dessiné, et qu'il cultivait lui-même. Travailler dans son jardin était un de ses plus grands plaisirs. Elizabeth admira le sérieux avec lequel Charlotte vantait la salubrité de cet exercice et reconnaissait qu'elle encourageait son mari à s'y livrer le plus possible. Mr. Collins les conduisit dans toutes les allées et leur montra tous les points de vue avec une minutie qui en faisait oublier le pittoresque. Mais de toutes les vues que son jardin, la contrée et même le royaume pouvaient offrir, aucune n'était comparable à celle du manoir de Rosings qu'une trouée dans les arbres du parc permettait d'apercevoir presque en face du presbytère. C'était un bel édifice de construction moderne, fort bien situé sur une éminence.

Après le jardin, Mr. Collins voulut leur faire faire le tour de ses deux prairies, mais les dames, qui n'étaient point chaussées pour affronter les restes d'une gelée blanche, se récusèrent, et tandis qu'il continuait sa promenade avec sir William, Charlotte ramena sa sœur et son amie à la maison, heureuse sans doute de pouvoir la leur faire visiter sans l'aide de son mari. Petite, mais bien construite, elle était commodément agencée et tout y était organisé avec un ordre et une intelligence dont Elizabeth attribua tout l'honneur à Charlotte. Cette demeure, évidemment, était fort plaisante à condition d'en oublier le maître, et, en voyant à quel point Charlotte se montrait satisfaite, Elizabeth conclut qu'elle l'oubliait souvent.

On avait tout de suite prévenu les arrivants que lady Catherine était encore à la campagne. On reparla d'elle au dîner et Mr. Collins observa :

— Oui, miss Elizabeth, vous aurez l'honneur de voir lady Catherine de Bourgh dimanche prochain, et certainement elle vous charmera. C'est l'aménité et la bienveillance en personne, et je ne doute pas qu'elle n'ait la bonté de vous adresser la parole à l'issue de l'office. Je ne crois pas m'avancer en vous annonçant qu'elle vous comprendra ainsi que ma sœur Maria dans les invitations qu'elle nous fera pendant votre séjour ici. Sa manière d'être à l'égard de ma chère Charlotte est des plus aimables ; nous dînons à Rosings deux fois par semaine, et jamais Sa Grâce ne nous laisse revenir à pied : sa voiture est toujours prête pour nous ramener — je devrais dire une de ses voitures, car Sa Grâce en a plusieurs.

— Lady Catherine est une femme intelligente et respectable, appuya Charlotte, et c'est pour nous une voisine remplie d'attentions.

— Très juste, ma chère amie ; je le disais à l'instant. C'est une personne pour laquelle on ne peut avoir trop de déférence.

La soirée se passa tout entière à parler du Hertfordshire. Une fois retirée dans la solitude de sa chambre, Elizabeth put méditer à loisir sur le bonheur dont semblait jouir son amie. A voir avec quel calme Charlotte supportait son mari, avec quelle adresse elle le gouvernait, Elizabeth fut obligée de reconnaître qu'elle s'en tirait à merveille.

Dans l'après-midi du jour suivant, pendant qu'elle s'habillait pour une promenade, un bruit soudain parut mettre toute la maison en rumeur ; elle entendit quelqu'un monter précipitamment l'escalier en l'appelant à grands cris. Elle ouvrit la porte et vit sur le palier Maria hors d'haleine.

— Elizabeth, venez vite voir quelque chose d'intéressant ! Je ne veux pas vous dire ce que c'est. Dépêchez-vous et descendez tout de suite à la salle à manger !

Sans pouvoir obtenir un mot de plus de Maria, elle descendit rapidement avec elle dans la salle à manger, qui donnait sur la route, et, de là, vit deux dames dans un petit phaéton arrêté à la barrière du jardin.

— C'est tout ? s'exclama Elizabeth. Je pensais pour le moins que toute la basse-cour avait envahi le jardin, et vous n'avez à me montrer que lady Catherine et sa fille !

— Oh ! ma chère, dit Maria, scandalisée de sa méprise, ce n'est pas lady Catherine, c'est miss Jenkinson, la dame de compagnie, et miss de Bourgh. Regardez-la. Quelle petite personne ! Qui aurait pu la croire si mince et si chétive ?

— Quelle impolitesse de retenir Charlotte dehors par un vent pareil ! Pourquoi n'entre-t-elle pas ?

— Charlotte dit que cela ne lui arrive presque jamais. C'est une véritable faveur quand miss de Bourgh consent à entrer.

— Son extérieur me plaît, murmura Elizabeth dont la pensée était ailleurs. Elle a l'air maussade et maladif. Elle lui conviendra très bien ; c'est juste la femme qu'il lui faut.

Mr. Collins et Charlotte étaient tous les deux à la porte, en conversation avec ces dames, sir William, debout sur le perron, ouvrait de grands yeux en contemplant ce noble spectacle, et, au grand amusement d'Elizabeth, saluait chaque fois que miss de Bourgh regardait de son côté.

Enfin, ces dames repartirent, et tout le monde rentra

dans la maison. Mr. Collins, en apercevant les jeunes filles, les félicita de leur bonne fortune et Charlotte expliqua qu'ils étaient tous invités à dîner à Rosings pour le lendemain.

29

Mr. Collins exultait.

— J'avoue, dit-il, que je m'attendais un peu à ce que Sa Grâce nous demandât d'aller dimanche prendre le thé et passer la soirée avec elle. J'en étais presque sûr, tant je connais sa grande amabilité. Mais qui aurait pu imaginer que nous recevrions une invitation à dîner — une invitation pour tous les cinq — si tôt après votre arrivée ?

— C'est une chose qui me surprend moins, répliqua sir William, ma situation m'ayant permis de me familiariser avec les usages de la haute société. A la cour, les exemples d'une telle courtoisie ne sont pas rares.

On ne parla guère d'autre chose ce jour-là et pendant la matinée qui suivit. Mr. Collins s'appliqua à préparer ses hôtes aux grandeurs qui les attendaient afin qu'ils ne fussent pas trop éblouis par la vue des salons, le nombre des domestiques et la magnificence du dîner. Quand les dames montèrent pour s'apprêter, il dit à Elizabeth :

— Ne vous faites pas de souci, ma chère cousine, au sujet de votre toilette. Lady Catherine ne réclame nullement de vous l'élégance qui sied à son rang et à celui de sa fille. Je vous conseille simplement de mettre ce que vous avez de mieux. Faire plus serait inutile. Ce n'est pas votre simplicité qui donnera de vous une moins bonne opinion à lady Catherine ; elle aime que les différences sociales soient respectées.

Pendant qu'on s'habillait, il vint plusieurs fois aux

portes des différentes chambres pour recommander de faire diligence, car lady Catherine n'aimait pas qu'on retardât l'heure de son dîner.

Tous ces détails sur lady Catherine et ses habitudes finissaient par effrayer Maria, et sir William n'avait pas ressenti plus d'émotion lorsqu'il avait été présenté à la cour que sa fille n'en éprouvait à l'idée de passer le seuil du château de Rosings.

Comme le temps était doux, la traversée du parc fut une agréable promenade. Chaque parc a sa beauté propre ; ce qu'Elizabeth vit de celui de Rosings l'enchanta, bien qu'elle ne pût manifester un enthousiasme égal à celui qu'attendait Mr. Collins et qu'elle accueillît avec une légère indifférence les renseignements qu'il lui donnait sur le nombre des fenêtres du château et la somme que sir Lewis de Bourgh avait dépensée jadis pour les faire vitrer.

La timidité de Maria augmentait à chaque marche du perron et sir William lui-même paraissait un peu troublé.

Après avoir passé le grand hall d'entrée, dont Mr. Collins en termes lyriques fit remarquer les belles proportions et la décoration élégante, ils traversèrent une antichambre et le domestique les introduisit dans la pièce où se trouvait lady Catherine en compagnie de sa fille et de Mrs. Jenkinson. Avec une grande condescendance, Sa Grâce se leva pour les accueillir et comme Mrs. Collins avait signifié à son mari qu'elle se chargeait des présentations, tout se passa le mieux du monde. Malgré son passage à la cour, sir William était tellement impressionné par la splendeur qui l'entourait qu'il eut juste assez de présence d'esprit pour faire un profond salut et s'asseoir sans mot dire. Sa fille, à moitié morte de peur, s'assit sur le bord d'une chaise, ne sachant de quel côté partager ses regards. Elizabeth, au contraire, avait tout son sang-froid et put examiner avec calme les trois personnes qu'elle avait devant elle.

Lady Catherine était grande, et ses traits fortement

accentués avaient dû être beaux. Son expression n'avait rien d'aimable, pas plus que sa manière d'accueillir ses visiteurs n'était de nature à leur faire oublier l'infériorité de leur rang. Elle ne gardait pas un silence hautain, mais elle disait tout d'une voix impérieuse qui marquait bien le sentiment qu'elle avait de son importance. Elizabeth se rappela ce que lui avait dit Wickham et, de ce moment, fut persuadée que lady Catherine répondait exactement au portrait qu'il lui en avait fait.

Miss de Bourgh n'offrait aucune ressemblance avec sa mère et Elizabeth fut presque aussi étonnée que Maria de sa petite taille et de sa maigreur. Elle parlait peu, si ce n'est à voix basse en s'adressant à Mrs. Jenkinson. Celle-ci, personne d'apparence insignifiante, était uniquement occupée à écouter miss de Bourgh et à lui rendre de menus services.

Au bout de quelques minutes lady Catherine invita ses visiteurs à se rendre tous à la fenêtre pour admirer la vue. Mr. Collins s'empressa de leur détailler les beautés du paysage tandis que lady Catherine les informait avec bienveillance que c'était beaucoup plus joli en été.

Le repas fut magnifique. On y vit tous les domestiques, toutes les pièces d'argenterie que Mr. Collins avait annoncés. Comme il l'avait également prédit, sur le désir exprimé par lady Catherine, il prit place en face d'elle, marquant par l'expression de son visage qu'en ce monde, aucun honneur plus grand ne pouvait lui échoir. Il découpait, mangeait, et faisait des compliments avec la même allégresse joyeuse. Chaque nouveau plat était d'abord célébré par lui, puis par sir William qui, maintenant remis de sa première émotion, faisait écho à tout ce que disait son gendre. A la grande surprise d'Elizabeth, une admiration aussi excessive paraissait enchanter lady Catherine qui souriait gracieusement. La conversation n'était pas très animée. Elizabeth aurait parlé volontiers si elle en avait eu l'occasion, mais elle était placée entre Charlotte et miss de Bourgh : la première était absorbée par l'attention qu'elle prêtait à lady Catherine et la seconde n'ouvrait pas la bouche. Mrs. Jenkinson ne parlait que pour remarquer que miss de Bourgh ne mangeait pas, et pour exprimer la crainte qu'elle ne fût indisposée. Maria n'aurait jamais osé dire un mot, et les deux messieurs ne faisaient que manger et s'extasier.

De retour au salon, les dames n'eurent qu'à écouter lady Catherine qui parla sans interruption jusqu'au moment où le café fut servi, donnant son avis sur toutes choses d'un ton qui montrait qu'elle ignorait la contradiction. Elle interrogea familièrement Charlotte sur son intérieur et lui donna mille conseils pour la conduite de son ménage et de sa basse-cour. Elizabeth vit qu'aucun sujet n'était au-dessus de cette grande dame, pourvu qu'elle y trouvât une occasion de diriger et de régenter ses semblables. Entre-temps, elle posa toutes sortes de questions aux deux jeunes filles et plus particulièrement à Elizabeth sur le compte de laquelle elle se trouvait moins renseignée et qui, observa-t-elle à Mrs. Collins, « paraissait une petite jeune fille gentille et bien élevée ».

Elle lui demanda combien de sœurs elle avait, si aucune n'était sur le point de se marier, si elles étaient jolies, où elles avaient été élevées, quel genre d'équipage avait son père et quel était le nom de jeune fille de sa mère. Elizabeth trouvait toutes ces questions assez indiscrètes mais y répondit avec beaucoup de calme. Enfin lady Catherine observa :

— Le domaine de votre père doit revenir à Mr. Collins, n'est-ce pas ? J'en suis heureuse pour vous, dit-elle en se tournant vers Charlotte — bien que je n'approuve pas une disposition qui dépossède les femmes héritières en ligne directe. On n'a rien fait de pareil dans la famille de Bourgh. Jouez-vous du piano et chantez-vous, miss Bennet ?

— Un peu.

— Alors, un jour ou l'autre nous serons heureuses de

vous entendre. Notre piano est excellent, probablement supérieur à... Enfin, vous l'essaierez. Vos sœurs sont-elles aussi musiciennes ?

— L'une d'elles, oui, madame.

— Pourquoi pas toutes ? Vous auriez dû prendre toutes des leçons. Les demoiselles Webb sont toutes musiciennes et leur père n'a pas la situation du vôtre. Faites-vous du dessin ?

— Pas du tout.

— Quoi, aucune d'entre vous ?

— Aucune.

— Comme c'est étrange ! Sans doute l'occasion vous aura manqué. Votre mère aurait dû vous mener à Londres, chaque printemps, pour vous faire prendre des leçons.

— Je crois que ma mère l'eût fait volontiers, mais mon père a Londres en horreur.

— Avez-vous encore votre institutrice ?

— Nous n'en avons jamais eu.

— Bonté du ciel ! cinq filles élevées à la maison sans institutrice ! Je n'ai jamais entendu chose pareille ! Quel esclavage pour votre mère !

Elizabeth ne put s'empêcher de sourire et affirma qu'il n'en avait rien été.

— Alors, qui vous faisait travailler ? Qui vous surveillait ? Sans institutrice ? Vous deviez être bien négligées.

— Mon Dieu, madame, toutes celles d'entre nous qui avaient le désir de s'instruire en ont eu les moyens. On nous encourageait beaucoup à lire et nous avons eu tous les maîtres nécessaires. Assurément, celles qui le préféraient étaient libres de ne rien faire.

— Bien entendu, et c'est ce que la présence d'une institutrice aurait empêché. Si j'avais connu votre mère, j'aurais vivement insisté pour qu'elle en prît une. On ne saurait croire le nombre de familles auxquelles j'en ai procuré. Je suis toujours heureuse, quand je le puis, de placer une jeune personne dans de bonnes conditions. Grâce à moi quatre nièces de Mrs. Jenkinson ont été pourvues de situations fort agréables. Vous ai-je dit, Mrs. Collins, que lady Metcalfe est venue me voir hier pour me remercier ? Il paraît que miss Pope est une véritable perle. Parmi vos jeunes sœurs, y en a-t-il qui sortent déjà, miss Bennet ?

— Oui, madame, toutes.

— Toutes ? Quoi ? Alors toutes les cinq à la fois ! Et vous n'êtes que la seconde, et les plus jeunes sortent avant que les aînées soient mariées ? Quel âge ont-elles donc ?

— La dernière n'a pas encore seize ans. C'est peut-être un peu tôt pour aller dans le monde, mais, madame, ne serait-il pas un peu dur pour des jeunes filles d'être privées de leur part légitime de plaisirs parce que les aînées n'ont pas l'occasion ou le désir de se marier de bonne heure ?

— En vérité, dit lady Catherine, vous donnez votre avis avec bien de l'assurance pour une si jeune personne. Quel âge avez-vous donc ?

— Votre Grâce doit comprendre, répliqua Elizabeth en souriant, qu'avec trois jeunes sœurs qui vont dans le monde, je ne me soucie plus d'avouer mon âge.

Cette réponse parut interloquer lady Catherine. Elizabeth était sans doute la première créature assez téméraire pour s'amuser de sa majestueuse impertinence.

— Vous ne devez pas avoir plus de vingt ans. Vous n'avez donc aucune raison de cacher votre âge.

— Je n'ai pas encore vingt et un ans.

Quand les messieurs revinrent et qu'on eut pris le thé, les tables de jeu furent apportées. Lady Catherine, sir William, Mr. et Mrs. Collins s'installèrent pour une partie de « quadrille ». Miss de Bourgh préférait le « casino » ; les deux jeunes filles et Mrs. Jenkinson eurent donc l'honneur de jouer avec elle une partie remarquablement ennuyeuse. On n'ouvrait la bouche, à leur table, que pour parler du jeu, sauf lorsque Mrs. Jenkinson exprimait la crainte que miss de Bourgh eût trop chaud, trop froid, ou qu'elle fût mal éclairée.

L'autre table était beaucoup plus animée. C'était lady Catherine qui parlait surtout pour noter les fautes de ses partenaires ou raconter des souvenirs personnels. Mr. Collins approuvait tout ce que disait Sa Grâce, la remerciant chaque fois qu'il gagnait une fiche et s'excusant lorsqu'il avait l'impression d'en gagner trop. Sir William parlait peu : il tâchait de meubler sa mémoire d'anecdotes et de noms aristocratiques.

Lorsque lady Catherine et sa fille en eurent assez du jeu, les tables furent enlevées et la voiture fut proposée à Mr. Collins qui l'accepta avec gratitude. La société se réunit alors autour du feu pour écouter lady Catherine décider quel temps il ferait le lendemain, puis, la voiture étant annoncée, Mr. Collins réitéra ses remerciements, sir William multiplia les saluts, et l'on se sépara.

A peine la voiture s'était-elle ébranlée qu'Elizabeth fut invitée par son cousin à dire son opinion sur ce qu'elle avait vu à Rosings. Par égard pour Charlotte, elle s'appliqua à la donner aussi élogieuse que possible ; mais ses louanges, malgré la peine qu'elle prenait pour les formuler, ne pouvaient satisfaire Mr. Collins qui ne tarda pas à se charger lui-même du panégyrique de Sa Grâce.

30

Sir William ne demeura qu'une semaine à Hunsford, mais ce fut assez pour le convaincre que sa fille était très confortablement installée et qu'elle avait un mari et une voisine comme on en rencontre peu souvent.

Tant que dura le séjour de sir William, Mr. Collins

consacra toutes ses matinées à le promener en cabriolet pour lui montrer les environs. Après son départ, chacun retourna à ses occupations habituelles et Elizabeth fut heureuse de constater que ce changement ne leur imposait pas davantage la compagnie de son cousin. Il employait la plus grande partie de ses journées à lire, à écrire, ou à regarder par la fenêtre de son bureau qui donnait sur la route. La pièce où se réunissaient les dames était située à l'arrière de la maison. Elizabeth s'était souvent demandé pourquoi Charlotte ne préférait pas se tenir dans la salle à manger, pièce plus grande et plus agréable, mais elle devina bientôt la raison de cet arrangement : Mr. Collins aurait certainement passé moins de temps dans son bureau si l'appartement de sa femme avait présenté les mêmes agréments que le sien. Du salon, on n'apercevait pas la route. C'est donc par Mr. Collins que ces dames apprenaient combien de voitures étaient passées et surtout s'il avait aperçu miss de Bourgh dans son phaéton, chose dont il ne manquait jamais de venir les avertir, bien que cela arrivât presque journellement.

Miss de Bourgh s'arrêtait assez souvent devant le presbytère et causait quelques minutes avec Charlotte, mais d'ordinaire sans descendre de voiture. De temps en temps, lady Catherine elle-même venait honorer le presbytère de sa visite. Alors son regard observateur ne laissait rien échapper de ce qui se passait autour d'elle. Elle s'intéressait aux occupations de chacun, examinait le travail des jeunes filles, leur conseillait de s'y prendre d'une façon différente, critiquait l'arrangement du mobilier, relevait les négligences de la domestique et ne semblait accepter la collation qui lui était offerte que pour pouvoir déclarer à Mrs. Collins que sa table était trop abondamment servie pour le nombre de ses convives.

Elizabeth s'aperçut vite que, sans faire partie de la justice de paix du comté, cette grande dame jouait le rôle d'un véritable magistrat dans la paroisse, dont les moindres incidents lui étaient rapportés par Mr. Collins. Chaque fois que des villageois se montraient querelleurs, mécontents ou disposés à se plaindre de leur pauvreté, vite elle accourait dans le pays, réglait les différends, faisait taire les plaintes et ses admonestations avaient bientôt rétabli l'harmonie, le contentement et la prospérité.

Le plaisir de dîner à Rosings se renouvelait environ deux fois par semaine. A part l'absence de sir William et le fait qu'on n'installait plus qu'une table de jeu, ces réceptions ressemblaient assez exactement à la première. Les autres invitations étaient rares, la société du voisinage, en général, menant un train qui n'était pas à la portée des Collins. Elizabeth ne le regrettait pas et, somme toute, ses journées coulaient agréablement. Elle avait avec Charlotte de bonnes heures de causerie et, la température étant très belle pour la saison, elle prenait grand plaisir à se promener. Son but favori était un petit bois qui longeait un des côtés du parc et elle s'y rendait souvent pendant que ses cousins allaient faire visite à Rosings. Elle y avait découvert un délicieux sentier ombragé que personne ne paraissait rechercher, et où elle se sentait à l'abri des curiosités indiscrètes de lady Catherine.

Ainsi s'écoula paisiblement la première quinzaine de son séjour à Hunsford. Pâques approchait, et la semaine sainte devait ajouter un appoint important à la société de Rosings. Peu après son arrivée, Elizabeth avait entendu dire que Mr. Darcy était attendu dans quelques semaines et, bien que peu de personnes dans ses relations lui fussent moins sympathiques, elle pensait néanmoins que sa présence donnerait un peu d'intérêt aux réceptions de Rosings. Sans doute aussi aurait-elle l'amusement de constater l'inanité des espérances de miss Bingley en observant la conduite de Mr. Darcy à l'égard de sa cousine à qui lady Catherine le destinait certainement. Elle avait annoncé son arrivée avec une grande satisfaction, parlait de lui en termes de la plus haute estime, et avait paru presque désappointée de découvrir que son neveu n'était pas un inconnu pour miss Lucas et pour Elizabeth.

Son arrivée fut tout de suite connue au presbytère, car Mr. Collins passa toute la matinée à se promener en vue de l'entrée du château afin d'en être le premier témoin ; après avoir fait un profond salut du côté de la voiture qui franchissait la grille, il se précipita chez lui avec la grande nouvelle.

Le lendemain matin, il se hâta d'aller à Rosings offrir ses hommages et trouva deux neveux de lady Catherine pour les recevoir, car Darcy avait amené avec lui le colonel Fitzwilliam, son cousin, fils cadet de lord***, et la surprise fut grande au presbytère quand on vit revenir Mr. Collins en compagnie des deux jeunes gens.

Du bureau de son mari, Charlotte les vit traverser la route et courut annoncer aux jeunes filles l'honneur qui leur était fait :

— Eliza, c'est à vous que nous devons cet excès de courtoisie. Si j'avais été seule, jamais Mr. Darcy n'aurait été aussi pressé de venir me présenter ses hommages.

Elizabeth avait à peine eu le temps de protester lorsque la sonnette de la porte retentit et, un instant après, ces messieurs faisaient leur entrée dans le salon.

Le colonel Fitzwilliam, qui paraissait une trentaine d'années, n'était pas un bel homme mais il avait une grande distinction dans l'extérieur et dans les manières. Mr. Darcy était tel qu'on l'avait vu en Hertfordshire. Il présenta ses compliments à Mrs. Collins avec sa réserve habituelle et, quels que fussent ses sentiments à l'égard de son amie, s'inclina devant elle d'un air parfaitement impassible. Elizabeth, sans mot dire, répondit par une révérence.

Le colonel Fitzwilliam avait engagé la conversation avec toute la facilité et l'aisance d'un homme du monde mais son cousin, après une brève remarque adressée à Mrs. Collins sur l'agrément de sa maison, resta quelque temps sans parler. A la fin il sortit de son mutisme et s'enquit auprès d'Elizabeth de la santé des siens. Elle répondit que tous allaient bien, puis, après une courte pause, ajouta :

— Ma sœur aînée vient de passer trois mois à Londres ; vous ne l'avez pas rencontrée ?

Elle était parfaitement sûre du contraire mais voulait voir s'il laisserait deviner qu'il était au courant de ce qui s'était passé entre les Bingley et Jane. Elle crut surprendre un peu d'embarras dans la manière dont il répondit qu'il n'avait pas eu le plaisir de rencontrer miss Bennet.

Le sujet fut abandonné aussitôt et, au bout de quelques instants, les deux jeunes gens prirent congé.

31

Les habitants du presbytère goûtèrent beaucoup les manières du colonel Fitzwilliam et les dames, en particulier, eurent l'impression que sa présence ajouterait beaucoup à l'intérêt des réceptions de lady Catherine. Plusieurs jours s'écoulèrent cependant sans amener de nouvelle invitation — la présence des visiteurs au château rendait les Collins moins nécessaires — et ce fut seulement le jour de Pâques, à la sortie de l'office, qu'ils furent priés d'aller passer la soirée à Rosings. De toute la semaine précédente, ils avaient très peu vu lady Catherine et sa fille ; le colonel Fitzwilliam était entré plusieurs fois au presbytère, mais on n'avait aperçu Mr. Darcy qu'à l'église.

L'invitation fut acceptée comme de juste et, à une heure convenable, les Collins et leurs hôtes se joignaient à la société réunie dans le salon de lady Catherine. Sa Grâce les accueillit aimablement, mais il était visible que leur compagnie comptait beaucoup moins pour elle qu'en temps ordinaire. Ses neveux absorbaient la plus grande part de son attention et c'est aux deux jeunes gens, à Darcy surtout, qu'elle s'adressait de préférence.

Le colonel Fitzwilliam marqua beaucoup de satisfaction en voyant arriver les Collins. Tout, à Rosings, lui semblait une heureuse diversion et la jolie amie de Mrs. Collins lui avait beaucoup plu. Il s'assit auprès d'elle et se mit à l'entretenir si agréablement du Kent et du Hertfordshire, du plaisir de voyager et de celui de rester chez soi, de musique et de lecture, qu'Elizabeth fut divertie comme jamais encore elle ne l'avait été dans ce salon. Ils causaient avec un tel entrain qu'ils attirèrent l'attention de lady Catherine ; les yeux de Mr. Darcy se tournèrent aussi de leur côté avec une expression de curiosité ; quant à Sa Grâce, elle manifesta bientôt le même sentiment en interpellant son neveu :

— Eh bien, Fitzwilliam, de quoi parlez-vous ? Que racontez-vous donc à miss Bennet ?

— Nous parlions musique, madame, dit-il enfin, ne pouvant plus se dispenser de répondre.

— Musique ! Alors, parlez plus haut ; ce sujet m'intéresse. Je crois vraiment qu'il y a peu de personnes en Angleterre qui aiment la musique autant que moi, ou l'apprécient avec plus de goût naturel. J'aurais eu sans doute beaucoup de talent, si je l'avais apprise ; Anne aussi aurait joué délicieusement, si sa santé lui avait permis d'étudier le piano. Et Georgiana, fait-elle beaucoup de progrès ?

Mr. Darcy répondit par un fraternel éloge du talent de sa sœur.

— Ce que vous m'apprenez là me fait grand plaisir ; mais dites-lui bien qu'il lui faut travailler sérieusement si elle veut arriver à quelque chose.

— Je vous assure, madame, qu'elle n'a pas besoin de ce conseil, car elle étudie avec beaucoup d'ardeur.

— Tant mieux, elle ne peut en faire trop et je le lui redirai moi-même quand je lui écrirai. C'est un conseil que je donne toujours aux jeunes filles et j'ai dit bien des fois à miss Bennet qu'elle devrait faire plus d'exercices. Puisqu'il n'y a pas de piano chez Mrs. Collins, elle peut venir tous les jours ici pour étudier sur celui qui est dans la chambre de Mrs. Jenkinson. Dans cette partie de la maison, elle serait sûre de ne déranger personne.

Mr. Darcy, un peu honteux d'entendre sa tante parler avec si peu de tact, ne souffla mot.

Quand on eut pris le café, le colonel Fitzwilliam rappela qu'Elizabeth lui avait promis un peu de musique. Sans se faire prier elle s'installa devant le piano et il transporta son siège auprès d'elle. Lady Catherine écouta la moitié du morceau et se remit à parler à son autre neveu, mais celui-ci au bout d'un moment la quitta et, s'approchant délibérément du piano, se plaça de façon à bien voir la jolie exécutante. Elizabeth s'en aperçut et, le morceau terminé, lui dit en plaisantant :

— Vous voudriez m'intimider, Mr. Darcy, en venant m'écouter avec cet air sérieux, mais bien que vous ayez une sœur qui joue avec tant de talent, je ne me laisserai pas troubler. Il y a chez moi une obstination dont on ne peut facilement avoir raison. Chaque essai d'intimidation ne fait qu'affermir mon courage.

— Je ne vous dirai pas que vous vous méprenez, dit-il, car vous ne croyez certainement pas que j'aie l'intention de vous intimider. Mais j'ai le plaisir de vous connaître depuis assez longtemps pour savoir que vous vous amusez à professer des sentiments qui ne sont pas les vôtres.

Elizabeth rit de bon cœur devant ce portrait d'elle-même, et dit au colonel Fitzwilliam :

— Votre cousin vous donne une jolie opinion de moi, en vous enseignant à ne pas croire un mot de ce que je dis ! Je n'ai vraiment pas de chance de me retrouver avec quelqu'un si à même de dévoiler mon véritable caractère dans un pays reculé où je pouvais espérer me faire passer pour une personne digne de foi. Réellement, Mr. Darcy, il est peu généreux de révéler ici les défauts que vous avez remarqués chez moi en Hertfordshire, et n'est-ce pas aussi un peu imprudent ? car vous me provoquez à la vengeance, et il peut en résulter des révélations qui risqueraient fort de choquer votre entourage.

— Oh ! je n'ai pas peur de vous, dit-il en souriant.

— Dites-moi ce que vous avez à reprendre chez lui, je vous en prie, s'écria le colonel Fitzwilliam. J'aimerais savoir comment il se comporte parmi les étrangers.

— Eh bien, voilà, mais attendez-vous à quelque chose d'affreux... La première fois que j'ai vu Mr. Darcy, c'était à un bal. Or, que pensez-vous qu'il fît à ce bal ? Il dansa tout juste quatre fois. Je suis désolée de vous faire de la peine, mais c'est l'exacte vérité. Il n'a dansé que quatre fois, bien que les danseurs fussent peu nombreux et que plus d'une jeune fille — je le sais pertinemment — dût rester sur sa chaise, faute de cavalier. Pouvez-vous nier ce fait, Mr. Darcy ?

— Je n'avais pas l'honneur de connaître d'autres dames que celles avec qui j'étais venu à cette soirée.

— C'est exact ; et on ne fait pas de présentations dans une soirée... Alors, colonel, que vais-je vous jouer ? Mes doigts attendent vos ordres.

— Peut-être, dit Darcy, aurait-il été mieux de chercher à me faire présenter. Mais je n'ai pas les qualités nécessaires pour me rendre agréable auprès des personnes étrangères.

— En demanderons-nous la raison à votre cousine ? dit Elizabeth en s'adressant au colonel Fitzwilliam. Lui demanderons-nous pourquoi un homme intelligent et qui a l'habitude du monde n'a pas les qualités nécessaires pour plaire aux étrangers ?

— Inutile de l'interroger, je puis vous répondre moi-même, dit le colonel ; c'est parce qu'il ne veut pas s'en donner la peine.

— Certes, dit Darcy, je n'ai pas, comme d'autres, le talent de converser avec des personnes que je n'ai jamais vues. Je ne sais pas me mettre à leur diapason ni m'intéresser à ce qui les concerne.

— Mes doigts, répliqua Elizabeth, ne se meuvent pas sur cet instrument avec la maîtrise que l'on remarque chez d'autres pianistes. Ils n'ont pas la même force ni la même vélocité et ne traduisent pas les mêmes nuances : mais j'ai toujours pensé que la faute en était moins à eux qu'à moi qui n'ai pas pris la peine d'étudier suffisamment pour les assouplir.

Darcy sourit :

— Vous avez parfaitement raison, dit-il ; vous avez mieux employé votre temps. Vous faites plaisir à tous ceux qui ont le privilège de vous entendre. Mais, comme moi, vous n'aimez pas à vous produire devant les étrangers.

Ici, ils furent interrompus par lady Catherine qui voulait être mise au courant de leur conversation. Aussitôt, Elizabeth se remit à jouer. Lady Catherine s'approcha, écouta un instant, et dit à Darcy :

— Miss Bennet ne jouerait pas mal si elle étudiait davantage et si elle prenait des leçons avec un professeur de Londres. Elle a un très bon doigté, bien que, pour le goût, Anne lui soit supérieure. Anne aurait eu un très joli talent si sa santé lui avait permis d'étudier.

Elizabeth jeta un coup d'œil vers Darcy pour voir de quelle façon il s'associait à l'éloge de sa cousine, mais ni à ce moment ni à un autre, elle ne put discerner le moindre symptôme d'amour. De son attitude à l'égard de miss de Bourgh, elle recueillit cette consolation pour miss Bingley : c'est que Mr. Darcy aurait aussi bien pu l'épouser si elle avait été sa cousine.

Lady Catherine continua ses remarques entremêlées de conseils ; Elizabeth les écouta avec déférence, et, sur la prière des deux jeunes gens, demeura au piano jusqu'au moment où la voiture de Sa Grâce fut prête à les ramener au presbytère.

32

Le lendemain matin, tandis que Mrs. Collins et Maria faisaient des courses dans le village, Elizabeth, restée seule au salon, écrivait à Jane lorsqu'un coup de sonnette la fit tressaillir. Dans la crainte que ce ne fût lady Catherine, elle mettait de côté sa lettre inachevée afin d'éviter des questions importunes, lorsque la porte s'ouvrit, et, à sa grande surprise, livra passage à Mr. Darcy.

Il parut étonné de la trouver seule et s'excusa de son indiscrétion en alléguant qu'il avait compris que Mrs. Collins était chez elle. Puis ils s'assirent et quand Elizabeth eut demandé des nouvelles de Rosings, il y eut un silence qui menaçait de se prolonger. Il fallait à tout prix trouver un sujet de conversation. Elizabeth, se rappelant leur dernière rencontre en Hertfordshire, et curieuse de voir ce qu'il dirait sur le départ précipité de ses hôtes, fit cette remarque :

— Vous avez tous quitté Netherfield bien rapidement en novembre dernier, Mr. Darcy. Mr. Bingley a dû être agréablement surpris de vous revoir si tôt, car, si je m'en souviens bien, il n'était parti que de la veille. Lui et ses sœurs allaient bien, je pense, quand vous avez quitté Londres ?

— Fort bien, je vous remercie.

Voyant qu'elle n'obtiendrait pas d'autre réponse, elle reprit au bout d'un moment :

— Il me semble avoir compris que Mr. Bingley n'avait guère l'intention de revenir à Netherfield.

— Je ne le lui ai jamais entendu dire. Je ne serais pas étonné, cependant, qu'il y passe peu de temps à l'avenir.

Il a beaucoup d'amis et se trouve à une époque de l'existence où les obligations mondaines se multiplient.

— S'il a l'intention de venir si rarement à Netherfield, il vaudrait mieux pour ses voisins qu'il l'abandonne tout à fait. Nous aurions peut-être des chances de voir une famille s'y fixer d'une façon plus stable. Mais peut-être Mr. Bingley, en prenant cette maison, a-t-il pensé plus à son plaisir qu'à celui des autres et il règle sans doute ses allées et venues d'après le même principe.

— Je ne serais pas surpris, dit Darcy, de le voir céder Netherfield si une offre sérieuse se présentait.

Elizabeth ne répondit pas ; elle craignait de trop s'étendre sur ce chapitre, et, ne trouvant rien d'autre à dire, elle résolut de laisser à son interlocuteur la peine de chercher un autre sujet. Celui-ci le sentit et reprit bientôt :

— Cette maison paraît fort agréable. Lady Catherine, je crois, y a fait faire beaucoup d'aménagements lorsque Mr. Collins est venu s'installer à Hunsford.

— Je le crois aussi, et ses faveurs ne pouvaient certainement exciter plus de reconnaissance.

— Mr. Collins, en se mariant, paraît avoir fait un heureux choix.

— Certes oui ; ses amis peuvent se réjouir qu'il soit tombé sur une femme de valeur, capable à la fois de l'épouser et de le rendre heureux. Mon amie a beaucoup de jugement, bien qu'à mon sens son mariage ne soit peut-être pas ce qu'elle a fait de plus sage, mais elle paraît heureuse, et vue à la lumière de la froide raison, cette union présente beaucoup d'avantages.

— Elle doit être satisfaite d'être installée à si peu de distance de sa famille et de ses amis.

— A si peu de distance, dites-vous ? Mais il y a près de cinquante miles entre Meryton et Hunsford.

— Qu'est-ce que cinquante miles, avec de bonnes routes ? Guère plus d'une demi-journée de voyage. J'appelle cela une courte distance.

— Pour moi, s'écria Elizabeth, jamais je n'aurais

compté cette « courte distance » parmi les avantages présentés par le mariage de mon amie. Je ne trouve pas qu'elle soit établie à proximité de sa famille.

— Ceci prouve votre attachement pour le Hertfordshire. En dehors des environs immédiats de Longbourn, tout pays vous semblerait éloigné, sans doute ?

En parlant ainsi, il eut un léger sourire qu'Elizabeth crut comprendre. Il supposait sans doute qu'elle pensait à Jane et à Netherfield ; aussi est-ce en rougissant qu'elle répondit :

— Je ne veux pas dire qu'une jeune femme ne puisse être trop près de sa famille. Les distances sont relatives, et quand un jeune ménage a les moyens de voyager, l'éloignement n'est pas un grand mal. Mr. et Mrs. Collins, bien qu'à leur aise, ne le sont pas au point de se permettre de fréquents déplacements, et je suis sûre qu'il faudrait que la distance fût réduite de moitié pour que mon amie s'estimât à proximité de sa famille.

Mr. Darcy rapprocha un peu son siège d'Elizabeth :

— Quant à vous, dit-il, il n'est pas possible que vous soyez aussi attachée à votre pays. Sûrement, vous n'avez pas toujours vécu à Longbourn.

Elizabeth eut un air surpris. Mr. Darcy parut se raviser. Reculant sa chaise, il prit un journal sur la table, y jeta les yeux, et poursuivit d'un ton détaché :

— Le Kent vous plaît-il ?

Suivit alors un court dialogue sur le pays, auquel mit fin l'entrée de Charlotte et de sa sœur qui revenaient de leurs courses. Ce tête-à-tête ne fut pas sans les étonner. Darcy raconta comment il avait, par erreur, dérangé miss Bennet, et après être resté quelques minutes sans dire grand-chose, prit congé et quitta le presbytère.

— Qu'est-ce que cela signifie ? demanda Charlotte aussitôt après son départ. Il doit être amoureux de vous, Eliza, sans quoi jamais il ne viendrait vous rendre visite si familièrement.

Mais lorsque Elizabeth eut raconté combien Darcy

s'était montré taciturne, cette supposition ne parut pas très vraisemblable, et on en vint à cette conclusion : Darcy était venu parce qu'il n'avait rien de mieux à faire.

A cette époque, la chasse était fermée. Dans le château, il y avait bien lady Catherine, une bibliothèque et un billard ; mais des jeunes gens ne peuvent rester enfermés du matin au soir. Que ce fût la proximité du presbytère, l'agrément du chemin qui y conduisait ou des personnes qui l'habitaient, toujours est-il que le colonel Fitzwilliam et Mr. Darcy en firent dès lors le but presque quotidien de leurs promenades. Ils arrivaient à toute heure, tantôt ensemble et tantôt séparément, parfois même accompagnés de leur tante. Il était visible que le colonel Fitzwilliam était attiré par la société des trois jeunes femmes. La satisfaction qu'Elizabeth éprouvait à le voir, aussi bien que l'admiration qu'il laissait paraître pour elle, lui rappelaient son ancien favori, George Wickham, et si en les comparant elle trouvait moins de séduction aux manières du colonel Fitzwilliam, elle avait l'impression que, des deux, c'était lui sans doute qui possédait l'esprit le plus cultivé.

Mais Mr. Darcy ? Comment expliquer ses fréquentes apparitions au presbytère ? Ce ne pouvait être par amour de la société ? Il lui arrivait souvent de rester dix minutes sans ouvrir la bouche, et, quand il parlait, il semblait que ce fût par nécessité plutôt que par plaisir. Rarement lui voyait-on de l'animation. La façon dont Fitzwilliam le plaisantait sur son mutisme prouvait que, d'habitude, il n'était point aussi taciturne. Mrs. Collins ne savait qu'en penser. Elle eût aimé se persuader que cette attitude était l'effet de l'amour, et l'objet de cet amour son amie Elizabeth. Pour résoudre ce problème, elle se mit à observer Darcy, à Rosings et à Hunsford, mais sans grand succès. Il regardait certainement beaucoup Elizabeth, mais d'une manière difficile à interpréter. Charlotte se demandait souvent si le regard attentif qu'il attachait sur elle contenait beaucoup d'admiration, et par moments il lui semblait simplement le regard d'un homme dont l'esprit est ailleurs. Une ou deux fois, Charlotte avait insinué devant son amie que Mr. Darcy nourrissait peut-être une préférence pour elle, mais Elizabeth s'était contentée de rire, et Mrs. Collins avait jugé sage de ne pas insister de peur de faire naître des espérances stériles. Pour elle il ne faisait pas de doute que l'antipathie d'Elizabeth aurait vite fait de s'évanouir si elle avait pu croire qu'elle eût quelque pouvoir sur le cœur de Mr. Darcy. Parfois, dans les projets d'avenir qu'elle faisait pour son amie, Charlotte la voyait épousant le colonel Fitzwilliam. Des deux cousins, c'était sans contredit le plus agréable ; il admirait Elizabeth, et sa situation faisait de lui un beau parti. Seulement, pour contrebalancer tous ces avantages, Mr. Darcy avait une influence considérable dans le monde clérical, tandis que son cousin n'en possédait aucune.

33

Plus d'une fois Elizabeth, en se promenant dans le parc, rencontra Mr. Darcy à l'improviste. Elle trouvait assez étrange la malchance qui l'amenait dans un endroit ordinairement si solitaire, et elle eut soin de l'informer que ce coin du parc était sa retraite favorite. Une seconde rencontre après cet avertissement était plutôt singulière ; elle eut lieu cependant, et une autre encore. Etait-ce pour l'ennuyer ou pour s'imposer à lui-même une pénitence ? Car il ne se contentait point dans ces occasions de lui dire quelques mots de politesse et de poursuivre son chemin, mais paraissait croire nécessaire de l'accompagner dans sa promenade. Il ne se montrait jamais très bavard, et, de son côté, Elizabeth ne faisait guère de frais. Au cours de la troisième rencontre, cependant, elle fut frappée des questions bizarres et sans lien qu'il lui posait sur l'agrément de son séjour à Hunsford ; sur son goût pour les promenades solitaires ; sur ce qu'elle pensait de la félicité du ménage Collins ; enfin, comme il était question de Rosings et de la disposition intérieure des appartements qu'elle disait ne pas bien connaître, Darcy avait eu l'air de penser que lorsqu'elle reviendrait dans le Kent, elle séjournerait cette fois au château. Voilà du moins ce qu'Elizabeth crut comprendre. Etait-ce possible qu'en parlant ainsi il pensât au colonel Fitzwilliam ? Si ces paroles avaient un sens, il voulait sans doute faire allusion à ce qui pourrait se produire de ce côté. Cette pensée troubla quelque peu Elizabeth qui fut heureuse de se retrouver seule à l'entrée du presbytère.

Un jour qu'en promenade elle relisait une lettre de Jane et méditait certains passages qui laissaient deviner la mélancolie de sa sœur, Elizabeth, en levant les yeux, se trouva face à face, non point cette fois avec Mr. Darcy, mais avec le colonel Fitzwilliam.

— Je ne savais pas que vous vous promeniez jamais de ce côté, dit-elle avec un sourire en repliant sa lettre.

— Je viens de faire le tour complet du parc comme je le fais généralement à chacun de mes séjours, et je pensais terminer par une visite à Mrs. Collins. Continuez-vous votre promenade ?

— Non, j'étais sur le point de rentrer.

Ils reprirent ensemble le chemin du presbytère.

— Avez-vous toujours le projet de partir samedi prochain ?

— Oui, si Darcy ne remet pas encore notre départ. Je suis ici à sa disposition et il arrange tout à sa guise.

— Et si l'arrangement ne le satisfait point, il a toujours eu le plaisir de la décision. Je ne connais personne qui semble goûter plus que Mr. Darcy le pouvoir d'agir à sa guise.

— Certes, il aime faire ce qui lui plaît ; mais nous en

sommes tous là. Il a seulement pour suivre son inclination plus de facilité que bien d'autres, parce qu'il est riche et que tout le monde ne l'est pas. J'en parle en connaissance de cause. Les cadets de famille, vous le savez, sont habitués à plus de dépendance et de renoncements.

— Je ne me serais pas imaginé que le fils cadet d'un comte avait de tels maux à supporter. Sérieusement, que connaissez-vous de la dépendance et des renoncements ? Quand le manque d'argent vous a-t-il empêché d'aller où vous vouliez ou de vous accorder une fantaisie ?

— Voilà des questions bien directes. Non, il faut que je l'avoue, je n'ai pas eu à souffrir beaucoup d'ennuis de ce genre. Mais le manque de fortune peut m'exposer à des épreuves plus graves. Les cadets de famille, vous le savez, ne peuvent guère se marier selon leur choix.

— A moins que leur choix ne se porte sur des héritières, ce qui arrive, je crois, assez fréquemment.

— Nos habitudes de vie nous rendent trop dépendants, et peu d'hommes de mon rang peuvent se marier sans tenir compte de la fortune.

« Ceci serait-il pour moi ? » se demanda Elizabeth que cette idée fit rougir. Mais se reprenant, elle dit avec enjouement :

— Et quel est, s'il vous plaît, le prix ordinaire du fils cadet d'un comte ? A moins que le frère aîné ne soit d'une santé spécialement délicate, vous ne demandez pas, je pense, plus de cinquante mille livres ?

Il lui répondit sur le même ton, puis, pour rompre un silence qui aurait pu laisser croire qu'elle était affectée de ce qu'il avait dit, Elizabeth reprit bientôt :

— J'imagine que votre cousin vous a amené pour le plaisir de sentir près de lui quelqu'un qui soit à son entière disposition. Je m'étonne qu'il ne se marie pas, car le mariage lui assurerait cette commodité d'une façon permanente. Mais peut-être sa sœur lui suffit-elle pour l'instant ; il doit faire d'elle ce que bon lui semble puisqu'elle est sous sa seule direction.

— Non, répliqua le colonel Fitzwilliam, c'est un avantage qu'il partage avec moi, car nous sommes tous deux cotuteurs de miss Darcy.

— Vraiment ? Et dites-moi donc quelle sorte de tuteur vous faites ? Votre pupille vous donne-t-elle beaucoup de peine ? Les jeunes filles de cet âge sont parfois difficiles à mener, et si c'est une vraie Darcy elle est sans doute assez indépendante.

Comme elle prononçait ces paroles, elle remarqua que Fitzwilliam la regardait attentivement, et la façon dont il lui demanda pourquoi elle supposait que la tutelle de miss Darcy pût lui donner quelque peine convainquit Elizabeth qu'elle avait, d'une manière ou d'une autre, touché la vérité.

— N'ayez aucune crainte, répliqua-t-elle aussitôt. Je n'ai jamais entendu médire, si peu que ce soit, de votre pupille, et je suis persuadée de sa docilité. Deux dames de ma connaissance ne jurent que par elle, Mrs. Hurst et miss Bingley ; il me semble vous avoir entendu dire que vous les connaissiez aussi.

— Je les connais un peu. Leur frère est un homme aimable et bien élevé, et c'est le grand ami de Darcy.

— Oh ! je sais, dit Elizabeth un peu sèchement. Mr. Darcy montre beaucoup de bonté pour Mr. Bingley et veille sur lui avec une extraordinaire sollicitude.

— Oui, je crois en effet que Darcy veille sur son ami qui, sous certains rapports, a besoin d'être guidé. Une chose qu'il m'a dite en venant ici m'a même fait supposer que Bingley lui doit à ce titre quelque reconnaissance. Mais je parle peut-être un peu vite, car rien ne m'assure que Bingley soit la personne dont il était question. C'est pure conjecture de ma part.

— De quoi s'agissait-il ?

— D'une circonstance dont Darcy désire certainement garder le secret, car, s'il devait en revenir quelque chose à la famille intéressée, ce serait fort désobligeant.

— Vous pouvez compter sur ma discrétion.

— Et notez bien que je ne suis pas certain qu'il s'agisse de Bingley. Darcy m'a simplement dit qu'il se félicitait d'avoir sauvé dernièrement un ami du danger d'un mariage imprudent J'ai supposé que c'était Bingley dont il s'agissait parce qu'il me semble appartenir à la catégorie des jeunes gens capables d'une étourderie de ce genre, et aussi parce que je savais que Darcy et lui avaient passé l'été ensemble.

— Mr. Darcy vous a-t-il donné les raisons de son intervention ?

— J'ai compris qu'il y avait contre la jeune fille des objections très sérieuses.

— Et quels moyens habiles a-t-il employés pour les séparer ?

— Il ne m'a pas conté ce qu'il avait fait, dit Fitzwilliam en souriant ; il m'a dit seulement ce que je viens de vous répéter.

Elizabeth ne répondit pas et continua d'avancer, le cœur gonflé d'indignation. Après l'avoir observée un moment, Fitzwilliam lui demanda pourquoi elle était si songeuse.

— Je pense à ce que vous venez de me dire. La conduite de votre cousin m'étonne. Pourquoi s'est-il fait juge en cette affaire ?

— Vous trouvez son intervention indiscrète ?

— Je ne vois pas quel droit avait Mr. Darcy de désapprouver l'inclination de son ami, ni de décider comment celui-ci pouvait trouver le bonheur. Mais, dit-elle en se ressaisissant, comme nous ignorons tous les détails il n'est pas juste de le condamner. On peut supposer aussi que le sentiment de son ami n'était pas très profond.

— Cette supposition n'est pas invraisemblable, dit Fitzwilliam, mais elle enlève singulièrement de sa valeur à la victoire de mon cousin.

Ce n'était qu'une réflexion plaisante, mais qui parut à Elizabeth peindre très justement Mr. Darcy. Craignant, si elle poursuivait ce sujet, de n'être plus maîtresse d'elle-même, la jeune fille changea brusquement la conversation, et il ne fut plus question que de choses indifférentes jusqu'à l'arrivée au presbytère.

Dès que le visiteur fut parti, elle eut le loisir de réfléchir longuement à ce qu'elle venait d'entendre. Sur l'identité des personnages elle ne pouvait avoir de doute : il n'y avait pas deux hommes sur qui Mr. Darcy pût avoir une influence aussi considérable. Elizabeth avait toujours supposé qu'il avait dû coopérer au plan suivi pour séparer Bingley de Jane, mais elle en attribuait l'idée principale et la réalisation à miss Bingley. Cependant, si Mr. Darcy ne se vantait pas, c'était lui, c'étaient son orgueil et son caprice qui étaient la cause de tout ce que Jane avait souffert et souffrait encore. Il avait brisé pour un temps tout espoir de bonheur dans le cœur le plus tendre, le plus généreux qui fût ; et le mal qu'il avait causé, nul n'en pouvait prévoir la durée.

« Il y avait des objections sérieuses contre la jeune fille », avait dit le colonel Fitzwilliam. Ces objections étaient sans nul doute qu'elle avait un oncle avoué dans une petite ville, et un autre dans le commerce à Londres. « A Jane, que pourrait-on reprocher ? se disait Elizabeth. Jane, le charme et la bonté personnifiés, dont l'esprit est si raisonnable et les manières si séduisantes ! Contre mon père non plus on ne peut rien dire ; malgré son originalité, il a une intelligence que Mr. Darcy peut ne point dédaigner, et une respectabilité à laquelle lui-même ne parviendra peut-être jamais. » A la pensée de sa mère, elle sentit sa confiance s'ébranler. Mais non, ce genre d'objection ne pouvait avoir de poids aux yeux de Mr. Darcy dont l'orgueil, elle en était sûre, était plus sensible à l'infériorité du rang qu'au manque de jugement de la famille où voulait entrer son ami. Elizabeth finit par conclure qu'il avait été poussé par une détestable fierté, et sans doute aussi par le désir de conserver Bingley pour sa sœur.

L'agitation et les larmes qui furent l'effet de ces réflexions provoquèrent une migraine dont Elizabeth souffrait tellement vers le soir que, sa répugnance à revoir Mr. Darcy aidant, elle décida de ne pas accompagner ses cousins à Rosings où ils étaient invités à aller prendre le thé. Mrs. Collins, voyant qu'elle était réellement souffrante, n'insista pas pour la faire changer d'avis mais Mr. Collins ne lui cacha point qu'il craignait fort que lady Catherine ne fût mécontente en voyant qu'elle était restée au logis.

34

Comme si elle avait pris à tâche de s'exaspérer encore davantage contre Mr. Darcy, Elizabeth, une fois seule, se mit à relire les lettres que Jane lui avait écrites depuis son arrivée à Hunsford. Aucune ne contenait de plaintes positives mais toutes trahissaient l'absence de cet enjouement qui était le caractère habituel de son style et qui, procédant de la sérénité d'un esprit toujours en paix avec les autres et avec lui-même, n'avait été que rarement troublé.

Elizabeth notait toutes les phrases empreintes de tristesse avec une attention qu'elle n'avait pas mise à la première lecture. La façon dont Mr. Darcy se glorifiait de la souffrance par lui infligée augmentait sa compassion pour le chagrin de sa sœur. C'était une consolation de penser que le séjour de Mr. Darcy à Rosings se terminait le surlendemain ; c'en était une autre, et plus grande, de se dire que dans moins de quinze jours elle serait auprès de Jane et pourrait contribuer à la guérison de son cœur de tout le pouvoir de son affection fraternelle.

En songeant au départ de Darcy elle se rappela que

son cousin partait avec lui, mais le colonel Fitzwilliam avait montré clairement que ses amabilités ne tiraient pas à conséquence et, tout charmant qu'il était, elle n'avait nulle envie de se rendre malheureuse à cause de lui.

Elle en était là de ses réflexions lorsque le son de la cloche d'entrée la fit tressaillir. Etait-ce, par hasard, le colonel Fitzwilliam, dont les visites étaient quelquefois assez tardives, qui venait prendre de ses nouvelles ? Un peu troublée par cette idée, elle la repoussa aussitôt et reprenait son calme quand elle vit, avec une extrême surprise, Mr. Darcy entrer dans la pièce.

Il se hâta tout d'abord de s'enquérir de sa santé, expliquant sa visite par le désir qu'il avait d'apprendre qu'elle se sentait mieux. Elle lui répondit avec une politesse pleine de froideur. Il s'assit quelques instants, puis, se relevant, se mit à arpenter la pièce. Elizabeth, saisie d'étonnement, ne disait mot. Après un silence de plusieurs minutes, il s'avança vers elle et, d'un air agité, débuta ainsi :

— En vain ai-je lutté. Rien n'y fait. Je ne puis réprimer mes sentiments. Laissez-moi vous dire l'ardeur avec laquelle je vous admire et je vous aime.

Elizabeth stupéfaite le regarda, rougit, se demanda si elle avait bien entendu et garda le silence. Mr. Darcy crut y voir un encouragement et il s'engagea aussitôt dans l'aveu de l'inclination passionnée que depuis longtemps il ressentait pour elle.

Il parlait bien, mais il avait en dehors de son amour d'autres sentiments à exprimer et, sur ce chapitre, il ne se montra pas moins éloquent que sur celui de sa passion. Son inclination s'était toujours violemment heurtée, disait-il, à la conscience de commettre une mésalliance et à l'obstacle que représentait la famille d'Elizabeth. Tout cela fut détaillé avec une chaleur bien naturelle si l'on songeait au sacrifice que faisait sa fierté, mais certainement peu propre à plaider sa cause.

En dépit de sa profonde antipathie, Elizabeth ne pouvait rester insensible à l'hommage que représentait l'amour d'un homme tel que Mr. Darcy. Sans que sa résolution en fût ébranlée un instant, elle commença par se sentir peinée du chagrin qu'elle allait lui causer, mais, irritée par la suite de son discours, elle vit sa colère supprimer toute compassion, et elle essaya seulement de se dominer pour pouvoir lui répondre avec calme lorsqu'il aurait terminé. Il conclut en lui représentant la force d'un sentiment que tous ses efforts n'avaient pas réussi à vaincre et en exprimant l'espoir qu'elle voudrait bien y répondre en lui accordant sa main. Tandis qu'il prononçait ces paroles, il était facile de voir qu'il ne doutait pas de recevoir une réponse favorable. Il parlait bien de crainte, d'anxiété, mais sa contenance exprimait la sécurité. Rien n'était plus fait pour exaspérer Elizabeth, et, dès qu'il eut terminé, elle lui répondit, les joues en feu :

— En des circonstances comme celle-ci, je crois qu'il est d'usage d'exprimer de la reconnaissance pour les sentiments dont on vient d'entendre l'aveu. C'est chose naturelle, et si je pouvais éprouver de la gratitude, je vous remercierais. Mais je ne le puis pas. Je n'ai jamais recherché votre affection, et c'est certes très à contrecœur que vous me la donnez. Je regrette d'avoir pu causer de la peine à quelqu'un, mais je l'ai fait sans le vouloir, et cette peine, je l'espère, sera de courte durée. Les sentiments qui, me dites-vous, ont retardé jusqu'ici l'aveu de votre inclination, n'auront pas de peine à en triompher après cette explication.

Mr. Darcy, qui s'appuyait à la cheminée, les yeux fixés sur le visage d'Elizabeth, accueillit ces paroles avec autant d'irritation que de surprise. Il pâlit de colère, et son visage refléta le trouble de son esprit. Visiblement, il luttait pour reconquérir son sang-froid et il n'ouvrit la bouche que lorsqu'il pensa y être parvenu. Cette pause sembla terrible à Elizabeth. Enfin, d'une voix qu'il réussit à maintenir calme, il reprit :

— Ainsi, c'est là toute la réponse que j'aurai l'honneur de recevoir ! Puis-je savoir, du moins, pourquoi vous me repoussez avec des formes que n'atténue aucun effort de politesse ? Mais, au reste, peu importe !

— Je pourrais aussi bien vous demander, répliqua Elizabeth, pourquoi, avec l'intention évidente de me blesser, vous venez me dire que vous m'aimez contre votre volonté, votre raison, et même le souci de votre réputation. N'est-ce pas là une excuse pour mon impolitesse — si impolitesse il y a ? Mais j'ai d'autres sujets d'offense et vous ne les ignorez pas. Quand vous ne m'auriez pas été indifférent, quand même j'aurais eu de la sympathie pour vous, rien au monde n'aurait pu me faire accepter l'homme responsable d'avoir ruiné, peut-être pour toujours, le bonheur d'une sœur très aimée.

A ces mots, Mr. Darcy changea de couleur mais son émotion fut de courte durée, et il ne chercha même pas à interrompre Elizabeth qui continuait :

— J'ai toutes les raisons du monde de vous mal juger : aucun motif ne peut excuser le rôle injuste et peu généreux que vous avez joué en cette circonstance. Vous n'oserez pas, vous ne pourrez pas nier que vous avez été le principal, sinon le seul artisan de cette séparation, que vous avez exposé l'un à la censure du monde pour sa légèreté et l'autre à sa dérision pour ses espérances déçues, en infligeant à tous deux la peine la plus vive.

Elle s'arrêta et vit non sans indignation que Darcy l'écoutait avec un air parfaitement insensible. Il avait même en la regardant un sourire d'incrédulité affectée.

— Nierez-vous l'avoir fait ? répéta-t-elle.

Avec un calme forcé, il répondit :

— Je ne cherche nullement à nier que j'ai fait tout ce que j'ai pu pour séparer mon ami de votre sœur, ni que je me suis réjoui d'y avoir réussi. J'ai été pour Bingley plus raisonnable que pour moi-même.

Elizabeth parut dédaigner cette réflexion aimable mais

le sens ne lui en échappa point et, de plus en plus animée, elle reprit :

— Ceci n'est pas la seule raison de mon antipathie. Depuis longtemps, mon opinion sur vous était faite. J'ai appris à vous connaître par les révélations que m'a faites Mr. Wickham, voilà déjà plusieurs mois. A ce sujet, qu'avez-vous à dire ? Quel acte d'amitié imaginaire pouvez-vous invoquer pour vous défendre ou de quelle façon pouvez-vous dénaturer les faits pour en donner une version qui vous soit avantageuse ?

— Vous prenez un intérêt bien vif aux affaires de ce gentleman, dit Darcy d'un ton moins froid, tandis que son visage s'enflammait.

— Qui pourrait n'en point éprouver, quand on connaît son infortune ?

— Son infortune ? répéta Darcy d'un ton méprisant. Son infortune est grande, en vérité !

— Et vous en êtes l'auteur. C'est vous qui l'avez réduit à la pauvreté — pauvreté relative, je le veux bien. C'est vous qui l'avez frustré d'avantages que vous lui saviez destinés ; vous avez privé toute sa jeunesse de l'indépendance à laquelle il avait droit. Vous avez fait tout cela, et la mention de son infortune n'excite que votre ironie ?

— Alors, s'écria Darcy arpentant la pièce avec agitation, voilà l'opinion que vous avez de moi ! Je vous remercie de me l'avoir dite aussi clairement. Les charges énumérées dans ce réquisitoire, certes, sont accablantes ; mais peut-être, dit-il en suspendant sa marche et en se tournant vers elle, auriez-vous fermé les yeux sur ces offenses si votre amour-propre n'avait pas été froissé par la confession honnête des scrupules qui m'ont longtemps empêché de prendre une décision. Ces accusations amères n'auraient peut-être pas été formulées si, avec plus de diplomatie, j'avais dissimulé mes luttes et vous avais affirmé que j'étais poussé par une inclination pure et sans mélange, par la raison, par le bon sens, par tout enfin.

Mais la dissimulation sous n'importe quelle forme m'a toujours fait horreur. Je ne rougis pas d'ailleurs des sentiments que je vous ai exposés ; ils sont justes et naturels. Pouviez-vous vous attendre à ce que je me réjouisse de l'infériorité de votre entourage ou que je me félicite de nouer des liens de parenté avec des personnes dont la condition sociale est si manifestement au-dessous de la mienne ?

La colère d'Elizabeth grandissait de minute en minute. Cependant, grâce à un violent effort sur elle-même, elle parvint à se contenir et répondit :

— Vous vous trompez, Mr. Darcy, si vous supposez que le mode de votre déclaration a pu me causer un autre effet que celui-ci : il m'a épargné l'ennui que j'aurais éprouvé à vous refuser si vous vous étiez exprimé d'une manière plus digne d'un gentleman.

Il tressaillit, mais la laissa continuer :

— Sous quelque forme que se fût produite votre demande, jamais je n'aurais eu la tentation de l'agréer.

De plus en plus étonné, Darcy la considérait avec une expression mêlée d'incrédulité et de mortification pendant qu'elle poursuivait :

— Depuis le commencement, je pourrais dire dès le premier instant où je vous ai vu, j'ai été frappée par votre fierté, votre orgueil et votre mépris égoïste des sentiments d'autrui. Il n'y avait pas un mois que je vous connaissais et déjà je sentais que vous étiez le dernier homme du monde que je consentirais à épouser.

— Vous en avez dit assez, mademoiselle. Je comprends parfaitement vos sentiments et il ne me reste plus qu'à regretter d'avoir éprouvé les miens. Pardonnez-moi d'avoir abusé de votre temps et acceptez mes meilleurs vœux pour votre santé et votre bonheur.

Il sortit rapidement sur ces mots et, un instant après, Elizabeth entendait la porte de la maison se refermer sur lui. Le tumulte de son esprit était extrême. Tremblante d'émotion, elle se laissa tomber sur un siège et pleura pendant un long moment. Toute cette scène lui semblait incroyable. Etait-il possible que Mr. Darcy eût pu être épris d'elle depuis des mois, épris au point de vouloir l'épouser en dépit de toutes les objections qu'il avait opposées au mariage de son ami avec Jane ? C'était assez flatteur pour elle d'avoir inspiré inconsciemment un sentiment aussi profond, mais l'abominable fierté de Mr. Darcy, la façon dont il avait parlé de Mr. Wickham sans essayer de nier la cruauté de sa propre conduite, eurent vite fait d'éteindre la pitié dans le cœur d'Elizabeth un instant ému par la pensée d'un tel amour. Ces réflexions continuèrent à l'agiter jusqu'au moment où le roulement de la voiture de lady Catherine se fit entendre. Se sentant incapable d'affronter le regard observateur de Charlotte, elle s'enfuit dans sa chambre.

35

A son réveil, Elizabeth retrouva les pensées et les réflexions sur lesquelles elle s'était endormie. Elle ne pouvait revenir de la surprise qu'elle avait éprouvée la veille ; il lui était impossible de penser à autre chose. Incapable de se livrer à une occupation suivie, elle résolut de prendre un peu d'exercice après le déjeuner. Elle se dirigeait vers son endroit favori lorsque l'idée que Mr. Darcy venait parfois de ce côté l'arrêta. Au lieu d'entrer dans le parc, elle suivit le sentier qui l'éloignait de la grand-route, tout en longeant la grille. Saisie par le charme de cette matinée printanière, elle s'arrêta à l'une des portes et jeta un coup d'œil dans le parc. L'aspect de la campagne avait beaucoup changé pendant les cinq semaines qu'elle avait passées à Hunsford et les arbres les plus précoces verdissaient à vue d'œil.

Elizabeth allait reprendre sa promenade lorsqu'elle aperçut une silhouette masculine dans le bosquet qui formait la lisière du parc. Craignant que ce ne fût Mr. Darcy, elle se hâta de battre en retraite ; mais celui qu'elle voulait éviter était déjà assez près pour la voir et il fit rapidement quelques pas vers elle en l'appelant par son nom. Elizabeth fit volte-face et revint vers la porte. Mr. Darcy y arrivait en même temps qu'elle, et, lui tendant une lettre qu'elle prit instinctivement, il lui dit avec un calme hautain :

— Je me promenais par ici depuis quelque temps dans l'espoir de vous rencontrer. Voulez-vous me faire l'honneur de lire cette lettre ?

Sur quoi, après un léger salut, il rentra dans le parc et fut bientôt hors de vue.

Sans en attendre aucune satisfaction, mais avec une vive curiosité, Elizabeth ouvrit l'enveloppe et fut surprise d'y trouver deux grandes feuilles entièrement couvertes d'une écriture fine et serrée. Elle se mit à lire aussitôt tout en marchant. La lettre contenait ce qui suit :

Rosings, huit heures du matin.

Ne craignez pas, mademoiselle, en ouvrant cette lettre, que j'aie voulu y renouveler l'aveu de mes sentiments et la demande qui vous ont si fort offusquée hier soir. Je n'éprouve pas le moindre désir de vous importuner, non plus que celui de m'abaisser en revenant sur une démarche que nous ne saurions oublier trop tôt l'un et l'autre. Je n'aurais pas eu la peine d'écrire cette lettre ni vous de la lire, si le soin de ma réputation ne l'avait exigé. Vous excuserez donc la liberté que je prends de demander toute votre attention. Ce que je ne saurais attendre de votre sympathie, je crois pouvoir le réclamer de votre justice.

Vous m'avez chargé hier de deux accusations différentes de nature aussi bien que de gravité. La première de ces accusations c'est que, sans égard pour les sentiments de l'un et de l'autre, j'avais détaché Mr. Bingley de votre sœur. La seconde c'est qu'au mépris de revendications légitimes, au mépris des sentiments d'honneur et d'humanité j'avais brisé la carrière et ruiné les espérances d'avenir de Mr. Wickham. Avoir ainsi volontairement et d'un cœur léger rejeté le compagnon de ma jeunesse, le favori de mon père, le jeune homme qui ne pouvait guère compter que sur notre protection et avait été élevé dans l'assurance qu'elle ne lui manquerait pas, tout cela témoignerait d'une perversion à laquelle le tort de séparer deux jeunes gens dont l'affection remontait à peine à quelques semaines ne peut se comparer. Du blâme sévère que vous m'avez si généreusement infligé hier soir, j'espère cependant me faire absoudre lorsque la suite de cette lettre vous aura mise au courant de ce que j'ai fait et des motifs qui m'ont fait agir. Si, au cours de cette explication que j'ai le droit de vous donner, je me trouve obligé d'exprimer des sentiments qui vous offensent, croyez bien que je le regrette, mais je ne puis faire autrement, et m'en excuser de nouveau serait superflu.

Je n'étais pas depuis longtemps en Hertfordshire lorsque je m'aperçus avec d'autres que Bingley avait distingué votre sœur entre toutes les jeunes filles du voisinage, mais c'est seulement le soir du bal de Netherfield que je commençai à craindre que cette inclination ne fût vraiment sérieuse. Ce n'était pas la première fois que je le voyais amoureux. Au bal, pendant que je dansais avec vous, une réflexion de sir William Lucas me fit comprendre pour la première fois que l'empressement de Bingley auprès de votre sœur avait convaincu tout le monde de leur prochain mariage. Sir William en parlait comme d'un événement dont la date seule était indéterminée. A partir de ce moment, j'observai Bingley de plus près et je m'aperçus que son inclination pour miss Bennet dépassait ce que j'avais remarqué jusque-là. J'observai aussi votre sœur : ses manières étaient ouvertes, joyeuses et engageantes comme toujours mais sans rien qui dénotât une préférence spéciale et je demeurai convaincu, après un examen attentif, que si elle accueillait les attentions de mon ami avec plaisir elle ne les provoquait pas en lui laissant voir qu'elle partageait ses sentiments. Si vous ne vous êtes pas trompée vous-même sur ce point, c'est moi qui dois être dans l'erreur. La connaissance plus intime que vous avez de votre sœur rend cette supposition probable. Dans ce cas, je me suis trouvé lui infliger une souffrance qui légitime votre ressentiment ; mais je n'hésite pas à dire que la sérénité de votre sœur aurait donné à l'observateur le plus vigilant l'impression que, si aimable que fût son caractère, son cœur ne devait pas être facile à toucher. J'étais, je ne le nie pas, désireux de constater son indifférence, mais je puis dire avec sincérité que je n'ai pas l'habitude de laisser influencer mon jugement par mes désirs ou par mes craintes. J'ai cru à l'indifférence de votre sœur pour mon ami, non parce que je souhaitais y croire, mais parce que j'en étais réellement persuadé.

Les objections que je faisais à ce mariage n'étaient pas seulement celles dont je vous ai dit hier soir qu'il m'avait fallu pour les repousser toute la force d'une passion profonde. Le rang social de la famille dans laquelle il désirait entrer ne pouvait avoir pour mon ami la même importance que pour moi, mais il y avait d'autres motifs de répugnance, motifs qui se rencontrent à un égal degré dans les deux cas, mais que j'ai pour ma part essayé d'oublier parce que les inconvénients que je redoutais n'étaient plus immédiatement sous mes yeux. Ces motifs doivent être exposés brièvement.

La parenté du côté de votre mère bien qu'elle fût pour moi un obstacle n'était rien en comparaison du faible sentiment des convenances trop souvent trahi par elle-même, par vos plus jeunes sœurs, parfois aussi par votre père. Pardonnez-moi ; il m'est pénible de vous blesser, mais, dans la contrariété que vous éprouvez à entendre blâmer votre entourage, que ce soit pour vous une consolation de penser que ni vous ni votre sœur, n'avez jamais donné lieu à la moindre critique de ce genre, et cette louange que tous se plaisent à vous décerner fait singulièrement honneur au caractère et au bon sens de chacune. Je dois dire que ce qui se passa le soir du bal confirma mon jugement et augmenta mon désir de préserver mon ami de ce que je considérais comme une alliance regrettable.

Comme vous vous en souvenez, il quitta Netherfield le lendemain avec l'intention de revenir peu de jours après. Le moment est venu maintenant d'expliquer mon rôle en cette affaire. L'inquiétude de miss Bingley avait été également éveillée ; la similitude de nos impressions fut bientôt découverte ; et convaincus tous deux qu'il n'y avait pas de temps à perdre si nous voulions détacher son frère, nous résolûmes de le rejoindre à Londres où, à peine arrivé, j'entrepris de faire comprendre à mon ami les inconvénients certains d'un tel choix. Je ne sais à quel point mes représentations auraient ébranlé ou retardé sa détermination, mais je ne crois pas qu'en fin de compte elles eussent empêché le mariage sans l'assurance que je n'hésitai pas à lui donner de l'indifférence de votre sœur. Il avait cru jusque-là qu'elle lui rendait son affection sincèrement sinon avec une ardeur comparable à la sienne, mais Bingley a beaucoup de modestie naturelle et se fie volontiers à mon jugement plus qu'au sien. Le convaincre qu'il s'était trompé ne fut pas chose difficile ; le persuader ensuite de ne pas retourner à Netherfield fut l'affaire d'un instant.

Je ne puis me reprocher d'avoir agi de la sorte ; mais il y a autre chose, dans ma conduite en cette affaire, qui me cause moins de satisfaction. C'est d'avoir consenti à des mesures ayant pour objet de laisser ignorer à mon ami la présence de votre sœur à Londres. J'en étais instruit moi-même aussi bien que miss Bingley, mais son frère n'en a jamais rien su. Ses sentiments ne me semblaient pas encore assez calmés pour qu'il pût risquer sans danger de la revoir. Peut-être cette dissimulation n'était-elle pas digne de moi. En tout cas, la chose est faite et j'ai agi avec les meilleures intentions. Je n'ai rien de plus à ajouter sur ce sujet, pas d'autres explications à offrir. Si j'ai causé de la peine à votre sœur, je l'ai fait sans m'en douter, et les motifs de ma conduite, qui doivent naturellement vous sembler insuffisants, n'ont pas perdu à mes yeux leur valeur.

Quant à l'accusation plus grave d'avoir fait tort à Mr. Wickham, je ne puis la réfuter qu'en mettant sous vos yeux le récit de ses relations avec ma famille. J'ignore ce dont il m'a particulièrement accusé ; mais de la vérité de ce qui va suivre, je puis citer plusieurs témoins dont la bonne foi est incontestable.

Mr. Wickham est le fils d'un homme extrêmement respectable qui, pendant de longues années, eut à régir tout le domaine de Pemberley. En reconnaissance du dévouement qu'il apporta dans l'accomplissement de cette tâche, mon père s'occupa avec une bienveillance sans bornes de George Wickham qui était son filleul. Il se chargea des frais de son éducation au collège et à Cambridge — aide inappréciable pour Mr. Wickham qui, toujours dans la gêne par suite de l'extravagance de sa femme, se trouvait dans l'impossibilité de faire donner à son fils l'éducation d'un gentleman.

Mon père, non seulement aimait la société de ce jeune homme dont les manières ont toujours été séduisantes, mais l'avait en haute estime ; il souhaitait lui voir embrasser la carrière ecclésiastique et se promettait d'aider à son avancement. Pour moi, il y avait fort longtemps que j'avais commencé à le juger d'une façon différente. Les dispositions vicieuses et le manque de principes qu'il prenait soin de dissimuler à son bienfaiteur ne pouvaient échapper à un jeune homme du même âge ayant l'occasion, qui manquait à mon père, de le voir dans des moments où il s'abandonnait à sa nature.

Me voilà de nouveau dans l'obligation de vous faire de la peine — en quelle mesure, je ne sais. Le soupçon qui m'est venu sur la nature des sentiments que vous a inspirés George Wickham ne doit pas m'empêcher de vous dévoiler son véritable caractère et me donne même une raison de plus de vous en instruire.

Mon excellent père mourut il y a cinq ans, et, jusqu'à la fin, son affection pour George Wickham ne se démentit point. Dans son testament il me recommandait tout particulièrement de favoriser l'avancement de son protégé dans la carrière de son choix et, au cas où celui-ci entrerait dans les ordres, de le faire bénéficier d'une cure importante qui est un bien de famille aussitôt que les circonstances la rendraient vacante. Il lui laissait de plus un legs de mille livres.

Le père de Mr. Wickham ne survécut pas longtemps au mien et, dans les six mois qui suivirent ces événements, George Wickham m'écrivit pour me dire qu'il avait finalement décidé de ne pas entrer dans les ordres. En conséquence, il espérait que je trouverais naturel son désir de voir transformer en un avantage pécuniaire la promesse du bénéfice ecclésiastique faite par mon père : « Je me propose, ajoutait-il, de faire mes études de droit, et vous devez vous rendre compte que la rente de mille livres sterling est insuffisante pour me faire vivre. » J'aurais aimé à le croire sincère ; en tout cas, j'étais prêt à accueillir sa demande car je savais pertinemment qu'il n'était pas fait pour être clergyman. L'affaire fut donc rapidement conclue : en échange d'une somme de trois mille livres, Mr. Wickham abandonnait toute prétention à se faire assister dans la carrière ecclésiastique, dût-il jamais y entrer. Il semblait maintenant que toutes relations dussent être rompues entre nous. Je ne l'estimais pas assez pour l'inviter à Pemberley, non plus que pour le fréquenter à Londres. C'est là, je crois, qu'il vivait surtout, mais ses études de droit n'étaient qu'un simple prétexte ; libre maintenant de toute contrainte, il menait une existence de paresse et de dissipation. Pendant trois ans c'est à peine si j'entendis parler de lui. Mais au bout de ce temps, la cure qui, jadis, lui avait été destinée, se trouvant vacante par suite de la mort de son titulaire, il m'écrivit de nouveau pour me demander de la lui réserver. Sa situation, me disait-il — et je n'avais nulle peine à le croire —, était des plus gênées ; il avait reconnu que le droit était une carrière sans avenir et, si je consentais à lui accorder le bénéfice en question, il était maintenant fermement résolu à se faire ordonner. Mon assentiment lui semblait indubitable car il savait que je n'avais pas d'autre candidat qui m'intéressât spécialement, et je ne pouvais, certainement, avoir oublié le vœu de mon père à ce sujet.

J'opposai à cette demande un refus formel. Vous ne m'en blâmerez pas, je pense, non plus que d'avoir résisté à toutes les tentations du même genre qui suivirent. Son ressentiment fut égal à la détresse de sa situation, et je suis persuadé qu'il s'est montré aussi violent dans les propos qu'il vous a tenus sur moi que dans les reproches que je reçus de lui à cette époque. Après quoi, tous rapports cessèrent entre nous. Comment vécut-il, je l'ignore ; mais, l'été dernier, je le retrouvai sur mon chemin dans une circonstance extrêmement pénible, que je voudrais oublier, et que, seule, cette explication me décide à vous dévoiler. Ainsi prévenue, je ne doute pas de votre discrétion.

Ma sœur, dont je suis l'aîné de plus de dix ans, a été placée sous une double tutelle, la mienne et celle du neveu de ma mère, le colonel Fitzwilliam. Il y a un an environ, je la retirai de pension et l'installai à Londres. Quand vint l'été elle partit pour Ramsgate avec sa dame de compagnie. A Ramsgate se rendit aussi Mr. Wickham, et certainement à dessein, car on découvrit ensuite qu'il avait des relations antérieures avec Mrs. Younge, la dame de compagnie, sur l'honorabilité de laquelle nous avions été indignement trompés. Grâce à sa connivence et à son aide, il arriva si bien à toucher Georgiana, dont l'âme affectueuse avait gardé un bon souvenir de son grand camarade d'enfance, qu'elle finit par se croire éprise au point d'accepter de s'enfuir avec lui. Son âge, quinze ans à peine, est sa meilleure excuse et, maintenant que je vous ai fait connaître son projet insensé, je me hâte d'ajouter que c'est à elle-même que je dus d'en être averti. J'arrivai à l'improviste un jour ou deux avant l'enlèvement projeté, et Georgiana, incapable de supporter l'idée d'offenser un frère qu'elle respecte presque à l'égal d'un père, me confessa tout. Vous pouvez imaginer ce que je ressentis alors et quelle conduite j'adoptai. Le souci de la réputation de ma sœur et la crainte de heurter sa sensibilité interdisaient tout éclat, mais j'écrivis à Mr. Wickham qui quitta les lieux immédiatement, et Mrs. Younge, bien entendu, fut renvoyée sur-le-champ. Le but principal de Mr. Wickham était sans doute de capter la fortune de ma sœur, qui est de trente mille livres, mais je ne puis m'empêcher de croire que le désir de se venger de moi était aussi pour lui un puissant mobile. En vérité, sa vengeance eût été complète !

Voilà, mademoiselle, le fidèle récit des événements auxquels nous nous sommes trouvés mêlés l'un et l'autre. Si vous voulez bien le croire exactement conforme à la vérité, je pense que vous m'absoudrez du reproche de cruauté à l'égard de Mr. Wickham. J'ignore de quelle manière, par quels mensonges il a pu vous tromper. Ignorante comme vous l'étiez de tout ce qui nous concernait, ce n'est pas très surprenant qu'il y ait réussi. Vous n'aviez pas les éléments nécessaires pour vous éclairer sur son compte, et rien ne vous disposait à la défiance.

Vous vous demanderez, sans doute, pourquoi je ne vous ai pas dit tout cela hier soir. Je ne me sentais pas assez maître de moi pour juger ce que je pouvais ou devais vous révéler. Quant à l'exactitude des faits qui précèdent, je puis en appeler plus spécialement au témoignage du colonel Fitzwilliam qui, du fait de notre parenté, de nos rapports intimes et, plus encore, de sa qualité d'exécuteur du testament de mon père, a été forcément mis au courant des moindres détails. Si l'horreur que je vous inspire devait enlever à vos yeux toute valeur à mes assertions, rien ne peut vous empêcher de vous renseigner auprès de mon cousin. C'est pour vous en donner la possibilité que j'essaierai de mettre cette lettre entre vos mains dans le courant de la matinée.

Je n'ajoute qu'un mot : Dieu vous garde !

Fitzwilliam Darcy.

36

Si Elizabeth, lorsqu'elle avait pris la lettre de Mr. Darcy, ne s'attendait pas à trouver le renouvellement de sa demande, elle n'avait pas la moindre idée de ce qu'elle pouvait contenir. On se figure l'empressement qu'elle mit à en prendre connaissance et les sentiments contradictoires qui l'agitèrent pendant cette lecture. Tout d'abord, elle trouva stupéfiant qu'il crût possible de se justifier à ses yeux. Elle était convaincue qu'il ne pouvait donner aucune explication dont il n'eût à rougir, et ce fut donc prévenue contre tout ce qu'il pourrait dire qu'elle commença le récit de ce qui s'était passé à Netherfield.

Elle lisait si avidement que, dans sa hâte de passer d'une phrase à l'autre, elle était incapable de saisir pleinement le sens de ce qu'elle avait sous les yeux. La conviction affirmée par Darcy au sujet de l'indifférence de Jane fut accueillie avec la plus grande incrédulité, et l'énumération des justes objections qu'il faisait au mariage de Bingley avec sa sœur l'irritèrent trop pour qu'elle consentît à en reconnaître le bien-fondé. Il n'exprimait aucun regret qui pût atténuer cette impression ; le ton de la lettre n'était pas contrit mais hautain ; c'était toujours le même orgueil et la même insolence.

Mais quand elle parvint au passage relatif à Wickham, quand, avec une attention plus libre, elle lut un récit qui, s'il était vrai, devait ruiner l'opinion qu'avec tant de complaisance elle s'était formée du jeune officier, elle ressentit une impression plus pénible en même temps que plus difficile à définir. La stupéfaction, la crainte, l'horreur même l'oppressèrent. Elle aurait voulu tout nier et ne cessait de s'exclamer en lisant : « C'est faux ! c'est impossible ! Tout cela n'est qu'un tissu de mensonges ! » et lorsqu'elle eut achevé la lettre, elle se hâta de la mettre de côté en protestant qu'elle n'en tiendrait aucun compte et n'y jetterait plus les yeux.

Dans cet état d'extrême agitation, elle poursuivit sa marche quelques minutes sans parvenir à mettre du calme dans ses pensées. Mais bientôt, par l'effet d'une force irrésistible, la lettre se trouva de nouveau dépliée, et elle recommença la lecture mortifiante de tout ce qui avait trait à Wickham, en concentrant son attention sur le sens de chaque phrase.

Ce qui concernait les rapports de Wickham avec la famille de Pemberley et la bienveillance de Mr. Darcy père à son égard correspondait exactement à ce que Wickham en avait dit lui-même. Sur ces points les deux récits se confirmaient l'un l'autre ; mais ils cessaient d'être d'accord sur le chapitre du testament. Elizabeth avait encore présentes à la mémoire les paroles dont Wickham s'était servi. Il était indéniable que d'un côté ou de l'autre, elle se trouvait en présence d'une grande duplicité. Un instant, elle crut pouvoir se flatter que ses sympathies ne l'abusaient point, mais après avoir lu et relu avec attention les détails qui suivaient sur la renonciation de Wickham au bénéfice moyennant une somme aussi considérable que trois mille livres sterling, elle sentit sa conviction s'ébranler.

Quittant sa lecture, elle se mit à réfléchir sur chaque circonstance et à peser chaque témoignage en s'efforçant d'être impartiale, mais elle ne s'en trouva pas beaucoup plus avancée : d'un côté comme de l'autre, elle était en présence de simples assertions. Elle reprit encore la lettre et, cette fois, chaque ligne lui prouva clairement que cette affaire, qu'elle croyait impossible de présenter de manière à justifier Mr. Darcy, était susceptible de prendre un aspect sous lequel sa conduite apparaissait absolument irréprochable.

L'accusation de prodigalité et de dévergondage portée contre Wickham excitait cependant son indignation — l'excitait d'autant plus, peut-être, qu'elle ne pouvait rien découvrir qui en prouvât l'injustice. De la vie de Wickham avant son arrivée en Hertfordshire, on ne connaissait que ce qu'il en avait raconté lui-même. D'ailleurs, en eût-elle eu les moyens, Elizabeth n'aurait jamais cherché à savoir ce qu'il en était véritablement : son aspect, sa voix, ses manières, l'avaient établi d'emblée à ses yeux dans la possession de toutes les vertus. Elle essaya de retrouver dans son esprit quelque trait de délicatesse ou de générosité qui pût le défendre contre les accusations de Mr. Darcy, ou, tout au moins, en dénotant une réelle valeur morale, racheter ce qu'elle voulait considérer comme des erreurs passagères ; mais aucun souvenir de ce genre ne lui revint à la mémoire. Elle revoyait Wickham avec toute la séduction de sa personne et de ses manières, mais, à son actif, elle ne pouvait se rappeler rien de plus sérieux que la sympathie générale dont il jouissait à Meryton, et la faveur que son aisance et son entrain lui avaient conquise parmi ses camarades.

Après avoir longuement réfléchi, elle reprit encore une fois sa lecture. Mais hélas ! le passage relatant les desseins de Wickham sur miss Darcy se trouvait confirmé par la conversation qu'elle avait eue la veille avec le colonel Fitzwilliam, et, finalement, Darcy la renvoyait au témoignage de Fitzwilliam lui-même, qu'elle savait être, plus que personne, au courant des affaires de son cousin et dont elle n'avait aucune raison de suspecter la bonne foi. Un instant l'idée lui vint d'aller le trouver ; mais la difficulté de cette démarche l'arrêta et aussi la conviction que Mr. Darcy n'aurait pas hasardé une telle proposition s'il n'avait été certain que son cousin dût corroborer toutes ses affirmations.

Elle se rappelait parfaitement sa première conversation avec Wickham à la soirée de Mrs. Philips. Ce qu'il y avait de malséant dans des confidences de ce genre faites à une étrangère la frappait maintenant, et elle s'étonna de ne l'avoir pas remarqué plus tôt. Elle voyait l'indélicatesse qu'il y avait à se mettre ainsi en avant. La conduite de Wickham ne concordait pas non plus avec ses déclarations : ne s'était-il pas vanté d'envisager sans crainte l'idée de rencontrer Mr. Darcy. Cependant, pas plus tard que la semaine suivante, il s'était abstenu de paraître au bal de Netherfield. Et puis, tant que les Bingley étaient restés dans le pays, Wickham ne s'était confié qu'à elle, mais, aussitôt leur départ, son histoire avait défrayé partout les conversations et il ne s'était pas fait scrupule de s'attaquer à la réputation de Mr. Darcy, bien qu'il lui eût assuré que son respect pour le père l'empêcherait toujours de porter atteinte à l'honneur du fils.

Comme il lui apparaissait maintenant sous un jour différent ! Ses assiduités auprès de miss King ne venaient plus que de vils calculs, et la médiocre fortune de la jeune fille, au lieu de prouver la modération de ses ambitions, le montrait simplement poussé par le besoin d'argent à mettre la main sur tout ce qui était à sa portée. Son attitude envers elle-même ne pouvait avoir de mobiles louables : ou bien il avait été trompé sur sa fortune, ou bien il avait satisfait sa vanité en encourageant une sympathie qu'elle avait eu l'imprudence de lui laisser voir.

Dans ses derniers efforts pour le défendre, Elizabeth

mettait de moins en moins de conviction. D'autre part, pour la justification de Mr. Darcy, elle était obligée de reconnaître que Mr. Bingley, longtemps auparavant, avait affirmé à Jane la correction de son ami dans cette affaire. En outre, si peu agréables que fussent ses manières, jamais au cours de leurs rapports qui, plus fréquents en dernier lieu, lui avaient permis de le mieux connaître, elle n'avait rien vu chez lui qui accusât un manque de principes ou qui trahît des habitudes répréhensibles au point de vue moral ou religieux. Parmi ses relations, il était estimé et apprécié. S'il avait agi comme l'affirmait Wickham, une conduite si contraire à l'honneur et au bon droit n'aurait pu être tenue cachée, et l'amitié que lui témoignait un homme comme Bingley devenait inexplicable.

Elizabeth se sentit envahir par la honte. Elle ne pouvait penser à Darcy pas plus qu'à Wickham sans reconnaître qu'elle avait été aveugle, absurde, pleine de partialité et de préventions.

— Comment, s'exclamait-elle, ai-je pu agir de la sorte ? Moi qui étais si fière de ma clairvoyance et qui ai si souvent dédaigné la généreuse candeur de Jane ! Quelle découverte humiliante ! Humiliation trop méritée ! L'amour n'aurait pu m'aveugler davantage ; mais c'est la vanité, non l'amour, qui m'a égarée. Flattée de la préférence de l'un, froissée du manque d'égards de l'autre, je me suis abandonnée dès le début à mes préventions et j'ai jugé l'un et l'autre en dépit du bon sens.

D'elle à Bingley, de Bingley à Jane, ses pensées l'amenèrent bientôt au point sur lequel l'explication de Darcy lui avait paru insuffisante, et elle reprit la lettre. Très différent fut l'effet produit par cette seconde lecture. Comment pouvait-elle refuser à ses assertions, dans un cas, le crédit qu'elle s'était trouvée obligée de leur donner dans l'autre ? Mr. Darcy déclarait qu'il n'avait pas cru à l'attachement de Jane pour son ami. Elizabeth se rappela l'opinion que Charlotte lui avait exprimée à ce sujet : elle-même se rendait compte que Jane manifestait peu ses sentiments, même les plus vifs, et qu'il y avait dans son air et dans ses manières une sérénité qui ne donnait pas l'idée d'une grande sensibilité.

Arrivée à la partie de la lettre où Mr. Darcy parlait de sa famille en termes mortifiants, et pourtant mérités, elle éprouva un cruel sentiment de honte. La justesse de cette critique était trop frappante pour qu'elle pût la contester et les circonstances du bal de Netherfield, qu'il rappelait comme ayant confirmé son premier jugement, avaient produit une impression non moins forte sur l'esprit d'Elizabeth.

L'hommage que Darcy lui rendait ainsi qu'à sa sœur la calma un peu, mais sans la consoler de la censure que le reste de sa famille s'était attirée. A la pensée que la déception de Jane avait été en fait l'œuvre des siens et que chacune des deux sœurs pouvait être atteinte dans sa réputation par de pareilles maladresses, elle ressentit un découragement tel qu'elle n'en avait encore jamais connu de semblable jusque-là.

Il y avait deux heures qu'elle arpentait le sentier, lorsque la fatigue et la pensée de son absence prolongée la ramenèrent enfin vers le presbytère. Elle rentra avec la volonté de montrer autant d'entrain que d'habitude et d'écarter toutes les pensées qui pourraient détourner son esprit de la conversation.

Elle apprit en arrivant que les gentlemen de Rosings avaient fait visite tous les deux en son absence ; Mr. Darcy était entré simplement quelques minutes pour prendre congé, mais le colonel Fitzwilliam était resté au presbytère plus d'une heure, dans l'attente de son retour, et parlait de partir à sa recherche jusqu'à ce qu'il l'eût découverte. Elizabeth put à grand-peine feindre le regret de l'avoir manqué. Au fond, elle s'en réjouissait. Le colonel Fitzwilliam ne l'intéressait plus à cette heure. La lettre, seule, occupait toutes ses pensées.

37

Les deux cousins quittèrent Rosings le lendemain et Mr. Collins qui avait été les attendre à la sortie du parc pour leur adresser un dernier et respectueux salut eut le plaisir de témoigner que ces messieurs paraissaient en excellente santé et d'aussi bonne humeur qu'il se pouvait après les adieux attristés qu'ils venaient d'échanger à Rosings. Sur ce, il se hâta de se rendre à Rosings pour consoler lady Catherine et sa fille. A son retour au presbytère, il transmit avec grande satisfaction un message de Sa Grâce impliquant qu'elle s'ennuyait assez pour désirer les avoir tous à dîner le soir même.

Elizabeth ne put revoir lady Catherine sans se rappeler que, si elle l'avait voulu, elle lui serait maintenant présentée comme sa future nièce, et elle sourit en se représentant l'indignation de Sa Grâce.

La conversation s'engagea d'abord sur le vide produit par le départ de ses neveux.

— Je vous assure que j'en suis très affectée, dit lady Catherine. Certes, personne ne sent plus que moi le chagrin d'être privé de ses amis, mais j'ai de plus pour ces deux jeunes gens un attachement que je sais être réciproque. Ils étaient tous deux désolés de s'en aller. Notre cher colonel a réussi cependant à garder de l'entrain jusqu'à la fin, mais Darcy paraissait très ému, plus encore peut-être que l'an dernier. Il semble s'attacher de plus en plus à Rosings.

Ici, Mr. Collins plaça un compliment et une allusion que la mère et la fille accueillirent avec un sourire bienveillant.

Après le dîner, lady Catherine observa que miss Bennet paraissait songeuse et, s'imaginant que la perspective de rentrer bientôt chez elle en était la cause, elle ajouta :

— Si c'est ainsi, écrivez à votre mère pour lui demander de vous laisser un peu plus longtemps. Mrs. Collins, j'en suis sûre, sera enchantée de vous garder encore.

— Je remercie Votre Grâce de cette aimable invitation, répondit Elizabeth, mais il m'est impossible de l'accepter ; je dois être à Londres samedi prochain.

— Quoi ! vous n'aurez fait ici qu'un séjour de six semaines ? Je m'attendais à vous voir rester deux mois. Mrs. Bennet peut certainement se passer de vous une autre quinzaine.

— Oui, mais mon père ne le peut pas. Il m'a écrit dernièrement pour me demander de hâter mon retour.

— Oh ! votre père peut aussi bien se passer de vous que votre mère. Si vous restiez un mois encore, je pourrais ramener l'une de vous jusqu'à Londres où j'irai passer quelques jours au début de juin. Ma femme de chambre ne faisant pas de difficulté pour voyager sur le siège, j'aurai largement de la place pour l'une de vous, et même, comme vous êtes très minces l'une et l'autre, je consentirais volontiers à vous prendre toutes les deux. si le temps n'était pas trop chaud.

— Je suis touchée de votre bonté, madame, mais je crois que nous devons nous en tenir à nos premiers projets.

Lady Catherine parut se résigner.

— Mrs. Collins, vous aurez soin de faire escorter ces demoiselles par un domestique. Vous savez que je dis toujours ce que je pense, or je ne puis supporter l'idée que deux jeunes filles voyagent seules en poste, ce n'est pas convenable. Les jeunes filles doivent toujours être accompagnées et protégées, selon leur rang. Quand ma nièce Georgiana est allée à Ramsgate l'été dernier, j'ai tenu à ce qu'elle fût accompagnée de deux domestiques. Miss Darcy, fille de Mr. Darcy de Pemberley et de lady

Anne, ne pouvait avec bienséance voyager d'une autre façon. Mrs. Collins, il faudra envoyer John avec ces demoiselles. Je suis heureuse que cette idée me soit venue à l'esprit. Vous vous feriez mal juger si vous les laissiez partir seules.

— Mon oncle doit nous envoyer son domestique.

— Votre oncle ! Ah ! votre oncle a un domestique ? Je suis heureuse que quelqu'un des vôtres ait pensé à ce détail. Où changez-vous de chevaux ? à Bromley, naturellement. Recommandez-vous de moi à l'hôtel de *la Cloche* et l'on sera pour vous pleins d'égards.

Lady Catherine posa encore nombre de questions aux deux jeunes filles sur leur voyage et, comme elle ne faisait pas toutes les réponses elle-même, Elizabeth dut rester attentive à la conversation, ce qui était fort heureux car avec un esprit aussi absorbé que le sien, elle aurait risqué d'oublier où elle se trouvait. Mieux valait réserver ses réflexions pour les moments où elle s'appartiendrait.

Elle s'y replongeait dès qu'elle se retrouvait seule et faisait chaque jour une promenade solitaire au cours de laquelle elle pouvait se livrer en paix aux délices de remuer des souvenirs désagréables. Elle connaissait maintenant presque par cœur la lettre de Mr. Darcy ; elle en avait étudié chaque phrase, et les sentiments qu'elle éprouvait pour son auteur variaient d'un moment à l'autre. Le souvenir de sa déclaration éveillait encore chez elle une vive indignation, mais quand elle considérait avec quelle injustice elle l'avait jugé et condamné, sa colère se retournait contre elle-même, et la déception de Darcy lui inspirait quelque compassion. Toutefois, il continuait à ne point lui plaire ; elle ne se repentait pas de l'avoir refusé et n'éprouvait aucun désir de le revoir.

Elle trouvait une source constante de déplaisir dans le souvenir de sa propre conduite et les fâcheux travers de sa famille étaient un sujet de réflexion plus pénible encore. De ce côté, il n'y avait malheureusement rien à espérer. Son père s'était toujours contenté de railler ses plus jeunes filles sans prendre la peine d'essayer de réprimer leur folle étourderie ; et sa mère — dont les manières étaient si loin d'être parfaites — ne trouvait rien à redire à celles de ses benjamines. Elizabeth, ainsi que Jane, s'était bien efforcée de modérer l'exubérance de Catherine et de Lydia, mais, aussi longtemps que celles-ci se sentaient soutenues par l'indulgence de leur mère, à quoi pouvait-on aboutir ? D'un caractère faible, irritable, et subissant complètement l'influence de Lydia, Catherine avait toujours pris de travers les conseils de ses aînées ; Lydia, insouciante, volontaire et entêtée, ne se donnait même pas la peine de les écouter. Toutes deux étaient paresseuses, ignorantes et coquettes. Tant qu'il resterait un officier à Meryton, elles réussiraient à flirter avec lui et tant que Meryton serait à proximité de Longbourn, elles continueraient à y passer tout leur temps.

Mais c'était à sa sœur aînée que pensait le plus Elizabeth. En disculpant Bingley, les explications de Darcy avaient fait mieux sentir tout ce que Jane avait perdu. Maintenant qu'elle avait la preuve de la sincérité de son amour et de la loyauté de sa conduite, quelle tristesse pour Elizabeth de penser que le manque de bon sens et de correction des siens avait privé Jane d'un parti qui présentait de telles garanties de bonheur !

Toutes ces réflexions auxquelles venait s'ajouter le désappointement causé par la révélation du véritable caractère de Mr. Wickham ne laissaient pas d'assombrir son esprit ordinairement si enjoué, et il lui fallait faire effort pour conserver en public son air de gaieté.

Les invitations de lady Catherine furent pendant la dernière semaine de leur séjour aussi fréquentes qu'au début. C'est au château que se passa la dernière soirée. Sa Grâce s'enquit minutieusement des moindres détails du voyage, donna des conseils sur la meilleure méthode pour faire les bagages et insista tellement sur la manière dont on devait plier les robes que Maria, au retour, se crut obligée de défaire sa malle et de la recommencer de fond en comble. Quand on prit congé, lady Catherine, pleine de bienveillance, souhaita bon voyage aux jeunes filles et les invita à revenir l'année suivante à Hunsford, pendant que miss de Bourgh condescendait à faire une révérence et à leur tendre la main à toutes deux.

38

Le samedi matin, Elizabeth et Mr. Collins arrivèrent à la salle à manger quelques minutes avant les autres. Mr. Collins en profita pour faire à sa cousine les compliments d'adieu qu'il jugeait indispensables.

— Je ne sais, miss Elizabeth, si Mrs. Collins vous a déjà dit combien votre visite l'avait touchée, mais je suis certain que vous ne quitterez pas cette maison sans recevoir ses remerciements. Nous savons que notre humble demeure n'a rien de très attirant. Nos habitudes simples, notre domesticité restreinte, la vie calme que nous menons, font de Hunsford une résidence un peu morne pour une jeune fille. Aussi, croyez bien que nous avons su apprécier la faveur de votre présence et que nous avons fait tout ce qui était en notre pouvoir pour que le temps ne vous semble pas trop long.

Elizabeth s'empressa d'exprimer sa gratitude et d'assurer qu'elle était enchantée de son séjour à Hunsford. Le plaisir de se retrouver avec Charlotte, les aimables attentions dont elle avait été l'objet avaient rendu ces six semaines fort agréables pour elle.

Mr. Collins, satisfait, reprit avec une solennité plus souriante :

— Je suis heureux que vous ne vous soyez pas ennuyée. Nous avons certainement fait de notre mieux, et comme nous avions la bonne fortune de vous présenter dans la société la plus choisie, j'ose dire que votre séjour à Hunsford n'a pas été entièrement dénué d'intérêt. Nos rapports avec la famille de lady Catherine sont véritablement un avantage dont peu de personnes peuvent se prévaloir. A dire vrai, si modeste que soit cette demeure, je dois reconnaître que tous ceux qui y séjournent ne sont pas à plaindre, aussi longtemps qu'ils partagent l'intimité de nos relations avec Rosings.

Ici, les mots manquèrent à Mr. Collins pour exprimer la chaleur de ses sentiments, et il dut faire le tour de la salle à manger pendant qu'Elizabeth essayait en quelques phrases brèves de concilier la franchise avec la politesse.

— Vous pourrez en somme faire autour de vous un rapport favorable de ce que vous avez vu ici, ma chère cousine. Vous avez été le témoin journalier des attentions de lady Catherine pour Mrs. Collins. Il ne semble pas, je pense, que votre amie ait à regretter... mais autant vaut sur ce point garder le silence. Laissez-moi seulement, ma chère cousine, vous souhaiter du fond du cœur autant de félicité dans le mariage. Ma chère Charlotte et moi n'avons qu'un même esprit, qu'une même pensée : il y a entre nous une similitude de caractère et de goûts vraiment extraordinaire. Il semble que nous ayons été créés l'un pour l'autre.

Elizabeth put affirmer avec sincérité que c'était là certes une précieuse garantie de bonheur, et ajouter avec une égale sincérité qu'elle se réjouissait des agréments de sa vie domestique ; mais elle ne fut pas fâchée de voir interrompre le tableau de cette félicité par l'entrée de celle qui en était l'auteur. Pauvre Charlotte ! C'était vraiment triste de l'abandonner à une telle société. Cependant, elle avait fait son choix en connaissance de cause, et, tout en regrettant le départ de ses visiteuses, elle ne semblait pas réclamer qu'on la plaignît. Sa maison, son ménage, sa paroisse, sa basse-cour et tous les intérêts qui en dépendaient n'avaient point encore perdu leurs charmes à ses yeux.

Enfin, la chaise de poste arriva. On hissa les malles, on casa les paquets, et l'on vint annoncer que tout était prêt pour le départ ; des adieux affectueux furent échangés avec Charlotte, après quoi Mr. Collins accompagna Elizabeth jusqu'à la voiture, en la chargeant de ses respects pour tous les siens, à quoi il ajouta des remerciements pour la bonté qu'on lui avait témoignée à Longbourn l'hiver précédent et des compliments pour Mr. et Mrs. Gardiner, qu'il n'avait jamais vus. Il avait prêté son aide à Elizabeth, puis à Maria pour monter en voiture et la portière allait se refermer lorsqu'il leur rappela soudain d'un air consterné qu'elles avaient oublié de laisser un message pour les châtelaines de Rosings.

— Mais, bien entendu, ajouta-t-il, vous souhaitez que je leur présente vos humbles respects avec l'expression de votre gratitude pour la bienveillance qu'elles vous ont témoignée pendant votre séjour ici.

Elizabeth ne fit aucune objection ; on put enfin fermer la portière et la voiture s'ébranla.

— Seigneur ! s'écria Maria après quelques minutes de silence, il semble que nous ne soyons arrivées que d'hier ! Pourtant, que de choses se sont passées depuis...

— Oui, que de choses ! dit sa compagne avec un soupir.

— Nous avons dîné neuf fois à Rosings, sans compter les deux fois où nous sommes allés y prendre le thé. Que n'aurai-je pas à raconter à la maison !

« Et moi, que n'aurai-je pas à taire ! » songea Elizabeth.

Le voyage s'effectua sans encombre, et quatre heures après avoir quitté Hunsford, elles débarquèrent chez les Gardiner où elles devaient rester quelques jours.

Jane semblait être en bonne santé ; quant à son état d'esprit, Elizabeth n'eut guère le temps de s'en rendre compte au milieu des distractions de tout genre que l'amabilité de leur tante leur avait ménagées. Mais puisque Jane devait retourner avec elle à Longbourn, elle pourrait l'y observer à loisir.

39

Ce fut dans la seconde semaine de mai que les trois jeunes filles partirent de Gracechurch Street à destination de la ville de ***, en Hertfordshire. Comme elles approchaient de l'auberge, où la voiture de Mr. Bennet devait les attendre, elles eurent la preuve de l'exactitude du cocher en voyant paraître Kitty et Lydia à la fenêtre d'une salle à manger du premier étage. Ces demoiselles, qui étaient arrivées depuis une heure, avaient agréablement employé leur temps à visiter le magasin d'une modiste, à contempler la sentinelle du poste d'en face et à préparer une salade de concombres.

Après les premières effusions, elles désignèrent une table garnie de viande froide telle que peut en fournir un garde-manger d'auberge.

— Qu'en dites-vous ? s'exclamèrent-elles d'un air triomphant. N'est-ce pas une bonne surprise ?

— Et c'est nous qui vous offrons ce lunch, ajouta Lydia. Seulement, vous nous prêterez de quoi le payer car nous avons vidé notre bourse dans le magasin d'en face. — Et montrant ses achats : — Tenez, j'ai acheté ce chapeau. Il n'a rien de très remarquable, mais je le démolirai en rentrant pour voir si je puis en tirer quelque chose.

Ses sœurs l'ayant déclaré affreux, Lydia poursuivit sans se troubler :

— Oh ! les autres étaient encore bien plus laids, dans cette boutique. Quand j'aurai acheté du satin d'une plus jolie nuance pour le regarnir, je crois qu'il ne fera pas mal. Du reste, qu'importe ce que nous mettrons cet été, une fois que le régiment sera parti ? Car il s'en va dans une quinzaine.

— Vraiment, il s'en va ? s'écria Elizabeth avec satisfaction.

— Oui, il quitte Meryton pour aller camper près de Brighton. Oh ! je voudrais tant que papa nous emmène toutes là-bas pour y passer l'été ! Ce serait délicieux, et ne coûterait pas très cher. Maman, aussi, ne demande qu'à y aller avec nous. Autrement, imaginez ce que nous allons nous ennuyer tout l'été à Longbourn !

« En effet, pensa Elizabeth, voilà bien ce qu'il nous faut. Bonté divine ! Brighton et tout un camp de militaires alors qu'un malheureux régiment de la milice et quelques soirées à Meryton ont suffi pour nous tourner la tête ! »

— Maintenant, j'ai une nouvelle à vous annoncer, dit Lydia, comme elles se mettaient à table. Devinez un peu ! Une nouvelle excellente, sensationnelle, et concernant quelqu'un que nous aimons toutes.

Jane et Elizabeth se regardèrent et l'une d'elles avertit le domestique qu'on n'avait plus besoin de ses services. Lydia se mit à rire.

— Je reconnais bien là votre discrétion et votre amour des convenances. Comme si le serveur se souciait de ce que nous racontons ! Il en entend bien d'autres ! Mais peu importe ; il est si laid, je suis contente qu'il soit parti, et maintenant voici ma nouvelle ; c'est au sujet de ce cher Wickham ; il n'y a plus à craindre qu'il épouse Mary King : elle est partie habiter chez son oncle à Liverpool, partie pour de bon ; Wickham est sauvé !

— Mary King aussi, ajouta Elizabeth, elle évite un mariage imprudent quant à la fortune.

— Elle est bien sotte d'être partie, si elle l'aimait.

— Mais j'espère, dit Jane, que le cœur n'était sérieusement pris ni d'un côté ni de l'autre.

— Pas du côté de Wickham, en tout cas, je m'en porte

garante. Qui pourrait aimer un laideron pareil, avec toutes ses taches de rousseur ?

Elizabeth fut confuse de penser que, la vulgarité d'expression mise à part, ce jugement différait peu de celui qu'elle avait porté elle-même en le qualifiant de désintéressé.

Le lunch terminé, la note réglée par les aînées, on demanda la voiture et, grâce à d'ingénieux arrangements, les cinq jeunes filles parvinrent à s'y caser avec leurs malles, leurs valises, leurs paquets, et le supplément peu désiré que formaient les emplettes de Lydia.

— Eh bien, nous voilà gentiment entassées ! s'exclama celle-ci. Je ne regrette pas d'avoir acheté cette capote, quand ce ne serait que pour le plaisir d'avoir un carton de plus. Et maintenant que nous sommes confortablement installées, nous pouvons causer et rire jusqu'à la maison. Racontez-nous pour commencer ce que vous avez fait depuis votre départ. Avez-vous rencontré de beaux jeunes gens ? Avez-vous beaucoup flirté ? J'avais un peu l'espoir que l'une de vous ramènerait un mari. Ma parole, Jane sera bientôt une vieille fille, elle qui a presque vingt-trois ans ! Dieu du ciel ! que je serais mortifiée si je n'étais pas mariée à cet âge-là ! Vous n'avez pas idée du désir qu'a ma tante Philips de vous voir mariées toutes les deux. Elle trouve que Lizzy aurait mieux fait d'accepter Mr. Collins ; mais je ne vois pas, pour ma part, ce que cela aurait eu de particulièrement divertissant. Mon Dieu ! que je voudrais donc me marier avant vous toutes ! Je pourrais ensuite vous chaperonner dans les bals. Oh ! dites, ce que nous nous sommes amusées l'autre jour chez le colonel Forster où nous étions allées, Kitty et moi, passer la journée... Mrs. Forster avait promis que l'on danserait le soir (à propos, nous sommes au mieux, Mrs. Forster et moi). Elle avait invité aussi les deux Harrington, mais Harriet était malade et Pen a dû venir seule. Alors, devinez ce que nous avons fait ? Pour avoir une danseuse de plus, nous avons habillé Chamberlayne en femme. Vous pensez si c'était drôle ! Personne n'était au courant, sauf les Forster, Kitty et moi, et aussi ma tante, à qui nous avions dû emprunter une robe. Vous ne pouvez vous figurer comme Chamberlayne était réussi ! Quand Denny, Wickham, Pratt et deux ou trois autres sont entrés, ils ne l'ont pas reconnu. Dieu ! ce que j'ai ri, et Mrs. Forster aussi ! J'ai cru que j'en mourrais ! C'est ce qui a donné l'éveil aux autres et ils ont eu vite fait d'éventer la plaisanterie.

Avec des histoires de ce genre, Lydia, secondée à l'occasion par Kitty, s'efforça tout le long de la route de distraire ses compagnes. Elizabeth écoutait le moins possible, mais force lui était d'entendre le nom de Wickham qui revenait fréquemment.

La réception qu'on leur fit à Longbourn fut très chaude. Mrs. Bennet se réjouissait de voir que Jane n'avait rien perdu de sa beauté, et, pendant le repas, Mr. Bennet redit plusieurs fois à Elizabeth :

— Je suis heureux de vous voir de retour, Lizzy.

La salle à manger était pleine, presque tous les Lucas étant venus chercher Maria, et les sujets de conversation étaient nombreux et variés. Lady Lucas demandait à sa fille à travers la table des nouvelles de l'installation de Charlotte et de son poulailler. Mrs. Bennet était occupée d'un côté à se faire donner par Jane des renseignements sur la mode actuelle et de l'autre à les transmettre aux plus jeunes misses Lucas, et Lydia, d'une voix sonore qui couvrait toutes les autres, énumérait à qui voulait l'entendre les distractions de leur matinée.

— Oh ! Mary, vous auriez dû venir avec nous. Nous avons tant ri ! Au départ, nous avions baissé les stores pour faire croire que la voiture était vide et nous les aurions gardés ainsi jusqu'au bout si Kitty n'avait pas eu mal au cœur. Au *George*, nous avons vraiment bien fait les choses, car nous avons offert aux voyageuses un délicieux lunch froid. Vous en auriez profité. En repartant, nous avons cru que nous ne pourrions jamais nous caser dans la voiture ; c'était drôle comme tout ! J'ai failli en mourir de rire ; et, tout le retour, nous avons été d'une gaieté !... Nous faisions tant de bruit qu'on devait nous entendre à trois lieues à la ronde !

— Je ne voudrais pas, ma chère sœur, répliqua gravement Mary, décrier de tels plaisirs. Ils conviennent, je le sais, à la généralité des femmes ; mais ils n'ont pour moi aucune espèce de charme et une heure de lecture me semble infiniment préférable.

Mais Lydia n'entendit pas un mot de cette réponse. Elle écoutait rarement quiconque plus d'une demi-minute et ne prêtait jamais la moindre attention à ce que disait Mary.

L'après-midi, elle pressa vivement ses sœurs ainsi que les autres jeunes filles de venir faire un tour à Meryton, mais Elizabeth s'y opposa avec fermeté. Il ne serait pas dit que les demoiselles Bennet ne pouvaient passer une demi-journée chez elles sans partir à la poursuite des officiers. Pour refuser, elle avait encore un autre motif : c'était d'éviter le plus longtemps possible le risque d'une rencontre avec Wickham. Le prochain départ du régiment lui causait un soulagement inexprimable. Dans une quinzaine, il serait loin, et elle pourrait l'oublier complètement.

Elle n'était pas depuis longtemps à Longbourn quand elle s'aperçut que le projet de séjour à Brighton, auquel Lydia avait fait allusion, était un sujet de fréquentes discussions entre ses parents. Elle vit tout de suite que Mr. Bennet n'avait pas la moindre intention de céder aux instances de sa femme ; mais en même temps, les réponses qu'il lui faisait étaient si vagues et si équivoques que Mrs. Bennet, bien que souvent découragée, ne perdait pas l'espoir d'arriver à ses fins.

40

Elizabeth ne pouvait contenir plus longtemps l'impatience qu'elle éprouvait de mettre Jane au courant de ce qui s'était passé à Hunsford, en supprimant naturellement tous les détails qui se rapportaient à sa sœur. Elle lui annonça donc le lendemain qu'elle allait lui causer une grande surprise et commença le récit de la scène qui avait eu lieu entre elle et Mr. Darcy.

L'affection fraternelle de Jane lui faisait trouver tout naturel qu'on éprouvât de l'admiration pour Elizabeth, aussi sa surprise fut-elle modérée et fit bientôt place à d'autres sentiments. Elle était fâchée que Mr. Darcy eût plaidé sa cause en termes si peu faits pour le servir, mais elle était encore plus désolée de la peine que le refus de sa sœur lui avait causé.

— Il n'aurait certainement pas dû se montrer si sûr de réussir, mais songez combien cette confiance a augmenté sa déception.

— Je le regrette infiniment, dit Elizabeth ; mais il a d'autres sentiments qui l'aideront, j'en suis sûre, à se consoler vite. Vous ne me désapprouvez pas de l'avoir refusé ?

— Vous désapprouver ? oh non !

— Mais vous me blâmez d'avoir pris le parti de Wickham avec autant de chaleur ?

— Non plus. Je ne vois pas que vous ayez eu tort de dire ce que vous m'avez répété.

— Vous ne penserez plus de même lorsque vous saurez la suite.

Elizabeth alors parla de la lettre et dit tout ce qu'elle

contenait concernant Wickham. Quel coup pour la pauvre Jane qui aurait parcouru le monde entier sans s'imaginer qu'il existât dans toute l'humanité autant de noirceur qu'elle en découvrait en ce moment dans un seul homme !

Même la justification de Darcy, qui lui causait une vraie joie, ne put suffire à la consoler de cette triste découverte. Et elle s'acharnait à croire que tout ceci n'était qu'une erreur, et à vouloir innocenter l'un sans accuser l'autre.

— C'est inutile ! dit Elizabeth ; vous ne parviendrez jamais à les transformer en saints tous les deux ! Il faut choisir. Leurs vertus et leurs mérites ne sont pas assez abondants pour pouvoir en faire deux parts convenables. Quant à moi, je suis disposée à donner la palme à Mr. Darcy : mais libre à vous de ne pas m'imiter !

Il fallut encore un peu de temps pour que le sourire reparût sur les lèvres de Jane.

— Jamais je n'ai été aussi bouleversée, dit-elle. Wickham perverti à ce point ! C'est à n'y pas croire ! Et ce pauvre Mr. Darcy ! Pensez à ce qu'il a dû souffrir : en même temps qu'il éprouvait une si grande déception, apprendre la mauvaise opinion que vous aviez de lui, et se voir obligé de vous raconter l'aventure de sa sœur ! C'est vraiment trop pénible. Je suis sûre que vous le sentez comme moi.

— Oh non ! mes regrets et ma compassion s'évanouissent quand je vois l'ardeur des vôtres. La sympathie que vous prodiguez à Mr. Darcy me dispense de le plaindre et, si vous continuez à vous apitoyer sur lui, je me sentirai le cœur aussi léger qu'une plume.

— Pauvre Wickham ! Il y a dans sa personne un tel air de droiture, et dans ses manières tant de franchise et de distinction !

— Il est certain que, de ces deux hommes, l'un possède les qualités et l'autre en a l'apparence.

— Je n'ai jamais trouvé que Mr. Darcy n'en eût pas aussi l'apparence.

— Il y a un point sur lequel je voudrais votre avis. Faut-il ouvrir les yeux de nos amis sur la véritable personnalité de Wickham ?

Après avoir réfléchi un instant :

— Je ne vois pas, répondit Jane, la nécessité de le livrer ainsi au mépris général. Vous-même, qu'en pensez-vous ?

— Je crois qu'il vaut mieux se taire. Mr. Darcy ne m'a pas autorisée à publier ses confidences. D'ailleurs, tout ce qui a trait à sa sœur doit être gardé secret. Si j'entreprends d'éclairer l'opinion sur les autres points, on ne me croira pas. Les préventions contre Mr. Darcy sont telles que si j'essayais de le faire voir sous un meilleur jour, la moitié des bonnes gens de Meryton en feraient une maladie. Cette idée me paralyse... Du reste, Wickham va s'en aller. Une fois parti, peu importe que l'on sache ou non ce qu'il est en réalité.

— Vous avez tout à fait raison : en publiant ses fautes, on pourrait le perdre sans retour. Peut-être se repent-il maintenant de sa conduite et s'efforce-t-il de s'amender. Il ne faut pas l'en décourager.

Cette conversation calma l'agitation d'Elizabeth. Déchargée enfin de deux des secrets dont elle avait porté le poids durant cette quinzaine, elle avait le réconfort de sentir maintenant près d'elle une sœur toujours prête à accueillir ses confidences. Toutefois, il y avait encore une chose que la prudence lui interdisait de découvrir : elle n'osait faire connaître à Jane le reste de la lettre de Mr. Darcy, ni lui révéler la sincérité du sentiment que Mr. Bingley avait eu pour elle.

Maintenant qu'elle était au calme, Elizabeth pouvait se rendre compte du véritable état d'esprit de sa sœur. Jane, elle s'en aperçut vite, n'était pas consolée. Elle conservait pour Bingley une tendre affection et comme son cœur auparavant n'avait jamais été touché, cette inclination avait la force d'un premier amour auquel son âge et son caractère donnaient une constance qu'on ne voit pas d'ordinaire dans les attachements de première jeunesse ; et telle était la ferveur de ses souvenirs et de sa fidélité à l'objet de son choix, qu'il lui fallait toute sa raison et un vif désir de ne chagriner personne pour ne pas s'abandonner à des regrets capables d'altérer sa santé et de troubler la tranquillité des siens.

— Eh bien, Lizzy, dit un jour Mrs. Bennet, que pensez-vous de cette malheureuse histoire de Jane ? Quant à moi, je suis bien décidée à n'en plus parler à personne ; je le disais encore à votre tante Philips l'autre jour. A ce que j'ai compris, Jane n'a pas vu Mr. Bingley à Londres. Ce jeune homme est vraiment un triste personnage et je crois qu'il n'y a plus de ce côté aucun espoir pour votre sœur. Il n'est pas question de son retour à Netherfield, cet été, m'ont dit les gens qualifiés pour le savoir à qui je l'ai demandé.

— Je ne crois pas qu'il revienne jamais.

— Oh ! qu'il fasse ce qu'il voudra. Personne lui demande de revenir. Mais je n'en affirme pas moins qu'il s'est fort mal conduit envers ma fille et qu'à la place de Jane, je ne l'aurais pas supporté. Lorsqu'elle sera morte de chagrin, je suis sûre qu'il regrettera ce qu'il a fait.

Mais Elizabeth, à qui cette perspective ne donnait aucun réconfort, garda le silence.

— Alors, Lizzy, reprit bientôt sa mère, les Collins mènent une existence confortable. C'est bien, c'est très bien ; j'espère seulement que cela durera... Et comment mange-t-on chez eux ? Je suis sûre que Charlotte est une excellente ménagère ; si elle est seulement moitié aussi serrée que sa mère, elle fera d'assez sérieuses économies. Il n'y a rien d'extravagant, je présume, dans leur manière de vivre.

— Non, rien du tout.

— On doit regarder de près à la dépense, croyez-moi.

Certes, en voilà qui auront soin de ne pas dépasser leur revenu ! Ils ne connaîtront jamais les embarras d'argent. Tant mieux pour eux ! Je pense qu'ils parlent souvent du jour où, votre père disparu, ils seront maîtres de cette propriété. Ils considèrent sans doute Longbourn comme leur appartenant déjà.

— Ce sujet, ma mère, ne pouvait être abordé devant moi.

— Non, c'eût été plutôt étrange de leur part ; mais je ne doute pas qu'ils n'en causent souvent entre eux. Tant mieux, si leur conscience leur permet de prendre un domaine qui ne devrait pas leur revenir. Pour ma part, j'aurais honte d'un héritage qui m'arriverait dans de telles conditions !

41

La semaine du retour fut vite écoulée. Celle qui suivit devait être la dernière que le régiment passait à Meryton. Toute la jeunesse féminine du voisinage donnait les signes d'un profond abattement. La tristesse semblait universelle. Seules, les aînées des demoiselles Bennet étaient encore en état de manger, dormir, et vaquer à leurs occupations ordinaires. Cette insensibilité leur était du reste souvent reprochée par Kitty et Lydia dont la détresse était infinie et qui ne pouvaient comprendre une telle dureté de cœur chez des membres de leur famille.

— Mon Dieu, qu'allons-nous faire ? qu'allons-nous devenir ? s'exclamaient-elles sans cesse dans l'amertume de leur désespoir. Comment avez-vous le cœur de sourire ainsi, Lizzy ?

Leur mère compatissait à leur chagrin, en se rappelant

ce qu'elle avait souffert elle-même, vingt-cinq ans auparavant, dans de semblables circonstances.

— Moi aussi, j'ai pleuré deux jours entiers, lorsque le régiment du colonel Millar est parti. Je croyais bien que mon cœur allait se briser.

— Le mien n'y résistera pas, j'en suis sûre, déclara Lydia.

— Si seulement on pouvait aller à Brighton ! fit Mrs. Bennet.

— Oui, si on le pouvait ! mais papa ne fait rien pour nous être agréable.

— Quelques bains de mer me rendraient la santé pour longtemps.

— Et ma tante Philips est convaincue que cela me ferait aussi le plus grand bien, ajoutait Kitty.

Telles étaient les lamentations qui ne cessaient de résonner à Longbourn. Elizabeth aurait voulu en rire, mais cette idée céda bientôt à un sentiment de honte. Elle sentit de nouveau la justesse des appréciations de Darcy et comprit comme elle ne l'avait point fait encore son intervention dans les projets de son ami.

Mais toutes les sombres idées de Lydia s'envolèrent comme par enchantement lorsqu'elle reçut de Mrs. Forster, la femme du colonel du régiment, une invitation à l'accompagner à Brighton. Cette amie incomparable était une femme toute jeune et tout récemment mariée ; la bonne humeur et l'entrain qui les caractérisaient toutes deux l'avaient vite rapprochée de Lydia. Leurs relations ne dataient que de trois mois et, depuis deux mois déjà, elles étaient sur un pied de grande intimité.

Les transports de Lydia, à cette nouvelle, la joie de sa mère, la jalousie de Kitty ne peuvent se décrire. Lydia, ravie, parcourait la maison en réclamant bruyamment les félicitations de tout le monde, tandis qu'au salon, Kitty exhalait son dépit en termes aussi aigres qu'excessifs.

— Je ne vois pas pourquoi Mrs. Forster ne m'a pas invitée aussi bien que Lydia. J'ai autant de droits qu'elle à être invitée, plus même, puisque je suis son aînée de deux ans.

En vain Elizabeth essayait-elle de la raisonner, et Jane de lui prêcher la résignation.

Elizabeth était si loin de partager la satisfaction de Mrs. Bennet qu'elle considérait cette invitation comme le plus sûr moyen de faire perdre à Lydia tout ce qui lui restait de bon sens ; aussi, malgré sa répugnance pour cette démarche, elle ne put s'empêcher d'aller trouver son père pour lui demander de ne point la laisser partir. Elle lui représenta le manque de tenue de sa sœur, le peu de profit qu'elle tirerait de la société d'une personne comme Mrs. Forster, et les dangers qu'elle courrait à Brighton où les tentations étaient certainement plus nombreuses que dans leur petit cercle de Meryton.

Mr. Bennet, après l'avoir écoutée attentivement, lui répondit :

— Lydia ne se calmera pas tant qu'elle ne sera pas exhibée dans un endroit à la mode. Or, nous ne pouvons espérer qu'elle trouvera une meilleure occasion de le faire avec aussi peu de dépense et d'inconvénient pour le reste de sa famille.

— Si vous saviez le tort que Lydia peut nous causer — ou plutôt nous a causé déjà — par la liberté et la hardiesse de ses manières, je suis sûre que vous en jugeriez autrement.

— Le tort que Lydia nous a causé ! répéta Mr. Bennet. Quoi ? aurait-elle mis en fuite un de vos soupirants ? Pauvre petite Lizzy ! Mais remettez-vous ; les esprits assez délicats pour s'affecter d'aussi peu de chose ne méritent pas d'être regrettés. Allons, faites-moi la liste de ces pitoyables candidats que cette écervelée de Lydia a effarouchés.

— Vous vous méprenez. Je n'ai point de tels griefs et c'est à un point de vue général et non particulier que je parle en ce moment. C'est notre réputation, notre respectabilité qui peut être atteinte par la folle légèreté, l'assurance et le mépris de toute contrainte qui forment le fonds du caractère de Lydia. Excusez-moi, mon père, de vous parler avec cette franchise, mais si vous ne prenez pas la peine de réprimer vous-même son exubérance et de lui apprendre que la vie est faite de choses plus sérieuses que celles qui l'occupent en ce moment, il sera bientôt impossible de la corriger et Lydia se trouvera être à seize ans la plus enragée coquette qui se puisse imaginer ; coquette aussi dans le sens le plus vulgaire du mot, sans autre attrait que sa jeunesse et un physique agréable, et que son ignorance et son manque de jugement rendront incapable de se préserver du ridicule que lui attirera sa fureur à se faire admirer. Kitty court les mêmes dangers, puisqu'elle suit en tout l'exemple de Lydia. Vaniteuses, ignorantes, frivoles, pouvez-vous croire, mon cher père, qu'elles ne seront pas critiquées et méprisées partout où elles iront, et que, souvent, leurs sœurs ne se trouveront pas compromises dans le même jugement ?

Mr. Bennet, voyant la chaleur avec laquelle parlait sa fille, lui prit affectueusement la main et répondit :

— Ne vous tourmentez pas, ma chérie, partout où l'on vous verra ainsi que Jane, vous serez appréciées et respectées. Nous n'aurons pas la paix à Longbourn si Lydia ne va pas à Brighton. Laissons-la y aller. Le colonel Forster est un homme sérieux qui ne la laissera courir aucun danger, et le manque de fortune de Lydia l'empêche heureusement d'être un objet de convoitise. A Brighton, d'ailleurs, elle perdra de son importance, même au point de vue du flirt. Les officiers y trouveront des femmes plus dignes de leurs hommages. Espérons plutôt que ce séjour la persuadera de son insignifiance.

Elizabeth dut se contenter de cette réponse et elle quitta son père déçue et peinée. Cependant, il n'était pas dans sa nature de s'appesantir sur les contrariétés. Elle avait fait son devoir ; se mettre en peine maintenant pour des maux qu'elle ne pouvait empêcher, ou les augmenter par son inquiétude, ne servirait à rien.

L'indignation de Lydia et de sa mère eût été sans bornes si elles avaient pu entendre cette conversation. Pour Lydia, ce séjour à Brighton représentait toutes les possibilités de bonheur terrestre. Avec les yeux de l'imagination, elle voyait la ville aux rues encombrées de militaires, elle voyait les splendeurs du camp, avec les tentes alignées dans une imposante uniformité, tout rutilant d'uniformes, frémissant de jeunesse et de gaieté, elle se voyait enfin l'objet des hommages d'un nombre impressionnant d'officiers. Qu'eût-elle pensé, si elle avait su que sa sœur tentait de l'arracher à d'aussi merveilleuses perspectives ? Elizabeth allait revoir Wickham pour la dernière fois. Comme elle l'avait rencontré à plusieurs reprises depuis son retour, cette pensée ne lui causait plus d'agitation. Aucun reste de son ancienne sympathie ne venait non plus la troubler. Elle avait même découvert dans ces manières aimables qui l'avaient tant charmée naguère une affectation, une monotonie qu'elle jugeait maintenant fastidieuses. Le désir qu'il témoigna bientôt de lui renouveler les marques de sympathie particulière qu'il lui avait données au début de leurs relations, après ce qu'elle savait, ne pouvait que l'irriter. Tout en se dérobant aux manifestations d'une galanterie frivole et vaine, la pensée qu'il pût la croire flattée de ses nouvelles avances et disposée à y répondre lui causait une profonde mortification.

Le jour qui précéda le départ du régiment, Wickham et d'autres officiers dînèrent à Longbourn. Elizabeth était si peu disposée à se séparer de lui en termes aimables qu'elle profita d'une question qu'il lui posait sur son voyage à Hunsford pour mentionner le séjour de trois semaines que Mr. Darcy et le colonel Fitzwilliam avaient fait à Rosings et demanda à Wickham s'il connaissait ce dernier. Un regard surpris, ennuyé, inquiet même, accueillit cette question. Toutefois, après un instant de réflexion, il reprit son air souriant pour dire qu'il avait vu le colonel Fitzwilliam jadis et, après avoir observé que c'était un gentleman, demanda à Elizabeth s'il lui avait plu. Elle lui répondit par l'affirmative. D'un air indifférent il ajouta :

— Combien de temps dites-vous qu'il a passé à Rosings ?

— Trois semaines environ.

— Et vous l'avez vu souvent ?

— Presque journellement.

— Il ressemble assez peu à son cousin.

— En effet, mais je trouve que Mr. Darcy gagne à être connu.

— Vraiment ? s'écria Wickham avec un regard qui n'échappa point à Elizabeth ; et pourrais-je vous demander... — mais, se ressaisissant, il ajouta d'un ton plus enjoué : — Est-ce dans ses manières qu'il a gagné ? A-t-il daigné ajouter un peu de civilité à ses façons ordinaires ? Car je n'ose espérer, dit-il d'un ton plus grave, que le fonds de sa nature ait changé.

— Oh ! non, répliqua Elizabeth ; sur ce point, je crois qu'il est exactement le même qu'autrefois.

Wickham parut se demander ce qu'il fallait penser de ce langage énigmatique et il prêta une attention anxieuse à Elizabeth pendant qu'elle continuait :

— Quand je dis qu'il gagne à être connu, je ne veux pas dire que ses manières ou sa tournure d'esprit s'améliorent, mais qu'en le connaissant plus intimement, on est à même de mieux l'apprécier.

La rougeur qui se répandit sur le visage de Wickham et l'inquiétude de son regard dénoncèrent le trouble de son esprit. Pendant quelques minutes, il garda le silence, puis, dominant son embarras, il se tourna de nouveau vers Elizabeth et, de sa voix la plus persuasive, lui dit :

— Vous qui connaissez mes sentiments à l'égard de Mr. Darcy, vous pouvez comprendre facilement ce que j'éprouve. Je me réjouis de ce qu'il ait la sagesse de prendre ne serait-ce que les apparences de la droiture. Son orgueil, dirigé dans ce sens, peut avoir d'heureux effets, sinon pour lui, du moins pour les autres, en le détournant d'agir avec la déloyauté dont j'ai tant souffert pour ma part. J'ai peur seulement qu'il n'adopte cette nouvelle attitude que lorsqu'il se trouve devant sa tante dont l'opinion et le jugement lui inspirent une crainte respectueuse. Cette crainte a toujours opéré sur lui. Sans doute faut-il en voir la cause dans le désir qu'il a d'épouser miss de Bourgh, car je suis certain que ce désir lui tient fort au cœur.

Elizabeth, à ces derniers mots, ne put réprimer un sourire ; mais elle répondit seulement par un léger signe de tête. Pendant le reste de la soirée Wickham montra le même entrain que d'habitude, mais sans plus rechercher sa compagnie, et lorsqu'ils se séparèrent à la fin, ce fut avec la même civilité de part et d'autre, et peut-être bien aussi le même désir de ne jamais se revoir.

Lydia accompagnait les Forster à Meryton d'où le départ devait avoir lieu le lendemain matin de fort bonne heure. La séparation fut plus tapageuse qu'émouvante. Kitty fut la seule à verser des larmes, mais des larmes d'envie. Mrs. Bennet, prolixe en vœux de joyeux séjour, enjoignit avec force à sa fille de ne pas perdre une occasion de s'amuser, conseil qui, selon toute apparence, ne manquerait pas d'être suivi ; et, dans les transports de joie de Lydia, se perdirent les adieux plus discrets de ses sœurs.

42

Si Elizabeth n'avait eu sous les yeux que le spectacle de sa propre famille, elle n'aurait pu se former une idée très avantageuse de la félicité conjugale. Son père, séduit par la jeunesse, la beauté et les apparences d'une heureuse nature, avait épousé une femme dont l'esprit étroit et le manque de jugement avaient eu vite fait d'éteindre en lui toute véritable affection. Avec le respect, l'estime et la confiance, tous ses rêves de bonheur domestique s'étaient trouvés détruits.

Mr. Bennet n'était pas homme à chercher un réconfort dans ces plaisirs auxquels tant d'autres ont recours pour se consoler de déceptions causées par leur imprudence. Il aimait la campagne, les livres, et ces goûts furent la source de ses principales jouissances. La seule chose dont il fût redevable à sa femme était l'amusement que lui procuraient son ignorance et sa sottise. Ce n'est évidemment pas le genre de bonheur qu'un homme souhaite devoir à sa femme, mais, à défaut du reste, un philosophe se contente des distractions qui sont à sa portée.

Ce qu'il y avait d'incorrect à cet égard dans les manières de Mr. Bennet n'échappait point à Elizabeth et l'avait toujours peinée. Cependant, appréciant les qualités de son père et touchée de l'affectueuse prédilection qu'il lui témoignait, elle essayait de fermer les yeux sur ce qu'elle ne pouvait approuver et tâchait d'oublier ces atteintes continuelles au respect conjugal qui, en exposant une mère à la critique de ses propres enfants, étaient si profondément regrettables. Mais elle n'avait jamais compris comme elle le faisait maintenant les désavantages réservés aux enfants nés d'une union si mal assortie, ni le bonheur qu'auraient pu ajouter à leur existence les qualités très réelles de leur père, s'il avait seulement pris la peine de les cultiver davantage. Hors la joie qu'elle eut de voir s'éloigner Wickham, Elizabeth n'eut guère à se féliciter du départ du régiment. Les réunions au-dehors avaient perdu de leur animation tandis qu'à la maison les gémissements de sa mère et de ses sœurs sur le manque de distractions ôtaient tout agrément au cercle familial. Somme toute, il lui fallait reconnaître — après tant d'autres — qu'un événement auquel elle avait aspiré avec tant d'ardeur ne lui apportait pas toute la satisfaction qu'elle en attendait.

Lydia en partant avait fait la promesse d'écrire souvent et avec grands détails à sa mère et à Kitty. Mais ses lettres étaient toujours très courtes et se faisaient attendre longtemps. Celles qu'elle adressait à sa mère contenaient peu de chose : elle revenait avec son amie de la bibliothèque où elle avait rencontré tel ou tel officier ; elle avait vu des toilettes qui l'avaient transportée d'admiration ; elle-même avait acheté une robe et une ombrelle dont elle aurait voulu envoyer la description mais elle devait terminer sa lettre en toute hâte parce qu'elle entendait Mrs. Forster qui l'appelait pour se rendre avec elle au camp. Les lettres à Kitty, plus copieuses, n'en apprenaient guère plus, car elles étaient trop pleines de sous-entendus pour pouvoir être communiquées au reste de la famille.

Au bout de deux ou trois semaines après le départ de Lydia, la bonne humeur et l'entrain reparurent à Longbourn. Tout reprenait aux environs un aspect plus joyeux , les familles qui avaient passé l'hiver à la ville revenaient et, avec elles, les élégances et les distractions de la belle saison. Mrs. Bennet retrouvait sa sérénité agressive, et Kitty, vers le milieu de juin, se trouva assez remise pour pouvoir entrer dans Meryton sans verser de larmes.

Le temps fixé pour l'excursion dans le Nord approchait quand, à peine une quinzaine de jours auparavant, arriva une lettre de Mrs. Gardiner qui, tout ensemble, en retardait la date et en abrégeait la durée : Mr. Gardiner était retenu par ses affaires jusqu'en juillet et devait être de retour à Londres à la fin du même mois. Ceci laissait trop peu de temps pour aller si loin et visiter tout ce qu'ils se proposaient de voir. Mieux valait renoncer aux Lacs et se contenter d'un programme plus modeste. Le nouveau plan de Mr. et Mrs. Gardiner était de ne pas dépasser le Derbyshire, il y avait assez à voir dans cette région pour occuper la plus grande partie de leurs trois semaines de voyage et Mrs. Gardiner trouvait à ce projet un attrait particulier : la petite ville où elle avait vécu plusieurs années, et où ils pensaient s'arrêter quelques jours, l'attirait autant que les beautés fameuses de Matlock, Chatsworth et Dovedale.

Elizabeth éprouva un vif désappointement : c'était son rêve de visiter la région des Lacs, mais, disposée par nature à s'accommoder de toutes les circonstances, elle ne fut pas longue à se consoler.

Le Derbyshire lui rappelait bien des choses. Il lui était impossible de voir ce nom sans penser à Pemberley et à son propriétaire. « Tout de même, pensa-t-elle, je puis bien pénétrer dans le comté qu'il habite, et y dérober quelques cristaux de spath sans qu'il m'aperçoive. » Les quatre semaines d'attente finirent par s'écouler, et Mr. et Mrs. Gardiner arrivèrent à Longbourn avec leurs quatre enfants. Ceux-ci — deux petites filles de six et huit ans et deux garçons plus jeunes — devaient être confiés aux soins de leur cousine Jane qui jouissait auprès d'eux d'un grand prestige et que son bon sens et sa douceur adaptaient exactement à la tâche de veiller sur eux, de les instruire, de les distraire et de les gâter.

Les Gardiner ne restèrent qu'une nuit à Longbourn ; dès le lendemain matin, ils repartaient avec Elizabeth en quête d'impressions et de distractions nouvelles.

Il y avait au moins un plaisir dont ils se sentaient assurés : celui de vivre ensemble dans une entente parfaite. Tous trois étaient également capables de supporter gaiement les ennuis inévitables du voyage, d'en augmenter les agréments par leur belle humeur, et de se distraire mutuellement en cas de désappointement.

Ce n'est point notre intention de donner ici une description du Derbyshire ni des endroits renommés que traversait la route : Oxford, Warwick, Kenilworth. Le lieu qui nous intéresse se limite à une petite portion du Derbyshire. Après avoir vu les principales beautés de la région, nos voyageurs se dirigèrent vers la petite ville de Lambton, ancienne résidence de Mrs. Gardiner, où elle avait appris qu'elle retrouverait quelques connaissances. A moins de cinq miles avant Lambton, dit Mrs. Gardiner à Elizabeth, se trouvait situé Pemberley, non pas directement sur leur route, mais à une distance d'un ou deux miles seulement. En arrêtant leur itinéraire, la veille de leur arrivée, Mrs. Gardiner exprima le désir de revoir le château, et, son mari ayant déclaré qu'il ne demandait pas mieux, elle dit à Elizabeth :

— N'aimeriez-vous pas, ma chérie, à faire la connaissance d'un endroit dont vous avez entendu parler si souvent ? C'est là que Wickham a passé toute sa jeunesse.

Elizabeth était horriblement embarrassée. Sa place, elle le sentait bien, n'était pas à Pemberley, et elle laissa voir qu'elle était peu tentée par cette visite. En vérité, elle était fatiguée de voir des châteaux. Après en avoir tant parcouru, elle n'éprouvait plus aucun plaisir à contempler des rideaux de satin et des tapis somptueux.

Mrs. Gardiner se moqua d'elle.

— S'il n'était question que de voir une maison richement meublée, dit-elle, je ne serais pas tentée non plus ; mais le parc est magnifique, et renferme quelques-uns des plus beaux arbres de la contrée.

Elizabeth ne dit plus rien, mais le projet ne pouvait lui convenir. L'éventualité d'une rencontre avec Mr. Darcy s'était présentée immédiatement à son esprit, et cette seule pensée la faisait rougir. Mieux vaudrait, pensa-t-elle, parler ouvertement à sa tante que de courir un tel risque. Ce parti, cependant, présentait lui aussi des inconvénients, et en fin de compte elle résolut de n'y avoir recours que si l'enquête qu'elle allait faire elle-même lui révélait la présence de Darcy à Pemberley.

Le soir, en se retirant, elle demanda à la femme de chambre des renseignements sur Pemberley. N'était-ce pas un endroit intéressant ? Comment se nommaient les propriétaires ? Enfin — cette question fut posée avec un peu d'angoisse — y résidaient-ils en ce moment ? A sa grande satisfaction, la réponse à sa dernière demande fut négative et le lendemain matin, lorsque le sujet fut remis en question, Elizabeth put répondre d'un air naturel et indifférent que le projet de sa tante ne lui causait aucun déplaisir.

Il fut donc décidé qu'on passerait par Pemberley.

43

Dans la voiture qui l'emportait avec son oncle et sa tante, Elizabeth guettait l'apparition des bois de Pemberley avec une certaine émotion, et lorsqu'ils franchirent la grille du parc, elle se sentit un peu troublée.

Le parc était très vaste et d'aspect extrêmement varié. Ils y avaient pénétré par la partie la plus basse ; après une montée d'un demi-mile environ à travers une belle étendue boisée, ils se trouvèrent au sommet d'une colline d'où le regard était tout de suite frappé par la vue de Pemberley House situé de l'autre côté de la vallée vers laquelle la route descendait en lacets assez brusques. Le château, grande et belle construction en pierre, se dressait avantageusement sur une petite éminence derrière laquelle s'étendait une chaîne de hautes collines boisées. Devant le château coulait une rivière assez importante que d'habiles travaux avaient encore élargie, mais sans donner à ses rives une apparence artificielle. Elizabeth était émerveillée ; jamais encore elle n'avait vu un domaine dont le pittoresque naturel eût été aussi bien respecté.

La voiture descendit la colline, traversa le pont et vint s'arrêter devant la porte. Tandis qu'elle examinait de près l'aspect de la maison, la crainte de rencontrer son propriétaire vint de nouveau saisir Elizabeth. Si jamais la femme de chambre de l'hôtel s'était trompée ! Son oncle ayant demandé si l'on pouvait visiter le château, on les fit entrer dans le hall, et, pendant qu'ils attendaient l'arrivée de la femme de charge, Elizabeth put à loisir s'étonner de se voir en cet endroit.

La femme de charge était une personne âgée, d'allure respectable, moins importante et beaucoup plus empressée qu'Elizabeth ne s'y attendait. Tous trois la suivirent dans la salle à manger. Après avoir jeté un coup d'œil à cette vaste pièce de proportions harmonieuses et somptueusement meublée, Elizabeth se dirigea vers la fenêtre pour jouir de la vue. La colline boisée qu'ils venaient de descendre et qui, à distance, paraissait encore plus abrupte, formait un admirable vis-à-vis. Le parc, sous tous ses aspects, était charmant, et c'était avec ravissement qu'elle contemplait la rivière bordée de bouquets d'arbres et la vallée sinueuse aussi loin que l'œil pouvait en suivre les détours. Dans chaque salle où l'on passait, le point de vue changeait, et de chaque fenêtre il y avait de nouvelles beautés à voir. Les pièces étaient de vastes proportions et le mobilier en rapport avec la fortune du propriétaire. Elizabeth nota avec une certaine admiration qu'il n'y avait rien de voyant ou d'inutilement somptueux comme à Rosings.

« Et dire que de cette demeure je pourrais être la châtelaine ! songeait-elle. Ces pièces seraient pour moi un décor familier ; au lieu de les visiter comme une étrangère, je pourrais y recevoir mon oncle et ma tante... Mais non, pensa-t-elle en se ressaisissant, ceci n'aurait pas été possible ! mon oncle et ma tante auraient été perdus pour moi ; jamais je n'aurais été autorisée à les recevoir ici ! »

Cette réflexion arrivait à point pour la délivrer de quelque chose qui ressemblait à un regret.

Il lui tardait de demander à la femme de charge si son maître était réellement absent, mais elle ne pouvait se résoudre à le faire. Enfin, la question fut posée par son oncle, auquel Mrs. Reynolds répondit affirmativement, en ajoutant :

— Mais nous l'attendons demain, avec plusieurs amis.

« Quelle chance, songea Elizabeth, que notre excursion n'ait point été retardée d'une journée ! »

Sa tante l'appelait à cet instant pour lui montrer, parmi d'autres miniatures suspendues au-dessus d'une cheminée, le portrait de Wickham, et, comme elle lui demandait en souriant ce qu'elle en pensait, la femme de charge s'avança : ce portrait, leur dit-elle, était celui d'un jeune gentleman, fils d'un régisseur de son défunt maître que celui-ci avait fait élever à ses frais.

— Il est maintenant dans l'armée, ajouta-t-elle, mais je crains qu'il n'ait pas fort bien tourné.

Mrs. Gardiner regarda sa nièce avec un sourire qu'Elizabeth ne put lui retourner.

— Voici maintenant le portrait de mon maître, dit Mrs. Reynolds, en désignant une autre miniature ; il est fort ressemblant. Les deux portraits ont été faits à la même époque, il y a environ huit ans.

— J'ai entendu dire que votre maître était très bien de sa personne, dit Mrs. Gardiner en examinant la miniature. Voilà certainement une belle physionomie. Mais vous, Lizzy, vous pouvez nous dire si ce portrait est ressemblant.

— Cette jeune demoiselle connaîtrait-elle Mr. Darcy ? demanda la femme de charge en regardant Elizabeth avec une nuance de respect plus marquée.

— Un peu, répondit la jeune fille en rougissant.

— N'est-ce pas, mademoiselle, qu'il est très bel homme ?

— Certainement.

— Pour ma part, je n'en connais point d'aussi bien. Dans la galerie, au premier, vous verrez de lui un portrait plus grand et plus beau. Cette chambre était la pièce favorite de mon défunt maître. Il tenait beaucoup à ces miniatures et on les a laissées disposées exactement comme elles l'étaient de son temps.

Elizabeth comprit alors pourquoi la miniature de Wickham se trouvait là parmi les autres.

Mrs. Reynolds appela leur attention sur un portrait de miss Darcy à l'âge de huit ans.

— Miss Darcy est-elle aussi bien que son frère ? demanda Mrs. Gardiner.

— Oui, madame, c'est une fort belle jeune fille, et si bien douée ! Elle fait de la musique et chante toute la journée. Dans la pièce voisine il y a un nouvel instrument qui vient d'être apporté pour elle, un cadeau de mon maître. Elle arrive demain avec lui.

Mr. Gardiner, toujours aimable et plein d'aisance, encourageait ce bavardage par ses questions et ses remarques. Soit fierté, soit attachement, Mrs. Reynolds avait évidemment grand plaisir à parler de ses maîtres.

— Mr. Darcy réside-t-il souvent à Pemberley ?

— Pas autant que nous le souhaiterions, monsieur ; mais il est bien ici la moitié de l'année et miss Darcy y passe toujours les mois d'été.

« Excepté quand elle va à Ramsgate », pensa Elizabeth.

— Si votre maître se mariait, il passerait sans doute plus de temps à Pemberley.

— Probablement, monsieur. Mais quand cela arrivera-t-il ? Je ne connais pas de demoiselle qui soit assez bien pour lui.

Mr. et Mrs. Gardiner sourirent. Elizabeth ne put s'empêcher de dire :

— Assurément, ce que vous dites est tout à son honneur.

— Je ne dis que la vérité, et ce que peuvent vous répéter tous ceux qui le connaissent, insista Mrs. Reynolds.

Elizabeth trouva qu'elle allait un peu loin, et sa surprise redoubla quand elle l'entendit ajouter :

— Je n'ai jamais eu de lui une parole désagréable et,

quand je suis entrée au service de son père, il n'avait pas plus de quatre ans.

Cette louange, plus encore que la précédente, dérouta Elizabeth : que Darcy eût un caractère difficile, c'est de quoi, jusque-là, elle avait eu la ferme conviction. Elle souhaitait vivement en entendre davantage, et fut très reconnaissante à son oncle de faire cette réflexion :

— Il y a peu de gens dont on puisse en dire autant. Vous avez de la chance d'avoir un tel maître !

— Oui, monsieur, je sais bien que je pourrais faire le tour du monde sans en rencontrer un meilleur. Mais il n'a fait que tenir ce qu'il promettait dès son enfance. C'était le caractère le plus aimable et le cœur le plus généreux qu'on pût imaginer.

— Son père était un homme excellent, dit Mrs. Gardiner.

— Oui, madame, c'est la vérité, et son fils lui ressemble. Il est aussi bon pour les malheureux.

Elizabeth s'étonnait, doutait, et désirait toujours en entendre plus. Ce que Mrs. Reynolds pouvait raconter au sujet des tableaux, des dimensions des pièces ou de la valeur du mobilier n'avait plus pour elle aucun intérêt. Mr. Gardiner, extrêmement amusé par l'espèce d'orgueil familial auquel il attribuait l'éloge démesuré que la femme de charge faisait de son maître, ramena bientôt la conversation sur le même sujet, et, tout en montant le grand escalier, Mrs. Reynolds énuméra chaleureusement les nombreuses qualités de Mr. Darcy.

— C'est le meilleur propriétaire et le meilleur maître qu'on puisse voir, non pas un de ces jeunes écervelés d'aujourd'hui qui ne songent qu'à s'amuser. Vous ne trouverez pas un de ses tenanciers ou de ses domestiques pour dire de lui autre chose que du bien. Certaines gens, je le sais, le trouvent fier ; pour moi, je ne m'en suis jamais aperçue. C'est, j'imagine, parce qu'il est plus réservé que les autres jeunes gens de son âge.

« Sous quel jour avantageux tout ceci le fait voir ! » pensa Elizabeth.

— La façon dont il s'est conduit avec notre pauvre ami ne correspond guère à ce beau portrait, chuchota Mrs. Gardiner à l'oreille de sa nièce.

— Peut-être avons-nous été trompées.

— C'est peu probable. Nos renseignements viennent de trop bonne source.

Lorsqu'ils eurent atteint le vaste palier de l'étage supérieur, Mrs. Reynolds les fit entrer dans un très joli boudoir, clair et élégant, et leur expliqua qu'il venait d'être installé pour faire plaisir à miss Darcy, qui s'était enthousiasmée de cette pièce durant son dernier séjour.

— Mr. Darcy est véritablement très bon frère, dit Elizabeth en s'avançant vers l'une des fenêtres.

Mrs. Reynolds riait d'avance à l'idée du ravissement de sa jeune maîtresse, quand elle pénétrerait dans ce boudoir.

— Et c'est toujours ainsi qu'il agit, ajouta-t-elle. Il suffit que sa sœur exprime un désir pour le voir aussitôt réalisé. Il n'y a pas de chose au monde qu'il ne ferait pour elle !

Il ne restait plus à voir que deux ou trois des chambres principales et la galerie de tableaux. Dans celle-ci, il y avait beaucoup d'œuvres de valeur, mais Elizabeth qui ne s'y connaissait point préféra se diriger vers quelques fusains de miss Darcy, dont les sujets étaient plus à sa portée. Puis elle se mit à passer rapidement en revue les portraits de famille, cherchant la seule figure qu'elle pût y reconnaître. A la fin, elle s'arrêta devant une toile dont la ressemblance était frappante. Elizabeth y retrouvait le sourire même qu'elle avait vu quelquefois à Darcy lorsqu'il la regardait. Elle resta quelques instants en contemplation et ne quitta point la galerie sans être revenue donner un dernier coup d'œil au tableau. En cet instant il y avait certainement dans ses sentiments à l'égard de l'original plus de mansuétude qu'elle n'en avait jamais ressenti. Les éloges prodigués par Mrs. Reynolds n'étaient pas de qualité ordinaire et quelle louange a plus de valeur que celle d'un serviteur intelligent ? Comme frère, maître, propriétaire, songeait Elizabeth, de combien de personnes Mr. Darcy ne tenait-il pas le bonheur entre ses mains ! Que de bien, ou que de mal il était en état de faire ! Tout ce que la femme de charge avait raconté était entièrement en son honneur.

Arrêtée devant ce portrait dont le regard semblait la fixer, Elizabeth pensait au sentiment que Darcy avait eu pour elle avec une gratitude qu'elle n'avait jamais encore éprouvée ; elle se rappelait la chaleur avec laquelle ce sentiment lui avait été déclaré, et oubliait un peu ce qui l'avait blessée dans son expression.

Quand la visite fut terminée, ils redescendirent au rez-de-chaussée et, prenant congé de la femme de charge, trouvèrent le jardinier qui les attendait à la porte d'entrée. En traversant la pelouse pour descendre vers la rivière, Elizabeth se retourna pour jeter encore un regard à la maison ; ses compagnons l'imitèrent, et, pendant que son oncle faisait des conjectures sur la date de la construction, le propriétaire en personne apparut soudain sur la route qui venait des communs situés en arrière du château.

Vingt mètres à peine les séparaient et son apparition avait été si subite qu'il était impossible à Elizabeth d'échapper à sa vue. Leurs yeux se rencontrèrent, et tous deux rougirent violemment. Mr. Darcy tressaillit et resta comme figé par la surprise, mais, se ressaisissant aussitôt, il s'avança vers le petit groupe et adressa la parole à Elizabeth, sinon avec un parfait sang-froid, du moins avec la plus grande politesse. Celle-ci, en l'apercevant, avait esquissé instinctivement un mouvement de retraite, mais s'arrêta en le voyant approcher et reçut ses hommages avec un indicible embarras.

Mr. et Mrs. Gardiner devinèrent fatalement qu'ils avaient sous les yeux Mr. Darcy lui-même, grâce à sa ressemblance avec le portrait, grâce aussi à l'expression de surprise qui se peignit sur le visage du jardinier à la vue de son maître. Ils restèrent tous deux un peu à l'écart pendant qu'il s'entretenait avec leur nièce. Celle-ci, étonnée et confondue, osait à peine lever les yeux sur lui et répondait au hasard aux questions courtoises qu'il lui posait sur sa famille. Tout étonnée du changement survenu dans ses manières depuis qu'elle ne l'avait vu, elle sentait à mesure qu'il parlait croître son embarras. L'idée qu'il devait juger déplacée sa présence en ces lieux lui faisait de cet entretien un véritable supplice. Mr. Darcy lui-même ne semblait guère plus à l'aise. Sa voix n'avait pas sa fermeté habituelle et la façon dont, à plusieurs reprises, il la questionna sur l'époque où elle avait quitté Longbourn et sur son séjour en Derbyshire, marquait clairement le trouble de son esprit. A la fin, toute idée sembla lui manquer et il resta quelques instants sans dire un mot. Enfin, il retrouva son sang-froid et prit congé.

Mr. et Mrs. Gardiner, rejoignant leur nièce, se mirent à louer la belle prestance de Mr. Darcy, mais Elizabeth ne les entendait pas, et, tout absorbée par ses pensées, elle les suivait en silence. Elle était accablée de honte et de dépit. Cette visite à Pemberley était un acte des plus inconsidérés et des plus regrettables. Comme elle avait dû paraître étrange à Mr. Darcy ! Il allait croire qu'elle s'était mise tout exprès sur son chemin. Quelle fâcheuse interprétation pouvait en concevoir un homme aussi orgueilleux ! Pourquoi, oh ! pourquoi était-elle venue ?... Et lui-même, comment se trouvait-il là un jour plus tôt qu'on ne l'attendait ?... Elizabeth ne cessait de rougir en déplorant la mauvaise chance de cette rencontre. Quant au changement si frappant des manières de Mr. Darcy, que pouvait-il signifier ? Cette grande politesse, l'amabilité qu'il avait mise à s'enquérir de sa famille !... Jamais elle ne l'avait vu aussi simple, jamais elle ne l'avait entendu s'exprimer avec autant de douceur. Quel contraste avec leur dernière rencontre dans le parc de

Rosings, lorsqu'il lui avait remis sa lettre !... Elle ne savait qu'en penser.

Ils suivaient maintenant une belle allée longeant la rivière et à chaque pas surgissaient de nouveaux et pittoresques points de vue. Mais tout ce charme était perdu pour Elizabeth. Elle répondait sans entendre, et regardait sans voir ; sa pensée était à Pemberley House avec Mr. Darcy. Elle brûlait de savoir ce qui s'agitait dans son esprit en ce moment ; avec quels sentiments il pensait à elle et si, contre toute vraisemblance, son amour durait encore. Peut-être n'avait-il montré tant de courtoisie que parce qu'il se sentait indifférent. Pourtant le ton de sa voix n'était pas celui de l'indifférence. Elle ne pouvait dire si c'était avec plaisir ou avec peine qu'il l'avait revue, mais, certainement, ce n'était pas sans émotion.

A la longue les remarques de ses compagnons sur son air distrait la tirèrent de ses pensées et elle sentit la nécessité de retrouver sa présence d'esprit.

Bientôt, les promeneurs s'enfoncèrent dans les bois et, disant adieu pour un moment au bord de l'eau, gravirent quelques-uns des points les plus élevés d'où des éclaircies leur donnaient des échappées ravissantes sur la vallée, sur les collines d'en face recouvertes en partie par des bois et, par endroits, sur la rivière. Mr. Gardiner ayant exprimé le désir de faire tout le tour du parc, il lui fut répondu avec un sourire triomphant que c'était une affaire de dix miles. Un tel chiffre tranchait la question, et l'on poursuivit le circuit ordinaire qui, après une descente à travers bois, les ramena sur le bord de l'eau. La vallée, à cet endroit, se resserrait en une gorge qui ne laissait de place que pour la rivière et l'étroit sentier qui la longeait à travers le taillis. Elizabeth aurait bien désiré en suivre les détours mais quand ils eurent traversé le pont et se furent rendu compte de la distance qui les séparait encore du château, Mrs. Gardiner, qui était médiocre marcheuse, ne se soucia pas d'aller plus loin et sa nièce dut se résigner à reprendre sur l'autre rive le chemin le plus direct.

Le retour s'accomplit lentement. Mr. Gardiner, grand amateur de pêche, s'attardait à interroger le jardinier sur les truites et à guetter leur apparition dans la rivière. Pendant qu'ils avançaient ainsi à petits pas, ils eurent une nouvelle surprise et, non moins étonnée qu'à la précédente rencontre, Elizabeth vit paraître à peu de distance Mr. Darcy qui se dirigeait de leur côté. L'allée qu'ils suivaient, moins ombragée que celle de l'autre rive, leur permettait de le voir s'approcher. Elizabeth, mieux préparée cette fois à une entrevue, se promit de montrer plus de sang-froid s'il avait vraiment l'intention de les aborder. Peut-être, après tout, allait-il prendre un autre chemin ? Un tournant qui le déroba à leur vue le lui fit croire un instant ; mais le tournant dépassé, elle le trouva immédiatement devant elle.

Un coup d'œil lui suffit pour voir qu'il n'avait rien perdu de son extrême courtoisie. Ne voulant pas être en reste de politesse, elle se mit, dès qu'il l'eut abordée, à vanter les beautés du parc, mais, à peine eut-elle prononcé les mots « délicieux, charmant », que des souvenirs fâcheux lui revinrent ; elle s'imagina que, dans sa bouche, l'éloge de Pemberley pouvait être mal interprété, rougit et s'arrêta.

Mrs. Gardiner était restée en arrière. Lorsque Elizabeth se tut, Mr. Darcy lui demanda si elle voulait bien lui faire l'honneur de le présenter à ses amis. Nullement préparée à une telle requête, elle put à peine réprimer un sourire, car il demandait à être présenté aux personnes mêmes dont il considérait la parenté humiliante pour son orgueil quand il lui avait fait la déclaration de ses sentiments.

« Quelle va être sa surprise ? pensait-elle. Il les prend sans doute pour des gens de qualité. » La présentation fut faite aussitôt, et en mentionnant le lien de parenté qui l'unissait à ses compagnons, elle regarda furtivement

Mr. Darcy pour voir comment il supporterait le choc... Il le supporta vaillamment, bien que sa surprise fût évidente et, loin de fuir, il rebroussa chemin pour les accompagner et se mit à causer avec Mr. Gardiner. Elizabeth exultait : à sa grande satisfaction, Mr. Darcy pouvait voir qu'elle avait des parents dont elle n'avait pas à rougir !... Attentive à leur conversation, elle notait avec joie toutes les phrases, toutes les expressions qui attestaient l'intelligence, le goût et la bonne éducation de son oncle.

La conversation tomba bientôt sur la pêche, et elle entendit Mr. Darcy, avec la plus parfaite amabilité, inviter Mr. Gardiner à venir pêcher aussi souvent qu'il le voudrait durant son séjour dans le voisinage, offrant même de lui prêter des lignes, et lui indiquant les endroits les plus poissonneux. Mrs. Gardiner, qui donnait le bras à sa nièce, lui jeta un coup d'œil surpris ; Elizabeth ne dit mot, mais ressentit une vive satisfaction : c'était à elle que s'adressaient toutes ces marques de courtoisie. Son étonnement cependant était extrême, et elle se répétait sans cesse : « Quel changement extraordinaire ! comment l'expliquer ? ce n'est pourtant pas moi qui en suis cause ! ce ne sont pas les reproches que je lui ai faits à Hunsford qui ont opéré une telle transformation !... C'est impossible qu'il m'aime encore. »

Ils marchèrent ainsi pendant quelque temps, Mrs. Gardiner et sa nièce en avant, et les deux messieurs à l'arrière-garde. Mais après être descendus sur la rive pour voir de plus près une curieuse plante aquatique, il se produisit un petit changement : Mrs. Gardiner, fatiguée par l'exercice de la matinée et trouvant le bras d'Elizabeth insuffisant pour la soutenir, préféra s'appuyer sur celui de son mari ; Mr. Darcy prit place auprès de sa nièce et ils continuèrent à marcher côte à côte. Après une courte pause, ce fut la jeune fille qui rompit le silence ; elle tenait à ce qu'il apprît qu'en venant à Pemberley elle se croyait sûre de son absence ; aussi commença-t-elle par une remarque sur la soudaineté de son arrivée.

— Car votre femme de charge, ajouta-t-elle, nous avait informés que vous ne seriez pas ici avant demain, et, d'après ce qu'on nous avait dit à Bakervell, nous avions compris que vous n'étiez pas attendu si tôt.

Mr. Darcy reconnut que c'était exact ; une question à régler avec son régisseur l'avait obligé à devancer de quelques heures ses compagnons de voyage.

— Ils me rejoindront demain matin de bonne heure, continua-t-il, et vous trouverez parmi eux plusieurs personnes qui seront heureuses de renouer connaissance avec vous : Mr. Bingley et ses sœurs.

Elizabeth s'inclina légèrement sans répondre : d'un saut, sa pensée se reportait brusquement au soir où, pour la dernière fois, le nom de Mr. Bingley avait été prononcé par eux. Si elle en jugeait par la rougeur de son compagnon, la même idée avait dû lui venir aussi à l'esprit.

— Il y a une autre personne, reprit-il après un court silence, qui désire particulièrement vous connaître. Me permettrez-vous, si ce n'est pas indiscret, de vous présenter ma sœur pendant votre séjour à Lambton ?

Interdite par cette demande, Elizabeth y répondit sans savoir au juste dans quels termes. Elle sentait que le désir de la sœur avait dû être inspiré par le frère et sans aller plus loin cette pensée la remplissait de satisfaction. Il lui était agréable de voir que Mr. Darcy n'avait pas été amené par la rancune à concevoir d'elle une mauvaise opinion.

Ils avançaient maintenant en silence, chacun plongé dans ses pensées. Bientôt ils distancèrent les Gardiner et, quand ils arrivèrent à la voiture, ils avaient une avance d'au moins un quart de mile.

Mr. Darcy offrit à Elizabeth d'entrer au château, mais elle déclara qu'elle n'était pas fatiguée et ils demeurèrent sur la pelouse.

Le silence à un moment où ils auraient pu se dire tant de choses devenait embarrassant. Elizabeth se rappela qu'elle venait de voyager et ils parlèrent de Matlock et de Dovedale avec beaucoup de persévérance. Mais Elizabeth trouvait que le temps et sa tante avançaient bien lentement et sa patience, ainsi que ses idées, était presque épuisée lorsque ce tête-à-tête prit fin.

Mr. et Mrs. Gardiner les ayant rejoints, Mr. Darcy les pressa d'entrer au château et d'accepter quelques rafraîchissements ; mais cette proposition fut déclinée et l'on se sépara de part et d'autre avec la plus grande courtoisie. Mr. Darcy aida les dames à remonter dans leur voiture et, quand elle fut en marche, Elizabeth le vit retourner à pas lents vers la maison.

Son oncle et sa tante se mirent aussitôt à parler de Mr. Darcy : l'un et l'autre le déclarèrent infiniment mieux qu'ils ne s'y seraient attendus.

— C'est un parfait gentleman, aimable et simple, dit Mr. Gardiner.

— Il y a bien un peu de hauteur dans sa physionomie, reprit sa femme, mais elle n'est que dans l'expression, et ne lui sied pas mal. Je puis dire maintenant comme la femme de charge que la fierté dont certaines gens l'accusent ne m'a nullement frappée.

— J'ai été extrêmement surpris de son accueil, c'était plus que de la simple politesse, c'était un empressement aimable à quoi rien ne l'obligeait, puisqu'il connaît si peu Elizabeth.

— Bien sûr, Lizzy, il n'a pas le charme de Wickham mais comment avez-vous pu nous le représenter comme un homme si désagréable ?

Elizabeth s'excusa comme elle put, dit qu'elle l'avait mieux apprécié quand ils s'étaient rencontrés dans le Kent et qu'elle ne l'avait jamais vu aussi aimable qu'en ce jour.

— Tel qu'il s'est montré à nous, continua Mrs. Gardiner, je n'aurais jamais pensé qu'il eût pu se conduire aussi cruellement à l'égard de ce pauvre Wickham. Il n'a pas l'air dur, au contraire. Dans toute sa personne il a une dignité qui ne donne pas une idée défavorable de son cœur. La bonne personne qui nous a fait visiter le château lui fait vraiment une réputation extraordinaire ! J'avais peine, par moments, à m'empêcher de rire...

Ici, Elizabeth sentit qu'elle devait dire quelque chose pour justifier Mr. Darcy dans ses rapports avec Wickham. En termes aussi réservés que possible elle laissa entendre que, pendant son séjour dans le Kent, elle avait appris que sa conduite pouvait être interprétée d'une façon toute différente, et que son caractère n'était nullement aussi odieux, ni celui de Wickham aussi sympathique qu'on l'avait cru en Hertfordshire. Comme preuve, elle donna les détails de toutes les négociations d'intérêt qui s'étaient poursuivies entre eux, sans dire qui l'avait renseignée, mais en indiquant qu'elle tenait l'histoire de bonne source.

Sa tante l'écoutait avec une vive curiosité. Mais on approchait maintenant des lieux qui lui rappelaient ses jeunes années, et toute autre idée s'effaça devant le charme des souvenirs. Elle fut bientôt trop occupée à désigner à son mari les endroits intéressants qu'ils traversaient pour prêter son attention à autre chose. Bien que fatiguée par l'excursion du matin, sitôt qu'elle fut sortie de table elle partit à la recherche d'anciens amis, et la soirée fut remplie par le plaisir de renouer des relations depuis longtemps interrompues.

Quant à Elizabeth, les événements de la journée étaient trop passionnants pour qu'elle pût s'intéresser beaucoup aux amis de sa tante. Elle ne cessait de songer, avec un étonnement dont elle ne pouvait revenir, à l'amabilité de Mr. Darcy et, par-dessus tout, au désir qu'il avait exprimé de lui présenter sa sœur.

44

Elizabeth s'attendait à ce que Mr. Darcy lui amenât sa sœur le lendemain de son arrivée à Pemberley, et déjà elle avait résolu de ne pas s'éloigner de l'hôtel ce matin-là, mais elle s'était trompée dans ses prévisions car ses visiteurs se présentèrent un jour plus tôt qu'elle ne l'avait prévu.

Après une promenade dans la ville avec son oncle et sa tante, tous trois étaient revenus à l'hôtel et se préparaient à aller dîner chez des amis retrouvés par Mrs. Gardiner, lorsque le roulement d'une voiture les attira à la fenêtre. Elizabeth, reconnaissant la livrée du coupé qui s'arrêtait devant la porte, devina tout de suite ce dont il s'agissait et annonça à ses compagnons l'honneur qui allait leur être fait. Mr. et Mrs. Gardiner étaient stupéfaits, mais l'embarras de leur nièce, qu'ils rapprochaient de cet incident et de celui de la veille, leur ouvrit soudain les yeux sur des perspectives nouvelles.

Elizabeth se sentait de plus en plus troublée, tout en s'étonnant elle-même de son agitation : entre autres sujets d'inquiétude, elle se demandait si Mr. Darcy n'aurait pas trop fait son éloge à sa sœur et, dans le désir de gagner la sympathie de la jeune fille, elle avait peur que tous ses moyens ne vinssent à lui manquer à la fois.

Craignant d'être vue, elle s'écarta de la fenêtre et se mit à arpenter la pièce pour se remettre, mais les regards de surprise qu'échangeaient son oncle et sa tante n'étaient pas faits pour lui rendre son sang-froid.

Quelques instants plus tard miss Darcy entrait avec son frère et la redoutable présentation avait lieu. A son grand étonnement, Elizabeth put constater que sa visiteuse était au moins aussi embarrassée qu'elle-même. Depuis son arrivée à Lambton elle avait entendu dire que miss Darcy était extrêmement hautaine ; un coup d'œil lui suffit pour voir qu'elle était surtout prodigieusement timide. Elle était grande et plus forte qu'Elizabeth ; bien qu'elle eût à peine dépassé seize ans elle avait déjà l'allure et la grâce d'une femme. Ses traits étaient moins beaux que ceux de son frère, mais l'intelligence et la bonne humeur se lisaient sur son visage. Ses manières étaient aimables et sans aucune recherche. Elizabeth, qui s'attendait à retrouver chez elle l'esprit froidement observateur de son frère, se sentit soulagée.

Au bout de peu d'instants Mr. Darcy l'informa que Mr. Bingley se proposait également de venir lui présenter ses hommages, et Elizabeth avait à peine eu le temps de répondre à cette annonce par une phrase de politesse qu'on entendait dans l'escalier le pas alerte de Mr. Bingley qui fit aussitôt son entrée dans la pièce.

Il y avait longtemps que le ressentiment d'Elizabeth à son égard s'était apaisé ; mais s'il n'en avait pas été ainsi, elle n'aurait pu résister à la franche cordialité avec laquelle Bingley lui exprima son plaisir de la revoir. Il s'enquit de sa famille avec empressement, bien que sans nommer personne, et dans sa manière d'être comme dans son langage il montra l'aisance aimable qui lui était habituelle.

Mr. et Mrs. Gardiner le considéraient avec presque autant d'intérêt qu'Elizabeth ; depuis longtemps ils désiraient le connaître. D'ailleurs, toutes les personnes présentes excitaient leur attention ; les soupçons qui leur étaient nouvellement venus les portaient à observer surtout Mr. Darcy et leur nièce avec une curiosité aussi vive que discrète. Le résultat de leurs observations fut la pleine conviction que l'un des deux au moins savait ce que c'était qu'aimer ; des sentiments de leur nièce ils doutaient encore un peu, mais il était clair pour eux que Mr. Darcy débordait d'admiration.

Elizabeth, de son côté, avait beaucoup à faire. Elle aurait voulu deviner les sentiments de chacun de ses visiteurs, calmer les siens, et se rendre agréable à tous. Ce dernier point sur lequel elle craignait le plus d'échouer était au contraire celui où elle avait le plus de chances de réussir, ses visiteurs étant tous prévenus en sa faveur.

A la vue de Bingley sa pensée s'était aussitôt élancée vers Jane. Combien elle aurait souhaité savoir si la pensée de Bingley avait pris la même direction ! Elle crut remarquer qu'il parlait moins qu'autrefois et, à une ou deux reprises pendant qu'il la regardait, elle se plut à imaginer qu'il cherchait à découvrir une ressemblance entre elle et sa sœur. Si tout ceci n'était qu'imagination, il y avait du moins un fait sur lequel elle ne pouvait s'abuser, c'était l'attitude de Bingley vis-à-vis de miss Darcy, la prétendue rivale de Jane. Rien dans leurs manières ne semblait marquer un attrait spécial des deux jeunes gens l'un pour l'autre ; rien ne se passa entre eux qui fût de nature à justifier les espérances de miss Bingley. Elizabeth saisit, au contraire, deux ou trois petits faits qui lui semblèrent attester chez Mr. Bingley un sentiment persistant de tendresse pour Jane, le désir de parler de choses se rattachant à elle et, s'il l'eût osé, de prononcer son nom. A un moment où les autres causaient ensemble, il lui fit observer d'un ton où perçait un réel regret « qu'il était resté bien longtemps sans la voir », puis ajouta avant qu'elle eût eu le temps de répondre :

— Oui, il y a plus de huit mois. Nous ne nous sommes pas rencontrés depuis le 26 novembre, date à laquelle nous dansions tous à Netherfield.

Elizabeth fut heureuse de constater que sa mémoire était si fidèle. Plus tard, pendant qu'on ne les écoutait pas, il saisit l'occasion de lui demander si *toutes* ses sœurs étaient à Longbourn. En elles-mêmes, cette question et l'observation qui l'avait précédée étaient peu de chose, mais l'accent de Bingley leur donnait une signification.

C'était seulement de temps à autre qu'Elizabeth pouvait tourner les yeux vers Mr. Darcy ; mais chaque coup d'œil le lui montrait avec une expression aimable, et quand il parlait, elle ne pouvait découvrir dans sa voix la moindre nuance de hauteur. En le voyant ainsi plein de civilité non seulement à son égard mais à l'égard de membres de sa famille qu'il avait ouvertement dédaignés, et en se rappelant leur orageux entretien au presbytère de Hunsford, le changement lui semblait si grand et si frappant qu'Elizabeth avait peine à dissimuler son profond étonnement. Jamais encore dans la société de ses amis de Netherfield ou dans celle de ses nobles parentes de Rosings elle ne l'avait vu si désireux de plaire et si parfaitement exempt de fierté et de raideur.

La visite se prolongea plus d'une demi-heure et, en se levant pour prendre congé, Mr. Darcy pria sa sœur de joindre ses instances aux siennes pour demander à leurs hôtes de venir dîner à Pemberley avant de quitter la région. Avec une nervosité qui montrait le peu d'habitude qu'elle avait encore de faire des invitations, miss Darcy s'empressa d'obéir. Mrs. Gardiner regarda sa nièce : n'était-ce pas elle que cette invitation concernait surtout ? Mais Elizabeth avait détourné la tête. Interprétant cette attitude comme un signe d'embarras et non de répugnance pour cette invitation, voyant en outre que son mari paraissait tout prêt à l'accepter, Mrs. Gardiner répondit affirmativement et la réunion fut fixée au surlendemain. Dès que les visiteurs se furent retirés, Elizabeth, désireuse d'échapper aux questions de son oncle et de sa tante, ne resta que le temps de leur entendre exprimer leur bonne impression sur Bingley et elle courut s'habiller pour le dîner.

Elle avait tort de craindre la curiosité de Mr. et Mrs. Gardiner car ils n'avaient aucun désir de forcer ses confidences. Ils se rendaient compte maintenant qu'Elizabeth connaissait Mr. Darcy beaucoup plus qu'ils ne se l'étaient imaginé, et ils ne doutaient pas que Mr. Darcy fût sérieusement épris de leur nièce ; tout cela était à leurs yeux plein d'intérêt, mais ne justifiait pas une enquête.

En ce qui concernait Wickham les voyageurs découvrirent bientôt qu'il n'était pas tenu en grande estime à Lambton : si ses démêlés avec le fils de son protecteur étaient imparfaitement connus, c'était un fait notoire qu'en quittant le Derbyshire il avait laissé derrière lui un certain nombre de dettes qui avaient été payées ensuite par Mr. Darcy.

Quant à Elizabeth, ses pensées étaient à Pemberley ce soir-là plus encore que la veille. La fin de la journée lui parut longue mais ne le fut pas encore assez pour lui permettre de déterminer la nature exacte des sentiments qu'elle éprouvait à l'égard d'un des habitants du château, et elle resta éveillée deux bonnes heures, cherchant à voir clair dans son esprit. Elle ne détestait plus Mr. Darcy, non certes. Il y avait longtemps que son aversion s'était dissipée et elle avait honte maintenant de s'être laissée aller à un pareil sentiment. Depuis quelque temps déjà elle avait cessé de lutter contre le respect que lui inspiraient ses indéniables qualités, et sous l'influence du témoignage qui lui avait été rendu la veille et qui montrait son caractère sous un jour si favorable, ce respect se transformait en quelque chose d'une nature plus amicale. Mais au-dessus de l'estime, au-dessus du respect, il y avait en elle un motif nouveau de sympathie qui ne doit pas être perdu de vue : c'était la gratitude. Elle était reconnaissante à Darcy non seulement de l'avoir aimée, mais de l'aimer encore assez pour lui pardonner l'impétuosité et l'amertume avec lesquelles elle avait accueilli sa demande, ainsi que les accusations injustes qu'elle avait jointes à son refus. Elle eût trouvé naturel qu'il l'évitât comme une ennemie, et voici que dans une rencontre inopinée il montrait au contraire un vif désir de voir se renouer leurs relations. De l'air le plus naturel, sans aucune assiduité indiscrète, il essayait de gagner la sympathie des siens et cherchait à la mettre elle-même en rapport avec sa sœur. L'amour seul — et un amour ardent — pouvait chez un homme aussi orgueilleux expliquer un tel changement, et l'impression qu'Elizabeth en ressentait était très douce, mais difficile à définir. Elle éprouvait du respect, de l'estime et de la reconnaissance : elle souhaitait son bonheur. Elle aurait voulu seulement savoir dans quelle mesure elle désirait que ce bonheur dépendît d'elle, et si elle aurait raison d'user du pouvoir qu'elle avait conscience de posséder encore pour l'amener à se déclarer de nouveau.

Il avait été convenu le soir entre la tante et la nièce que l'amabilité vraiment extraordinaire de miss Darcy venant les voir le jour même de son arrivée réclamait d'elles une démarche de politesse, et elles avaient décidé d'aller lui faire visite à Pemberley le lendemain.

Mr. Gardiner partit lui-même ce matin-là peu après le breakfast ; on avait reparlé la veille des projets de pêche, et il devait retrouver vers midi quelques-uns des hôtes du château au bord de la rivière.

45

Convaincue maintenant que l'antipathie de miss Bingley était uniquement l'effet de la jalousie, Elizabeth songeait que son arrivée à Pemberley ne causerait à celle-ci aucun plaisir et elle se demandait avec curiosité en quels termes elles allaient renouer connaissance.

A leur arrivée, on leur fit traverser le hall pour gagner

le salon. Cette pièce, exposée au nord, était d'une fraîcheur délicieuse ; par les fenêtres ouvertes on voyait les hautes collines boisées qui s'élevaient derrière le château et, plus près, des chênes et des châtaigniers magnifiques se dressant çà et là sur une pelouse. Les visiteuses y furent reçues par miss Darcy qui s'y trouvait en compagnie de Mrs. Hurst, de miss Bingley, et de la personne qui lui servait de chaperon à Londres. L'accueil de Georgiana fut plein de politesse, mais empreint de cette gêne causée par la timidité qui pouvait donner à ses inférieurs une impression de hautaine réserve. Mrs. Gardiner et sa nièce, cependant, lui rendirent justice tout en compatissant à son embarras.

Mrs. Hurst et miss Bingley les honorèrent simplement d'une révérence et, lorsqu'elles se furent assises, il y eut un silence — embarrassant comme tous les silences — qui dura quelques instants. Ce fut Mrs. Annesley, personne d'aspect sympathique et distingué, qui le rompit et ses efforts pour trouver quelque chose d'intéressant à dire montrèrent la supériorité de son éducation sur celle de ses compagnes. La conversation parvint à s'établir entre elle et Mrs. Gardiner avec un peu d'aide du côté d'Elizabeth. Miss Darcy paraissait désireuse d'y prendre part et risquait de temps à autre une courte phrase quand elle avait le moins de chances d'être entendue.

Elizabeth s'aperçut bientôt qu'elle était étroitement observée par miss Bingley et qu'elle ne pouvait dire un mot à miss Darcy sans attirer immédiatement son attention. Cette surveillance ne l'aurait pas empêchée d'essayer de causer avec Georgiana sans la distance incommode qui les séparait l'une de l'autre. Mais Elizabeth ne regrettait pas d'être dispensée de parler beaucoup ; ses pensées suffisaient à l'occuper. A tout moment elle s'attendait à voir apparaître le maître de la maison et ne savait si elle le souhaitait ou si elle le redoutait davantage.

Après être restée un quart d'heure sans ouvrir la bouche, miss Bingley surprit Elizabeth en la questionnant d'un ton froid sur la santé de sa famille. Ayant reçu une réponse aussi brève et aussi froide elle retomba dans son mutisme.

L'arrivée de domestiques apportant une collation composée de viande froide, de gâteaux et des plus beaux fruits de la saison, amena une diversion. Il y avait là de quoi occuper agréablement tout le monde, et de belles pyramides de raisin, de pêches et de brugnons rassemblèrent toutes les dames autour de la table.

A cet instant, Elizabeth put être fixée sur ses sentiments par l'entrée de Mr. Darcy dans le salon. Il revenait de la rivière où il avait passé quelque temps avec Mr. Gardiner et deux ou trois hôtes du château, et les avait quittés seulement quand il avait appris que Mrs. Gardiner et sa nièce se proposaient de faire visite à Georgiana. Dès qu'il apparut, Elizabeth prit la résolution de se montrer parfaitement calme et naturelle, résolution d'autant plus sage, sinon plus facile à tenir, qu'elle sentait éveillés les soupçons de toutes les personnes présentes et que tous les yeux étaient tournés vers Mr. Darcy dès son entrée pour observer son attitude. Aucune physionomie ne reflétait une curiosité plus vive que celle de miss Bingley, en dépit des sourires qu'elle prodiguait à l'un de ceux qui en étaient l'objet car la jalousie ne lui avait pas enlevé tout espoir et son empressement auprès de Mr. Darcy restait le même. Miss Darcy s'efforça de parler davantage en présence de son frère. Lui-même laissa voir à Elizabeth combien il désirait qu'elle fît plus ample connaissance avec sa sœur, et tâcha d'animer leurs essais de conversation. Miss Bingley le remarquait aussi et, dans l'imprudence de sa colère, saisit la première occasion pour demander avec une politesse moqueuse :

— Eh bien, miss Eliza, est-ce que le régiment de la milice n'a pas quitté Meryton ? Ce doit être une grande perte pour votre famille.

En présence de Mr. Darcy, elle n'osa pas prononcer le nom de Wickham ; mais Elizabeth comprit tout de suite que c'était à lui que miss Bingley faisait allusion et les souvenirs que ce nom éveillait la troublèrent un moment. Un effort énergique lui permit de répondre à cette attaque d'un ton suffisamment détaché. Tout en parlant, d'un coup d'œil involontaire, elle vit Darcy, le visage plus coloré, lui jeter un regard ardent, tandis que sa sœur, saisie de confusion, n'osait même pas lever les yeux. Si miss Bingley avait su la peine qu'elle infligeait à sa très chère amie, elle se serait sans doute abstenue de cette insinuation, mais elle voulait simplement embarrasser Elizabeth par cette allusion à un homme pour lequel elle lui croyait une préférence, espérant qu'elle trahirait une émotion qui pourrait la desservir aux yeux de Darcy ; voulant aussi, peut-être, rappeler à ce dernier les sottises et les absurdités commises par une partie de la famille Bennet à propos du régiment. Du projet d'enlèvement de miss Darcy elle ne savait pas un mot. L'air tranquille d'Elizabeth calma vite l'émotion de Mr. Darcy et, comme miss Bingley, désappointée, n'osa faire une allusion plus précise à Wickham, Georgiana se remit aussi peu à peu, mais pas assez pour retrouver le courage d'ouvrir la bouche avant la fin de la visite. Son frère, dont elle n'osait rencontrer le regard, avait presque oublié ce qui la concernait en cette affaire et l'incident calculé pour le détourner d'Elizabeth semblait au contraire avoir fixé sa pensée sur elle avec plus de confiance qu'auparavant.

La visite prit fin peu après. Pendant que Mr. Darcy accompagnait Mrs. Gardiner et sa nièce jusqu'à leur voiture, miss Bingley, pour se soulager, se répandit en critiques sur Elizabeth, sur ses manières et sa toilette, mais Georgiana se garda bien de lui faire écho ; pour accorder ses bonnes grâces, elle ne consultait que le jugement de son frère qui était infaillible à ses yeux ; or, il avait parlé d'Elizabeth en des termes tels que Georgiana ne pouvait que la trouver aimable et charmante.

Quand Darcy rentra au salon, miss Bingley ne put s'empêcher de lui répéter une partie de ce qu'elle venait de dire à sa sœur :

— Comme Eliza Bennet a changé depuis l'hiver dernier ! Elle a bruni et perdu toute finesse. Nous disions à l'instant, Louisa et moi, que nous ne l'aurions pas reconnue.

Quel que fût le déplaisir causé à Mr. Darcy par ces paroles, il se contenta de répondre qu'il ne remarquait chez Elizabeth d'autre changement que le hâle de son teint, conséquence assez naturelle d'un voyage fait au cœur de l'été.

— Pour ma part, répliqua miss Bingley, j'avoue que je n'ai jamais pu découvrir chez elle le moindre attrait ; elle a le visage trop mince, le teint sans éclat, ses traits n'ont aucune beauté, son nez manque de caractère, et quant à ses yeux que j'ai entendu parfois tellement vanter, je ne leur trouve rien d'extraordinaire ; ils ont un regard perçant et désagréable que je n'aime pas du tout, et toute sa personne respire une suffisance intolérable.

Convaincue comme elle l'était de l'admiration de Darcy pour Elizabeth, miss Bingley s'y prenait vraiment bien mal pour lui plaire ; mais la colère est souvent mauvaise conseillère, et tout le succès qu'elle obtint — et qu'elle méritait — fut d'avoir blessé Darcy. Il gardait toutefois un silence obstiné et, comme si elle avait résolu à toutes fins de le faire parler, elle poursuivit :

— Quand nous l'avons vue pour la première fois en Hertfordshire, je me rappelle à quel point nous avions été surprises d'apprendre qu'elle était considérée là-bas comme une beauté. Je vous entends encore nous dire, un jour où elle était venue à Netherfield : « Jolie, miss Elizabeth Bennet ? Autant dire que sa mère est une femme d'esprit ! » Cependant, elle a paru faire ensuite quelque progrès dans votre estime, et il fut même un temps, je crois, où vous la trouviez assez bien.

— En effet, répliqua Darcy incapable de se contenir

plus longtemps. Mais c'était au commencement, car voilà bien des mois que je la considère comme une des plus jolies femmes de ma connaissance.

Là-dessus il sortit, laissant miss Bingley savourer la satisfaction de lui avoir fait dire ce qu'elle désirait le moins entendre.

Mrs. Gardiner et Elizabeth, pendant leur retour, parlèrent de tout ce qui s'était passé pendant la visite, excepté de ce qui les intéressait davantage l'une et l'autre. Elles échangèrent leurs impressions sur tout le monde, sauf sur celui qui les occupait le plus. Elles parlèrent de sa sœur, de ses amis, de sa maison, de ses fruits, de tout, excepté de lui-même. Cependant Elizabeth brûlait de savoir ce que sa tante pensait de Mr. Darcy, et Mrs. Gardiner aurait été infiniment reconnaissante à sa nièce si elle avait entamé ce sujet la première.

46

Elizabeth avait été fort désappointée en arrivant à Lambton de ne pas y trouver une lettre de Jane, et chaque courrier avait renouvelé cette déception. Le matin du troisième jour cependant, l'arrivée de deux lettres à la fois mit fin à son attente ; l'une des deux lettres, dont l'adresse était fort mal écrite, avait pris une mauvaise direction, ce qui expliquait le retard.

Son oncle et sa tante, qui s'apprêtaient à l'emmener faire une promenade, sortirent seuls pour lui permettre de prendre tranquillement connaissance de son courrier. Elizabeth ouvrit en premier la lettre égarée qui datait déjà de cinq jours. Jane lui racontait d'abord leurs dernières réunions et les menues nouvelles locales. Mais la seconde partie, qui avait été écrite un jour plus tard et témoignait chez Jane d'un état de grande agitation, donnait des nouvelles d'une autre importance :

Depuis hier, très chère Lizzy, s'est produit un événement des plus inattendus et des plus graves — mais j'ai peur de vous alarmer ; ne craignez rien, nous sommes tous en bonne santé. Ce que j'ai à vous dire concerne la pauvre Lydia. Hier soir à minuit, tout le monde ici étant couché, est arrivé un exprès envoyé par le colonel Forster pour nous informer qu'elle était partie pour l'Ecosse avec un de ses officiers, pour tout dire, avec Wickham. Vous pensez quelle fut notre stupéfaction ! Kitty cependant paraissait beaucoup moins étonnée que nous. Quant à moi je suis on ne peut plus bouleversée. Quel mariage imprudent pour l'un comme pour l'autre ! Mais j'essaye de ne pas voir les choses trop en noir, et je veux croire que Wickham vaut mieux que sa réputation. Je le crois léger et imprudent, mais ce qu'il a fait ne décèle pas une nature foncièrement mauvaise et son choix prouve au moins son désintéressement, car il n'ignore pas que mon père ne peut rien donner à Lydia. Notre pauvre mère est extrêmement affligée ; mon père supporte mieux ce choc. Comme je suis heureuse que nous ne leur ayons pas communiqué ce que nous savions sur Wickham ! Il faut maintenant l'oublier nous-mêmes.

Ils ont dû partir tous deux, samedi soir, vers minuit, mais on ne s'est aperçu de leur fuite que le lendemain matin vers huit heures. L'exprès nous a été envoyé immédiatement. Ma chère Lizzy, ils ont dû passer à dix miles seulement de Longbourn ! Le colonel nous fait prévoir qu'il arrivera lui-même sous peu. Lydia avait laissé un mot à sa femme pour lui annoncer sa détermination. Je suis obligée de m'arrêter, car on ne peut laisser notre pauvre mère seule très longtemps. Je sais à peine ce que j'écris ; j'espère que vous pourrez tout de même me comprendre.

Sans s'arrêter une seconde pour réfléchir et se rendant

à peine compte de ce qu'elle éprouvait, Elizabeth saisit la seconde lettre et l'ouvrit fébrilement. Elle contenait ce qui suit :

En ce moment, ma chère Lizzy, vous avez sans doute déjà la lettre que je vous ai griffonnée hier à la hâte. J'espère que celle-ci sera plus intelligible ; toutefois ma pauvre tête est dans un tel état que je ne puis répondre de mettre beaucoup de suite dans ce que j'écris. Ma chère Lizzy, j'ai de mauvaises nouvelles à vous apprendre ; il vaut mieux vous les dire tout de suite. Tout imprudent que nous jugions un mariage entre notre pauvre Lydia et Mr. Wickham, nous ne demandons maintenant qu'à recevoir l'assurance qu'il a bien eu lieu, car trop de raisons nous font craindre qu'ils ne soient pas partis pour l'Ecosse.

Le colonel Forster est arrivé hier ici, ayant quitté Brighton peu d'heures après son exprès. Bien que la courte lettre de Lydia à sa femme leur eût donné à croire que le couple se rendait à Gretna Green[1]*, quelques mots, qui échappèrent à Denny, exprimant la conviction que Wickham n'avait jamais eu la moindre intention d'aller en Ecosse, pas plus que celle d'épouser Lydia, avaient été rapportés au colonel Forster qui, prenant alarme, était parti sur l'heure de Brighton pour essayer de relever leurs traces. Il avait pu les suivre facilement jusqu'à Clapham, mais pas plus loin, car, en arrivant dans cette ville, ils avaient abandonné la chaise de poste qui les avait amenés d'Epsom, pour prendre une voiture de louage. Tout ce qu'on sait à partir de ce moment, c'est qu'on les a vus poursuivre leur voyage vers Londres. Je me perds en conjectures. Après avoir fait toutes les enquêtes possibles de ce côté, le colonel Forster a pris la route de Longbourn en les renouvelant à toutes les*

1. Gretna Green . village à la frontière de l'Ecosse où se célébraient les mariages clandestins.

barrières et toutes les auberges de Barnet et de Hatfield : personne répondant à leur signalement n'avait été remarqué. Il est arrivé à Longbourn en nous témoignant la plus grande sympathie et nous a communiqué ses appréhensions en des termes qui font honneur à ses sentiments. Ni lui ni sa femme, vraiment, ne méritent aucun reproche.

Notre désolation est grande, ma chère Lizzy. Mon père et ma mère craignent le pire mais je ne puis croire à tant de perversité de la part de Wickham. Bien des circonstances ont pu leur faire préférer se marier secrètement à Londres plutôt que de suivre leur premier plan ; et même si Wickham avait pu concevoir de tels desseins sur une jeune fille du milieu de Lydia, pouvons-nous supposer qu'elle aurait perdu à ce point le sentiment de son honneur et de sa dignité ? C'est impossible ! J'ai le regret de dire, néanmoins, que le colonel Forster ne semble pas disposé à partager l'optimisme de mes suppositions. Il a secoué la tête lorsque je les ai exprimées devant lui et m'a répondu qu'il craignait qu'on ne pût avoir aucune confiance en Wickham.

Ma pauvre maman est réellement malade et garde la chambre. Si elle pouvait prendre un peu d'empire sur elle-même ! Mais il n'y faut pas compter. Quant à notre père, de ma vie je ne l'ai vu aussi affecté. La pauvre Kitty s'en veut d'avoir dissimulé cette intrigue, mais peut-on lui reprocher d'avoir gardé pour elle une confidence faite sous le sceau du secret ? Je suis heureuse, ma chère Lizzy, que vous ayez échappé à ces scènes pénibles mais maintenant que le premier choc est reçu, j'avoue qu'il me tarde de vous voir de retour. Je ne suis pas assez égoïste cependant pour vous presser de revenir plus tôt que vous ne le souhaitez. Adieu !

Je reprends la plume pour vous prier de faire ce qu'à l'instant je n'osais vous demander. Les circonstances sont telles que je ne puis m'empêcher de vous supplier de revenir tous aussitôt que possible. Je connais assez mon oncle et ma tante pour ne pas craindre de leur adresser cette prière. J'ai encore une autre demande à faire à mon oncle. Mon père part à l'instant avec le colonel Forster pour Londres où il veut essayer de découvrir Lydia. Par quels moyens, je l'ignore ; mais son extrême désarroi l'empêchera, je le crains, de prendre les mesures les plus judicieuses, et le colonel Forster est obligé d'être de retour à Brighton demain soir. Dans une telle conjoncture, les conseils et l'aide de mon oncle lui seraient infiniment utiles. Il comprendra mon sentiment et je m'en remets à sa grande bonté.

— Mon oncle ! Où est mon oncle ! s'écria Elizabeth après avoir achevé sa lecture, s'élançant pour courir à sa recherche sans perdre une minute.

Elle arrivait à la porte lorsque celle-ci fut ouverte par un domestique et livra passage à Mr. Darcy. La pâleur de la jeune fille et son air agité le firent tressaillir mais avant qu'il eût pu se remettre de sa surprise et lui adresser la parole, Elizabeth, qui n'avait plus d'autre pensée que celle de Lydia, s'écria :

— Pardonnez-moi, je vous en prie, si je suis obligée de vous quitter, mais il faut que je trouve à l'instant Mr. Gardiner pour une affaire extrêmement urgente. Je n'ai pas un instant à perdre...

— Grand Dieu ! Qu'avez-vous donc ? s'écria Darcy avec plus de sympathie que de discrétion ; puis, se reprenant : Je ne vous retiendrai pas un instant, mais permettez que ce soit moi ou bien votre domestique, qui aille chercher Mr. et Mrs. Gardiner. Vous êtes incapable d'y aller vous-même.

Elizabeth hésita, mais ses jambes se dérobaient sous elle et, comprenant qu'il n'y avait aucun avantage à faire elle-même cette recherche, elle rappela le domestique et, d'une voix haletante, à peine intelligible, elle lui donna l'ordre de ramener ses maîtres au plus vite. Dès qu'il fut parti, elle se laissa tomber sur un siège, l'air si défait que

Darcy ne put se résoudre à la quitter ni s'empêcher de lui dire d'un ton plein de douceur et de commisération :

— Laissez-moi appeler votre femme de chambre. N'y a-t-il rien que je puisse faire pour vous procurer quelque soulagement ? Un peu de vin, peut-être ? Je vais aller vous en chercher. Vous êtes toute pâle.

— Non, je vous remercie, répondit Elizabeth en tâchant de se remettre. Je vous assure que je n'ai rien. Je suis seulement bouleversée par des nouvelles désolantes que je viens de recevoir de Longbourn.

En parlant ainsi elle fondit en larmes, et, pendant quelques minutes, se trouva dans l'impossibilité de continuer. Darcy, anxieux et désolé, ne put que murmurer quelques mots indistincts sur sa sympathie et la considérer avec une muette compassion.

A la fin, elle put reprendre :

— Je viens de recevoir une lettre de Jane avec des nouvelles lamentables. Ma jeune sœur a quitté ses amis... elle s'est enfuie... avec... elle s'est livrée au pouvoir de... Mr. Wickham... Vous le connaissez assez pour soupçonner le reste. Elle n'a ni dot, ni situation, ni rien qui puisse le tenter. Elle est perdue à jamais !

Darcy restait immobile et muet d'étonnement.

— Quand je pense, ajouta-t-elle d'une voix encore plus agitée, que j'aurais pu empêcher un pareil malheur ! moi qui savais ce qu'il valait ! Si j'avais seulement répété chez moi une partie de ce que je savais ! Si on l'avait connu pour ce qu'il était, cela ne serait pas arrivé. Et maintenant, il est trop tard !

— Je suis désolé, s'écria Darcy, désolé et indigné. Mais tout cela est-il certain, absolument certain ?

— Hélas oui ! Ils ont quitté Brighton dans la nuit de dimanche, et on a pu relever leurs traces presque jusqu'à Londres, mais pas plus loin. Ils ne sont certainement pas allés en Ecosse.

— Et qu'a-t-on fait jusqu'ici ? Qu'a-t-on tenté pour la retrouver ?

— Mon père est parti pour Londres, et Jane écrit pour demander l'aide immédiate de mon oncle. Nous allons partir, je pense, d'ici une demi-heure. Mais que pourra-t-on faire ? Quel recours y a-t-il contre un tel homme ? Arrivera-t-on même à les découvrir ? Je n'ai pas le plus léger espoir. La situation est horrible sous tous ses aspects !

Darcy acquiesça de la tête, silencieusement.

— Ah ! quand on m'a ouvert les yeux sur la véritable nature de cet homme, si j'avais su alors quel était mon devoir ! Mais je n'ai pas su, j'ai eu peur d'aller trop loin... Quelle funeste erreur !

Darcy ne répondit pas. Il semblait à peine l'entendre ; plongé dans une profonde méditation, il arpentait la pièce d'un air sombre et le front contracté. Elizabeth le remarqua et comprit aussitôt : le pouvoir qu'elle avait eu sur lui s'évanouissait, sans doute ; tout devait céder devant la preuve d'une telle faiblesse dans sa famille, devant l'assurance d'une si profonde disgrâce. Elle ne pouvait pas plus s'en étonner que condamner Darcy, mais la conviction qu'il faisait effort pour se ressaisir n'apportait aucun adoucissement à sa détresse. D'autre part, c'était pour elle le moyen de connaître la véritable nature des sentiments qu'elle éprouvait à son égard. Jamais encore elle n'avait senti qu'elle aurait pu l'aimer comme en cet instant où l'aimer devenait désormais chose vaine.

Mais elle ne pouvait songer longtemps à elle-même. Lydia, l'humiliation et le chagrin qu'elle leur infligeait à tous eurent tôt fait d'écarter toute autre préoccupation ; et, plongeant sa figure dans son mouchoir, Elizabeth perdit de vue tout le reste.

Après quelques minutes, elle fut rappelée à la réalité par la voix de son compagnon. D'un accent qui exprimait la compassion, mais aussi une certaine gêne, il lui disait :

— J'ai peur, en restant près de vous, de m'être montré indiscret. Je n'ai aucune excuse à invoquer, sinon celle d'une très réelle, mais bien vaine sympathie. Plût à Dieu qu'il fût en mon pouvoir de vous apporter quelque soulagement dans une telle détresse ! mais je ne veux pas vous importuner de souhaits inutiles et qui sembleraient réclamer votre reconnaissance. Ce malheureux événement, je le crains, va priver ma sœur du plaisir de vous voir à Pemberley aujourd'hui.

— Hélas oui ! Soyez assez bon pour exprimer nos regrets à miss Darcy. Dites que des affaires urgentes nous rappellent immédiatement. Dissimulez la triste vérité tant qu'elle ne sera pas ébruitée. Je sais que ce ne sera pas pour bien longtemps.

Il l'assura de sa discrétion, exprima encore une fois la part qu'il prenait à son chagrin, souhaita une conclusion plus heureuse que les circonstances présentes ne le faisaient espérer et, l'enveloppant d'un dernier regard, prit congé d'elle. Au moment où il disparaissait, Elizabeth se dit qu'ils avaient bien peu de chances de se rencontrer de nouveau dans cette atmosphère de cordialité qui avait fait le charme de leurs entrevues en Derbyshire. Au souvenir de leurs rapports si divers et si pleins de revirements, elle songea en soupirant à ces étranges vicissitudes de sentiments qui lui faisaient souhaiter maintenant la continuation de ces rapports après l'avoir amenée jadis à se réjouir de leur rupture. Elle voyait partir Darcy avec regret et cet exemple immédiat des conséquences que devait avoir la conduite de Lydia lui fut, au milieu de ses réflexions, une nouvelle cause d'angoisse.

Depuis qu'elle avait lu la seconde lettre, elle n'avait plus le moindre espoir quant à l'honnêteté des intentions de Wickham et à son dessein d'épouser Lydia. Il fallait être Jane pour se flatter d'une telle illusion. Tant qu'elle n'avait connu que le contenu de la première lettre elle s'était demandé avec une surprise indicible comment Wickham pouvait avoir l'idée d'épouser une jeune fille qu'il savait sans fortune. Que Lydia eût pu se l'attacher lui semblait également incompréhensible. Mais tout s'expliquait maintenant : pour ce genre d'attachement, Lydia avait suffisamment de charmes. Certes, Elizabeth ne pensait pas que celle-ci eût pu consentir à un enlèvement où il n'aurait pas été question de mariage, mais elle se rendait compte aisément que ni la vertu ni le bon sens ne pouvaient empêcher sa sœur de devenir une proie facile.

Il lui tardait maintenant d'être de retour. Elle brûlait d'être sur les lieux, de pouvoir se renseigner, et de partager avec sa sœur les soucis qui, dans une maison aussi bouleversée, et en l'absence du père, devaient retomber uniquement sur Jane. Malgré sa crainte de voir rester vains les efforts tentés pour sauver Lydia, elle estimait l'intervention de son oncle de la plus haute importance et attendait son retour dans la plus douloureuse agitation.

Mr. et Mrs. Gardiner arrivèrent tout effrayés, le rapport du domestique leur ayant fait croire que leur nièce se trouvait subitement malade. Elle les rassura sur ce point, et leur communiqua immédiatement les deux lettres de Jane. D'une voix tremblante d'émotion, elle souligna le *post-scriptum* de la seconde.

L'affliction de Mr. et de Mrs. Gardiner fut profonde, bien que Lydia n'eût jamais été leur favorite, mais il ne s'agissait pas d'elle seule ; sa disgrâce atteignait toute sa famille. Après les premières exclamations de surprise et d'horreur, Mr. Gardiner promit sans hésiter tout son concours ; sa nièce, bien qu'elle n'attendît pas moins de lui, le remercia avec des larmes de reconnaissance. Tous trois se trouvant animés du même esprit, leurs dispositions en vue du départ furent prises rapidement ; il fallait se mettre en route aussi vite que possible.

— Et notre invitation à Pemberley ? qu'allons-nous faire à ce sujet ? s'écria Mrs. Gardiner. John nous a dit que Mr. Darcy était présent quand vous l'avez envoyé nous chercher. Est-ce bien exact ?

— Parfaitement, et je lui ai dit que nous ne pourrions tenir notre engagement. Tout est réglé de ce côté.

« Qu'est-ce qui est réglé ? se demandait la tante en

courant à sa chambre pour se préparer au départ. Sont-ils dans des termes tels qu'elle ait pu lui découvrir la vérité ? Je donnerais beaucoup pour savoir ce qui s'est passé entre eux. »

Si Elizabeth avait eu le loisir de rester inactive, elle se serait sûrement crue incapable de faire quoi que ce fût dans le désarroi où elle se trouvait, mais elle dut aider sa tante dans ses préparatifs qui comprenaient l'obligation d'écrire à tous leurs amis de Lambton afin de leur donner une explication plausible de leur départ subit. En une heure, cependant, tout fut terminé et Mr. Gardiner ayant, pendant ce temps, réglé ses comptes à l'hôtel, il n'y eut plus qu'à partir. Après cette dure matinée, Elizabeth se trouva, en moins de temps qu'elle ne l'aurait supposé, installée en voiture, et sur la route de Longbourn.

47

— Plus je réfléchis à cette affaire, Elizabeth, lui dit son oncle comme ils quittaient la ville, plus j'incline à penser comme votre sœur aînée : il me semble si étrange qu'un jeune homme ait pu former un tel dessein sur une jeune fille qui n'est pas, certes, sans protecteurs et sans amis et qui, de plus, résidait dans la famille de son colonel, que je suis très enclin à adopter la supposition la plus favorable. Wickham pouvait-il s'attendre à ce que la famille de Lydia n'intervînt pas, ou pouvait-il ignorer qu'il serait mis au ban de son régiment après un tel affront fait au colonel Forster ? Le risque serait hors de proportion avec le but.

— Le croyez-vous vraiment ? s'écria Elizabeth dont le visage s'éclaira un instant.

— Pour ma part, s'écria Mrs. Gardiner, je commence

à être de l'avis de votre oncle. Il y aurait là un trop grand oubli de la bienséance, de l'honneur et de ses propres intérêts pour que Wickham puisse en être accusé. Vous-même, Lizzy, avez-vous perdu toute estime pour lui au point de l'en croire capable ?

— Capable de négliger ses intérêts, non, je ne le crois pas, mais de négliger tout le reste, oui, certes ! Si cependant tout était pour le mieux !... Mais je n'ose l'espérer. Pourquoi, dans ce cas, ne seraient-ils pas partis pour l'Ecosse ?

— En premier lieu, répliqua Mr. Gardiner, il n'y a pas de preuve absolue qu'ils ne soient pas partis pour l'Ecosse.

— Le fait qu'ils ont quitté la voiture de poste pour prendre une voiture de louage est une bien forte présomption. En outre, on n'a pu relever d'eux aucune trace sur la route de Barnet.

— Eh bien, supposons qu'ils soient à Londres. Ils peuvent y être pour se cacher, mais sans autre motif plus blâmable. N'ayant sans doute ni l'un ni l'autre beaucoup d'argent, ils ont pu trouver plus économique, sinon aussi expéditif, de se faire marier à Londres plutôt qu'en Ecosse.

— Mais pourquoi tout ce mystère ? Pourquoi ce mariage clandestin ? Non, non, cela n'est pas vraisemblable. Son ami le plus intime — vous l'avez vu dans le récit de Jane — est persuadé qu'il n'a jamais eu l'intention d'épouser Lydia. Jamais Wickham n'épousera une femme sans fortune ; ses moyens ne le lui permettent pas. Et quels attraits possède donc Lydia, à part sa jeunesse et sa gaieté, pour le faire renoncer en sa faveur à un mariage plus avantageux ? Quant à la disgrâce qu'il encourrait à son régiment, je ne puis en juger, mais j'ai bien peur que votre dernière raison ne puisse se soutenir : Lydia n'a pas de frère pour prendre en main ses intérêts, et Wickham pouvait imaginer, d'après ce qu'il connaît de mon père, de son indolence et du peu d'attention qu'il semble donner à ce qui se passe chez lui, qu'il ne prendrait pas cette affaire aussi tragiquement que bien des pères de famille.

— Mais croyez-vous Lydia assez fermée à tout sentiment autre que sa folle passion pour consentir à vivre avec Wickham sans qu'ils soient mariés ?

— Il est vraiment affreux, répondit Elizabeth, les yeux pleins de larmes, d'être forcée de douter de sa sœur, et cependant, je ne sais que répondre. Peut-être suis-je injuste à son égard, mais Lydia est très jeune, elle n'a pas été habituée à penser aux choses sérieuses et voilà six mois que le plaisir et la vanité sont toutes ses préoccupations. On l'a laissée libre de disposer de son temps de la façon la plus frivole et de se gouverner à sa fantaisie. Depuis que le régiment a pris ses quartiers à Meryton, elle n'avait plus en tête que le flirt et les militaires. Bref elle a fait tout ce qu'elle pouvait — comment diraije — pour donner encore plus de force à des penchants déjà si accusés. Et vous savez comme moi que Wickham, par la séduction de ses manières et de sa personne, a tout ce qu'il faut pour tourner une tête de jeune fille.

— Mais vous voyez, dit sa tante, que Jane ne juge pas Wickham assez mal pour le croire capable d'un tel scandale.

— Qui Jane a-t elle jamais jugé sévèrement ? Cependant, elle connaît Wickham aussi bien que moi. Nous savons toutes deux qu'il est dépravé au véritable sens du mot, qu'il n'a ni loyauté ni honneur, et qu'il est aussi trompeur qu'insinuant.

— Vous savez vraiment tout cela ! s'écria Mrs. Gardiner, brûlant de connaître la source de toutes ces révélations.

— Oui, certes, répliqua Elizabeth en rougissant. Je vous ai parlé l'autre jour de l'infamie de sa conduite envers Mr. Darcy ; vous-même, pendant votre séjour à Longbourn, avez pu entendre de quelle manière il parlait de l'homme qui a montré à son égard tant de patience et de générosité. Il y a d'autres circonstances que je ne suis pas libre de raconter : ses mensonges sur la famille de Pemberley ne comptent plus. Par ce qu'il m'avait dit de miss Darcy, je m'attendais à trouver une jeune fille fière, distante et désagréable. Il savait pourtant qu'elle était aussi aimable et aussi simple que nous l'avons trouvée.

— Mais Lydia ne sait-elle rien de tout cela ? Peut-elle ignorer ce dont vous et Jane paraissez si bien informées ?

— Hélas ! C'est bien là le pire ! Jusqu'à mon séjour dans le Kent pendant lequel j'ai beaucoup vu Mr. Darcy et son cousin, le colonel Fitzwilliam, j'ignorais moi-même la vérité. Quand je suis revenue à la maison, le régiment allait bientôt quitter Meryton ; ni Jane ni moi n'avons jugé nécessaire de dévoiler ce que nous savions. Quand il fut décidé que Lydia irait avec les Forster à Brighton, la nécessité de lui ouvrir les yeux sur le véritable caractère de Wickham ne m'est pas venue à l'esprit. Vous devinez combien j'étais loin de penser que mon silence pût causer une telle catastrophe !

— Ainsi, au moment du départ pour Brighton, vous n'aviez aucune raison de les croire épris l'un de l'autre ?

— Aucune, ni d'un côté ni de l'autre, je ne puis me rappeler le moindre indice d'affection. Pourtant, si quelque chose de ce genre avait été visible, vous pensez que dans une famille comme la nôtre, on n'aurait pas manqué de s'en apercevoir. Lors de l'arrivée de Wickham à Meryton, Lydia était certes pleine d'admiration pour lui, mais elle n'était pas la seule, puisqu'il avait fait perdre la tête à toutes les jeunes filles de Meryton et des environs. Lui-même, de son côté, n'avait paru distinguer Lydia par aucune attention particulière. Aussi, après une courte période d'admiration effrénée, le caprice de Lydia s'était éteint et elle avait rendu sa préférence aux officiers qui se montraient plus assidus auprès d'elle.

On s'imagine facilement que tel fut l'unique sujet de conversation durant tout le temps du voyage, bien qu'il n'y eût dans tout ce qu'ils disaient rien qui fût de nature à donner plus de force à leurs craintes et à leurs espoirs.

Le trajet se fit avec toute la rapidité possible. En voyageant toute la nuit, ils réussirent à atteindre Longbourn le jour suivant, à l'heure du dîner. C'était un soulagement pour Elizabeth de penser que l'épreuve d'une longue attente serait épargnée à Jane.

Attirés par la vue de la chaise de poste, les petits Gardiner se pressaient sur les marches du perron lorsqu'elle franchit le portail et, au moment où elle s'arrêta, leur joyeuse surprise se traduisit par des gambades et des culbutes. Elizabeth avait déjà sauté de la voiture et, leur donnant à chacun un baiser hâtif, s'était élancée dans le vestibule où elle rencontra Jane qui descendait en courant de l'appartement de sa mère. Elizabeth, en la serrant affectueusement dans ses bras, pendant que leurs yeux s'emplissaient de larmes, se hâta de lui demander si l'on avait des nouvelles des fugitifs.

— Pas encore, dit Jane, mais maintenant que mon cher oncle est là, j'ai l'espoir que tout va s'arranger.

— Mon père est-il à Londres ?

— Oui, depuis mardi, comme je vous l'ai écrit.

— Et vous avez reçu de ses nouvelles ?

— Une fois seulement. Il m'a écrit mercredi quelques lignes pour me donner les instructions que je lui avais demandées. Il ajoutait qu'il n'écrirait plus tant qu'il n'aurait rien d'important à nous annoncer.

— Et notre mère, comment va-t-elle ? Comment allez-vous tous ?

— Elle ne va pas mal, je crois, bien que très secouée, mais ne quitte pas sa chambre. Elle sera satisfaite de vous voir tous les trois. Mary et Kitty, Dieu merci, vont bien.

— Mais vous ? s'écria Elizabeth. Je vous trouve très pâle. Vous avez dû passer des heures bien cruelles !

Jane assura qu'elle allait parfaitement et leur conversation fut coupée par l'arrivée de Mr. et Mrs. Gardiner que leurs enfants avaient retenus jusque-là. Jane courut à eux et les remercia en souriant à travers ses larmes.

Mrs. Bennet les reçut comme ils pouvaient s'y attendre, pleurant, gémissant, accablant d'invectives l'infâme conduite de Wickham, plaignant ses propres souffrances et accusant l'injustice du sort, blâmant tout le monde, excepté la personne dont l'indulgence malavisée était surtout responsable de l'erreur de sa fille.

— Si j'avais pu aller avec toute ma famille à Brighton comme je le désirais, cela ne serait pas arrivé. Mais Lydia, la pauvre enfant, n'avait personne pour veiller sur elle. Comment se peut-il que les Forster ne l'aient pas mieux gardée ? Il y a eu certainement de leur part une négligence coupable, car Lydia n'était pas fille à agir ainsi, si elle avait été suffisamment surveillée. J'ai toujours pensé qu'on n'aurait pas dû la leur confier. Mais, comme c'est la règle, on ne m'a pas écoutée ! Pauvre chère enfant ! Et maintenant, voilà Mr. Bennet parti. Il va sûrement se battre en duel avec Wickham, s'il le retrouve, et il se fera tuer... Et alors, qu'adviendra-t-il de nous toutes ? A peine aura-t-il rendu le dernier soupir que les Collins nous mettront hors d'ici et si vous n'avez pas pitié de nous, mon frère, je ne sais vraiment pas ce que nous deviendrons.

Tous protestèrent en chœur contre ces sombres suppositions, et Mr. Gardiner, après avoir assuré sa sœur de son dévouement pour elle et sa famille, dit qu'il retournerait à Londres le lendemain pour aider Mr. Bennet de tout son pouvoir à retrouver Lydia.

— Ne vous laissez pas aller à d'inutiles alarmes, ajouta-t-il. S'il vaut mieux s'attendre au pire, nous n'avons pas de raisons de le considérer comme certain. Il n'y a pas tout à fait une semaine qu'ils ont quitté Brighton. Dans quelques jours nous pouvons avoir de leurs nouvelles, et, jusqu'à ce que nous apprenions qu'ils ne sont pas mariés, ni sur le point de l'être, rien ne prouve que tout soit perdu. Dès que je serai à Londres, j'irai trouver votre mari ; je l'installerai chez moi et nous pourrons alors décider ensemble ce qu'il convient de faire.

— Oh ! mon cher frère, s'exclama Mrs. Bennet. Je ne pouvais rien souhaiter de mieux. Et maintenant, je vous en supplie, où qu'ils soient, trouvez-les, et s'ils ne sont pas mariés, mariez-les ! Que la question des habits de noce ne les retarde pas. Dites seulement à Lydia qu'aussitôt mariée elle aura tout l'argent nécessaire pour les acheter. Mais, par-dessus tout, empêchez Mr. Bennet de se battre ! Dites-lui dans quel état affreux vous m'avez vue, à moitié morte de peur, avec de telles crises de frissons, de spasmes dans le côté, de douleurs dans la tête et de palpitations, que je ne puis me reposer ni jour ni nuit. Dites encore à cette chère Lydia de ne pas prendre de décision pour ses achats de toilettes avant de m'avoir vue, parce qu'elle ne connaît pas les meilleures maisons. O mon frère ! que vous êtes bon ! Je sais qu'on peut compter sur vous pour tout arranger.

Mr. Gardiner l'assura de nouveau de son vif désir de l'aider et lui recommanda la modération dans ses espoirs aussi bien que dans ses craintes. La conversation continua ainsi jusqu'à l'annonce du dîner. Alors ils descendirent tous, laissant Mrs. Bennet s'épancher dans le sein de la femme de charge qui la soignait en l'absence de ses filles. Bien que la santé de Mrs. Bennet ne parût pas réclamer de telles précautions, son frère et sa belle-sœur ne cherchèrent pas à la persuader de quitter sa chambre, car ils savaient qu'elle était incapable de se taire à table devant les domestiques et ils jugeaient préférable qu'une seule personne — la servante en qui l'on pouvait avoir le plus de confiance — reçût la confidence de ses craintes et de ses angoisses.

Dans la salle à manger, ils furent bientôt rejoints par Mary et Kitty que leurs occupations avaient empêchées de paraître plus tôt. L'une avait été retenue par ses livres, l'autre par sa toilette. Toutes deux avaient le visage suffisamment calme ; néanmoins, l'absence de sa sœur favorite, ou le mécontentement qu'elle avait encouru elle-même en cette affaire, donnait à la voix de Kitty un accent plus désagréable que d'habitude. Quant à Mary, elle était assez maîtresse d'elle-même pour murmurer à Elizabeth dès qu'elles furent assises à table :

— C'est une bien regrettable histoire, et qui va faire beaucoup parler, mais, de ce triste événement, il y a une leçon utile à tirer, c'est que chez la femme, la perte de la vertu est irréparable, que sa réputation est aussi fragile qu'elle est précieuse, et que nous ne saurions être trop en garde contre les représentants indignes de l'autre sexe.

Elizabeth lui jeta un regard stupéfait et se sentit incapable de lui répondre.

Dans l'après-midi, les deux aînées purent avoir une demi-heure de tranquillité. Elizabeth en profita pour poser à Jane maintes questions.

— Donnez-moi tous les détails que je ne connais pas encore. Qu'a dit le colonel Forster ? N'avaient-ils, lui et sa femme, conçu aucun soupçon avant le jour de l'enlèvement ? On devait voir Lydia et Wickham souvent ensemble.

— Le colonel Forster a avoué qu'il avait à plusieurs reprises soupçonné une certaine inclination, du côté de Lydia surtout, mais rien dont on eût lieu de s'alarmer... Je suis si fâchée pour ce pauvre colonel. Il est impossible d'agir avec plus de cœur qu'il ne l'a fait. Il se proposait de venir nous exprimer sa contrariété avant même de savoir qu'ils n'étaient pas partis pour l'Ecosse. Dès qu'il a été renseigné, il a hâté son voyage.

— Et Denny, est-il vraiment convaincu que Wickham ne voulait pas épouser Lydia ? Le colonel Forster a-t-il vu Denny lui-même ?

— Oui, mais, questionné par lui, Denny a nié avoir eu connaissance des plans de son camarade et n'a pas voulu dire ce qu'il en pensait. Ceci me laisse espérer qu'on a pu mal interpréter ce qu'il m'avait dit en premier lieu.

— Jusqu'à l'arrivée du colonel, personne de vous, naturellement, n'éprouvait le moindre doute sur le but de leur fuite ?

— Comment un tel doute aurait-il pu nous venir à l'esprit ? J'éprouvais bien quelque inquiétude au sujet de l'avenir de Lydia, la conduite de Wickham n'ayant pas toujours été sans reproche ; mais mon père et ma mère ignoraient tout cela et sentaient seulement l'imprudence d'une telle union. C'est alors que Kitty, avec un air de se prévaloir de ce qu'elle en savait plus que nous, nous a avoué que Lydia, dans sa dernière lettre, l'avait préparée à cet événement. Elle savait qu'ils s'aimaient, semble-t-il, depuis plusieurs semaines.

— Mais pas avant le départ pour Brighton ?

— Non, je ne le crois pas.

— Et le colonel Forster, semblait-il juger lui-même Wickham défavorablement ? Le connaît-il sous son vrai jour ?

— Je dois reconnaître qu'il n'en a pas dit autant de bien qu'autrefois. Il le trouve imprudent et dépensier, et, depuis cette triste affaire, on dit dans Meryton qu'il y a laissé beaucoup de dettes ; mais je veux espérer que c'est faux.

— Oh ! Jane, si seulement nous avions été moins discrètes ! Si nous avions dit ce que nous savions ! Rien ne serait arrivé.

— Peut-être cela eût-il mieux valu, mais nous avons agi avec les meilleures intentions.

— Le colonel Forster a-t-il pu vous répéter ce que Lydia avait écrit à sa femme ?

— Il a apporté la lettre elle-même pour nous la montrer. La voici.

Et Jane la prenant dans son portefeuille la tendit à Elizabeth.

La lettre était ainsi conçue ·

Ma chère Harriet,

Vous allez sûrement bien rire en apprenant où je suis partie. Je ne puis m'empêcher de rire moi-même en pensant à la surprise que vous aurez demain matin, lorsque vous vous apercevrez que je ne suis plus là.

Je pars pour Gretna Green, et si vous ne devinez pas avec qui, c'est que vous serez bien sotte, car il n'y a que lui qui existe à mes yeux ; c'est un ange, et je l'adore ! Aussi ne vois-je aucun mal à partir avec lui. Ne vous donnez pas la peine d'écrire à Longbourn si cela vous ennuie. La surprise n'en sera que plus grande lorsqu'on recevra là-bas une lettre de moi signée : Lydia Wickham. La bonne plaisanterie ! J'en ris tellement que je puis à peine écrire !

Dites à Pratt mon regret de ne pouvoir danser avec lui ce soir. Il ne m'en voudra pas de ne point tenir ma promesse, quand il saura la raison qui m'en empêche.

J'enverrai chercher mes vêtements dès que je serai à Longbourn, mais je vous serais reconnaissante de dire à Sally de réparer un grand accroc à ma robe de mousseline brodée avant de l'emballer.

Mes amitiés au colonel Forster ; j'espère que vous boirez tous deux à notre santé et à notre heureux voyage.

Votre amie affectionnée.

Lydia.

— Ecervelée, insouciante Lydia ! s'écria Elizabeth. Ecrire une telle lettre dans un moment pareil ! Toutefois, ceci nous montre que de son côté il n'y avait pas de honteuses intentions. Mon pauvre père ! Quel coup pour lui !

— Il a été positivement atterré. Pendant quelques minutes, il est resté sans pouvoir articuler une syllabe. Ma mère s'est trouvée mal, et la maison a été dans un état de confusion indescriptible.

— Oh ! Jane, s'écria Elizabeth, y a-t-il un seul de nos domestiques qui n'ait tout connu avant la fin de la journée ?

— Je ne sais. Il est bien difficile d'être sur ses gardes en de tels moments. Notre mère avait des attaques de nerfs et je faisais tout mon possible pour la soulager. Mais je crains de n'avoir pas fait tout ce que j'aurais pu. L'horreur et le chagrin m'ôtaient presque l'usage de mes facultés.

— Toutes ces fatigues ont excédé vos forces. Vous avez l'air épuisée. Oh ! que n'étais-je avec vous ! Tous les soins et toutes les angoisses sont retombés sur vous seule.

— Mary et Kitty ont été très gentilles. Ma tante Philips, venue à Longbourn mardi, après le départ de notre père, a eu l'obligeance de rester avec nous jusqu'à jeudi. Lady Lucas, elle aussi, nous a montré beaucoup de bonté. Elle est venue mercredi nous apporter ses condoléances et nous offrir ses services ou ceux de ses filles au cas où nous en aurions besoin.

— Lady Lucas aurait mieux fait de rester chez elle ! s'écria Elizabeth. Peut-être ses intentions étaient-elles bonnes ; mais dans une infortune comme la nôtre, moins on voit ses voisins et mieux cela vaut. Leur assistance ne peut être d'aucun secours et leurs condoléances sont importunes. Qu'ils triomphent au loin et nous laissent en paix !

Elle s'enquit alors des mesures que Mr. Bennet, une fois à Londres, comptait prendre pour retrouver sa fille.

— Il voulait, je crois, aller à Epsom — car c'est là que Wickham et Lydia ont changé de chevaux pour la dernière fois — et voir s'il pouvait obtenir des postillons quelques renseignements. Son but principal était de découvrir la voiture de louage qu'ils avaient prise à Clapham. Cette voiture avait amené de Londres un voyageur : s'il pouvait connaître la maison où le fiacre avait déposé son voyageur, il aurait à faire là aussi une enquête qui pouvait, pensait-il, lui faire découvrir le numéro et la station du fiacre. J'ignore ses autres projets. Il avait si grande hâte de partir et il était tellement troublé que j'ai déjà eu beaucoup de mal à lui arracher ces quelques renseignements.

48

Le lendemain matin, on s'attendait à Longbourn à recevoir une lettre de Mr. Bennet, mais le courrier passa sans rien apporter de lui. Mr. Bennet était connu pour être en temps ordinaire un correspondant plein de négligence. Tout de même, en des circonstances pareilles, les siens attendaient de lui un effort. Ils furent obligés de conclure qu'il n'avait à leur envoyer aucune nouvelle rassurante. Mais de cela même ils auraient aimé être certains. Mr. Gardiner se mit en route pour Londres aussitôt après le passage de la poste.

Par lui, du moins, on serait assuré d'être tenu au courant. Il devait insister auprès de Mr. Bennet pour qu'il revînt chez lui le plus tôt possible ; il l'avait promis en partant, au grand soulagement de sa sœur qui voyait dans ce retour la seule chance pour son mari de n'être pas tué en duel. Mrs. Gardiner s'était décidée à rester quelques jours de plus en Hertfordshire avec ses enfants, dans la pensée qu'elle pourrait être utile à ses nièces. Elle les aidait à s'occuper de leur mère et sa présence leur était un réconfort dans leurs moments de liberté. Leur tante Philips aussi les visitait fréquemment, et toujours, comme elle le disait, dans l'unique but de les distraire et de les remonter ; mais comme elle n'arrivait jamais sans leur apporter un nouveau témoignage des désordres de Wickham, elle laissait généralement ses nièces plus découragées qu'elle ne les avait trouvées.

Tout Meryton semblait s'acharner à noircir l'homme

qui, trois mois auparavant, avait été son idole. On racontait qu'il avait laissé des dettes chez tous les commerçants de la ville, et qu'il avait eu des intrigues qu'on décorait du nom de séductions dans les familles de tous ces commerçants. On le proclamait d'une voix unanime l'homme le plus dépravé de l'univers, et chacun commençait à découvrir que ses dehors vertueux ne lui avaient jamais inspiré confiance. Elizabeth, tout en n'ajoutant pas foi à la moitié de ces racontars, en retenait assez pour être de plus en plus convaincue de la perte irrémédiable de sa sœur. Jane elle-même abandonnait tout espoir à mesure que le temps s'écoulait, car, si les fugitifs étaient partis pour l'Ecosse, ce qu'elle avait toujours voulu espérer, on aurait, selon toute probabilité, déjà reçu de leurs nouvelles.

Mr. Gardiner avait quitté Longbourn le dimanche : le mardi, sa femme reçut une lettre où il disait qu'il avait vu son beau-frère à son arrivée, et l'avait décidé à s'installer à Gracechurch Street. Mr. Bennet revenait d'Epsom et de Clapham où il n'avait pu recueillir la moindre information ; il se disposait maintenant à demander des renseignements dans tous les hôtels de Londres, pensant que Wickham et Lydia avaient pu séjourner dans l'un d'eux avant de trouver un logement. Mr. Gardiner n'attendait pas grand-chose de ces recherches mais comme son beau-frère y tenait, il s'apprêtait à le seconder. Il ajoutait que Mr. Bennet n'était pas disposé pour l'instant à quitter Londres et qu'il allait écrire à sa famille. Un *post-scriptum* suivait ainsi conçu : « Je viens d'écrire au colonel Forster pour lui demander d'essayer de savoir par les camarades de Wickham si ce dernier a des parents ou des amis en passe de connaître l'endroit où il se dissimule. Ce serait un point capital pour nous que de savoir où nous adresser avec des chances de trouver un fil conducteur. Actuellement, nous n'avons rien pour nous guider. Le colonel Forster, j'en suis sûr, fera tout son possible pour nous obtenir ce renseignement ; mais, en y réfléchissant, je me demande si Lizzy ne saurait pas nous dire mieux que personne quels peuvent être les proches parents de Wickham. »

Elizabeth se demanda pourquoi l'on faisait appel à son concours. Il lui était impossible de fournir aucune indication. Elle n'avait jamais entendu Wickham parler de parents autres que son père et sa mère, décédés depuis longtemps. Il était possible en effet qu'un de ses camarades du régiment fût capable d'apporter plus de lumière. Même sans chances sérieuses de réussir, il y avait à faire de ce côté une tentative qui entretiendrait l'espérance dans les esprits.

L'une après l'autre, les journées s'écoulaient à Longbourn dans une anxiété que redoublait l'heure de chaque courrier. Car toute nouvelle, bonne ou mauvaise, ne pouvait venir que par la poste. Mais avant que Mr. Gardiner écrivît de nouveau, une lettre venant d'une tout autre direction — une lettre de Mr. Collins — arriva à l'adresse de Mr. Bennet. Jane, chargée de dépouiller le courrier de son père, l'ouvrit, et Elizabeth, qui connaissait le curieux style des lettres de son cousin, lut par-dessus l'épaule de sa sœur :

Mon cher monsieur,

Nos relations de parenté et ma situation de membre du clergé me font un devoir de prendre part à la douloureuse affliction qui vous frappe, et dont nous avons été informés hier par une lettre du Hertfordshire. Croyez bien, cher monsieur, que Mrs. Collins et moi sympathisons sincèrement avec vous et toute votre respectable famille, dans votre présente infortune, d'autant plus amère qu'elle est irréparable. Je ne veux oublier aucun argument capable de vous réconforter dans cette circonstance affligeante entre toutes pour le cœur d'un père. La mort de votre fille eût été en comparaison une grâce du ciel. L'affaire est d'autant plus triste qu'il y a fort à supposer, ainsi que me le dit ma chère Charlotte, que la conduite licencieuse de votre fille provient de la manière déplorable dont elle a été gâtée. Cependant, pour votre consolation et celle de Mrs. Bennet, j'incline à penser que sa nature était foncièrement mauvaise, sans quoi elle n'aurait pas commis une telle énormité à un âge aussi tendre. Quoi qu'il en soit, vous êtes fort à plaindre, et je partage cette opinion non seulement avec Mrs. Collins, mais encore avec lady Catherine et miss de Bourgh. Elles craignent comme moi que l'erreur d'une des sœurs ne porte préjudice à l'avenir de toutes les autres ; car, ainsi que daignait tout à l'heure me le faire remarquer lady Catherine, qui voudrait maintenant s'allier à votre famille ? Et cette considération me porte à réfléchir sur le passé avec encore plus de satisfaction, car si les événements avaient pris un autre tour, en novembre dernier, il me faudrait participer maintenant à votre chagrin et à votre déshonneur.

Laissez-moi vous conseiller, cher monsieur, de reprendre courage, de rejeter loin de votre affection une fille indigne et de la laisser recueillir les fruits de son coupable égarement. Croyez, cher monsieur, etc.

Mr. Gardiner ne récrivit qu'après avoir reçu la réponse du colonel Forster, mais il n'avait rien de satisfaisant à communiquer. On ne connaissait à Wickham aucun parent avec qui il entretînt des rapports, et très certainement il n'avait plus de famille proche. Il ne manquait pas de relations banales, mais depuis son arrivée au régiment on ne l'avait vu se lier intimement avec personne. L'état pitoyable de ses finances était pour lui un puissant motif de se cacher, qui s'ajoutait à la crainte d'être découvert par la famille de Lydia. Le bruit se répandait qu'il avait laissé derrière lui des dettes de jeu considérables. Le colonel Forster estimait qu'il faudrait plus de mille livres pour régler ses dépenses à Brighton. Il devait beaucoup en ville, mais ses dettes d'honneur étaient plus formidables encore.

Mr. Gardiner n'essayait pas de dissimuler ces faits. Jane les apprit avec horreur :

— Quoi ! Wickham, un joueur ! C'est inouï ! s'écriait-elle. Je ne m'en serais jamais doutée !

La lettre de Mr. Gardiner annonçait aux jeunes filles le retour probable de leur père le lendemain même qui était un samedi. Découragé par l'insuccès de ses tentatives, il avait cédé aux instances de son beau-frère qui l'engageait à retourner auprès des siens en lui laissant le soin de poursuivre ses recherches à Londres. Cette détermination ne causa pas à Mrs. Bennet la joie à laquelle on s'attendait, après les craintes qu'elle avait manifestées pour l'existence de son mari.

— Comment, il revient sans cette pauvre Lydia ! Il quitte Londres avant de les avoir retrouvés ! Qui donc, s'il s'en va, se battra avec Wickham pour l'obliger à épouser Lydia ?

Comme Mrs. Gardiner désirait retourner chez elle, il fut convenu qu'elle partirait avec ses enfants le jour du retour de Mr. Bennet. La voiture les transporta donc jusqu'au premier relais et revint à Longbourn avec son maître.

Mrs. Gardiner repartait non moins intriguée au sujet d'Elizabeth et de son ami de Pemberley qu'elle l'avait été en quittant le Derbyshire. Le nom de Darcy n'était plus jamais venu spontanément aux lèvres de sa nièce, et le demi-espoir qu'elle-même avait formé de voir arriver une lettre de lui s'était évanoui. Depuis son retour, Elizabeth n'avait rien reçu qui parût venir de Pemberley. En vérité, on ne pouvait faire aucune conjecture d'après l'humeur d'Elizabeth, son abattement s'expliquant assez par les tristesses de la situation présente. Cependant, celle-ci voyait assez clair en elle-même pour sentir que si elle n'avait pas connu Darcy, elle aurait supporté la crainte du déshonneur de Lydia avec un peu moins d'amertume et qu'une nuit d'insomnie sur deux lui aurait été épargnée.

Lorsque Mr. Bennet arriva chez lui, il paraissait avoir repris son flegme et sa philosophie habituels. Aussi peu communicatif que de coutume, il ne fit aucune allusion à l'événement qui avait motivé son départ et ses filles n'eurent pas le courage de lui en parler elles-mêmes.

C'est seulement l'après-midi lorsqu'il les rejoignit pour le thé qu'Elizabeth osa aborder le sujet ; mais lorsqu'elle lui eut exprimé brièvement son regret de tout ce qu'il avait dû supporter, il répliqua :

— Ne parlez pas de cela. Comme je suis responsable de ce qui s'est passé, il est bien juste que j'en souffre.

— Ne soyez pas trop sévère pour vous-même, protesta Elizabeth.

— C'est charitable à vous de me prémunir contre un tel danger. Non, Lizzy, laissez-moi sentir au moins une fois dans mon existence combien j'ai été répréhensible. Ne craignez point de me voir accablé par ce sentiment qui passera toujours assez tôt.

— Croyez-vous qu'ils soient à Londres ?

— Je le crois. Où pourraient-ils être mieux cachés ?

— Et Lydia souhaitait beaucoup aller à Londres, remarqua Kitty.

— Elle peut être satisfaite alors, dit son père froidement, car elle y demeurera sans doute quelque temps.

Après un court silence, il reprit :

— Lizzy, je ne vous en veux pas d'avoir eu raison contre moi. L'avis que vous m'avez donné au mois de mai, et qui se trouve justifié par les événements, dénote un esprit clairvoyant.

Ils furent interrompus par Jane qui venait chercher le thé de sa mère.

— Quelle aimable mise en scène, et que cela donne d'élégance au malheur ! s'écria Mr. Bennet. J'ai bonne envie, moi aussi, de m'enfermer dans ma bibliothèque en bonnet de nuit et en robe de chambre, et de donner tout l'embarras possible à mon entourage. Mais peut-être puis-je attendre pour cela que Kitty se fasse enlever à son tour.

— Mais je n'ai pas l'intention de me faire enlever, papa ! répliqua Kitty d'un ton vexé. Et si jamais je vais à Brighton, je m'y conduirai beaucoup mieux que Lydia.

— Vous, aller à Brighton ! mais je ne voudrais pas vous voir aller même à Eastbourn pour un empire ! Non, Kitty. J'ai appris enfin la prudence, et vous en sentirez les effets. Aucun officier désormais ne sera admis à franchir le seuil de ma maison, ni même à passer par le village. Les bals seront absolument interdits, à moins que vous n'y dansiez qu'avec vos sœurs, et vous ne sortirez des limites du parc que lorsque vous aurez prouvé que vous pouvez consacrer dix minutes par jour à une occupation raisonnable.

Kitty, qui prenait toutes ces menaces à la lettre, fondit en larmes.

— Allons, allons ! ne pleurez pas, lui dit son père. Si vous êtes sage, d'ici une dizaine d'années je vous promets de vous mener à une revue.

49

Deux jours après le retour de Mr. Bennet, Jane et Elizabeth se promenaient ensemble dans le bosquet derrière la maison, lorsqu'elles virent venir la femme de charge. La croyant envoyée par leur mère pour les appeler, les deux jeunes filles allèrent à sa rencontre, mais Mrs. Hill dit en s'adressant à Jane :

— Excusez-moi de vous déranger, Mademoiselle, mais je pensais qu'on avait reçu de bonnes nouvelles de

Londres, et je me suis permis de venir m'en enquérir auprès de vous.

— Que voulez-vous dire, Hill ? nous n'avons rien reçu de Londres.

— Comment, Mademoiselle ! s'écria Mrs. Hill stupéfaite. Vous ne saviez donc pas qu'il est arrivé pour Monsieur un exprès envoyé par Mr. Gardiner ? Il est là depuis une demi-heure et il a remis une lettre à mon maître.

Les jeunes filles couraient déjà vers la maison ; elles traversèrent le hall et se précipitèrent dans la salle à manger et, de là, dans la bibliothèque : leur père ne se trouvait nulle part. Elles allaient monter chez leur mère quand elles rencontrèrent le valet de chambre.

— Si vous cherchez Monsieur, Mesdemoiselles, il est parti vers le petit bois.

Sur cette indication, elles s'élancèrent hors de la maison et traversèrent la pelouse en courant pour rejoindre leur père qui, d'un pas délibéré, se dirigeait vers un petit bois qui bordait la prairie.

Jane, moins légère et moins habituée à courir qu'Elizabeth, fut bientôt distancée, tandis que sa sœur tout essoufflée rattrapait son père et lui demandait avidement :

— Oh ! papa, quelles nouvelles ? quelles nouvelles ? Vous avez bien reçu quelque chose de mon oncle ?

— Oui, un exprès vient de m'apporter une lettre de lui.

— Eh bien ! quelles nouvelles contient-elle ?... bonnes ou mauvaises ?

— Que peut-on attendre de bon ? dit-il, tirant la lettre de sa poche. Mais peut-être préférez-vous lire vous-même ce qu'il m'écrit.

Elizabeth lui prit vivement la lettre des mains. A ce moment, Jane les rejoignit.

— Lisez-la tout haut, dit Mr. Bennet, car c'est à peine si je sais moi-même ce qu'elle contient.

Gracechurch Street, mardi 2 août.

Mon cher frère,

Enfin il m'est possible de vous envoyer des nouvelles de ma nièce, et j'espère que, somme toute, elles vous donneront quelque satisfaction. Samedi, peu après votre départ, j'ai été assez heureux pour découvrir dans quelle partie de Londres ils se cachaient ; je passe sur les détails que je vous donnerai de vive voix ; il suffit que vous sachiez qu'ils sont retrouvés. Je les ai vus tous les deux...

— Alors, c'est bien comme je l'espérais, s'écria Jane, ils sont mariés !

... Je les ai vus tous les deux. Ils ne sont pas mariés, et je n'ai pas découvert que le mariage entrât dans leurs projets, mais si vous êtes prêt à remplir les engagements que je me suis risqué à prendre pour vous, je crois qu'il ne tardera pas à avoir lieu. Tout ce qu'on vous demande est d'assurer par contrat à votre fille sa part des cinq mille livres qui doivent revenir à vos enfants après vous, et promettre en outre de lui servir annuellement une rente de cent livres, votre vie durant. Etant donné les circonstances, j'ai cru pouvoir souscrire sans hésiter à ces conditions dans la mesure où je pouvais m'engager pour vous. Je vous envoie cette lettre par exprès afin que votre réponse m'arrive sans aucun retard. Vous comprenez facilement par ces détails que la situation pécuniaire de Wickham n'est pas aussi mauvaise qu'on le croit généralement. Le public a été trompé sur ce point, et je suis heureux de dire que les dettes une fois réglées, il restera un petit capital qui sera porté au nom de ma nièce. Si, comme je le le suppose, vous m'envoyez pleins pouvoirs pour agir en votre nom, je donnerai mes instructions à Haggerston pour qu'il dresse le contrat. Je ne vois pas la moindre utilité à ce que vous reveniez à Londres ; aussi demeurez donc tranquillement à Longbourn et reposez-vous sur moi. Envoyez votre réponse

aussitôt que possible en ayant soin de m'écrire en termes très explicites. Nous avons jugé préférable que notre nièce résidât chez nous jusqu'à son mariage et je pense que vous serez de cet avis. Elle nous arrive aujourd'hui. Je vous récrirai aussitôt que de nouvelles décisions auront été prises. Bien à vous.

Edward Gardiner.

— Est-ce possible ! s'écria Elizabeth en terminant sa lecture. Va-t-il vraiment l'épouser ?

— Wickham n'est donc pas aussi indigne que nous l'avions pensé, dit sa sœur. Mon cher père, je m'en réjouis pour vous.

— Avez-vous répondu à cette lettre ? demanda Elizabeth.

— Non, mais il faut que je le fasse sans tarder.

— Oh ! père, revenez vite écrire cette lettre ; pensez à l'importance que peut avoir le moindre délai !

— Voulez-vous que j'écrive pour vous, si cela vous ennuie de le faire ? proposa Jane.

— Cela m'ennuie énormément, mais il faut que cela soit fait.

Là-dessus il fit volte-face et revint vers la maison avec ses filles.

— Puis-je vous poser une question ? dit Elizabeth. Ces conditions, il n'y a sans doute qu'à s'y soumettre ?

— S'y soumettre ! Je suis seulement honteux qu'il demande si peu...

— Et il faut absolument qu'ils se marient ? Tout de même, épouser un homme pareil !

— Oui, oui ; il faut qu'ils se marient. C'est une nécessité qui s'impose. Mais il y a deux choses que je désire vivement savoir : d'abord, quelle somme votre oncle a dû débourser pour obtenir ce résultat ; ensuite, comment je pourrai jamais m'acquitter envers lui.

— Quelle somme ? Mon oncle ? Que voulez-vous dire ? s'écria Jane.

— Je veux dire que pas un homme de sens n'épouserait Lydia pour un appât aussi mince que cent livres par an pendant ma vie, et cinq mille après ma mort.

— C'est très juste, dit Elizabeth ; cette idée ne m'était pas venue encore. Ses dettes payées, et en outre un petit capital ! Sûrement, c'est mon oncle qui a tout fait. Quelle bonté ! Quelle générosité ! J'ai peur qu'il n'ait fait là un lourd sacrifice. Ce n'est pas avec une petite somme qu'il aurait pu obtenir ce résultat.

— Non, dit son père, Wickham est fou s'il prend Lydia à moins de dix mille livres sterling. Je serais fâché d'avoir à le juger si mal dès le début de nos relations de famille.

— Dix mille livres, juste ciel ! Comment pourrait-on rembourser seulement la moitié d'une pareille somme ?

Mr. Bennet ne répondit point et tous trois gardèrent le silence jusqu'à la maison. Mr. Bennet se rendit dans la bibliothèque pour écrire, tandis que ses filles entraient dans la salle à manger.

— Ainsi, ils vont se marier ! s'écria Elizabeth dès qu'elles furent seules. Et dire qu'il faut en remercier la Providence... Qu'ils s'épousent avec des chances de bonheur si minces et la réputation de Wickham si mauvaise, voilà ce dont nous sommes forcées de nous réjouir ! O Lydia !...

— Je me console, dit Jane, en pensant qu'il n'épouserait pas Lydia s'il n'avait pour elle une réelle affection. Que notre oncle ait fait quelque chose pour le libérer de ses dettes, c'est probable ; mais je ne puis croire qu'il ait avancé dix mille livres ou une somme qui en approche ! Il est père de famille : comment pourrait-il disposer de dix mille livres ?

— Si nous arrivons jamais à connaître d'un côté le montant des dettes, et de l'autre le chiffre du capital ajouté à la dot de Lydia, nous saurons exactement ce qu'a fait pour eux Mr. Gardiner, car Wickham n'a pas six pence lui appartenant en propre. Jamais nous ne pourrons assez reconnaître la bonté de mon oncle et de ma tante. Avoir pris Lydia chez eux, et lui accorder pour son plus grand bien leur protection et leur appui, est un acte de dévouement que des années de reconnaissance ne suffiront pas à acquitter. Pour le moment, la voilà près d'eux, et si un tel bienfait n'excite pas ses remords, elle ne mérite pas d'être heureuse. Quel a dû être son embarras devant ma tante, à leur première rencontre !

— Efforçons-nous d'oublier ce qui s'est passé de part et d'autre, dit Jane. J'ai espoir et confiance qu'ils seront heureux. Pour moi, du moment qu'il l'épouse, c'est qu'il veut enfin rentrer dans la bonne voie. Leur affection mutuelle les soutiendra, et je me dis qu'ils mèneront une vie assez rangée et raisonnable pour que le souvenir de leur imprudence finisse par s'effacer.

— Leur conduite a été telle, répliqua Elizabeth, que ni vous, ni moi, ni personne ne pourrons jamais l'oublier. Il est inutile de se leurrer sur ce point.

Il vint alors à l'esprit des jeunes filles que leur mère, selon toute vraisemblance, ignorait encore les nouvelles reçues. Elles allèrent donc trouver leur père dans la bibliothèque, et lui demandèrent si elles devaient mettre elles-mêmes Mrs. Bennet au courant. Il était en train d'écrire et, sans lever la tête, répondit froidement :

— Faites comme il vous plaira.

— Pouvons-nous emporter la lettre de mon oncle pour la lui lire ?

— Emportez tout ce que vous voulez, et laissez-moi tranquille.

Elizabeth prit la lettre sur le bureau, et les deux sœurs montèrent chez Mrs. Bennet. Kitty et Mary se trouvaient auprès d'elle, si bien que la même communication servit pour tout le monde. Après un court préambule pour les préparer à de bonnes nouvelles, Jane lut la lettre tout haut. Mrs. Bennet avait peine à se contenir. Quand vint le passage où Mr. Gardiner exprimait l'espoir que Lydia serait bientôt mariée, sa joie éclata, et la suite ne fit qu'ajouter à son exaltation. Le bonheur la bouleversait aussi violemment que l'inquiétude et le chagrin l'avaient tourmentée.

— Ma Lydia ! Ma chère petite Lydia ! s'exclama-t-elle. Quelle joie, elle va se marier ! Je la reverrai. Elle va se marier à seize ans. Oh ! mon bon frère ! Je savais bien qu'il arrangerait tout ! Comme il me tarde de la revoir, et de revoir aussi ce cher Wickham... Mais les toilettes ? les toilettes de noce ? Je vais écrire tout de suite à ma sœur Gardiner pour qu'elle s'en occupe. Lizzy, mon enfant, courez demander à votre père combien il lui donnera. Non, restez ! restez ! J'y vais moi-même. Sonnez Hill, Kitty ; je m'habille à l'instant. Lydia, ma chère Lydia ! Comme nous serons contentes de nous retrouver !

Jane tenta de calmer ces transports en représentant à sa mère les obligations que leur créait le dévouement de Mr. Gardiner.

— Car, dit-elle, nous devons pour une bonne part attribuer cet heureux dénouement à la générosité de mon oncle. Nous sommes persuadés qu'il s'est engagé à aider pécuniairement Mr. Wickham.

— Eh bien ! s'écria sa mère, c'est très juste. Qui pouvait mieux le faire que l'oncle de Lydia ? S'il n'avait pas de famille, toute sa fortune devrait revenir à moi et à mes enfants. C'est bien la première fois que nous recevrons quelque chose de lui, à part de menus cadeaux de temps à autre. Vraiment, je suis trop heureuse : j'aurai bientôt une fille mariée. Mrs. Wickham... comme cela sonne bien ! Et elle n'a ses seize ans que depuis le mois de juin ! Ma chère Jane, je suis trop émue pour être capable d'écrire moi-même ; aussi je vais dicter et vous écrirez. Plus tard, nous déciderons avec votre père de la somme à envoyer, mais occupons-nous d'abord de commander le nécessaire.

Elle commençait à entrer dans toutes sortes de détails de calicot, de mousseline, de batiste, et elle aurait bientôt dicté d'abondantes commandes si Jane ne l'avait, non sans peine, persuadée d'attendre que Mr. Bennet fût libre pour le consulter. Un jour de retard, observa-t-elle, ne tirait pas à conséquence. L'heureuse mère céda, oubliant son habituelle obstination. D'autres projets, d'ailleurs, lui venaient en tête.

— Dès que je serai prête, déclara-t-elle, j'irai à Meryton pour annoncer la bonne nouvelle à ma sœur Philips. En revenant, je pourrai m'arrêter chez lady Lucas et chez Mrs. Long. Kitty, descendez vite commander la voiture. Cela me fera grand bien de prendre l'air. Enfants, puis-je faire quelque chose pour vous à Meryton ? Ah ! voilà Hill. Ma brave Hill, avez-vous appris la bonne nouvelle ? Miss Lydia va se marier, et le jour de la noce vous aurez tous un bol de punch pour vous mettre le cœur en fête.

Mrs. Hill aussitôt d'exprimer sa joie. Elizabeth reçut ses compliments comme les autres, puis, lasse de tant d'extravagances, elle chercha un refuge dans sa chambre pour s'abandonner librement à ses pensées. La situation de la pauvre Lydia, en mettant les choses au mieux, était encore suffisamment triste ; mais il fallait se féliciter qu'elle ne fût pas pire. Tel était le sentiment d'Elizabeth, et bien qu'elle ne pût compter pour sa sœur sur un avenir de bonheur et de prospérité, en pensant à leurs angoisses passées, elle apprécia les avantages du résultat obtenu.

50

Durant les années écoulées, Mr. Bennet avait souvent regretté qu'au lieu de dépenser tout son revenu il n'eût pas mis de côté chaque année une petite somme pour assurer après lui la possession d'un capital à ses filles et à sa femme, si celle-ci lui survivait. Il le regrettait aujourd'hui plus que jamais. S'il avait rempli ce devoir, Lydia, à cette heure, ne devrait pas à son oncle l'honneur et la dignité qu'on était en train d'acheter pour elle, et c'est lui-même qui aurait la satisfaction d'avoir décidé un des jeunes hommes les moins estimables de la Grande-Bretagne à devenir le mari de sa fille. Il était profondément contrarié de penser qu'une affaire si désavantageuse pour tout le monde se réglait aux seuls frais de son beau-frère, et, résolu à découvrir, s'il le pouvait, le montant des sommes qu'il avait déboursées pour lui, il se proposait de les lui rendre aussitôt qu'il en aurait les moyens.

Quand Mr. Bennet s'était marié, il n'avait pas considéré l'utilité des économies. Naturellement, il escomptait la naissance d'un fils, par quoi serait annulée la clause de l'« entail », et assuré le sort de Mrs. Bennet et de ses autres enfants. Cinq filles firent l'une après l'autre leur entrée en ce monde, mais le fils ne vint pas. Mrs. Bennet l'avait espéré encore bien des années après la naissance de Lydia. Ce rêve avait dû être enfin abandonné, mais il était trop tard pour songer aux économies. Mrs. Bennet n'avait aucun goût pour l'épargne, et seule l'aversion de Mr. Bennet pour toute dépendance les avait empêchés de dépasser leur revenu.

D'après le contrat de mariage, cinq mille livres devaient revenir à Mrs. Bennet et à ses filles ; mais la façon dont cette somme serait partagée entre les enfants était laissée à la volonté des parents. C'était là un point que, pour Lydia tout au moins, il fallait décider dès à présent, et Mr. Bennet ne pouvait avoir aucune hésitation à accepter la proposition qui lui était faite. En des termes qui, bien que concis, exprimaient sa profonde reconnaissance, il écrivit à son beau-frère qu'il approuvait pleinement tout ce qu'il avait fait, et ratifiait tous les engagements qu'il avait pris en son nom.

C'était pour Mr. Bennet une heureuse surprise de voir que tout s'arrangeait sans plus d'effort de sa part. Son plus grand désir actuellement était d'avoir à s'occuper le moins possible de cette affaire. Maintenant que les premiers transports de colère qui avaient animé ses recherches étaient passés, il retournait naturellement à son indolence coutumière.

Sa lettre fut bientôt écrite, car s'il était lent à prendre une décision, il la mettait rapidement à exécution. Il priait son beau-frère de lui donner le compte détaillé de tout ce qu'il lui devait. Mais il était encore trop irrité pour le charger de transmettre à Lydia le moindre message.

Les bonnes nouvelles, bientôt connues dans toute la maison, se répandirent rapidement aux alentours. Elles furent accueillies par les voisins avec une décente philosophie. Evidemment les conversations auraient pu trouver un plus riche aliment si miss Lydia Bennet était revenue brusquement au logis paternel, ou mieux encore, si elle avait été mise en pénitence dans une ferme éloignée. Mais son mariage fournissait encore une ample matière à la médisance, et les vœux exprimés par les vieilles dames acrimonieuses de Meryton ne perdirent pas beaucoup de leur fiel par suite du changement de circonstances car, avec un pareil mari, le malheur de Lydia pouvait être considéré comme certain.

Il y avait quinze jours que Mrs. Bennet gardait la chambre. Mais en cet heureux jour, elle reprit sa place à la table de famille dans des dispositions singulièrement joyeuses. Aucun sentiment de honte ne venait diminuer son triomphe : le mariage d'une de ses filles — son vœu le plus cher depuis que Jane avait seize ans — allait s'accomplir ! Elle ne parlait que de tout ce qui figure dans des noces somptueuses : fines mousselines, équipages et serviteurs. Elle passait en revue toutes les maisons du voisinage pouvant convenir à sa fille et, sans qu'elle sût ni considérât quel pourrait être le budget du jeune ménage, rien ne pouvait la satisfaire.

— Haye Park ferait l'affaire si les Goulding s'en allaient, ou la grande maison à Stoke, si le salon était un peu plus vaste. Mais Ashworth est trop loin ; je ne pourrais supporter l'idée d'avoir Lydia à dix miles de chez nous. Quant à Purvis Lodge, le toit de la maison est trop laid.

Son mari la laissa parler sans l'interrompre tant que les domestiques restèrent pour le service ; mais quand ils se furent retirés, il lui dit :

— Mrs. Bennet, avant de retenir pour votre fille et votre gendre une ou plusieurs de ces maisons, tâchons d'abord de nous entendre. Il y a une maison, en tout cas, où ils ne mettront jamais les pieds. Je ne veux pas avoir l'air d'approuver leur coupable folie en les recevant à Longbourn.

Cette déclaration provoqua une longue querelle, mais Mr. Bennet tint bon, et ne tarda pas à en faire une autre qui frappa Mrs. Bennet de stupéfaction et d'horreur : il dit qu'il n'avancerait pas une guinée pour le trousseau de sa fille et affirma que Lydia ne recevrait pas de lui la moindre marque d'affection en cette circonstance. Mrs. Bennet n'en revenait pas ; elle ne pouvait concevoir que la colère de son mari contre sa fille pût être poussée au point de refuser à celle-ci un privilège sans lequel, lui semblait-il, le mariage serait à peine valide. Elle était plus sensible pour Lydia au déshonneur qu'il y aurait à se marier sans toilette neuve qu'à la honte de s'être enfuie et d'avoir vécu quinze jours avec Wickham avant d'être sa femme.

Elizabeth regrettait maintenant d'avoir confié à Mr. Darcy, dans un moment de détresse, les craintes qu'elle éprouvait pour sa sœur. Puisqu'un prompt mariage allait mettre fin à son aventure, on pouvait espérer en cacher les malheureux préliminaires à ceux qui n'habitaient pas les environs immédiats. Elle savait que rien ne serait ébruité par lui, il y avait peu d'hommes dont la discrétion lui inspirât autant de confiance, mais, en même temps, il y en avait bien peu à qui elle aurait tenu davantage à cacher la fragilité de sa sœur ; non cependant à cause du préjudice qui en pourrait résulter pour elle-même, car entre elle et Darcy, il y avait désormais, semblait-il, un abîme infranchissable. Le mariage de Lydia eût-il été conclu le plus honorablement du monde, il n'était guère vraisemblable que Mr. Darcy voulût entrer dans une famille contre laquelle, à tant d'autres objections, venait s'ajouter celle d'une parenté étroite avec l'homme qu'il méprisait si justement.

Elizabeth ne pouvait s'étonner qu'il reculât devant une telle alliance. Il était invraisemblable que le sentiment qu'il lui avait laissé voir en Derbyshire dût survivre à une telle épreuve. Elle était humiliée, attristée, et ressentait un vague repentir sans savoir au juste de quoi. Elle désirait jalousement l'estime de Mr. Darcy, maintenant qu'elle n'avait plus rien à en espérer ; elle souhaitait entendre parler de lui, quand il semblait qu'elle n'eût aucune chance de recevoir de ses nouvelles, et elle avait la conviction qu'avec lui elle aurait été heureuse alors que, selon toute probabilité, jamais plus ils ne se rencontreraient.

Quel triomphe pour lui, pensait-elle souvent, s'il savait que les offres qu'elle avait si fièrement dédaignées quatre mois auparavant seraient maintenant accueillies avec joie et reconnaissance ! Oui, bien qu'à son jugement il dépassât en générosité tous ceux de son sexe, il était humain qu'il triomphât.

Elle se rendait compte à présent que Darcy, par la nature de ses qualités, était exactement l'homme qui lui convenait. Son intelligence, son caractère quoique si différent du sien auraient correspondu à ses vœux. Leur union eût été à l'avantage de l'un et de l'autre. La vivacité et le naturel d'Elizabeth auraient adouci l'humeur de Darcy et donné plus de charme à ses manières ; et lui-même, par son jugement, par la culture de son esprit, par sa connaissance du monde, aurait pu exercer sur elle une influence plus heureuse encore. Mais on ne devait pas voir une telle union offrir au public l'image fidèle de la félicité conjugale. Une autre d'un caractère tout différent allait se former dans sa famille qui excluait pour la première toute chance de se réaliser.

Elizabeth se demandait comment pourrait être assurée à Wickham et à Lydia une indépendance suffisante. Mais il lui était aisé de se représenter le bonheur instable dont pourraient jouir deux êtres qu'avait seule rapprochés la violence de leurs passions.

Une nouvelle lettre de Mr. Gardiner arriva bientôt. Aux remerciements de Mr. Bennet il répondait brièvement par l'assurance de l'intérêt qu'il portait à tous les membres de sa famille, et demandait pour conclure de ne pas revenir sur ce sujet. Le but principal de sa lettre était d'annoncer que Mr. Wickham était déterminé à quitter la milice.

... Depuis que le mariage a été décidé, c'était mon vif désir de lui voir prendre ce parti. Vous penserez sans doute comme moi que ce changement de milieu est aussi opportun pour ma nièce que pour lui. Mr. Wickham a l'intention d'entrer dans l'armée régulière, et il a d'anciens amis qui sont prêts à appuyer sa demande. On lui a promis un brevet d'enseigne dans un régiment du Nord. La distance entre ce poste et notre région n'est pas un désavantage. Il paraît bien disposé, et je veux croire que, dans un autre milieu, le souci de sauvegarder leur réputation les rendra tous deux plus circonspects. J'ai écrit au colonel Forster pour l'informer de nos présents arrangements, et le prier de satisfaire les créanciers de Wickham à Brighton et aux environs, par la promesse d'un règlement rapide pour lequel je me suis engagé. Voulez-vous prendre la peine de donner la même assurance à ses créanciers de Meryton dont vous trouverez ci-joint la liste remise par lui-même. Il nous a déclaré toutes ses dettes — j'aime à croire du moins qu'il ne nous a pas trompés. Haggerston a nos ordres, et tout sera prêt d'ici une huitaine de jours. Wickham et sa

femme partiront alors pour rejoindre le régiment, à moins qu'ils ne soient d'abord invités à Longbourn, et ma femme me dit que Lydia désire ardemment vous revoir tous avant son départ pour le Nord. Elle va bien et me charge de ses respects pour vous et pour sa mère.
Vôtre,

E. Gardiner.

Mr. Bennet et ses filles voyaient aussi clairement que Mr. Gardiner combien il était heureux que Wickham quittât le régiment de la milice. Mais Mrs. Bennet était beaucoup moins satisfaite. Voir Lydia s'établir dans le nord de l'Angleterre juste au moment où elle était si joyeuse et si fière à la pensée de l'avoir près d'elle, quelle cruelle déception ! Et puis, quel dommage pour Lydia de s'éloigner d'un régiment où elle connaissait tout le monde !

— Elle aimait tant Mrs. Forster, soupirait-elle, qu'il lui sera très dur d'en être séparée. Il y avait aussi plusieurs jeunes gens qui lui plaisaient beaucoup. Dans ce régiment du Nord, les officiers seront peut-être moins aimables !

La demande que faisait Lydia d'être admise à revoir sa famille avant son départ fut d'abord accueillie de la part de son père par un refus péremptoire, mais Jane et Elizabeth désiraient vivement pour le bien, ainsi que pour la réputation de leur sœur, qu'elle fût traitée moins durement, et elles pressèrent leur père avec tant d'insistance, de douceur et de raison de recevoir les jeunes époux à Longbourn qu'il finit par se laisser persuader. Leur mère eut donc la satisfaction d'apprendre qu'elle pourrait exhiber la jeune mariée à tout le voisinage avant son lointain exil. En répondant à son beau-frère, Mr. Bennet envoya la permission demandée et il fut décidé qu'au sortir de l'église, le jeune couple prendrait la route de Longbourn. Elizabeth fut surprise cependant que Wickham consentît à cet arrangement. En ce qui la concernait, à ne consulter que son inclination, une rencontre avec lui était bien la dernière chose qu'elle eût souhaitée.

51

Le jour du mariage de Lydia, Jane et Elizabeth se sentirent certainement plus émues que la mariée elle-même. La voiture fut envoyée à *** à la rencontre du jeune couple qui devait arriver pour l'heure du dîner. Les sœurs aînées appréhendaient le moment de se revoir, Jane en particulier qui prêtait à la coupable les sentiments qu'elle aurait éprouvés à sa place et souffrait elle-même de ce qu'elle devait endurer.

Ils arrivèrent. Toute la famille était réunie dans le petit salon pour les accueillir. Le visage de Mrs. Bennet n'était que sourires. Celui de son mari restait grave et impénétrable. Les jeunes filles se sentaient inquiètes, anxieuses et mal à l'aise.

La voix de Lydia se fit entendre dans l'antichambre, la porte s'ouvrit brusquement et elle se précipita dans le salon. Sa mère s'avança pour la recevoir dans ses bras et l'embrassa avec transports, puis tendit la main avec un affectueux sourire à Wickham qui suivait sa femme, et leur exprima ses vœux avec un empressement qui montrait bien qu'elle ne doutait nullement de leur bonheur.

L'accueil qu'ils reçurent ensuite de Mr. Bennet ne fut pas tout à fait aussi cordial. Sa raideur s'accentua et c'est à peine s'il ouvrit la bouche. La désinvolture du jeune couple lui déplaisait extrêmement ; elle indignait Elizabeth et choquait Jane elle-même. Lydia était toujours Lydia ; aussi intrépide, aussi exubérante, aussi bruyante, aussi indomptable que jamais. Elle allait d'une sœur à l autre en réclamant leurs félicitations et quand, à la fin, tout le monde fut assis, elle se mit à regarder le salon et prenant note de quelques changements qu'on y avait apportés, observa en riant qu'il y avait bien longtemps qu'elle ne s'était pas trouvée dans cette pièce.

Wickham ne montrait pas plus d'embarras, mais il avait des manières si charmantes que si sa réputation et son mariage n'avaient donné lieu à aucun blâme, l'aisance souriante avec laquelle il se réclamait de leur nouvelle parenté aurait ravi tout le monde.

Elizabeth ne revenait pas d'une telle assurance et se disait qu'il était vain d'imaginer une limite à l'audace d'un homme impudent. Elle et Jane se sentaient rougir, mais sur le visage de ceux qui étaient cause de leur confusion, elles ne voyaient aucun changement de couleur.

La conversation ne languissait pas. La mariée et sa mère ne pouvaient chacune parler avec assez de volubilité et Wickham, qui se trouvait assis à côté d'Elizabeth, se mit à lui demander des nouvelles de toutes les personnes qu'il connaissait dans le voisinage avec un air naturel et souriant qu'elle fut incapable de prendre elle-même pour lui répondre. Sa femme et lui ne paraissaient avoir que de joyeux souvenirs, et Lydia abordait volontairement des sujets auxquels ses sœurs n'auraient voulu pour rien au monde faire allusion.

— Songez qu'il y a déjà trois mois que je suis partie ! s'écria-t-elle. Il me semble qu'il y a seulement quinze jours, et pourtant les événements n'ont pas manqué pendant ces quelques semaines. Dieu du ciel ! me doutais-je, quand je suis partie, que je reviendrais mariée ! bien que je me sois dit quelquefois que ce serait joliment amusant si cela arrivait...

Ici, son père fronça les sourcils ; Jane paraissait au supplice, tandis qu'Elizabeth fixait sur Lydia des regards significatifs. Mais celle-ci, qui ne voyait ni n'entendait que ce qu'elle voulait voir ou entendre, continua gaiement :

— Oh ! maman, sait-on seulement par ici que je me

suis mariée aujourd'hui ? J'avais peur que non ; aussi quand nous avons dépassé sur la route le cabriolet de William Goulding, j'ai baissé la glace, ôté mon gant et posé la main sur le rebord de la portière afin qu'il pût voir mon alliance, et j'ai fait des saluts et des sourires à n'en plus finir.

Elizabeth n'en put supporter davantage. Elle s'enfuit du salon et ne revint que lorsqu'elle entendit tout le monde traverser le hall pour gagner la salle à manger. Elle y arriva à temps pour voir Lydia se placer avec empressement à la droite de sa mère en disant à sa sœur aînée :

— Maintenant, Jane, vous devez me céder votre place, puisque je suis une femme mariée.

Il n'y avait pas lieu de croire que le temps donnerait à Lydia la réserve dont elle se montrait si dépourvue dès le commencement. Son assurance et son impétuosité ne faisaient qu'augmenter. Il lui tardait de voir Mrs. Philips, les Lucas, tous les voisins, et de s'entendre appeler « Mrs. Wickham ». En attendant, elle s'en fut après le repas exhiber son alliance et faire parade de sa nouvelle dignité devant Mrs. Hill et les deux servantes.

— Eh bien, maman, dit-elle quand tous furent revenus dans le petit salon, que dites-vous de mon mari ? N'est-ce pas un homme charmant ? Je suis sûre que mes sœurs m'envient, et je leur souhaite d'avoir seulement moitié autant de chance que moi. Il faudra qu'elles aillent toutes à Brighton ; c'est le meilleur endroit pour trouver des maris. Quel dommage que nous n'y soyons pas allées toutes les cinq !

— C'est bien vrai ; et si cela n'avait dépendu que de moi... Mais, ma chère Lydia, cela me déplaît beaucoup de vous voir partir si loin ! Est-ce absolument nécessaire ?

— Je crois que oui. Mais j'en suis très contente. Vous et papa viendrez nous voir ainsi que mes sœurs. Nous serons à Newscastle tout l'hiver. Il y aura sûrement des bals et je m'engage à fournir mes sœurs de danseurs agréables. Quand vous partirez, vous pourrez nous en laisser une ou deux et je me fais forte de leur trouver des maris avant la fin de l'hiver.

— Je vous remercie pour ma part, dit Elizabeth ; mais je n'apprécie pas spécialement votre façon de trouver des maris.

Le jeune couple ne devait pas rester plus de dix jours ; Mr. Wickham avait reçu son brevet avant son départ de Londres, et devait avoir rejoint son régiment avant la fin de la quinzaine. Personne, à part Mrs. Bennet, ne regrettait la brièveté de leur séjour. Elle employa tout ce temps à faire des visites avec sa fille et à organiser chez elle de nombreuses réceptions qui firent plaisir à tout le monde, certains membres de la famille ne demandant qu'à éviter l'intimité.

Elizabeth eut vite observé que les sentiments de Wickham pour Lydia n'avaient pas la chaleur de ceux que Lydia éprouvait pour lui ; et elle n'eut pas de peine à se persuader que c'était la passion de Lydia et non celle de Wickham qui avait provoqué l'enlèvement. Elle aurait pu se demander pourquoi, n'étant pas plus vivement épris, il avait accepté de fuir avec Lydia, si elle n'avait tenu pour certain que cette fuite était commandée par ses embarras pécuniaires, et, dans ce cas, Wickham n'était pas homme à se refuser l'agrément de partir accompagné.

Lydia était follement éprise. Elle n'ouvrait la bouche que pour parler de son cher Wickham : c'était la perfection en tout, et personne ne pouvait lui être comparé.

Un matin qu'elle se trouvait avec ses deux aînées, elle dit à Elizabeth :

— Lizzy, je ne vous ai jamais raconté mon mariage, je crois ; vous n'étiez pas là quand j'en ai parlé à maman et aux autres. N'êtes-vous pas curieuse de savoir comment les choses se sont passées ?

— Non, en vérité, répliqua Elizabeth ; je suis d'avis que moins on en parlera, mieux cela vaudra

— Mon Dieu ! Que vous êtes étrange ! Tout de même,

il faut que je vous mette au courant. Vous savez que nous nous sommes mariés à Saint-Clément parce que Wickham habitait cette paroisse. Il avait été convenu que nous y serions tous à onze heures ; mon oncle, ma tante et moi devions nous y rendre ensemble, et les autres nous rejoindre à l'église. Le lundi matin, j'étais dans un état ! J'avais si peur qu'une difficulté quelconque ne vînt tout remettre en cause ! Je crois que j'en serais devenue folle... Pendant que je m'habillais, ma tante ne cessait de parler et de discourir, comme si elle débitait un sermon ; mais je n'entendais pas un mot sur dix, car vous supposez bien que je ne pensais qu'à mon cher Wickham. J'avais tellement envie de savoir s'il se marierait avec son habit bleu !

« Nous avons déjeuné à dix heures, comme d'habitude. Il me semblait que l'aiguille de la pendule n'avançait pas ; car il faut vous dire que l'oncle et la tante ont été aussi désagréables que possible, tout le temps que je suis restée avec eux. Vous me croirez si vous voulez, mais on ne m'a pas laissée sortir une seule fois pendant toute cette quinzaine ! Pas une petite réunion, rien, rien ! Assurément Londres était à ce moment assez vide ; mais enfin, le Petit Théâtre était encore ouvert !... Pour en revenir à mon mariage, la voiture arrivait devant la porte lorsque mon oncle fut demandé par cet affreux homme, Mr. Stone — et vous savez qu'une fois ensemble, ils n'en finissent plus. J'avais une peur terrible de les voir oublier l'heure, ce qui aurait fait remettre mon mariage au lendemain ; et nous ne pouvions nous passer de mon oncle qui devait me conduire à l'autel. Heureusement, il est revenu au bout de dix minutes et l'on s'est mis en route. Depuis, j'ai réfléchi que si mon oncle avait été retenu, le mariage aurait pu quand même avoir lieu, car Mr. Darcy aurait pu très bien le remplacer.

— Mr. Darcy !... répéta Elizabeth abasourdie.

— Mais oui ! Vous savez qu'il devait venir avec Wickham... Oh ! mon Dieu ! J'ai oublié que je ne devais pas souffler mot de cela ! Je l'avais si bien promis ! Que va dire Wickham ? C'était un tel secret...

— S'il en est ainsi, dit Jane, ne nous dites pas un mot de plus et soyez assurée que je ne chercherai pas à en savoir davantage.

— Certainement, appuya Elizabeth qui pourtant était dévorée de curiosité, nous ne vous poserons pas de questions.

— Merci, dit Lydia ; car si vous m'en posiez, je vous dirais tout, et Wickham serait très fâché.

Devant cet encouragement, Elizabeth, pour pouvoir tenir sa promesse, fut obligée de se sauver dans sa chambre.

Mais demeurer dans l'ignorance de ce qui s'était passé était chose impossible, ou du moins il était impossible de ne pas chercher à se renseigner. Ainsi, Mr. Darcy avait assisté au mariage de sa sœur !

Les suppositions les plus extravagantes traversèrent l'esprit d'Elizabeth sans qu'aucune pût la satisfaire. Celles qui lui plaisaient davantage, parce qu'elles donnaient une grande noblesse à la conduite de Mr. Darcy, lui semblaient les plus invraisemblables. Incapable de supporter plus longtemps cette incertitude, elle saisit une feuille de papier et écrivit à sa tante une courte lettre où elle la priait de lui expliquer les paroles échappées à Lydia.

Vous comprendrez facilement combien je suis curieuse de savoir comment un homme qui ne nous est nullement apparenté, qui n'est même pas un ami de notre famille, pouvait se trouver parmi vous dans une telle circonstance. Je vous en prie, écrivez-moi tout de suite pour me donner cette explication, à moins que vous n'ayez de très sérieuses raisons pour garder le secret, comme Lydia semblait le croire nécessaire. Dans ce cas, je tâcherai de m'accommoder de mon ignorance...

« Pour cela, certainement non », se dit Elizabeth à elle-même ; et elle termina sa lettre ainsi : « ... Mais je dois vous prévenir, ma chère tante, que si vous ne me renseignez pas d'une manière honorable, j'en serai réduite à employer des ruses et des stratagèmes pour découvrir la vérité... »

Jane avait une délicatesse trop scrupuleuse pour reparler avec Elizabeth de ce que Lydia avait laissé échapper. Elizabeth n'en était pas fâchée. Jusqu'au moment où elle aurait appris quelque chose, elle préférait se passer de confidente.

52

Elizabeth eut la satisfaction de recevoir une réponse dans les plus courts délais. Dès qu'elle l'eut en main, elle se hâta de gagner le petit bois où elle courait le moins de risques d'être dérangée, et, s'asseyant sur un banc, se prépara à contenter sa curiosité. Le volume de la lettre l'assurait en effet par avance que sa tante ne répondait pas à sa demande par un refus.

Gracechurch Street, le 6 septembre.

Ma chère nièce,

Je viens de recevoir votre lettre, et vais consacrer toute ma matinée à y répondre, car je prévois que quelques lignes ne suffiraient pas pour tout ce que j'ai à vous dire. Je dois vous avouer que votre question me surprend. N'allez pas me croire fâchée ; je veux seulement dire que je n'aurais pas cru que vous eussiez besoin, vous, *de faire cette enquête. Si vous préférez ne pas me comprendre, excusez mon indiscrétion. Votre oncle est aussi surpris que moi-même, et la seule conviction qu'en cette affaire vous étiez une des parties intéressées l'a décidé à agir comme il l'a fait. Mais si réellement votre innocence et votre ignorance sont complètes, je dois me montrer plus explicite.*

Le jour même où je rentrais de Longbourn, votre oncle recevait une visite des plus inattendues ; celle de Mr. Darcy qui vint le voir et resta enfermé plusieurs heures avec lui. Il venait lui annoncer qu'il avait découvert où se trouvaient votre sœur et Wickham, qu'il les avait vus et s'était entretenu avec eux — plusieurs fois avec Wickham, et une fois avec Lydia. D'après ce que j'ai compris, il avait quitté le Derbyshire le lendemain même de notre départ et était venu à Londres avec la résolution de se mettre à leur recherche. Le motif qu'il en a donné, c'est qu'il était convaincu que c'était sa faute si l'indignité de Wickham n'avait pas été suffisamment publiée pour empêcher toute jeune fille de bonne famille de lui donner son amour et sa confiance. Il accusait généreusement son orgueil, confessant qu'il lui avait semblé au-dessus de lui de mettre le monde au courant de ses affaires privées ; sa réputation devait répondre pour lui. Il estimait donc de son devoir d'essayer de réparer le mal qu'il avait involontairement causé. J'ajoute que s'il avait un autre motif, je suis persuadée qu'il est tout à son honneur.

Quelques jours s'étaient passés avant qu'il pût découvrir les fugitifs, mais il possédait sur nous un grand avantage, celui d'avoir un indice pour le guider dans ses recherches, et le sentiment de cet avantage avait été une raison de plus pour le déterminer à nous suivre. Il connaissait à Londres une dame, une certaine Mrs. Younge, qui avait été quelque temps gouvernante de miss Darcy et qui avait été remerciée pour un motif qu'il ne nous a pas donné. A la suite de ce renvoi, elle avait pris une grande maison dans Edward Street et gagnait sa vie en recevant des pensionnaires. Mr. Darcy savait que cette Mrs. Younge connaissait intimement Wickham, et, en arrivant à Londres, il était allé la voir pour lui demander des renseignements sur lui, mais il s'était passé deux ou trois jours avant qu'il pût obtenir d'elle ce qu'il désirait. Cette femme voulait évidemment se faire payer la petite trahison qu'on lui demandait, car elle savait où était son ami : Wickham, en effet, était allé la trouver dès son arrivée à Londres, et, si elle avait eu de la place, elle les aurait reçus tous deux dans sa maison. A la fin cependant, notre ami si dévoué obtint le renseignement désiré et se rendit à l'adresse qu'elle lui avait indiquée. Il vit d'abord Wickham, et ensuite insista pour voir Lydia. Sa première idée était de la persuader de quitter au plus tôt cette situation déshonorante et de retourner dans sa famille dès qu'elle consentirait à la recevoir, lui offrant toute l'aide qui pourrait lui être utile. Mais il trouva Lydia irrévocablement décidée à rester où elle était : la pensée de sa famille ne la touchait aucunement ; elle ne se souciait pas de l'aide qui lui était offerte et ne voulait pas entendre parler de quitter Wickham. Elle était sûre qu'ils se marieraient un jour ou l'autre, et peu importait quand. Ce que voyant, Mr. Darcy pensa qu'il n'y avait plus qu'à décider et hâter un mariage que Wickham, il l'avait fort bien vu dès sa première conversation avec lui, n'avait jamais mis dans ses projets. Wickham reconnut qu'il avait été forcé de quitter le régiment à cause de pressantes dettes d'honneur et ne se fit aucun scrupule de rejeter sur la seule folie de Lydia toutes les déplorables conséquences de sa fuite. Il pensait démissionner immédiatement et n'avait pour l'avenir aucun plan défini. Il devait prendre un parti, il ne savait lequel ; la seule chose certaine, c'est qu'il n'avait aucune ressource. Mr. Darcy lui demanda pourquoi il n'épousait pas tout de suite votre sœur ; bien que Mr. Bennet ne dût pas être très riche, il serait capable de faire quelque chose pour lui, et sa situation s'améliorerait du fait de ce mariage. En réponse à cette question, Wickham laissa entendre qu'il n'avait nullement renoncé à refaire sa fortune dans des conditions plus satisfaisantes, par un mariage riche dans une autre région. Toutefois, étant donné la situation présente, il y avait des chances qu'il se laissât tenter par l'appât d'un secours immédiat.

Plusieurs rencontres eurent lieu, car il y avait beaucoup de points à traiter. Les prétentions de Wickham étaient naturellement exagérées, mais en fin de compte, il fut obligé de se montrer plus raisonnable.

Toutes choses étant arrangées entre eux, le premier soin de Mr. Darcy fut de mettre votre oncle au courant. Il vint pour le voir à Gracechurch Street, la veille de mon retour, mais on lui répondit que Mr. Gardiner n'était pas visible, qu'il était occupé avec votre père, et que celui-ci quittait Londres le lendemain matin. Mr. Darcy, jugeant préférable de se concerter avec votre oncle plutôt qu'avec votre père, remit sa visite au lendemain et partit sans avoir donné son nom. Le samedi soir, il revint, et c'est alors qu'il eut avec votre oncle le long entretien dont je vous ai parlé. Ils se rencontrèrent encore le dimanche, et, cette fois, je le vis aussi. Mais ce ne fut pas avant le lundi que tout se trouva réglé, et aussitôt le message vous fut envoyé à Longbourn. Seulement notre visiteur s'est montré terriblement têtu. Je crois, Lizzy, que l'obstination est son grand défaut ; on lui en a reproché bien d'autres à différentes reprises, mais celui-ci doit être le principal. Tout ce qui a été fait, il a voulu le faire lui-même, et Dieu sait (je ne le dis pas pour provoquer vos remerciements) que votre oncle s'en serait chargé de grand cœur. Tous deux ont discuté à ce sujet interminablement — ce qui était plus que ne méritait le jeune couple en question. Enfin, votre oncle a dû céder, et au lieu d'aider effectivement sa nièce, il lui a fallu se contenter d'en avoir seulement l'apparence, ce qui n'était pas du tout de son goût. Aussi votre lettre de ce matin, en lui permettant de dépouiller son plumage d'emprunt et de retourner les louanges à qui les mérite, lui a-t-elle causé grand plaisir.

Mais, Lizzy, il faut, il faut absolument que tout ceci reste entre vous et moi, et Jane à la grande rigueur. Vous savez sans doute ce qui a été fait pour le jeune ménage.

Les dettes de Wickham qui se montent, je crois, à beaucoup plus de mille livres sterling, doivent être payées ainsi que son brevet d'officier, et mille livres ajoutées à la dot de Lydia et placées en son nom. La raison pour laquelle Mr. Darcy a voulu faire seul tout ce qui était nécessaire est celle que je vous ai dite plus haut. C'est à lui, à sa réserve et à son manque de discernement, affirme-t-il, qu'on doit d'avoir été trompé sur la véritable personnalité de Wickham, et que celui-ci a pu être partout accueilli et fêté. Peut-être y a-t-il là quelque chose de vrai. Pourtant je me demande si ce n'est pas la réserve d'une autre personne plutôt que la sienne qui doit surtout être mise en cause. Mais, en dépit de tous ces beaux discours, vous pouvez être assurée, ma chère Lizzy, que votre oncle n'aurait jamais cédé, si nous n'avions pas cru que Mr. Darcy avait un autre intérêt dans l'affaire. Quand tout fut entendu, il repartit pour Pemberley, mais après avoir promis de revenir à Londres pour assister au mariage et pour achever de régler les questions pécuniaires.

Vous savez tout maintenant, et si j'en crois votre lettre, ce récit va vous surprendre extrêmement ; j'espère tout au moins que vous n'en éprouverez aucun déplaisir. Lydia vint aussitôt s'installer ici et Wickham y fut reçu journellement. Il s'est montré tel que je l'avais connu en Hertfordshire ; quant à Lydia, je ne vous dirais pas combien j'ai été peu satisfaite de son attitude pendant son séjour auprès de nous, si la dernière lettre de Jane ne m'avait appris que sa conduite est aussi déraisonnable chez son père que chez moi. Je lui ai parlé très sérieusement à plusieurs reprises, lui montrant la gravité de sa faute et le chagrin qu'elle avait causé à sa famille. Si elle m'a entendue, c'est une chance, car je suis certaine qu'elle ne m'a jamais écoutée. J'ai failli bien souvent perdre patience et c'est seulement par affection pour vous et pour Jane que je me suis contenue.

Mr. Darcy a tenu sa promesse, et comme vous l'a dit

Lydia, il assistait au mariage. Il a dîné chez nous le jour suivant, et devait quitter Londres mercredi ou jeudi. M'en voudrez-vous beaucoup, ma chère Lizzy, si je saisis cette occasion de vous dire (ce que je n'ai jamais osé jusqu'ici), quelle sympathie il m'inspire ? Sa conduite à notre égard a été aussi aimable qu'en Derbyshire. Son intelligence, ses goûts, ses idées, tout en lui me plaît. Pour être parfait, il ne lui manque qu'un peu de gaieté ; mais sa femme, s'il fait un choix judicieux, pourra lui en donner. Je l'ai trouvé un peu mystérieux : c'est à peine s'il vous a nommée ; le mystère paraît être à la mode... Pardonnez-moi, ma chérie, si j'ai trop d'audace ; ou tout au moins, ne me punissez pas au point de me fermer la porte de P... : je ne serai tout à fait heureuse que quand j'aurai fait le tour du parc ! Un petit phaéton avec une jolie paire de poneys, voilà ce qu'il faudrait. Mais je m'arrête : depuis une demi-heure, les enfants me réclament.

A vous de tout cœur.

M. Gardiner.

La lecture de cette lettre jeta Elizabeth dans une agitation où l'on n'aurait su dire si c'était la joie ou la peine qui dominait. Ainsi donc, tous les soupçons vagues et indéterminés qui lui étaient venus au sujet du rôle de Mr. Darcy dans le mariage de sa sœur, et auxquels elle n'avait pas voulu s'arrêter parce qu'ils supposaient chez lui une bonté trop extraordinaire pour être vraisemblable, et faisaient d'elle et des siens ses obligés, tous ces soupçons se trouvaient justifiés et au-delà ! Il avait couru à Londres. Il avait accepté tous les ennuis et toutes les mortifications d'une recherche où il lui avait fallu solliciter les services d'une femme qu'il devait mépriser et abominer entre toutes, et rencontrer à plusieurs reprises, raisonner, persuader et finalement acheter un homme qu'il aurait voulu éviter à jamais, et dont il ne prononçait le nom qu'avec répugnance. Et il avait fait tout cela en faveur d'une jeune fille pour qui il ne pouvait avoir ni sympathie ni estime. Le cœur d'Elizabeth lui murmurait que c'était pour elle-même qu'il avait tout fait, mais convenait-il de s'abandonner à une si douce pensée ? La vanité même n'arrivait point à lui faire croire que l'affection de Darcy pour elle, pour celle qui l'avait jadis repoussé, pouvait avoir raison de l'horreur qu'une alliance avec Wickham devait lui inspirer. Beau-frère de Wickham ! Quel orgueil, à l'idée d'un tel lien, ne se serait révolté ? Avait-il donc donné le vrai motif de sa conduite ? Après tout, il n'était pas invraisemblable qu'il se reconnût un tort et qu'il voulût réparer les effets de sa hautaine réserve. Il était généreux, il avait les moyens de l'être ; et puis, sans croire qu'il eût pensé surtout à elle, Elizabeth pouvait supposer que l'affection qu'il lui gardait encore avait pu animer ses efforts dans une entreprise dont le résultat était pour elle si important. Mais combien il était pénible de penser qu'elle et les siens avaient contracté envers lui une dette qu'ils ne pourraient jamais acquitter ! C'est à lui qu'ils devaient le sauvetage de Lydia et de sa réputation. Comme Elizabeth se reprochait maintenant les sentiments d'antipathie et les paroles blessantes qu'elle avait eus pour lui ! Elle avait honte d'elle-même mais elle était fière de lui, fière que pour accomplir une tâche de pitié et d'honneur, il eût pu se vaincre lui-même. Elle relut plusieurs fois l'éloge qu'en faisait sa tante ; il était à peine suffisant, mais il la touchait et lui causait un plaisir mêlé de regret en lui montrant à quel point son oncle et sa tante étaient convaincus qu'il subsistait toujours entre elle et Mr. Darcy un lien d'affection et de confiance.

Un bruit de pas la tira de ses réflexions, et avant qu'elle eût pu prendre une autre allée, Wickham était près d'elle.

— J'ai peur d'interrompre votre promenade solitaire ma chère sœur, dit-il en l'abordant.

— Assurément, répondit-elle avec un sourire, mais il ne s'ensuit pas que cette interruption me soit déplaisante.

— Je serais navré qu'elle le fût. Nous avons toujours été bons amis, nous le serons encore davantage maintenant.

— Oui, certes, mais où sont donc les autres ?

— Je n'en sais rien. Mrs. Bennet et Lydia vont en voiture à Meryton. Alors, ma chère sœur, j'ai appris par votre oncle et votre tante que vous aviez visité Pemberley ?

Elle répondit affirmativement.

— Je vous envie presque ce plaisir ; je crois cependant que ce serait un peu pénible pour moi, sans quoi je m'y arrêterais en allant à Newcastle. Vous avez vu la vieille femme de charge ? Pauvre Reynolds ! elle m'aimait beaucoup. Mais, naturellement, elle ne vous a pas parlé de moi.

— Si, pardon.

— Et que vous a-t-elle dit ?

— Que vous étiez entré dans l'armée, et qu'elle craignait fort... que vous n'eussiez pas très bien tourné ! A de telles distances, vous le savez, les nouvelles arrivent parfois fâcheusement défigurées.

— C'est certain, fit-il en se mordant les lèvres.

Elizabeth espérait l'avoir réduit au silence, mais il reprit bientôt :

— J'ai été surpris de voir Darcy à Londres le mois dernier. Nous nous sommes croisés plusieurs fois. Je me demande ce qu'il pouvait bien y faire.

— Peut-être les préparatifs de son mariage avec miss de Bourgh, dit Elizabeth. Il lui fallait en effet une raison toute particulière pour être à Londres en cette saison.

— Assurément. L'avez-vous vu à Lambton ? J'ai cru le comprendre d'après ce que m'ont dit les Gardiner.

— Oui ; il nous a même présentés à sa sœur.

— Et elle vous a plu ?

— Beaucoup.

— On m'a dit en effet qu'elle avait beaucoup gagné depuis un an ou deux. La dernière fois que je l'ai vue, elle ne promettait guère. Je suis heureux qu'elle vous ait plu. J'espère qu'elle achèvera de se transformer.

— J'en suis persuadée ; elle a dépassé l'âge le plus difficile.

— Avez-vous traversé le village de Kympton ?

— Je ne puis me rappeler.

— Je vous en parle parce que c'est là que se trouve la cure que j'aurais dû obtenir. Un endroit ravissant, un presbytère superbe. Cela m'aurait convenu à tous les points de vue.

— Même avec l'obligation de faire des sermons ?

— Mais parfaitement. En m'exerçant un peu, j'en aurais eu bientôt pris l'habitude. Les regrets ne servent à rien, mais certainement, c'était la vie qu'il me fallait ; cette retraite, cette tranquillité aurait répondu à tous mes désirs. Le sort en a décidé autrement. Darcy vous a-t-il jamais parlé de cette affaire, quand vous étiez dans le Kent ?

— J'ai appris, d'une façon aussi sûre, que ce bénéfice vous avait été laissé conditionnellement et à la volonté du patron actuel.

— Ah ! vraiment ? on vous l'a dit ?... Oui, en effet, il y a quelque chose de cela. Vous vous souvenez que je vous l'avais raconté moi-même, à notre première rencontre.

— J'ai appris aussi qu'à une certaine époque, l'obligation de faire des sermons ne vous tentait pas autant qu'aujourd'hui, que vous aviez affirmé votre volonté bien arrêtée de ne jamais entrer dans les ordres et que, par suite, la question du bénéfice avait été réglée.

— Ah ! on vous a dit cela aussi ? C'est également assez exact, et je vous en avais de même touché un mot.

Ils étaient maintenant presque à la porte de la maison, car Elizabeth avait marché vite dans sa hâte de se débarrasser de lui. Ne voulant pas le vexer, par égard pour sa sœur, elle se contenta de lui dire avec un sourire de bonne humeur :

— Allons, Mr. Wickham ! nous voilà frère et sœur. Laissons dormir le passé. J'espère qu'à l'avenir nous penserons toujours de même...

Et elle lui tendit la main ; il la baisa avec une affectueuse galanterie, malgré l'embarras qu'il éprouvait dans son for intérieur, et tous deux rentrèrent dans la maison.

53

Mr. Wickham fut si satisfait de cette conversation que jamais plus il ne prit la peine de revenir sur ce sujet, au grand contentement d'Elizabeth qui se félicita d'en avoir assez dit pour le réduire au silence.

Le jour du départ du jeune ménage arriva bientôt, et Mrs. Bennet fut forcée de se résigner à une séparation qui, sans doute, allait être de longue durée, Mr. Bennet ne se souciant nullement d'emmener sa famille à Newcastle, comme sa femme le lui proposait.

— Ah ! ma chère Lydia ! gémissait-elle ; quand nous retrouverons-nous ?

— Ma foi, je n'en sais rien ! Pas avant deux ou trois ans peut-être.

— Ecrivez-moi souvent, ma chérie.

— Aussi souvent que je le pourrai. Mais vous savez qu'une femme mariée n'a guère de temps pour écrire. Mes sœurs qui n'ont rien à faire m'écriront.

Les adieux de Mr. Wickham furent beaucoup plus affectueux que ceux de sa femme ; il prodiguait les sourires et les paroles aimables.

— Ce garçon est merveilleux, déclara Mr. Bennet dès que les voyageurs furent partis. Il sourit, fait des grâces, et conte fleurette à chacun de nous. Je suis prodigieusement fier de lui, et je défie sir Lucas lui-même de produire un gendre supérieur à celui-là.

Le départ de Lydia assombrit Mrs. Bennet pendant plusieurs jours.

— Voilà ce que c'est que de marier ses enfants, ma mère, lui dit Elizabeth. Réjouissez-vous donc d'avoir encore quatre filles célibataires.

Mais la mélancolie où l'avait plongée cet événement ne résista pas à la nouvelle qui commença bientôt à circuler dans le pays : la femme de charge de Netherfield avait, disait-on, reçu l'ordre de préparer la maison pour l'arrivée prochaine de son maître, qui, à l'occasion de la chasse, venait y passer quelques semaines. Mrs. Bennet ne pouvait plus tenir en place.

— Alors, Mr. Bingley est donc sur le point de revenir, ma sœur ? disait-elle à Mrs. Philips qui avait apporté la nouvelle. Eh bien ! tant mieux. Ce n'est pas que les faits et gestes de ce monsieur nous intéressent, ni que j'aie aucun désir de le revoir. Toutefois, il est libre de revenir à Netherfield si cela lui plaît. Et qui sait ce qui peut arriver ?... Mais cela nous importe peu. Vous vous rappelez que nous sommes convenus, il y a longtemps, de ne plus aborder ce sujet. Alors, c'est bien certain qu'il va venir ?

— Très certain, car Mrs. Michols est venue à Meryton hier soir, et l'ayant vue passer, je suis sortie moi-même pour savoir par elle si la nouvelle était exacte. Elle m'a dit que son maître arrivait mercredi ou jeudi, mais plutôt mercredi. Elle allait chez le boucher commander de la viande pour ce jour-là, et elle a heureusement trois couples de canards bons à tuer.

Jane n'avait pu entendre parler du retour de Bingley sans changer de couleur. Depuis longtemps elle n'avait pas prononcé son nom devant Elizabeth, mais ce jour-là, dès qu'elles furent seules, elle lui dit :

— J'ai bien vu que votre regard se tournait vers moi, Lizzy, quand ma tante nous a dit la nouvelle, et j'ai senti que je me troublais ; mais n'allez pas attribuer mon émotion à une cause puérile. J'ai rougi simplement parce que je savais qu'on allait me regarder. Je vous assure que cette nouvelle ne me cause ni joie ni peine. Je me réjouis seulement de ce qu'il vienne seul. Nous le verrons ainsi fort peu. Ce ne sont pas mes sentiments que je redoute, mais les remarques des indifférents.

Elizabeth ne savait que penser. Si elle n'avait pas vu Bingley en Derbyshire, elle aurait pu supposer qu'il venait sans autre motif que celui qu'on annonçait ; mais elle était persuadée qu'il aimait toujours Jane et se demandait si son ami l'avait autorisé à venir, ou s'il était assez audacieux pour se passer de sa permission.

En dépit des affirmations formelles de sa sœur, elle n'était pas sans voir que Jane était troublée : son humeur était moins sereine et moins égale que de coutume.

Le sujet qui avait mis aux prises Mr. et Mrs. Bennet un an auparavant se trouva remis en question.

— Naturellement, dès que Mr. Bingley arrivera, vous irez le voir, mon ami.

— Certes non. Vous m'avez obligé à lui rendre visite l'an passé, en me promettant que si j'allais le voir il épouserait une de mes filles. Comme rien de tel n'est arrivé, on ne me fera pas commettre une seconde fois la même sottise.

Sa femme lui représenta que c'était une politesse que tous les messieurs du voisinage ne pouvaient se dispenser de faire à Mr. Bingley, à l'occasion de son retour.

— C'est un usage que je trouve ridicule, répliqua Mr. Bennet. S'il a besoin de notre société, qu'il vienne lui-même ; il sait où nous habitons et je ne vais pas perdre mon temps à visiter mes voisins à chacun de leurs déplacements.

— Tout ce que je puis dire, c'est que votre abstention sera une véritable impolitesse. En tout cas, cela ne m'empêchera pas de l'inviter à dîner. Nous devons recevoir bientôt Mrs. Long et les Goulding. Cela fera treize en nous comptant. Il arrive à point pour faire le quatorzième.

Rassérénée par cette décision, elle se sentit plus à même de supporter l'impolitesse de son mari, même s'il lui était très pénible de penser que ses voisins verraient Mr. Bingley avant eux. Le jour de son arrivée approchait, et Jane confia à sa sœur :

— Je commence décidément à regretter son retour. Ce ne serait rien, je pourrais le revoir avec une parfaite indifférence s'il ne fallait pas entendre parler de lui sans cesse. Ma mère est remplie de bonnes intentions mais elle ne sait pas — personne ne peut savoir — combien toutes ses réflexions me font souffrir. Je serai vraiment soulagée quand il repartira de Netherfield.

Enfin, Mr. Bingley arriva. Mrs. Bennet s'arrangea pour en avoir la première annonce par les domestiques afin que la période d'agitation et d'émoi fût aussi longue que possible. Elle comptait les jours qui devaient s'écouler avant qu'elle pût envoyer son invitation, n'espérant pas le voir auparavant. Mais le troisième jour au matin, de la fenêtre de son boudoir, elle l'aperçut à cheval qui franchissait le portail et s'avançait vers la maison.

Ses filles furent appelées aussitôt pour partager son allégresse.

— Quelqu'un l'accompagne, observa Kitty. Qui est-ce donc ? Eh ! mais on dirait que c'est cet ami qui était toujours avec lui l'an passé, Mr... — comment s'appelle-t-il donc ? — vous savez, cet homme si grand et si hautain ?...

— Grand Dieu ! Mr. Darcy !... Vous ne vous trompez pas. Tous les amis de Mr. Bingley sont les bienvenus ici, naturellement, mais j'avoue que la vue seule de celui-ci m'est odieuse.

Jane regarda Elizabeth avec une surprise consternée. Elle n'avait pas su grand-chose de ce qui s'était passé en Derbyshire, et se figurait l'embarras qu'allait éprouver sa sœur dans cette première rencontre avec Darcy après sa lettre d'explication. Elizabeth avait pour être troublée plus de raisons que ne le pensait Jane à qui elle n'avait pas encore eu le courage de montrer la lettre de Mrs. Gardiner. Pour Jane, Mr. Darcy n'était qu'un prétendant qu'Elizabeth avait repoussé et dont elle n'avait pas su apprécier le mérite. Pour Elizabeth, c'était l'homme qui venait de rendre à sa famille un service inestimable et pour qui elle éprouvait un sentiment sinon aussi tendre que celui de Jane pour Bingley, du moins aussi profond et aussi raisonnable. Son étonnement en le voyant venir spontanément à Longbourn égalait celui qu'elle avait ressenti en le retrouvant si changé lors de leur rencontre en Derbyshire. La couleur qui avait quitté son visage y reparut plus ardente, et ses yeux brillèrent de joie à la pensée que les sentiments et les vœux de Darcy n'avaient peut-être pas changé. Mais elle ne voulut point s'y arrêter.

« Voyons d'abord son attitude, se dit-elle. Après, je pourrai en tirer une conclusion. »

Une affectueuse sollicitude la poussa à regarder sa sœur. Jane était un peu pâle, mais beaucoup plus paisible qu'elle ne s'y attendait ; elle rougit légèrement à l'entrée des deux jeunes gens ; cependant, elle les accueillit d'un air assez naturel et avec une attitude correcte où il n'y avait ni trace de ressentiment ni excès d'amabilité.

Elizabeth ne prononça que les paroles exigées par la stricte politesse et se remit à son ouvrage avec une activité inaccoutumée. Elle n'avait osé jeter qu'un coup d'œil rapide à Mr. Darcy : il avait l'air aussi grave qu'à son habitude, plus semblable, pensa-t-elle, à ce qu'il était jadis qu'à ce qu'il s'était montré à Pemberley. Peut-être était-il moins ouvert devant sa mère que devant son oncle et sa tante. Cette supposition, bien que désagréable, n'était pas sans vraisemblance.

Pour Bingley aussi, elle n'avait eu qu'un regard d'un instant, et pendant cet instant, il lui avait paru à la fois heureux et gêné. Mrs. Bennet le recevait avec des démonstrations qui faisaient d'autant plus rougir ses filles qu'elles s'opposaient à la froideur cérémonieuse qu'elle montrait à Darcy.

Celui-ci, après avoir demandé à Elizabeth des nouvelles de Mr. et de Mrs. Gardiner — question à laquelle elle ne put répondre sans confusion —, n'ouvrit presque plus la bouche. Il n'était pas assis à côté d'elle ; peut-être était-ce la raison de son silence. Quelques minutes se passèrent sans qu'on entendît le son de sa voix. Quand Elizabeth, incapable de résister à la curiosité qui la poussait, levait les yeux sur lui, elle voyait son regard posé sur Jane aussi souvent que sur elle-même, et fréquemment aussi fixé sur le sol. Il paraissait très absorbé et moins soucieux de plaire qu'à leurs dernières rencontres. Elle se sentit désappointée et en éprouva de l'irritation contre elle-même.

« A quoi d'autre pouvais-je m'attendre ? se dit-elle. Mais alors, pourquoi est-il venu ? »

— Voilà bien longtemps que vous étiez absent, Mr. Bingley, observa Mrs. Bennet. Je commençais à craindre un départ définitif. On disait que vous alliez donner congé pour la Saint-Michel ; j'espère que ce n'est pas vrai. Bien des changements se sont produits depuis votre départ. Miss Lucas s'est mariée ainsi qu'une de mes filles. Peut-être l'avez-vous appris ? L'annonce en a paru dans le *Times* et dans le *Courrier*, mais rédigée d'une façon bien singulière : « Récemment a eu lieu le mariage de G. Wickham Esq. et de miss Lydia Bennet », un point, c'est tout ! rien sur mon mari ou sur le lieu de notre résidence. C'est mon frère Gardiner qui l'avait fait insérer ; je me demande à quoi il a pensé ! L'avez-vous vue ?

Bingley répondit affirmativement et présenta ses félicitations. Elizabeth n'osait lever les yeux, et ne put lire sur le visage de Mr. Darcy.

— Assurément, avoir une fille bien mariée est une grande satisfaction, continua Mrs. Bennet, mais en même temps, Mr. Bingley, la séparation est une chose bien dure. Ils sont partis pour Newcastle, tout à fait dans le Nord, et ils vont y rester je ne sais combien de temps. C'est là que se trouve le régiment de mon gendre. Vous savez sans doute qu'il a quitté la milice et réussi à passer dans l'armée régulière ? Dieu merci, il a quelques bons amis, peut-être pas autant qu'il le mérite !

Cette flèche à l'adresse de Mr. Darcy mit Elizabeth dans une telle confusion qu'elle eut envie de s'enfuir, mais, se ressaisissant, elle sentit au contraire la nécessité de dire quelque chose, et demanda à Bingley s'il pensait faire à la campagne un séjour de quelque durée.

— De plusieurs semaines, répondit-il.

— Quand vous aurez tué tout votre gibier, Mr. Bingley, lui dit Mrs. Bennet, il faudra venir ici et chasser autant qu'il vous plaira sur les terres de Mr. Bennet. Mon mari en sera enchanté et vous réservera ses plus belles compagnies de perdreaux.

La souffrance d'Elizabeth s'accrut encore devant des avances aussi déplacées. « Alors même, pensait-elle, qu'on pourrait reprendre le rêve de l'année dernière, tout conspirerait à le détruire encore une fois. » Et il lui sembla que des années de bonheur ne suffiraient pas pour les dédommager, elle et Jane, de ces instants de pénible mortification.

Cette fâcheuse impression se dissipa pourtant quand elle remarqua combien la beauté de Jane semblait raviver les sentiments de son ancien admirateur. Pour commencer, il ne lui avait pas beaucoup parlé, mais à mesure que l'heure s'avançait, il se tournait davantage de son côté et s'adressait à elle de plus en plus. Il la retrouvait aussi charmante, aussi naturelle, aussi aimable que l'an passé, bien que peut-être un peu plus silencieuse.

Quand les jeunes gens se levèrent pour partir, Mrs. Bennet n'eut garde d'oublier l'invitation projetée, et ils acceptèrent de venir dîner à Longbourn quelques jours plus tard.

— Vous êtes en dette avec moi, Mr. Bingley, ajouta-t-elle. Avant votre départ pour Londres, vous m'aviez promis de venir dîner en famille dès votre retour. Cette promesse, que je n'ai pas oubliée, n'a pas été tenue, ce qui m'a causé une grande déception, je vous assure.

Bingley parut un peu interloqué par ce discours et dit quelque chose sur son regret d'en avoir été empêché par ses affaires, puis ils se retirèrent tous les deux.

Mrs. Bennet avait eu grande envie de les retenir à dîner le soir même ; mais bien que sa table fût toujours soignée, elle s'était dit que deux services ne seraient pas trop pour recevoir un jeune homme sur qui elle fondait de si grandes espérances, et satisfaire l'appétit d'un gentleman qui avait dix mille livres de rente.

54

Aussitôt qu'ils furent partis, Elizabeth sortit pour tâcher de se remettre, ou, plus exactement, pour se plonger dans les réflexions les mieux faites pour lui ôter tout courage.

L'attitude de Mr. Darcy était pour elle un sujet d'étonnement et de mortification. « Puisqu'il a pu se montrer si aimable avec mon oncle et ma tante, quand il était à Londres, pensait-elle, pourquoi ne l'est-il pas avec moi ? S'il me redoute, pourquoi est-il venu ? S'il a cessé de m'aimer, pourquoi ce silence ? Quel homme déconcertant ! Je ne veux plus penser à lui. »

L'approche de sa sœur vint l'aider à donner à cette résolution un commencement d'exécution. L'air joyeux de Jane témoignait qu'elle était satisfaite de leurs visiteurs beaucoup plus qu'Elizabeth.

— Maintenant qu'a eu lieu cette première rencontre,

dit-elle, je me sens tout à fait soulagée. Mes forces ont été mises à l'épreuve et je puis le voir désormais sans aucun trouble. Je suis contente qu'il vienne dîner ici mardi ; ainsi, tout le monde pourra se rendre compte que nous nous rencontrons, lui et moi, sur un pied de parfaite indifférence.

— De parfaite indifférence, je n'en doute pas ! dit Elizabeth en riant. O Jane, prenez garde !

— Ma petite Lizzy, vous ne me croyez pas assez faible pour courir encore le moindre danger !

— Je crois que vous courez surtout le danger de le rendre encore plus amoureux qu'auparavant...

On ne revit pas les jeunes gens jusqu'au mardi. Ce soir-là, il y avait nombreuse compagnie à Longbourn, et les deux invités de marque se montrèrent exacts. Quand on passa dans la salle à manger, Elizabeth regarda si Bingley allait reprendre la place qui, dans les réunions d'autrefois, était la sienne auprès de sa sœur. Mrs. Bennet, en mère avisée, omit de l'inviter à prendre place à côté d'elle. Il parut hésiter tout d'abord ; mais Jane, par hasard, regardait de son côté en souriant. Le sort en était jeté ; il alla s'asseoir auprès d'elle. Elizabeth, avec un sentiment de triomphe, lança un coup d'œil dans la direction de Mr. Darcy : il paraissait parfaitement indifférent, et, pour un peu, elle aurait cru qu'il avait donné à son ami toute licence d'être heureux ; si elle n'avait vu les yeux de Bingley se tourner vers lui avec un sourire un peu confus. Pendant tout le temps du dîner, il témoigna à sa sœur une admiration qui, pour être plus réservée qu'auparavant, n'en prouva pas moins à Elizabeth que s'il avait toute la liberté d'agir, son bonheur et celui de Jane seraient bientôt assurés.

Mr. Darcy, séparé d'elle par toute la longueur de la table, était assis à côté de la maîtresse de maison. Elizabeth savait que ce voisinage ne pouvait leur causer aucun plaisir, et qu'il n'était pas fait pour les mettre en valeur ni l'un ni l'autre. Trop éloignée pour suivre leur conversation, elle remarquait qu'ils se parlaient rarement et toujours avec une froide politesse. La mauvaise grâce de sa mère lui rendait plus pénible le sentiment de tout ce que sa famille devait à Mr. Darcy, et, à certains moments, elle eût tout donné pour pouvoir lui dire qu'une personne au moins de cette famille savait tout, et lui était profondément reconnaissante. Elle espérait que la soirée leur fournirait l'occasion de se rapprocher et d'avoir une conversation moins banale que les quelques propos cérémonieux qu'ils avaient échangés à son entrée. Dans cette attente, le moment qu'elle passa au salon avant le retour des messieurs lui parut interminable. Il lui semblait que tout le plaisir de la soirée dépendait de l'instant qui allait suivre : « S'il ne vient pas alors me rejoindre, pensa-t-elle, j'abandonnerai toute espérance. »

Les messieurs revinrent au salon, et Mr. Darcy eut l'air, un instant, de vouloir répondre aux vœux d'Elizabeth. Mais, hélas, autour de la table où elle servait le café avec Jane, les dames s'étaient rassemblées en un groupe si compact qu'il n'y avait pas moyen de glisser une chaise parmi elles.

Mr. Darcy se dirigea vers une autre partie du salon où Elizabeth le suivit du regard, enviant tous ceux à qui il adressait la parole. Un peu d'espoir lui revint en le voyant rapporter lui-même sa tasse ; elle saisit cette occasion pour lui demander :

— Votre sœur est-elle encore à Pemberley ?

— Oui, elle y restera jusqu'à Noël.

— Tous ses amis l'ont-ils quittée ?

— Mrs. Annesley est toujours avec elle ; les autres sont partis pour Scarborough il y a trois semaines.

Elizabeth chercha en vain autre chose à dire. Après tout, il ne tenait qu'à lui de poursuivre la conversation s'il le désirait. Mais il restait silencieux à ses côtés, et comme une jeune fille s'approchait et chuchotait à l'oreille d'Elizabeth, il s'éloigna.

Les plateaux enlevés, on ouvrit les tables à jeu, et toutes les dames se levèrent. Mr. Darcy fut aussitôt accaparé par Mrs. Bennet qui cherchait des joueurs de whist ; ce que voyant, Elizabeth perdit tout son espoir de le voir la rejoindre et n'attendit plus de cette réunion aucun plaisir. Ils passèrent le reste de la soirée à des tables différentes et tout ce qu'Elizabeth put faire fut de souhaiter qu'il tournât ses regards de son côté assez souvent pour le rendre autant qu'elle-même distrait et maladroit au jeu.

Mrs. Bennet avait prévu de garder les deux gentlemen de Netherfield à dîner, mais leur voiture avait été malencontreusement appelée avant les autres, et elle ne trouva pas l'occasion de les retenir.

— Eh bien ! enfants, dit Mrs. Bennet dès qu'elle se retrouva avec ses filles, que pensez-vous de cette soirée ? J'ose dire que tout a marché à souhait. J'ai rarement vu un dîner aussi réussi. Le chevreuil était rôti à point et tout le monde a déclaré n'avoir jamais mangé un cuissot pareil. Le potage était incomparablement supérieur à celui qu'on nous a servi chez les Lucas la semaine dernière. Mr. Darcy lui-même a reconnu que les perdreaux étaient parfaits ; or, il doit bien avoir chez lui deux ou trois cuisiniers français !... Et puis, ma chère Jane, je ne vous ai jamais vue plus en beauté. Mrs. Long, à qui je l'ai fait remarquer, était de mon avis. Et savez-vous ce qu'elle a ajouté ? « Ah ! Mrs. Bennet, je crois bien que nous la verrons tout de même à Netherfield !... » Oui, elle a dit cela textuellement. Cette Mrs. Long est la meilleure personne qui soit, et ses nièces sont des jeunes filles fort bien élevées, et pas du tout jolies ; elles me plaisent énormément.

En somme, Mrs. Bennet était d'excellente humeur. Elle avait suffisamment observé l'attitude de Bingley envers Jane pour se convaincre qu'elle finirait par l'épouser. La vision des bénéfices qu'elle espérait en retirer pour sa propre famille était à ce point exagérée, qu'elle se trouva fort déçue de ne pas le voir arriver le lendemain pour demander sa main.

— Cette journée a été fort agréable, dit Jane à Elizabeth. Les invités étaient bien choisis, tout le monde se convenait. J'espère que de telles réunions se renouvelleront.

Elizabeth sourit.

— Lizzy, ne souriez pas. Vous me mortifiez en prenant cet air sceptique. Je vous assure que je puis jouir maintenant de la conversation de Mr. Bingley comme de celle d'un homme agréable et bien élevé, sans la plus petite arrière-pensée. Je suis absolument persuadée, d'après sa façon d'être actuelle, qu'il n'a jamais pensé à moi. Il a seulement plus de charme dans les manières et plus de désir de plaire que n'en montrent la plupart des hommes.

— Vous êtes vraiment cruelle, repartit Elizabeth. Vous me défendez de sourire, et vous m'y forcez sans cesse... Excusez-moi donc, mais si vous persistez dans votre indifférence, vous ferez bien de chercher une autre confidente.

55

Peu de jours après, Mr. Bingley se présenta de nouveau, et cette fois seul. Son ami l'avait quitté le matin pour retourner à Londres, et il devait revenir une dizaine de jours plus tard. Mr. Bingley resta environ une heure et montra un entrain remarquable. Mrs. Bennet lui demanda de rester à dîner, mais il répondit qu'à son grand regret il était déjà retenu.

— Pouvez-vous venir demain ?

Oui ; il n'avait point d'engagement pour le lendemain, et il accepta l'invitation avec un air de vif contentement.

Le lendemain, il arriva de si bonne heure qu'aucune de ces dames n'était encore prête. En peignoir et à demi coiffée, Mrs. Bennet se précipita dans la chambre de sa fille.

— Vite, ma chère Jane, dépêchez-vous de descendre. Il est arrivé ! Mr. Bingley est là ! Oui, il est là. Dépêchez-vous, dépêchez-vous. Sarah ! laissez la coiffure de miss Lizzy et venez vite aider miss Jane à passer sa robe.

— Nous descendrons dès que nous le pourrons, dit Jane ; mais Kitty doit être déjà prête car il y a une demi-heure qu'elle est montée.

— Que Kitty aille au diable !... Il s'agit bien d'elle ! Vite, votre ceinture, ma chérie.

Mais rien ne put décider Jane à descendre sans une de ses sœurs.

La préoccupation de ménager un tête-à-tête aux deux jeunes gens fut de nouveau visible chez Mrs. Bennet dans la soirée. Après le thé, son mari se retira dans la bibliothèque selon son habitude et Mary alla retrouver son piano. Deux obstacles sur cinq ayant ainsi disparu, Mrs. Bennet se mit à faire des signes à Elizabeth et à Kitty, mais sans succès ; Elizabeth ne voulait rien voir. Elle finit par attirer l'attention de Kitty qui lui demanda innocemment :

— Qu'y a-t-il, maman ? Que veulent dire tous ces froncements de sourcils ? Que faut-il que je fasse ?

— Rien du tout, mon enfant. Je ne vous ai même pas regardée.

Mrs. Bennet se tint tranquille cinq minutes ; mais elle ne pouvait se résoudre à perdre un temps aussi précieux. A la fin, elle se leva et dit soudain à Kitty :

— Venez, ma chérie ; j'ai à vous parler.

Et elle l'emmena hors du salon. Jane jeta vers Elizabeth un regard de détresse où se lisait l'instante prière de ne pas se prêter à un tel complot. Quelques instants après, Mrs. Bennet entrebâilla la porte et appela :

— Lizzy, mon enfant, j'ai un mot à vous dire.

Elizabeth fut bien obligée de sortir.

— Nous ferions mieux de les laisser seuls, lui dit sa mère. Kitty et moi allons nous installer dans ma chambre.

Elizabeth n'essaya pas de discuter avec sa mère ; elle attendit tranquillement dans le hall que Mrs. Bennet et Kitty eussent disparu pour retourner dans le salon.

Les savantes combinaisons de Mrs. Bennet ne réussirent pas ce soir-là. Mr. Bingley se montra des plus charmants, mais ne se déclara pas. Il ne se fit pas prier pour rester à souper ; et avant qu'il prît congé, Mrs. Bennet convint avec lui qu'il reviendrait le lendemain matin pour chasser avec son mari.

A partir de ce moment, Jane n'essaya plus de parler de son « indifférence ». Pas un mot au sujet de Bingley ne fut échangé entre les deux sœurs, mais Elizabeth s'en fut coucher avec l'heureuse certitude que tout serait bientôt décidé, hors le cas d'un retour inopiné de Mr. Darcy.

Bingley fut exact au rendez-vous et passa toute la matinée au-dehors avec Mr. Bennet comme il avait été entendu. Ce dernier se montra beaucoup plus agréable que son compagnon ne s'y attendait. Il n'y avait chez Bingley ni vanité ni sottise qui pût provoquer l'ironie ou le mutisme de Mr. Bennet, qui se montra moins original et plus communicatif que Bingley ne l'avait encore vu. Ils revinrent ensemble pour le dîner.

Après le thé, Elizabeth s'en fut dans le petit salon écrire une lettre ; les autres se préparant à faire une partie de cartes, sa présence n'était plus nécessaire, pensa-t-elle, pour déjouer les combinaisons de sa mère.

Sa lettre terminée, elle revint au salon et vit alors que Mrs. Bennet avait été plus avisée qu'elle. En ouvrant la porte, elle aperçut sa sœur et Bingley debout devant la cheminée, qui parlaient avec animation. Si cette vue ne lui avait donné aucun soupçon, l'expression de leur physionomie et la hâte avec laquelle ils s'éloignèrent l'un de l'autre auraient suffi pour l'éclairer. Trouvant la situation un peu gênante, Elizabeth allait se retirer quand Bingley qui s'était assis se leva soudain, murmura quelques mots à Jane, et se précipita hors du salon.

Jane ne pouvait rien cacher à Elizabeth, et, la prenant dans ses bras, reconnut avec émotion qu'elle était la plus heureuse des femmes.

— C'est trop, ajouta-t-elle, beaucoup trop. Je ne le méritais pas. Oh ! que je voudrais voir tout le monde aussi heureux que moi !

Elizabeth félicita sa sœur avec une sincérité, une joie et une chaleur difficiles à rendre. Chaque phrase affectueuse ajoutait au bonheur de Jane. Mais elle ne voulut pas prolonger davantage cet entretien.

— Il faut que j'aille tout de suite trouver ma mère, dit-elle. Je ne voudrais sous aucun prétexte avoir l'air de méconnaître son affectueuse sollicitude ou permettre qu'elle apprît la nouvelle par un autre que moi-même. Il est allé de son côté trouver mon père. O Lizzy, quel plaisir de songer que cette nouvelle va causer tant de joie aux miens ! Comment supporterai-je tant de bonheur !

Et elle courut rejoindre sa mère qui avait interrompu exprès la partie de cartes et s'était retirée au premier étage avec Kitty.

Elizabeth, restée seule, sourit devant l'aisance et la rapidité avec lesquelles se réglait une affaire qui leur avait donné tant de mois d'incertitude et d'anxiété. Elle fut rejointe au bout de quelques minutes par Bingley dont l'entrevue avec Mr. Bennet avait été courte et satisfaisante.

— Où est votre sœur ? demanda-t-il en ouvrant la porte.

— Avec ma mère, au premier ; mais je suis sûre qu'elle va redescendre bientôt.

Fermant la porte, il s'approcha d'elle et réclama des félicitations et une part de son affection fraternelle. Elizabeth exprima avec effusion toute sa joie de voir se former entre eux un tel lien. Ils se serrèrent la main avec une grande cordialité et, jusqu'au retour de Jane, elle dut écouter tout ce qu'il avait à dire de son bonheur et des perfections de sa fiancée. Tout en faisant la part de l'exagération naturelle aux amoureux, Elizabeth se disait que tout ce bonheur entrevu n'était pas impossible car il aurait pour base l'excellent jugement et le caractère idéal de Jane, sans compter une parfaite similitude de goûts et de sentiments entre elle et Bingley.

Ce fut pour tous une soirée exceptionnellement heureuse. Le bonheur de Jane donnait à son visage un éclat et une animation qui la rendaient plus charmante que jamais. Kitty minaudait, souriait, espérait que son tour viendrait bientôt. Mrs. Bennet ne trouvait pas de termes assez chauds, assez éloquents pour donner son consentement et exprimer son approbation, bien qu'elle ne parlât point d'autre chose à Bingley pendant plus d'une demi-heure. Quant à Mr. Bennet, lorsqu'il vint les rejoindre au souper, sa voix et ses manières disaient clairement combien il était heureux. Pas un mot, pas une allusion, cependant, ne passa ses lèvres jusqu'au moment où leur visiteur eut pris congé, mais alors il s'avança vers sa fille en disant :

— Jane, je vous félicite. Vous serez une femme heureuse.

Jane aussitôt l'embrassa et le remercia de sa bonté.

— Vous êtes une bonne fille, répondit-il, et j'ai grand plaisir à penser que vous allez être si heureusement établie. Je ne doute pas que vous ne viviez tous deux dans un parfait accord. Vos caractères ne sont en rien dissemblables. Vous êtes l'un et l'autre si accommodants que vous ne pourrez jamais prendre une décision, si débonnaires que vous serez trompés par tous vos domestiques, et si généreux que vous dépenserez plus que votre revenu.

— J'espère qu'il n'en sera rien. Si j'étais imprudente ou insouciante en matière de dépense, je serais impardonnable.

— Plus que leur revenu !... A quoi pensez-vous, mon

cher Mr. Bennet ! s'écria sa femme. Il a au moins quatre ou cinq mille livres de rente ! O ma chère Jane, je suis si contente ! Je n'en dormirai pas de la nuit...

A partir de ce moment, Bingley fit à Longbourn des visites quotidiennes. Il arrivait fréquemment avant le breakfast et restait toujours jusqu'après le souper, à moins que quelque voisin barbare et qu'on ne pouvait assez maudire ne lui eût fait une invitation à dîner qu'il ne crût pas pouvoir refuser.

Elizabeth n'avait plus beaucoup de temps pour s'entretenir avec sa sœur, car Jane, en la présence de Bingley, n'accordait son attention à personne d'autre ; mais elle rendait grand service à tous deux dans les inévitables moments de séparation : en l'absence de Jane, Bingley venait chanter ses louanges à Elizabeth et, Bingley parti, Jane en faisait autant de son côté.

— Il m'a rendue heureuse, dit-elle un soir, en m'apprenant qu'il avait toujours ignoré mon séjour à Londres au printemps dernier. Je ne le croyais pas possible !

— J'en avais bien le soupçon, répondit Elizabeth. Quelle explication vous a-t-il donnée ?

— Ce devait être la faute de ses sœurs. Assurément elles ne tenaient pas à encourager les relations entre leur frère et moi, ce qui n'a rien d'étonnant puisqu'il aurait pu faire un mariage tellement plus avantageux sous bien des rapports. Mais quand elles verront, comme j'en ai la confiance, que leur frère est heureux avec moi, elles en prendront leur parti. Croyez-vous, Lizzy, que lors de son départ en novembre, il m'aimait vraiment, et que la seule conviction de mon indifférence l'a empêché de revenir !

— Il a commis une petite erreur, bien sûr ; mais elle est tout à l'honneur de sa modestie.

Elizabeth était contente de voir que Bingley n'avait pas dit un mot de l'intervention de son ami ; car bien que Jane eût le cœur le plus généreux et le plus indulgent, cette circonstance n'aurait pu manquer de la prévenir contre Mr. Darcy.

— Je suis certainement la créature la plus heureuse du monde, s'écria Jane. Oh ! Lizzy ! Pourquoi suis-je la privilégiée de la famille ? Si je pouvais seulement vous voir aussi heureuse ! S'il y avait seulement pour vous un homme comparable à Charles !

— Quand vous me donneriez à choisir parmi vingt autres exemplaires de votre fiancé, je ne pourrais jamais être aussi heureuse que vous. Il me manquerait pour cela votre aimable caractère. Non, non ; laissez-moi me débrouiller comme je pourrai. Peut-être, avec un peu de chance, pourrai-je trouver un jour un second Mr. Collins !

56

Une semaine environ après les fiançailles de Jane, comme les dames étaient réunies un matin dans la salle à manger en compagnie de Bingley, leur attention fut éveillée soudain par le bruit d'une voiture, et elles aperçurent une chaise de poste à quatre chevaux qui contournait la pelouse. L'heure était vraiment matinale pour une visite d'amis, et d'ailleurs ni l'équipage ni la livrée du cocher ne leur étaient connus. Cependant, comme il était certain que quelqu'un allait se présenter, Bingley eut tôt fait de décider Jane à l'accompagner dans le petit bois pour fuir l'intrus. Mrs. Bennet et ses autres filles se perdaient en conjectures lorsque la porte s'ouvrit et livra passage à lady Catherine.

Elle entra dans la pièce avec un air encore moins gracieux que d'habitude, ne répondit à la révérence d'Elizabeth qu'en inclinant légèrement la tête et s'assit sans mot dire. Elizabeth l'avait nommée à sa mère après son entrée, bien que Sa Grâce n'eût pas demandé à être présentée. Mrs. Bennet stupéfaite, mais flattée de voir chez elle une personne de si haute importance, déploya pour la recevoir toutes les ressources de sa politesse. Après un moment de silence, lady Catherine dit assez sèchement à Elizabeth :

— J'espère que vous allez bien, miss Bennet. Cette dame est votre mère, je suppose ?

Elizabeth fit une brève réponse affirmative.

— Et voilà sans doute une de vos sœurs ?

— Oui, madame, intervint Mrs. Bennet, ravie de parler à une aussi grande dame. C'est mon avant-dernière fille. La plus jeune s'est mariée dernièrement, et l'aînée est au jardin avec un jeune homme qui ne tardera pas, je crois, à faire partie de notre famille.

— Votre parc n'est pas bien grand, reprit lady Catherine après une courte pause.

— Ce n'est rien en comparaison de Rosings, assurément, my lady ; mais je vous assure qu'il est beaucoup plus vaste que celui de sir William Lucas.

— Cette pièce doit être bien incommode pour les soirs d'été ; elle est en plein couchant.

Mrs. Bennet assura que l'on ne s'y tenait jamais après dîner ; puis elle ajouta :

— Puis-je prendre la liberté de demander à Votre Grâce si elle a laissé Mr. et Mrs. Collins en bonne santé ?

— Oui, ils vont très bien. Je les ai vus avant-hier au soir.

Elizabeth s'attendait maintenant à ce qu'elle lui remît une lettre de Charlotte, seule raison, semblait-il, qui pût expliquer cette visite. Mais ne voyant aucune lettre venir, elle se sentit de plus en plus intriguée.

Mrs. Bennet pria Sa Grâce d'accepter quelques rafraîchissements, mais lady Catherine déclara nettement, et sans beaucoup de formes, qu'elle n'avait besoin de rien ; puis, se levant, elle dit à Elizabeth :

— Miss Bennet, il m'a semblé qu'il y avait un assez

joli petit bois, de l'autre côté de votre pelouse. J'y ferais volontiers un tour, si vous me faites la faveur de m'accompagner.

— Allez-y, ma chérie, s'écria Mrs. Bennet, et montrez à Sa Grâce les plus jolies allées. Je suis sûre que l'ermitage lui plaira.

Elizabeth obéit et, courant chercher son ombrelle dans sa chambre, elle redescendit se mettre à la disposition de la noble visiteuse. Comme elles traversaient le hall, lady Catherine ouvrit les portes de la salle à manger et du salon, y jeta un coup d'œil et, après avoir daigné les déclarer convenables, sortit dans le jardin.

Toutes deux suivirent en silence l'allée sablée qui conduisait au petit bois. Elizabeth était décidée à ne point se mettre en frais pour une femme qui se montrait, plus encore que d'habitude, insolente et désagréable.

« Comment ai-je jamais pu trouver que son neveu lui ressemblait ? » se demandait-elle en la regardant.

A peine furent-elles entrées dans le bois que lady Catherine entama ainsi la conversation :

— Vous ne devez point être surprise, miss Bennet, de me voir ici. Votre cœur, votre conscience vous ont déjà dit la raison de ma visite.

Elizabeth la regarda avec un étonnement sincère.

— En vérité, madame, vous vous trompez ; il m'est absolument impossible de deviner ce qui nous vaut l'honneur de vous voir ici.

— Miss Bennet, répliqua Sa Grâce d'un ton irrité, vous devez savoir qu'on ne se moque pas de moi Mais s'il vous plaît de ne pas être franche, je ne vous imiterai pas. J'ai toujours été réputée pour ma sincérité et ma franchise, et dans une circonstance aussi grave, je ne m'en départirai certainement pas. Une nouvelle inquiétante m'est parvenue il y a deux jours. On m'a dit que, non seulement votre sœur était sur le point de se marier très avantageusement, mais que vous, miss Elizabeth Bennet, vous alliez très probablement, peu après, devenir la femme de mon neveu, de mon propre neveu, Mr. Darcy. Bien qu'il s'agisse là, j'en suis sûre, d'un scandaleux mensonge, et que je ne veuille pas faire à mon neveu l'injure d'y ajouter foi, j'ai résolu immédiatement de me transporter ici pour vous faire connaître mes sentiments.

— Puisque vous ne pouvez croire que ce soit vrai, dit Elizabeth, le visage animé par l'étonnement et le dédain, je me demande pourquoi vous vous êtes imposé la fatigue d'un pareil voyage. Quelle peut être l'intention de Votre Grâce ?

— C'est d'exiger qu'un démenti formel soit opposé tout de suite à de tels bruits.

— Votre visite à Longbourn, répliqua froidement Elizabeth, paraîtra plutôt les confirmer, si en effet ils existent réellement.

— S'ils existent ! Prétendriez-vous les ignorer ? N'est-ce pas vous et les vôtres qui les avez adroitement mis en circulation ? Ne savez-vous pas qu'ils se répandent partout ?

— C'est la première nouvelle que j'en ai.

— Et pouvez-vous m'affirmer de même que ces bruits n ont aucun fondement ?

— Je ne prétends pas à la même franchise que Votre Grâce. Il peut lui arriver de poser des questions auxquelles je n'aie point envie de répondre.

— Ceci ne peut se supporter. J'insiste, miss Bennet, pour avoir une réponse. Mon neveu vous a-t-il demandée en mariage ?

— Votre Grâce a déclaré tout à l'heure que la chose était impossible.

— Assurément, tant qu'il gardera l'usage de sa raison. Mais vos charmes et votre habileté peuvent lui avoir fait oublier, dans un instant de vertige, ce qu'il doit à sa famille et à lui-même. Vous êtes capable de lui avoir fait perdre la tête.

— Si j'ai fait cela, je serai la dernière personne à l'avouer.

— Miss Bennet, savez-vous bien qui je suis ? Je n'ai point l'habitude de m'entendre parler sur ce ton. Je suis la plus proche parente que mon neveu ait au monde, et j'ai le droit de connaître ses affaires les plus intimes.

— Mais non pas les miennes. Et ce n'est pas votre façon d'agir, madame, qui me décidera à en dire davantage.

— Comprenez-moi bien. Cette union, à laquelle vous avez la présomption d'aspirer, ne peut se réaliser, non, jamais. Mr. Darcy est fiancé *à ma fille*. Et maintenant, qu'avez-vous à dire ?

— Que s'il en est ainsi, vous n'avez aucune raison de craindre qu'il me demande de l'épouser.

Lady Catherine hésita une seconde, puis reprit :

— L'engagement qui les lie est d'une espèce particulière. Depuis leur tendre enfance, ils ont été destinés l'un à l'autre. Ce mariage était notre vœu le plus cher, à sa mère et à moi. Nous projetions de les unir alors qu'ils étaient encore au berceau. Et maintenant que ce rêve pourrait s'accomplir, il y serait mis obstacle par une jeune fille de naissance obscure, sans fortune, et complètement étrangère à notre famille ?... N'avez-vous donc aucun égard pour les désirs des siens, pour son engagement tacite avec miss de Bourgh ? Avez-vous perdu tout sentiment de délicatesse, tout respect des convenances ? Ne m'avez-vous jamais entendue dire que, dès ses premières années, il était destiné à sa cousine ?

— Si ; on me l'avait même dit avant vous. Mais en quoi cela me regarde-t-il ? Si la seule objection à mon mariage avec votre neveu est le désir qu'avaient sa mère et sa tante de lui voir épouser miss de Bourgh, elle n'existe pas pour moi. Vous avez fait ce qui était en votre pouvoir en formant ce projet ; son accomplissement ne dépendait pas de vous. Si Mr. Darcy ne se sent lié à sa cousine ni par l'honneur ni par l'inclination, pourquoi ne pourrait-il faire un autre choix ? Et si c'est moi qui suis l'objet de ce choix, pourquoi refuserais-je ?

— Parce que l'honneur, les convenances, la prudence, et votre intérêt même vous l'interdisent. Oui, miss Bennet, votre intérêt ! car n'allez pas vous imaginer que vous serez accueillie par sa famille ou ses amis, si vous agissez volontairement contre leur désir à tous. Vous serez blâmée, dédaignée et méprisée par tous les gens de sa connaissance ; cette alliance sera considérée comme un déshonneur, et votre nom ne sera même jamais prononcé parmi nous.

— Voilà en effet de terribles perspectives ! répliqua Elizabeth ; mais la femme qui épousera Mr. Darcy trouvera dans ce mariage de telles compensations que, tout compte fait, elle n'aura rien à regretter.

— Fille volontaire et obstinée ! Vous me faites honte ! Est-ce donc ainsi que vous reconnaissez les bontés que j'ai eues pour vous au printemps dernier ? N'avez-vous point, de ce fait, quelque obligation envers moi ? Voyons, asseyons-nous. Il faut que vous compreniez, miss Bennet, que je suis venue ici absolument déterminée à voir ma volonté s'accomplir. Rien ne peut m'en détourner ; je n'ai pas coutume de céder aux caprices d'autrui.

— Tout ceci rend la situation de Votre Grâce plus digne de compassion, mais ne peut avoir aucun effet sur moi.

— Ne m'interrompez pas, je vous prie. Ma fille et mon neveu sont faits l'un pour l'autre ; ils descendent du côté maternel de la même noble souche, et du côté paternel de familles anciennes et honorables quoique non titrées. Leur fortune à tous deux est énorme. Tout le monde dans les deux familles est d'accord pour désirer ce mariage. Et qu'est-ce qui les séparerait ? Les prétentions extravagantes d'une jeune personne sans parenté, relations, ni fortune... Peut-on supporter chose pareille ? Non, cela ne doit pas être, et cela ne sera pas. Si vous aviez le moindre bon sens, vous ne souhaiteriez pas quitter le milieu dans lequel vous avez été élevée.

— Je ne considère pas que je le quitterais en épousant votre neveu. Mr. Darcy est un gentleman, je suis la fille d'un gentleman : sur ce point, nous sommes égaux.

— Parfaitement, vous êtes la fille d'un gentleman. Mais votre mère, qui est-elle ? Et vos oncles, et vos tantes ?... Ne croyez pas que j'ignore leur situation sociale.

— Quelle que soit ma famille, si votre neveu n'y trouve rien à redire, vous n'avez pas à vous occuper d'elle.

— Répondez-moi une fois pour toutes ; lui êtes-vous fiancée ?

Bien qu'Elizabeth n'eût pas voulu, dans le seul dessein d'obliger lady Catherine, répondre à cette question, elle ne put que dire après un instant de réflexion :

— Non, je ne le suis pas.

Lady Catherine parut soulagée.

— Alors, faites-moi la promesse de ne jamais l'être ?

— Je me refuse absolument à faire une promesse de ce genre.

— Miss Bennet, je suis stupéfaite et indignée. Je pensais vous trouver plus raisonnable. Mais n'allez pas vous imaginer que je céderai. Je ne partirai pas d'ici avant d'avoir obtenu la promesse que je désire.

— Et moi, je ne la donnerai certainement jamais. Ce n'est pas par intimidation que l'on parviendra à me faire faire une chose aussi déraisonnable. Votre Grâce désire marier sa fille avec Mr. Darcy : la promesse que vous exigez rendra-t-elle plus probable leur mariage ? En supposant que Mr. Darcy m'aime, mon refus le poussera-t-il à reporter sa tendresse sur sa cousine ? Permettez-moi de vous dire, lady Catherine, que les arguments par lesquels vous appuyez une démarche si extraordinaire sont aussi vains que la démarche est malavisée. Vous me connaissez bien mal si vous pensez qu'ils peuvent m'influencer le moins du monde. Jusqu'à quel point Mr. Darcy peut approuver votre ingérence dans ses affaires, je ne saurais le dire ; mais vous n'avez certainement pas le droit de vous occuper des miennes. C'est pourquoi je demande à ne pas être importunée davantage sur ce sujet.

— Pas si vite, je vous prie ! Je n'ai pas fini. A toutes les raisons que j'ai déjà données, j'en ajouterai une autre. Je n'ignore rien de la honteuse aventure de votre plus jeune sœur. Je sais que son mariage avec le jeune homme n'a été qu'un replâtrage qui s'est fait aux frais de votre père et de votre oncle. Et une fille pareille deviendrait la sœur de mon neveu ? Il aurait comme beau-frère le fils du régisseur de feu son père ? A quoi pensez-vous, grand Dieu ! Les ombres des anciens maîtres de Pemberley doivent-elles être à ce point déshonorées ?

— Après cela, vous n'avez certainement rien à ajouter, répliqua Elizabeth amèrement. Il n'est pas une seule insulte que vous m'ayez épargnée. Je vous prie de bien vouloir me laisser retourner chez moi.

Tout en parlant, elle se leva. Lady Catherine se leva aussi et elles se dirigèrent vers la maison. Sa Grâce était en grand courroux.

— C'est bien. Vous refusez de m'obliger. Vous refusez d'obéir à la voix du devoir, de l'honneur, de la reconnaissance. Vous avez juré de perdre mon neveu dans l'estime de tous ses amis, et de faire de lui la risée du monde. Je sais maintenant ce qu'il me reste à faire. Ne croyez pas, miss Bennet, que votre ambition puisse triompher. Je suis venue pour essayer de m'entendre avec vous ; j'espérais vous trouver plus raisonnable. Mais, ne vous trompez pas, ce que je veux, je saurai l'obtenir.

Lady Catherine continua son discours jusqu'à la portière de sa voiture ; alors, se retournant vivement, elle ajouta :

— Je ne prends pas congé de vous, miss Bennet ; je ne vous charge d'aucun compliment pour votre mère. Vous ne méritez pas cette faveur. Je suis outrée !

Elizabeth ne répondit pas, et rentra tranquillement

dans la maison. Elle entendit la voiture s'éloigner tandis qu'elle montait l'escalier. Sa mère l'attendait, impatiente, à la porte du petit salon, et demanda pourquoi lady Catherine n'était pas revenue pour se reposer.

— Elle n'a pas voulu, répondit la jeune fille ; elle était pressée de repartir.

— Quelle personne distinguée ! et comme c'est aimable à elle de venir nous faire visite ! car je suppose que c'est uniquement pour nous apporter des nouvelles des Collins qu'elle est venue. Elle est sans doute en voyage, et, passant par Meryton, elle aura eu l'idée de s'arrêter pour nous voir. Je suppose qu'elle n'avait rien de particulier à vous dire, Lizzy ?

Elizabeth fut forcée de répondre par un léger mensonge, car il était vraiment impossible de faire connaître le véritable sujet de leur conversation.

57

Ce ne fut pas sans peine qu'Elizabeth parvint à surmonter le trouble où l'avait plongée cette visite extraordinaire, et son esprit en demeura obsédé durant de longues heures.

Lady Catherine avait donc pris, selon toute apparence, la peine de venir de Rosings à seule fin de rompre l'accord qu'elle supposait arrêté entre son neveu et Elizabeth. Il n'y avait là rien qui pût étonner de sa part ; mais d'où cette nouvelle lui était-elle venue, c'est ce qu'Elizabeth n'arrivait pas à s'expliquer. Enfin, l'idée lui vint que le fait qu'elle était la sœur de Jane, et Darcy l'ami intime de Bingley, avait pu suffire à faire naître cette supposition, un projet de mariage ne manquant jamais d'en suggérer un autre à l'imagination du public. Leurs voisins de Lucas Lodge (car c'était certainement par eux et les Collins que le bruit avait atteint lady Catherine) avaient seulement prédit comme un fait assuré et prochain ce qu'elle-même entrevoyait comme possible dans un avenir plus ou moins éloigné.

Le souvenir des déclarations de lady Catherine n'était pas sans lui causer quelque malaise, car il fallait s'attendre, après ce qu'elle avait dit de sa résolution d'empêcher le mariage, à ce qu'elle exerçât une pression sur son neveu. Comment celui-ci prendrait-il le tableau qu'elle lui ferait des fâcheuses conséquences d'une alliance avec la famille Bennet ? Elizabeth n'osait le prévoir. Elle ne savait pas au juste le degré d'affection que lui inspirait sa tante, ni l'influence que ses jugements pouvaient avoir sur lui ; mais il était naturel de supposer qu'il avait pour lady Catherine beaucoup plus de considération que n'en avait Elizabeth. Il était certain qu'en énumérant les inconvénients d'épouser une jeune fille dont la parenté immédiate était si inférieure à la sienne, sa tante l'attaquerait sur son point vulnérable. Avec ses idées sur les inégalités sociales, il estimerait sans doute raisonnables et judicieux les arguments qu'Elizabeth avait jugés faibles et ridicules. S'il était encore hésitant, les conseils et les exhortations d'une proche parente pouvaient avoir raison de ses derniers doutes, et le décider à chercher le bonheur dans la satisfaction de garder sa dignité intacte. Dans ce cas, il ne reviendrait point. Lady Catherine le verrait sans doute en traversant Londres et il n'aurait plus qu'à révoquer la promesse faite à Bingley de revenir à Netherfield.

« Par conséquent, se dit-elle, si son ami reçoit ces jours-ci une lettre où il s'excuse de ne pouvoir tenir sa promesse, je saurai à quoi m'en tenir, et qu'entre lui et moi tout est fini. »

Le lendemain matin, comme elle descendait de sa chambre, elle rencontra son père qui sortait de la bibliothèque, une lettre à la main.

— Je vous cherchais justement, Lizzy, lui dit-il. Entrez ici avec moi.

Elle le suivit, curieuse de ce qu'il allait lui dire, intriguée par cette lettre qui devait avoir une certaine importance. L'idée la frappa brusquement qu'elle venait peut-être de lady Catherine, ce qui lui fit entrevoir non sans effroi toute une série d'explications où il lui faudrait s'engager. Elle suivit son père jusque devant la cheminée, et tous deux s'assirent. Mr. Bennet prit la parole :

— Je viens de recevoir une lettre qui m'a causé une surprise extrême ; comme elle vous concerne tout particulièrement, il faut que je vous en dise le contenu. J'ignorais jusqu'alors que j'avais *deux* filles sur le point de se lier par les nœuds sacrés du mariage. Permettez-moi de vous adresser mes félicitations pour une conquête aussi brillante.

La couleur monta aux joues d'Elizabeth, subitement convaincue que la lettre venait, non pas de la tante, mais du neveu. A la fois satisfaite qu'il en vînt à se déclarer et mécontente que la lettre ne lui fût pas adressée, elle entendit son père poursuivre :

— Vous avez l'air de comprendre de quoi il s'agit — les jeunes filles, en ces matières, sont douées d'une grande pénétration —, mais je crois pouvoir défier votre sagacité elle-même de deviner le nom de votre admirateur. Cette lettre vient de Mr. Collins.

— De Mr. Collins ? Que peut-il bien avoir à raconter ?

— Des choses très à propos, bien entendu. Sa lettre commence par des félicitations sur le « prochain hyménée » de ma fille Jane, dont il a été averti, semble-t-il, par le bavardage de ces braves Lucas. Je ne me jouerai pas de votre impatience en vous lisant ce qu'il écrit là-dessus. Voici le passage qui vous concerne :

« Après vous avoir offert mes sincères congratulations et celles de Mrs. Collins, laissez-moi faire une discrète allusion à un événement analogue que nous apprenons de même source. Votre fille Elizabeth, annonce-t-on, ne garderait pas longtemps le nom de Bennet après que sa sœur aînée l'aura quitté, et celui qu'elle a choisi pour partager son destin est considéré comme l'un des personnages les plus importants de ce pays... » Pouvez-vous vraiment deviner de qui il est question, Lizzy ? « ... Ce jeune homme est favorisé d'une façon particulière en tout ce que peut souhaiter le cœur d'une mortelle : beau domaine, noble parenté, relations influentes. Cependant, en dépit de tous ces avantages, laissez-moi vous avertir, ainsi que ma cousine Elizabeth, des maux que vous risquez de déchaîner en accueillant précipitamment les propositions de ce gentleman — propositions que vous êtes probablement tentés d'accepter sans retard... » A votre idée, Lizzy, quel peut être ce gentleman ?... Mais ici, tout se dévoile : « ... Voici le motif pour lequel je vous conseille la prudence : nous avons toute raison de croire que sa tante, lady Catherine de Bourgh, ne considère pas cette union d'un œil favorable... » C'est donc Mr. Darcy ! J'imagine, Lizzy, que c'est une vraie surprise pour vous. Pouvait-on, parmi toutes nos connaissances, tomber sur quelqu'un dont le nom pût mieux faire ressortir la fausseté de toute cette histoire ? Mr. Darcy, qui ne regarde jamais une femme que pour lui découvrir une imperfection, Mr. Darcy qui, probablement, ne vous a même jamais regardée ! C'est ineffable !

Elizabeth tenta de s'associer à la gaieté de son père, mais ne réussit qu'à ébaucher un sourire hésitant.

— Cela ne vous amuse pas ?

– Oh si ! Mais continuez donc à lire.

— « ... Hier soir, lorsque j'ai entretenu Sa Grâce de la possibilité de ce mariage, avec sa bienveillance coutumière, elle m'a confié ses sentiments. Par suite de certaines raisons de famille qu'elle fait valoir contre ma cousine, il me paraît évident qu'elle ne donnerait jamais son consentement à ce qu'elle appelle une mésalliance inacceptable. Je crois de mon devoir d'avertir avec toute la diligence possible ma cousine et son noble admirateur, afin qu'ils sachent à quoi ils s'exposent, et ne précipitent pas une union qui ne serait pas dûment approuvée... » Mr. Collins ajoute encore : « ... Je me réjouis véritablement de ce que la triste histoire de ma cousine Lydia ait été si bien étouffée. Une seule chose me peine, c'est que l'on sache dans le public qu'ils ont vécu ensemble quinze jours avant la bénédiction nuptiale. Je ne puis me dérober au devoir de ma charge et m'abstenir d'exprimer mon étonnement que vous ayez reçu le jeune couple chez vous, aussitôt après le mariage : c'est un encouragement au vice, et si j'étais le recteur de Longbourn, je m'y serais opposé de tout mon pouvoir. Assurément vous devez leur pardonner en chrétien, mais non les admettre en votre présence, ni supporter que l'on prononce leurs noms devant vous... » Voilà quelle est sa conception du pardon chrétien ! La fin de la lettre roule sur l'intéressante situation de sa chère Charlotte, et leur espérance de voir bientôt chez eux « un jeune plant d'olivier ». Mais, Lizzy, cela n'a pas l'air de vous amuser ? Vous n'allez pas faire la délicate, je pense, et vous montrer affectée par un racontar stupide. Pourquoi sommes-nous sur terre, sinon pour fournir quelque distraction à nos voisins, et en retour, nous égayer à leurs dépens ?

— Oh ! s'écria Elizabeth, je trouve cela très drôle, mais tellement étrange !

— Et justement ! c'est ce qui en fait le piquant : Si ces braves gens avaient choisi un autre personnage, il n'y aurait eu là rien de divertissant ; mais l'extrême froideur de Mr. Darcy et votre aversion pour lui témoignent à quel point cette fable est délicieusement absurde. Bien que j'aie horreur d'écrire, je ne voudrais pour rien au monde mettre un terme à ma correspondance avec Mr. Collins. Bien mieux, quand je lis une de ses lettres, je ne puis m'empêcher de le placer au-dessus de Wickham, quoique j'apprécie fort l'impudence et l'hypocrisie de mon gendre. Et dites-moi, Lizzy, qu'a raconté là-dessus lady Catherine ? Etait-elle venue pour refuser son consentement ?

Pour toute réponse, Elizabeth se mit à rire ; la question avait été posée le plus légèrement du monde et Mr. Bennet n'insista pas.

Elizabeth était plus malheureuse que jamais d'avoir à dissimuler ses sentiments, elle se forçait à rire alors qu'elle aurait eu plutôt envie de pleurer. Son père l'avait cruellement mortifiée par ce qu'il avait dit de l'indifférence de Mr. Darcy. Elle s'étonnait d'un tel manque de clairvoyance et en arrivait à craindre que là où son père n'avait rien vu, elle-même n'eût vu plus que la réalité.

58

Au lieu de recevoir de son ami une lettre d'excuse, ainsi qu'Elizabeth s'y attendait à demi, Mr. Bingley put amener Mr. Darcy en personne à Longbourn, peu de jours après la visite de lady Catherine.

Tous deux arrivèrent de bonne heure, et, avant que Mrs. Bennet eût eu le temps de dire à Mr. Darcy qu'elle avait vu sa tante — ce qu'Elizabeth redouta un instant —, Bingley, qui cherchait l'occasion d'un tête-à-tête avec Jane, proposa à tout le monde une promenade. Mrs. Bennet n'aimait pas la marche, et Mary n'avait jamais un moment à perdre ; mais les autres acceptèrent et ensemble se mirent en route. Bingley et Jane, toutefois, se laissèrent bientôt distancer et restèrent à marcher doucement en arrière. Le groupe formé par les trois autres était plutôt taciturne ; Kitty, intimidée par Mr. Darcy, n'osait ouvrir la bouche, Elizabeth se préparait secrètement à brûler ses vaisseaux, et peut-être Darcy en faisait-il autant de son côté.

Ils s'étaient dirigés vers Lucas Lodge où Kitty avait l'intention de faire visite à Maria. Elizabeth, ne voyant pas la nécessité de l'accompagner, la laissa entrer seule et poursuivit délibérément sa route avec Mr. Darcy.

C'était maintenant le moment ou jamais d'exécuter sa résolution. Profitant du courage qu'elle se sentait en cet instant, elle commença sans plus attendre :

— Je suis très égoïste, Mr. Darcy. Pour me soulager d'un poids, je vais donner libre cours à mes sentiments, au risque de heurter les vôtres ; mais je ne puis rester plus longtemps sans vous remercier de la bonté vraiment extraordinaire dont vous avez fait preuve pour ma pauvre sœur. Croyez bien que si le reste de ma famille en était instruit, je n'aurais pas ma seule reconnaissance à vous exprimer.

— Je regrette, je regrette infiniment, répliqua Darcy avec un accent plein de surprise et d'émotion, qu'on vous ait informée de choses qui, mal interprétées, ont pu vous causer quelque malaise. J'aurais cru qu'on pouvait se fier davantage à la discrétion de Mrs. Gardiner.

— Ne blâmez pas ma tante. L'étourderie de Lydia seule m'a révélé que vous aviez été mêlé à cette affaire, et, bien entendu, je n'ai pas eu de repos tant que je n'en ai pas connu tous les détails. Laissez-moi vous remercier mille et mille fois au nom de toute ma famille de la généreuse pitié qui vous a poussé à prendre tant de peine et à supporter tant de mortifications pour arriver à découvrir ma sœur.

— Si vous tenez à me remercier, répliqua Darcy, remerciez-moi pour vous seule. Que le désir de vous rendre la tranquillité ait ajouté aux autres motifs que j'avais d'agir ainsi, je n'essaierai pas de le nier, mais votre famille ne me doit rien. Avec tout le respect que j'ai pour elle, je crois avoir songé uniquement à vous.

L'embarras d'Elizabeth était tel qu'elle ne put prononcer une parole. Après une courte pause, son compagnon poursuivit :

— Vous êtes trop généreuse pour vous jouer de mes sentiments. Si les vôtres sont les mêmes qu'au printemps dernier, dites-le-moi tout de suite. Les miens n'ont pas varié, non plus que le rêve que j'avais formé alors. Mais un mot de vous suffira pour m'imposer silence à jamais.

Désireuse de mettre un terme à son anxiété, Elizabeth retrouva enfin assez d'empire sur elle-même pour lui répondre, et sans tarder, bien qu'en phrases entrecoupées, elle lui fit entendre que depuis l'époque à laquelle il faisait allusion, ses sentiments avaient subi un changement assez profond pour qu'elle pût accueillir maintenant avec joie le nouvel aveu des siens.

Cette réponse causa à Darcy un bonheur tel que sans doute il n'en avait point encore éprouvé un semblable, et il l'exprima dans des termes où l'on sentait toute l'ardeur et la tendresse d'un cœur passionnément épris. Si Elizabeth avait osé lever les yeux, elle aurait vu combien l'expression de joie profonde qui illuminait sa physionomie embellissait son visage. Mais si son trouble l'empêchait de regarder, elle pouvait l'entendre : et tout ce qu'il disait, montrant à quel point elle lui était chère, lui faisait sentir davantage, de minute en minute, le prix de son affection.

Ils marchaient au hasard, sans but, absorbés par ce qu'ils avaient à se confier, et le reste du monde n'existait plus pour eux. Elizabeth apprit bientôt que l'heureuse entente qui venait de s'établir entre eux était due aux efforts de lady Catherine pour les séparer. En traversant Londres au retour, elle était allée trouver son neveu et lui avait conté son voyage à Longbourn sans lui en taire le motif ; elle avait rapporté en substance sa conversation avec Elizabeth, appuyant avec emphase sur toutes les paroles qui, à son sens, prouvaient la perversité ou l'impudence de la jeune fille, persuadée qu'avec un tel récit elle obtiendrait de son neveu la promesse qu'Elizabeth avait refusé de lui faire. Mais, malheureusement pour Sa

Grâce, l'effet produit avait été exactement le contraire de celui qu'elle attendait.

— Elle m'a donné, dit-il, des raisons d'espérer que je n'avais pas encore. Je connaissais assez votre caractère pour être sûr que si vous aviez été décidée à me refuser d'une façon absolue et irrévocable, vous l'auriez dit à lady Catherine franchement et sans détour.

Elizabeth rougit et répondit en riant :

— Vous ne connaissez que trop, en effet, ma franchise. Si j'ai pu vous faire en face tant de reproches abominables, je n'aurais eu aucun scrupule à les redire devant n'importe quel membre de votre famille.

— Et qu'avez-vous donc dit qui ne fût mérité ? Car si vos accusations étaient mal fondées, mon attitude envers vous dans cette circonstance était digne des reproches les plus sévères ; elle était impardonnable, et je ne puis y songer sans honte.

— Ne nous disputons pas pour savoir qui de nous fut, ce soir-là, le plus à blâmer. D'aucun des deux la conduite, en toute impartialité, ne peut être jugée irréprochable. Mais depuis lors nous avons, je crois, fait l'un et l'autre des progrès en politesse.

— Je ne puis m'absoudre aussi facilement. Le souvenir de ce que j'ai dit alors, de mes manières, de mes expressions, m'est encore, après de longs mois, infiniment pénible. Il y a un de vos reproches que je n'oublierai jamais : « Si votre conduite avait été celle d'un gentleman... », m'avez-vous dit. Vous ne pouvez savoir, vous pouvez à peine imaginer combien ces paroles m'ont torturé, bien qu'il m'ait fallu quelque temps, je l'avoue, pour arriver à en reconnaître la justesse.

— J'étais certes bien éloignée de penser qu'elles produiraient sur vous une si forte impression.

— Je le crois aisément ; vous me jugiez alors incapable de tout bon sentiment. Oui, ne protestez pas. Je ne pourrai jamais oublier l'expression de votre visage lorsque vous m'avez déclaré que, « faite sous n'importe quelle forme, ma demande n'aurait jamais pu vous donner la moindre tentation de l'agréer ».

— Oh ! Ne répétez pas tout ce que j'ai dit ! Ces souvenirs n'ont rien d'agréable, et voilà longtemps, je vous assure, qu'ils me remplissent de confusion.

Darcy rappela sa lettre :

— Vous a-t-elle donné meilleure opinion de moi ? Avez-vous, en la lisant, fait crédit à ce qu'elle contenait ?

Elizabeth expliqua les impressions qu'elle avait ressenties et comment, l'une après l'autre, toutes ses préventions étaient tombées.

— En écrivant cette lettre, reprit Darcy, je m'imaginais être calme et froid ; mais je me rends compte maintenant que je l'ai écrite le cœur plein d'une affreuse amertume.

— Peut-être commençait-elle dans l'amertume, mais elle se terminait par un adieu plein de charité. Allons, ne pensez plus à cette lettre : les sentiments de celui qui l'a écrite, comme de celle qui l'a reçue, ont si profondément changé depuis lors que tous les souvenirs désagréables qui s'y rapportent doivent être oubliés. Mettez-vous à l'école de ma philosophie, et ne retenez du passé que ce qui peut vous donner quelque plaisir.

— Je n'appelle pas cela de la philosophie : les souvenirs que vous évoquez sont si exempts de reproches que la satisfaction qu'ils font naître ne peut prendre le nom de philosophie. Mais il n'en va pas de même pour moi, et des souvenirs pénibles s'imposent à mon esprit qui ne peuvent pas, qui ne doivent pas être repoussés. J'ai vécu jusqu'ici en égoïste : enfant, on m'a enseigné à faire le bien, mais on ne m'a pas appris à corriger mon caractère. J'étais malheureusement fils unique — même, durant de longues années, unique enfant — et j'ai été gâté par mes parents qui, bien que pleins de bonté (mon père en particulier était la bienveillance même), ont laissé croître et même encouragé la tendance que j'avais à me montrer personnel et hautain, à enfermer mes sympathies dans le cadre familial et à faire fi du reste du monde. Tel ai-je été depuis mon enfance jusqu'à l'âge de vingt-huit ans. Tel serais-je encore si je ne vous avais pas rencontrée, aimable et charmante Elizabeth. Que ne vous dois-je pas ? Vous m'avez donné une leçon, dure sans doute, mais précieuse. Par vous j'ai été justement humilié. Je venais à vous, n'éprouvant aucun doute au sujet de l'accueil qui m'attendait. Vous m'avez montré combien mes prétentions étaient insuffisantes pour plaire à une femme qui avait le droit d'être difficile.

— Comme vous avez dû me détester après ce soir-là !

— Vous détester ! J'ai été en colère, peut-être, pour commencer, mais ma colère a pris bientôt une meilleure direction.

— J'ose à peine vous demander ce que vous avez pensé de moi lorsque nous nous sommes rencontrés à Pemberley. Ma présence en ce lieu ne vous a-t-elle pas paru déplacée ?

— Non, en vérité. Je n'ai ressenti que de la surprise.

— Votre surprise n'a sûrement pas été plus grande que la mienne en me voyant traitée par vous avec tant d'égards. Ma conscience me disait que je ne méritais pas d'être l'objet d'une politesse exagérée, et j'avoue que je ne comptais pas recevoir plus qu'il ne m'était dû.

— Mon but, répliqua Darcy, était de vous montrer, par toute la courtoisie dont j'étais capable, que je n'avais pas l'âme assez basse pour vous garder rancune du passé. J'espérais obtenir votre pardon et adoucir la mauvaise opinion que vous aviez de moi, en vous faisant voir que vos reproches avaient été pris en considération. A quel moment d'autres souhaits se sont-ils mêlés à cet espoir, je puis à peine le dire ; mais je crois bien que ce fut moins d'une heure après vous avoir revue.

Il lui dit alors combien Georgiana avait été charmée de faire sa connaissance, et sa déception en voyant leurs relations si brusquement interrompues. Ici, leur pensée se portant naturellement sur la cause de cette interruption,

Elizabeth apprit bientôt que c'était à l'hôtel même de Lambton que Darcy avait pris la décision de quitter le Derbyshire à sa suite et de se mettre à la recherche de Lydia. Son air grave et préoccupé venait uniquement du débat intérieur d'où était sortie cette détermination.

Après avoir fait ainsi plusieurs miles sans y songer, un coup d'œil jeté à leurs montres leur fit voir qu'il était grand temps de rentrer. Et Bingley, et Jane ? Qu'étaient-ils devenus ? Cette question tourna sur eux la conversation. Darcy était enchanté de leurs fiançailles ; son ami lui en avait donné la première nouvelle

— Je voudrais savoir si elle vous a surpris, dit Elizabeth.

— Du tout. Lorsque j'étais parti, je savais que ce dénouement était proche.

— C'est-à-dire que vous aviez donné votre autorisation. Je m'en doutais.

Et, bien qu'il protestât contre le terme, Elizabeth découvrit que c'était à peu près ainsi que les choses s'étaient passées.

— Le soir qui a précédé mon départ pour Londres, dit-il, j'ai fait à Bingley une confession à laquelle j'aurais dû me décider depuis longtemps. Je lui ai dit tout ce qui était arrivé pour rendre ma première intervention dans ses affaires absurde et déplacée. Sa surprise a été grande. Il n'avait jamais eu le moindre soupçon. Je lui ai dit de plus que je m'étais trompé en supposant votre sœur indifférente à son égard et que, ne pouvant douter de la constance de son amour pour elle, j'étais convaincu qu'ils seraient heureux ensemble.

— Et votre conviction, je le suppose, a entraîné immédiatement la sienne ?

— Parfaitement. Bingley est très sincèrement modeste ; sa défiance naturelle l'avait empêché de s'en remettre à son propre jugement, dans une question aussi importante. Sa confiance dans le mien a tout décidé. Mais je lui devais un autre aveu qui, pendant un moment, et non sans raison, l'a blessé. Je ne pouvais me permettre de lui cacher que votre sœur avait passé trois mois à Londres l'hiver dernier, que je l'avais su, et le lui avais laissé volontairement ignorer. Ceci l'a fâché ; mais sa colère, je crois bien, s'est évanouie en même temps que ses doutes sur les sentiments de votre sœur.

Elizabeth avait grande envie d'observer que Mr. Bingley avait été un ami tout à fait charmant et que sa docilité à se laisser guider rendait inappréciable ; mais elle se contint. Elle se rappela que Mr. Darcy n'était pas encore habitué à ce qu'on le plaisantât, et il était encore un peu tôt pour commencer.

Tout en continuant à parler du bonheur de Bingley, qui, naturellement, ne pouvait être inférieur qu'au sien, il poursuivit la conversation jusqu'à leur arrivée à Longbourn. Dans le hall, ils se séparèrent.

59

— Ma chère Lizzy, où avez-vous bien pu aller vous promener ?

Telle fut la question que Jane fit à Elizabeth, à son retour, et que répétèrent les autres membres de la famille au moment où l'on se mettait à table. Elle répondit qu'ils avaient marché au hasard des routes jusqu'à ne plus savoir exactement où ils se trouvaient, et elle rougit en faisant cette réponse ; mais ni par là, ni par autre chose, elle n'excita aucun soupçon.

La soirée se passa paisiblement, sans incident notable. Les fiancés déclarés causaient et riaient ; ceux qui l'étaient secrètement restaient silencieux. Darcy n'était pas d'un caractère à laisser son bonheur se révéler par des dehors joyeux, et Elizabeth, émue et perplexe, se demandait ce que diraient les siens lorsqu'ils sauraient tout, Jane étant la seule qui n'eût pas d'antipathie pour Mr. Darcy.

Le soir, elle s'ouvrit à sa sœur. Bien que la défiance ne fût pas dans ses habitudes, Jane reçut la nouvelle avec une parfaite incrédulité :

— Vous plaisantez, Lizzy. C'est inimaginable ! Vous, fiancée à Mr. Darcy ?... Non, non, je ne puis vous croire : je sais que c'est impossible...

— Je n'ai pas de chance pour commencer ! Moi qui mettais toute ma confiance en vous, je suis sûre à présent que personne ne me croira, si vous vous y refusez vous-même. Pourtant, je parle très sérieusement ; je ne dis que la vérité : il m'aime toujours, et nous nous sommes fiancés tout à l'heure.

Jane la regarda d'un air de doute.

— Oh ! Lizzy, ce n'est pas possible... Je sais combien il vous déplaît.

— Vous n'en savez rien du tout. Oubliez tout ce que vous croyez savoir. Peut-être fut-il un temps où je ne l'aimais pas comme aujourd'hui, mais je vous dispense d'avoir une mémoire trop fidèle. Dorénavant, je ne veux plus m'en souvenir moi-même.

— Mon Dieu, est-ce possible ? s'écria Jane. Pourtant, il faut bien que je vous croie. Lizzy chérie, je voudrais... je veux vous féliciter. Mais êtes-vous certaine — excusez ma question — êtes-vous bien certaine que vous puissiez être heureuse avec lui ?

— Il n'y a aucun doute à cet égard. Nous avons déjà décidé que nous serions le couple le plus heureux du monde. Mais êtes-vous contente, Jane ? Serez-vous heureuse de l'avoir pour frère ?

— Très heureuse ! Mr. Bingley et moi ne pouvions souhaiter mieux ! Nous en parlions quelquefois, mais en considérant la chose comme impossible. En toute sincérité, l'aimez-vous assez ? Oh ! Lizzy ! tout plutôt qu'un mariage sans amour !... Etes-vous bien sûre de vos sentiments ?

— Tellement sûre que j'ai peur de vous entendre dire qu'ils sont exagérés !

— Pourquoi donc ?

— Parce que je l'aime plus que Mr. Bingley !... N'allez-vous pas vous fâcher ?

— Ma chère petite sœur, ne plaisantez pas. Je parle fort sérieusement. Dites-moi vite tout ce que je dois savoir. Depuis quand l'aimez-vous ?

— Tout cela est venu si insensiblement qu'il me serait difficile vous répondre. Mais, cependant, je pourrais peut-être dire : depuis que j'ai visité son beau domaine de Pemberley !

Une nouvelle invitation à parler sérieusement produisit son effet et Elizabeth eut vite rassuré sa sœur sur la réalité de son attachement pour Mr. Darcy. Miss Bennet déclara alors qu'elle n'avait plus rien à désirer.

— Désormais, je suis pleinement heureuse, affirma-t-elle, car votre part de bonheur sera aussi belle que la mienne. J'ai toujours estimé Mr. Darcy. N'y eût-il eu en lui que son amour pour vous, cela m'aurait suffi. Maintenant qu'il sera l'ami de mon mari et le mari de ma sœur, il aura le troisième rang dans mes affections. Mais Lizzy, comme vous avez été dissimulée avec moi !... J'ignore presque tout ce qui s'est passé à Pemberley et à Lambton, et le peu que j'en sais m'a été raconté par d'autres que par vous !

Elizabeth lui expliqua les motifs de son silence. L'incertitude où elle était au sujet de ses propres sentiments lui avait fait éviter jusqu'alors de nommer Mr. Darcy : mais maintenant il fallait que Jane sût la part qu'il avait prise au mariage de Lydia. Tout fut éclairci et la moitié de la nuit se passa en conversation.

— Dieu du ciel ! s'écria Mrs. Bennet, le lendemain matin, en regardant par la fenêtre, ne voilà-t-il pas ce fâcheux Mr. Darcy qui arrive encore avec notre cher Bingley ? Quelle raison peut-il avoir pour nous fatiguer de ses visites ? Je m'imaginais qu'il venait pour chasser, pêcher, tout ce qu'il voudrait, mais non pour être toujours fourré ici. Qu'allons-nous en faire ? Lizzy, vous devriez encore l'emmener promener pour éviter que Bingley le trouve sans cesse sur son chemin.

Elizabeth garda difficilement son sérieux à une proposition si opportune.

Bingley, en entrant, la regarda d'un air expressif et lui serra la main avec une chaleur qui montrait bien qu'il savait tout ; puis, presque aussitôt :

— Mrs. Bennet, dit-il, n'avez-vous pas d'autres chemins dans lesquels Lizzy pourrait recommencer à se perdre aujourd'hui ?

— Je conseillerai à Mr. Darcy, à Lizzy et à Kitty, dit Mrs. Bennet, d'aller à pied ce matin jusqu'à Oaklam Mount ; c'est une jolie promenade, et Mr. Darcy ne doit pas connaître ce point de vue.

Kitty avoua qu'elle préférait ne pas sortir. Darcy professa une grande curiosité pour la vue de Oaklam Mount, et Elizabeth donna son assentiment sans rien dire. Comme elle allait se préparer, Mrs. Bennet la suivit pour lui dire :

— Je regrette, Lizzy, de vous imposer cet ennuyeux personnage ; mais vous ferez bien cela pour Jane. Inutile, du reste, de vous fatiguer à tenir conversation tout le long du chemin ; un mot de temps à autre suffira.

Pendant cette promenade, ils décidèrent qu'il fallait, le soir même, demander le consentement de Mr. Bennet. Elizabeth se réserva la démarche auprès de sa mère. Elle ne pouvait prévoir comment celle-ci accueillerait la nouvelle, si elle manifesterait une opposition violente ou une joie impétueuse : de toute manière, l'expression de ses sentiments ne ferait pas honneur à sa pondération, et Elizabeth n'aurait pas pu supporter que Mr. Darcy fût témoin ni des premiers transports de sa joie ni des mouvements véhéments de sa désapprobation.

Dans la soirée, quand Mr. Bennet se retira, Mr. Darcy se leva et le suivit dans la bibliothèque. Elizabeth fut très agitée jusqu'au moment où il reparut. Un sourire la rassura tout d'abord, puis, s'étant approché d'elle sous prétexte d'admirer sa broderie, il lui glissa :

— Allez trouver votre père ; il vous attend dans la bibliothèque.

Elle s'y rendit aussitôt. Mr. Bennet arpentait la pièce l'air grave et anxieux.

— Lizzy, dit-il, qu'êtes-vous en train de faire ? Avez-vous perdu le sens, d'accepter cet homme ? Ne l'avez-vous pas toujours détesté ?

Comme Elizabeth eût souhaité alors n'avoir jamais formulé de ces jugements excessifs ! Il lui fallait à présent en passer par des explications difficiles, et ce fut avec quelque embarras qu'elle affirma son attachement pour Darcy.

— En d'autres termes, vous êtes décidée à l'épouser. Il est riche, c'est certain, et vous aurez de plus belles toilettes et de plus beaux équipages que Jane. Mais cela vous donnera-t-il le bonheur ?

— N'avez-vous pas d'objection autre que la conviction de mon indifférence ?

— Aucune. Nous savons tous qu'il est orgueilleux, peu avenant, mais ceci ne serait rien s'il vous plaisait réellement.

— Mais il me plaît ! protesta-t-elle, les larmes aux yeux. Je l'aime ! Il n'y a point chez lui d'excès d'orgueil ; il est parfaitement digne d'affection. Vous ne le connaissez pas vraiment ; aussi, ne m'affligez pas en me parlant de lui en de tels termes.

— Lizzy, lui dit son père, je lui ai donné mon consen tement. Il est de ces gens auxquels on n'ose refuser ce qu'ils vous font l'honneur de vous demander. Je vous le donne également, si vous êtes résolue à l'épouser, mais je vous conseille de réfléchir encore. Je connais votre caractère, Lizzy. Je sais que vous ne serez heureuse que si vous estimez sincèrement votre mari et si vous reconnaissez qu'il vous est supérieur. La vivacité de votre esprit rendrait plus périlleux pour vous un mariage mal assorti. Mon enfant, ne me donnez pas le chagrin de vous voir dans l'impossibilité de respecter le compagnon de votre existence. Vous ne savez pas ce que c'est.

Elizabeth, encore plus émue, donna dans sa réponse les assurances les plus solennelles : elle répéta que Mr. Darcy était réellement l'objet de son choix, elle expliqua comment l'opinion qu'elle avait eue de lui s'était peu à peu transformée tandis que le sentiment de Darcy, loin d'être l'œuvre d'un jour, avait supporté l'épreuve de plusieurs mois d'incertitude ; elle fit avec chaleur l'énumération de toutes ses qualités, et finit par triompher de l'incrédulité de son père.

— Eh bien, ma chérie, dit-il, lorsqu'elle eut fini de parler, je n'ai plus rien à dire. S'il en est ainsi, il est digne de vous.

Pour compléter cette impression favorable, Elizabeth l'instruisit de ce que Darcy avait fait spontanément pour Lydia. Il l'écouta avec stupéfaction.

— Que de surprises dans une seule soirée ! Ainsi donc, c'est Darcy qui a tout fait — arrangé le mariage, donné l'argent, payé les dettes, obtenu le brevet d'officier de Wickham ! Eh bien, tant mieux ! Cela m'épargne bien du tourment et me dispense d'une foule d'économies. Si j'étais redevable de tout à votre oncle, je devrais, je voudrais m'acquitter entièrement envers lui. Mais ces jeunes amoureux n'en font qu'à leur tête. J'offrirai demain à Mr. Darcy de le rembourser : il s'emportera, tempêtera en protestant de son amour pour vous, et ce sera le dernier mot de l'histoire.

Il se souvint alors de l'embarras qu'elle avait laissé voir en écoutant la lecture de la lettre de Mr. Collins. Il l'en plaisanta quelques instants ; enfin, il la laissa partir, ajoutant comme elle le quittait :

— S'il venait des prétendants pour Mary ou Kitty, vous pouvez me les envoyer. J'ai tout le temps de leur répondre.

La soirée se passa paisiblement. Lorsque Mrs. Bennet regagna sa chambre, Elizabeth la suivit pour lui faire l'importante communication. L'effet en fut des plus déconcertants. Aux premiers mots, Mrs. Bennet se laissa tomber sur une chaise, immobile, incapable d'articuler une syllabe. Ce ne fut qu'au bout d'un long moment qu'elle put comprendre le sens de ce qu'elle entendait, bien qu'en général elle eût l'esprit assez prompt dès qu'il était question d'un avantage pour sa famille, ou d'un amoureux pour ses filles. Enfin, elle reprit possession d'elle-même, s'agita sur sa chaise, se leva, se rassit, et prit le ciel à témoin de sa stupéfaction.

— Miséricorde ! Bonté divine ! Peut-on s'imaginer chose pareille ? Mr. Darcy ! qui aurait pu le supposer ? Est-ce bien vrai ? O ma petite Lizzy, comme vous allez être riche et considérée ! Argent, bijoux, équipages, rien ne vous manquera ! Jane n'aura rien de comparable. Je suis tellement contente, tellement heureuse... Un homme si charmant ! si beau ! si grand ! Oh ! ma chère Lizzy, je n'ai qu'un regret, c'est d'avoir eu pour lui jusqu'à ce jour tant d'antipathie : j'espère qu'il ne s'en sera pas aperçu. Lizzy chérie ! Une maison à Londres ! Tout ce qui fait le charme de la vie ! Trois filles mariées ! dix mille livres de rente ! O mon Dieu, que vais-je devenir ? C'est à en perdre la tête...

Il n'en fallait pas plus pour faire voir que son approbation ne faisait pas de doute. Heureuse d'avoir été le seul témoin de ces effusions, Elizabeth se retira bientôt. Mais elle n'était pas dans sa chambre depuis trois minutes que sa mère l'y rejoignit.

— Mon enfant bien-aimée, s'écria-t-elle, je ne puis penser à autre chose. Dix mille livres de rentes, et plus encore très probablement. Cela vaut un titre. Et la licence spéciale[1] ! Il faut que vous soyez mariés par licence spéciale... Mais dites-moi, mon cher amour, quel est donc le plat préféré de Mr. Darcy, que je puisse le lui servir demain !

Voilà qui ne présageait rien de bon à Elizabeth pour l'attitude que prendrait sa mère avec le gentleman lui-même. Mais la journée du lendemain se passa beaucoup mieux qu'elle ne s'y attendait, car Mrs. Bennet était tellement intimidée par son futur gendre qu'elle ne se hasarda guère à lui parler, sauf pour approuver tout ce qu'il disait.

Quant à Mr. Bennet, Elizabeth eut la satisfaction de le voir chercher à faire plus intimement connaissance avec Darcy ; il assura même bientôt à sa fille que son estime pour lui croissait d'heure en heure.

— J'admire hautement mes trois gendres, déclara-t-il. Wickham, peut-être, est mon préféré ; mais je crois que j'aimerai votre mari tout autant que celui de Jane.

60

Elizabeth, qui avait retrouvé tout son joyeux entrain, pria Mr. Darcy de lui conter comment il était devenu amoureux.

— Je m'imagine bien comment, une fois lancé, vous avez continué, mais c'est le point de départ qui m'intrigue.

— Je ne puis vous fixer ni le jour ni le lieu, pas plus

1. Licence spéciale : dispense accordée par l'archevêque de Cantorbéry, permettant la célébration d'un mariage, sans publication de bans, à des jours et dans des lieux autres que ceux généralement autorisés.

que vous dire le regard ou les paroles qui ont tout déterminé. Il y a vraiment trop longtemps. J'étais déjà loin sur la route avant de m'apercevoir que je m'étais mis en marche.

— Vous ne vous faisiez pourtant point d'illusion sur ma beauté. Quant à mes manières, elles frisaient l'impolitesse à votre égard, et je ne vous adressais jamais la parole sans avoir l'intention de vous être désagréable. Dites-moi, est-ce pour mon impertinence que vous m'admiriez !

— Votre vivacité d'esprit, oui certes.

— Appelez-la tout de suite de l'impertinence, car ce n'était guère autre chose. La vérité, c'est que vous étiez dégoûté de cette amabilité, de cette déférence, de ces soins empressés dont vous étiez l'objet. Vous étiez fatigué de ces femmes qui ne faisaient rien que pour obtenir votre approbation. C'est parce que je leur ressemblais si peu que j'ai éveillé votre intérêt. Voilà ; je vous ai épargné la peine de me le dire. Certainement, vous ne voyiez rien à louer en moi, mais pense-t-on à cela, lorsqu'on tombe amoureux ?

— N'y avait-il rien à louer dans le dévouement affectueux que vous avez eu pour Jane lorsqu'elle était malade à Netherfield ?

— Cette chère Jane ! Qui donc n'en aurait fait autant pour elle ? Vous voulez de cela me faire un mérite à tout prix ; soit. Mes bonnes qualités sont sous votre protection ; grossissez-les autant que vous voudrez. En retour, il m'appartiendra de vous taquiner et de vous quereller le plus souvent possible. Je vais commencer tout de suite en vous demandant pourquoi vous étiez si peu disposé en dernier lieu à aborder la question ? Qu'est-ce qui vous rendait si réservé quand vous êtes venu nous faire visite et le soir où vous avez dîné à Longbourn ? Vous aviez l'air de ne pas faire attention à moi.

— Vous étiez grave et silencieuse, et ne me donniez aucun encouragement.

— C'est que j'étais embarrassée.

— Et moi de même.

— Vous auriez pu causer un peu plus quand vous êtes venu dîner.

— Un homme moins épris en eût été capable sans doute.

— Quel malheur que vous ayez toujours une réponse raisonnable à faire, et que je sois moi-même assez raisonnable pour l'accepter ! Mais je me demande combien de temps vous auriez continué ainsi, et quand vous vous seriez décidé à parler, si je ne vous y avais provoqué ? Mon désir de vous remercier de tout ce que vous avez fait pour Lydia y a certainement beaucoup contribué, trop peut-être : que devient la morale si notre bonheur naît d'une promesse violée ? En conscience, je n'aurais jamais dû aborder ce sujet.

— Ne vous tourmentez pas : la morale n'est pas compromise. Les tentatives injustifiables de lady Catherine pour nous séparer ont eu pour effet de dissiper tous mes doutes. Je ne dois point mon bonheur actuel au désir que vous avez eu de m'exprimer votre gratitude, car le rapport fait par ma tante m'avait donné de l'espoir, et j'étais décidé à tout éclaircir sans plus tarder.

— Lady Catherine nous a été infiniment utile, et c'est de quoi elle devrait être heureuse, elle qui aime tant à rendre service. Aurez-vous jamais le courage de lui annoncer ce qui l'attend ?

— C'est le temps qui me manquerait plutôt que le courage, Elizabeth ; cependant, c'est une chose qu'il faut faire et si vous voulez bien me donner une feuille de papier, je vais écrire immédiatement.

— Si je n'avais moi-même une lettre à écrire, je pourrais m'asseoir près de vous, et admirer la régularité de votre écriture, comme une autre jeune demoiselle le fit un soir. Mais, moi aussi, j'ai une tante que je ne dois pas négliger plus longtemps.

La longue lettre de Mrs. Gardiner n'avait pas encore

reçu de réponse, Elizabeth se sentant peu disposée à rectifier les exagérations de sa tante sur son intimité avec Darcy. Mais à présent qu'elle avait à faire part d'une nouvelle qu'elle savait devoir être accueillie avec satisfac tion, elle avait honte d'avoir déjà retardé de trois jours la joie de son oncle et de sa tante, et elle écrivit sur-le-champ .

J'aurais déjà dû vous remercier, ma chère tante, de votre bonne lettre, pleine de longs et satisfaisants détails. A vous parler franchement, j'étais de trop méchante humeur pour écrire. Vos suppositions, alors, dépassaient la réalité. Mais maintenant, supposez tout ce que vous voudrez, lâchez la bride à votre imagination, et, à moins de vous figurer que je suis déjà mariée vous ne pouvez vous tromper de beaucoup. Vite, écrivez-moi, et dites de lui *beaucoup plus de bien que vous n'avez fait dans votre dernière lettre. Je vous remercie mille et mille fois de ne pas m'avoir emmenée visiter la région des Lacs. Que j'étais donc sotte de le souhaiter ! Votre idée de poneys est charmante ; tous les jours nous ferons le tour du parc. Je suis la créature la plus heureuse du monde. Beaucoup, sans doute, ont dit la même chose avant moi, mais jamais aussi justement. Je suis plus heureuse que Jane elle-même, car elle sourit, et moi je ris ! Mr. Darcy vous envoie toute l'affection qu'il peut distraire de la part qui me revient. Il faut que vous veniez tous passer Noël à Pemberley.*

Affectueusement...

La lettre de Mr. Darcy à lady Catherine était d'un autre style, et bien différente de l'une et de l'autre fut celle que Mr. Bennet adressa à Mr. Collins en réponse à sa dernière épître.

Cher monsieur,

Je vais vous obliger encore une fois à m'envoyer des félicitations. Elizabeth sera bientôt la femme de

Mr. Darcy. Consolez de votre mieux lady Catherine, mais, à votre place, je prendrais le parti du neveu : des deux, c'est le plus riche.

Tout à vous.

Bennet.

Les félicitations adressées par miss Bingley à son frère furent aussi chaleureuses que peu sincères. Elle écrivit même à Jane pour lui exprimer sa joie et lui renouveler l'assurance de sa très vive affection. Jane ne s'y laissa pas tromper, mais cependant elle ne put s'empêcher de répondre à miss Bingley beaucoup plus amicalement que celle-ci ne le méritait.

Miss Darcy eut autant de plaisir à répondre à son frère qu'il en avait eu à lui annoncer la grande nouvelle, et c'est à peine si quatre pages suffirent à exprimer son ravissement et tout le désir qu'elle avait de plaire à sa future belle-sœur.

Avant qu'on eût rien pu recevoir des Collins, les habitants de Longbourn apprirent l'arrivée de ceux-ci chez les Lucas. La raison de ce déplacement fut bientôt connue : lady Catherine était entrée dans une telle colère au reçu de la lettre de son neveu que Charlotte, qui se réjouissait sincèrement du mariage d'Elizabeth, avait préféré s'éloigner et donner à la tempête le temps de se calmer. La présence de son amie fut une vraie joie pour Elizabeth, mais elle trouvait parfois cette joie chèrement achetée lorsqu'elle voyait Mr. Darcy victime de l'empressement obséquieux de Mr. Collins. Darcy supporta cette épreuve avec un calme admirable : il put même écouter avec la plus parfaite sérénité sir William Lucas le féliciter « d'avoir conquis le plus beau joyau de la contrée », et lui exprimer l'espoir « qu'ils se retrouveraient tous fréquemment à la cour ». S'il lui arriva de hausser les épaules, ce ne fut qu'après le départ de sir William.

La vulgarité de Mrs. Philips mit sans doute sa patience à plus rude épreuve ; et quoique Mrs. Philips se sentît en sa présence trop intimidée pour parler avec la familiarité que la bonhomie de Bingley encourageait, elle ne pouvait pas ouvrir la bouche sans être commune, et tout le respect qu'elle éprouvait pour Darcy ne parvenait pas à lui donner même un semblant de distinction. Elizabeth fit ce qu'elle put pour épargner à son fiancé de trop fréquentes rencontres avec les uns et les autres ; et si tout cela diminuait parfois un peu la joie de cette période des fiançailles, elle n'en avait que plus de bonheur à penser au temps où ils quitteraient enfin cette société si peu de leur goût pour aller jouir du confort et de l'élégance de Pemberlev dans l'intimité de leur vie familiale.

61

Heureux entre tous, pour les sentiments maternels de Mrs. Bennet, fut le jour où elle se sépara de ses deux plus charmantes filles. Avec quelle satisfaction orgueilleuse elle put dans la suite visiter Mrs. Bingley et parler de Mrs. Darcy s'imagine aisément. Je voudrais pouvoir affirmer pour le bonheur des siens que cette réalisation inespérée de ses vœux les plus chers la transforma en une femme aimable, discrète et judicieuse pour le reste de son existence ; mais il n'est pas sûr que son mari aurait apprécié cette forme si nouvelle pour lui du bonheur conjugal, et peut-être valait-il mieux qu'elle gardât sa sottise et ses troubles nerveux.

Mr. Bennet eut beaucoup de peine à s'accoutumer au départ de sa seconde fille et l'ardent désir qu'il avait de la revoir parvint à l'arracher fréquemment à ses habitudes. Il prenait grand plaisir à aller à Pemberley, spécialement lorsqu'on ne l'y attendait pas.

Jane et son mari ne restèrent qu'un an à Netherfield.

Le voisinage trop proche de Mrs. Bennet et des commérages de Meryton vinrent à bout même du caractère conciliant de Bingley et du cœur affectueux de la jeune femme. Le vœu de miss Bingley et de Mrs. Hurst fut alors accompli : leur frère acheta une propriété toute proche du Derbyshire, et Jane et Elizabeth, outre tant d'autres satisfactions, eurent celle de se trouver seulement à trente miles l'une de l'autre.

Kitty, pour son plus grand avantage, passa désormais la majeure partie de son temps auprès de ses sœurs aînées. En si bonne société, elle fit de rapides progrès, et, soustraite à l'influence de Lydia, devint moins ombrageuse, moins frivole et plus cultivée. Ses sœurs veillèrent à ce qu'elle fréquentât Mrs. Wickham le moins possible ; et bien que celle-ci l'engageât souvent à venir la voir en lui promettant force bals et prétendants, Mr. Bennet ne permit jamais à Kitty de se rendre à ses invitations.

Mary fut donc la seule des cinq demoiselles Bennet qui demeura au foyer, mais elle dut négliger ses chères études à cause de l'impossibilité où était sa mère de rester en tête à tête avec elle-même. Mary se trouva donc forcée de se mêler un peu plus au monde ; comme cela ne l'empêchait pas de philosopher à tort et à travers, et que le voisinage de ses jolies sœurs ne l'obligeait plus à des comparaisons mortifiantes pour elle-même, son père la soupçonna d'accepter sans regret cette nouvelle existence.

Le mariage de Jane et d'Elizabeth n'amena aucun changement chez les Wickham. Le mari de Lydia supporta avec philosophie la pensée qu'Elizabeth devait maintenant connaître toute l'ingratitude de sa conduite et la fausseté de son caractère qu'elle avait ignorées jusque-là, mais il garda malgré tout le secret espoir que Darcy pourrait être amené à l'aider dans sa carrière. C'était tout au moins ce que laissait entendre la lettre que Lydia envoya à sa sœur à l'occasion de ses fiançailles :

Ma chère Lizzy,

Je vous souhaite beaucoup de bonheur. Si vous aimez Mr. Darcy moitié autant que j'aime mon cher Wickham, vous serez très heureuse. C'est une grande satisfaction que de vous voir devenir si riche ! Et quand vous n'aurez rien de mieux à faire, j'espère que vous penserez à nous. Je suis sûre que mon mari apprécierait beaucoup une charge à la cour ; et vous savez que nos moyens ne nous permettent guère de vivre sans un petit appoint. N'importe quelle situation de trois ou quatre cents livres serait la bienvenue. Mais, je vous en prie, ne vous croyez pas obligée d'en parler à Mr. Darcy si cela vous ennuie.

A vous bien affectueusement...

Comme il se trouvait justement que cela ennuyait beaucoup Elizabeth, elle s'efforça en répondant à Lydia de mettre un terme définitif à toute sollicitation de ce genre. Mais par la suite elle ne laissa pas d'envoyer à sa jeune sœur les petites sommes qu'elle pouvait prélever sur ses dépenses personnelles. Elle avait toujours été persuadée que les modestes ressources du ménage Wickham seraient insuffisantes entre les mains de deux êtres aussi prodigues et aussi insouciants de l'avenir. A chacun de leurs changements de garnison, elle ou Jane se voyait mise à contribution pour payer leurs créanciers. Même lorsque, la paix ayant été conclue, ils purent avoir une résidence fixe, ils continuèrent leur vie désordonnée, toujours à la recherche d'une situation, et toujours dépensant plus que leur revenu. L'affection de Wickham pour sa femme se mua bientôt en indifférence. Lydia, elle, lui demeura attachée un peu plus longtemps, et, en dépit de sa jeunesse et de la liberté de ses manières, sa réputation ne donna plus sujet à la critique.

Quoique Darcy ne pût consentir à recevoir Wickham à Pemberley, à cause d'Elizabeth, il s'occupa de son avancement. Lydia venait parfois les voir, lorsque son mari allait se distraire à Londres ou à Bath. Mais, chez les Bingley, tous deux firent de si fréquents et si longs séjours que Bingley finit par se lasser et alla même jusqu'à envisager la possibilité de leur suggérer qu'ils feraient bien de s'en aller.

Miss Bingley fut très mortifiée par le mariage de Darcy ; mais pour ne pas se fermer la porte de Pemberley, elle dissimula sa déception, se montra plus affectueuse que jamais pour Georgiana, presque aussi empressée près de Darcy, et liquida tout son arriéré de politesse vis-à-vis d'Elizabeth.

Georgiana vécut dès lors à Pemberley, et son intimité avec Elizabeth fut aussi complète que Darcy l'avait rêvée. Georgiana avait la plus grande admiration pour sa belle-sœur, quoique au début elle fût presque choquée de la manière enjouée et familière dont celle-ci parlait à son mari. Ce frère aîné qui lui avait toujours inspiré un respect touchant à la crainte, elle le voyait maintenant taquiné sans façon ! Elle comprit peu à peu qu'une jeune femme peut prendre avec son mari des libertés qu'un frère ne permet pas toujours à une sœur de dix ans plus jeune que lui.

Lady Catherine fut indignée du mariage de son neveu ; comme elle donna libre cours à sa franchise dans sa réponse à la lettre qui le lui annonçait, elle s'exprima en termes si blessants, spécialement à l'égard d'Elizabeth, que tout rapport cessa pour un temps entre Rosings et Pemberley. Mais à la longue, sous l'influence d'Elizabeth, Darcy consentit à oublier son déplaisir et à chercher un rapprochement ; après quelque résistance de la part de lady Catherine, le ressentiment de celle-ci finit par céder, et, que ce fût par affection pour son neveu ou par curiosité de voir comment sa femme se comportait, elle condescendit à venir à Pemberley, bien que ces lieux eussent été profanés, non seulement par la présence d'une telle châtelaine, mais encore par les visites de ses oncle et tante de la cité.

Les habitants de Pemberley restèrent avec les Gardiner

dans les termes les plus intimes. Darcy, aussi bien que sa femme, éprouvait pour eux une affection réelle ; et tous deux conservèrent toujours la plus vive reconnaissance pour ceux qui, en amenant Elizabeth en Derbyshire, avaient joué entre eux le rôle providentiel de trait d'union.

NOTE BIOGRAPHIQUE

Sa naissance, sa famille

Jane Austen est née le 16 décembre 1775 à Steventon Rectory, dans le comté du Hampshire, avant-dernière-née et deuxième fille d'une famille de huit enfants. Son père, George Austen, était clergyman. Sa mère, née Cassandra Leigh, comptait parmi ses ancêtres sir Thomas Leigh, qui fut Lord-Maire de Londres au temps de la reine Elizabeth. Son grand-père maternel était clergyman ; mais son grand-père paternel n'était que chirurgien.

Les premières années

Les revenus de la famille Austen étaient modestes mais confortables ; leur maison de deux étages, le Rectory, agréable comme savait déjà l'être une maison de clergyman dans le Hampshire à la fin du XVIIIe siècle . des arbres, de l'herbe, un chemin pour les voitures, une grange même. On sait que la jeune Jane, comme Catherine Morland, l'héroïne de *Northanger Abbey*, aimait à rouler dans l'herbe de haut en bas de la pelouse en pente avec son frère préféré, Henry (son aîné d'un an) ou sa sœur Cassandra. Il n'est pas impossible qu'elle ait également préféré grimper aux arbres, battre la campagne les jours de pluie, à des activités plus convenables pour une petite fille du Hampshire dans une famille de clergyman, comme « soigner un loir, élever un canari... ».

Ecoles

En 1782, Cassandra et Jane (alors âgée de sept ans seulement, mais elle n'avait pas voulu se séparer de sa sœur — elles ne se quittèrent guère de toute leur vie) furent envoyées à l'école, d'abord à Oxford, dans un établissement dirigé par la veuve du principal de Brasenose College, puis à Southampton, enfin à l'Abbey School de Reading, sous la surveillance de la bonne et vieille Mme Latournelle ; les études n'étaient pas trop épuisantes, semble-t-il, puisque les demoiselles étaient laissées libres de leur temps après une ou deux heures de travail chaque matin.

Education

De retour au Rectory (après une fuite précipitée de Reading à cause d'une épidémie), les deux sœurs complétèrent leur éducation grâce aux conversations familiales (les frères furent successivement étudiants à Oxford) et surtout à l'aide de la bibliothèque paternelle qui était remarquablement fournie, et à laquelle elles semblent avoir eu accès sans aucune restriction. Jane lut beaucoup . Fielding et Richardson, Smollett et Sterne, les poèmes élégiaques de Cowper et le livre alors célèbre de Gilpin sur le « pittoresque » (la passion des jardins et paysages est une des sources fondamentales du roman anglais) ; quelques classiques, un peu d'histoire, des romans surtout. La famille Austen était grande dévoreuse de romans (sentimentaux ou gothiques — ce sont bientôt les années triomphales de Mrs. Radcliffe) , les romans paraissaient par centaines, et on pouvait se les procurer aisément pour pas cher grâce aux bibliothèques circulantes de prêt qui venaient d'être inventées. On lisait souvent à haute voix après le dîner. Jane, bien entendu apprit le français (indispensable à l'époque pour un amateur de romans), un peu d'italien, chantait (sans enthousiasme), cousait, brodait, dessinait (beaucoup moins bien que Cassandra), jouait du piano et bien sûr aussi dansait ; toutes occupations indispensables à son sexe et à son rang et destinées à la préparer à son avenir, le mariage De toutes ces activités, Jane semble avoir préféré la danse (dans sa jeunesse) et la lecture (toujours). Les enfants Austen, avec l'aide de quelques cousins et voisins, avaient également une grande passion pour le théâtre et des représentations fréquentes étaient données dans la grange (en été) ou dans le salon (en hiver).

La passion d'écrire

Tout le monde, ou presque, écrivait dans la famille Austen : le père, ses sermons ; Mme Austen des vers élégiaques ; les frères des essais pour les journaux étudiants d'Oxford ; sans oublier les pièces de théâtre où tous mettaient la main. Jane Austen a commencé très tôt à écrire, encouragée sans doute par les nombreux exemples familiaux dont les productions étaient constamment et vivement discutées pendant les longues soirées d'hiver. Elle s'est très tôt orientée vers le récit, et tout particulièrement vers des parodies des romans sentimentaux alors à la mode et qui constituaient le fonds des bibliothèques de prêt, donc des lectures romanesques familiales. Les « œuvres de jeunesse » qui ont été conservées, soigneusement copiées de sa main en trois cahiers intitulés Volume I, II et III, contiennent des réussites assez étonnantes, surtout si on pense qu'elles ont été composées entre la douzième et la dix-septième année de l'auteur : ainsi le roman par lettres *Love and Friendship* (« Amour et amitié ») dont la liberté de ton aurait peut-être offusqué la reine Victoria.

Bals

Aux plaisirs du théâtre, de la lecture, de l'écriture, aux promenades et aux conversations s'ajoutèrent bientôt ceux de la danse, lors de ces bals qui étaient une part importante de la vie sociale de Steventon et des villages proches. C'était d'ailleurs l'occasion à peu près unique qu'avaient les jeunes gens de cette classe de la société de se rencontrer, et par conséquent le lieu par excellence des espérances matrimoniales (on verra le rôle essentiel du bal dans l'économie de *Northanger Abbey* ou d'*Orgueil et Préjugés*, par exemple).

Comment était-elle ?

On n'a pas conservé de portrait de Jane Austen à cette époque (pas plus qu'à une autre, puisqu'on n'a qu'un dessin d'elle, dû à Cassandra) et les descriptions sont plutôt rares. Il faut pratiquement se contenter d'une seule phrase (d'un ami de la famille, sir Egerton Brydges) : « Elle était assez belle, petite et élégante, avec des joues peut-être un peu trop pleines. » C'est peu.

Les lettres à Cassandra

La source la plus importante de renseignements sur Jane Austen est le recueil des lettres écrites par elle à sa sœur Cassandra, qui fut sans aucun doute la personne la plus proche d'elle pendant toute sa vie. Bien entendu, elles ne nous renseignent que sur les périodes où les deux sœurs se trouvaient séparées, ce qui ne se produisit pas si souvent ni très longtemps. En outre, au grand désespoir des biographes, Cassandra, qui lui survécut, a soigneusement et sans hésitation expurgé les lettres qu'elle n'a pas détruites de tout ce qui pourrait nous éclairer sur la vie privée et sentimentale de sa sœur. La perte pour nous est grande, pour notre curiosité, mais la réticence est trop évidemment en accord avec la philosophie générale de l'existence de la romancière pour que nous puissions sans mauvaise foi en faire reproche à miss Austen (Cassandra). Les lettres conservées sont une mine d'observations vives, drôles et méchantes sur le monde et les gens qui l'entourent. Et leur acidité n'y est pas, comme dans la prose narrative, adoucie par la généralisation. Un exemple : « Mrs. Hall, de Sherbourne, a mis au monde hier prématurément un enfant mort-né, à la suite, dit-on, d'une grande frayeur. Je suppose qu'elle a dû, sans le faire exprès, regarder brusquement son mari. »

Le temps passe

Cependant les enfants Austen grandissent et la famille commence à se disperser. Les garçons s'installent, les plus jeunes entrent dans la Navy (c'est l'époque, grave pour l'Angleterre, des guerres de la Révolution française et des ambitions napoléoniennes : en 1796 le bateau de Charles Austen, la *Licorne,* capturera deux navires français). Mais Cassandra et Jane auront, elles, ce triste et fréquent destin du XIXe siècle anglais : elles resteront vieilles filles. Cassandra à cause de la mort prématurée à Saint-Domingue de son fiancé, Thomas Fowle ; quant à Jane, sa vie sentimentale nous reste à jamais impénétrable.

Les premiers romans (1795-1800)

En 1795, Jane Austen commence un roman par lettres intitulé *Elinor et Marianne*, première version de ce qui allait plus tard devenir *Sense and Sensibility* (« Raison et sentiments »). Aussitôt terminé et lu à haute voix devant le cercle familial, il est suivi d'un second, dont le titre est alors *First Impressions* (« Premières impressions »), qui deviendra, lui, *Pride and Prejudice* (« Orgueil et Préjugés »). Enfin, en 1798, elle écrit *Susan* qui sera *Northanger Abbey.* Ces trois romans, sous leur forme initiale, ont donc été écrits entre sa vingtième et sa vingt-cinquième année. Cette première grande période créatrice, brusquement interrompue en 1800 (elle sera suivie de dix ans de presque silence), donne, malgré les révisions importantes que les trois romans subiront ultérieurement, tout son éclat d'enthousiasme de jeunesse et peut-être de bonheur à la prose telle que nous pouvons la lire aujourd'hui. Ces premiers essais très sérieux de Jane Austen ne semblent pas être sortis du cercle familial, mais on sait qu'en 1797 George Austen tenta sans succès d'intéresser un éditeur au manuscrit de *First Impressions*.

Bath

En 1800, Mr. Austen (qui a alors presque soixante-dix ans) décide brusquement de se retirer et d'abandonner Steventon pour la vie urbaine et élégante de Bath. Cette trahison soudaine du pastoral Hampshire n'eut guère la faveur de Jane et la légende veut qu'en apprenant la nouvelle, le 30 novembre 1800, au retour d'une promenade matinale, elle se soit évanouie. Et, comme l'héroïne de *Persuasion*, Anne Elliott, elle « persista avec détermination, quoique silencieusement, dans son aversion pour Bath ». Aujourd'hui, pour l'amateur fanatique des romans de Jane Austen, pour celui qui appartient à la famille des « janeites » inconditionnels, un pèlerinage à Bath, qui joue un rôle si important dans tant de pages de ses récits, est une visite aussi heureuse qu'obligée ; mais il ne doit pas perdre de vue que son héroïne n'aima jamais vraiment y vivre. En 1803, probablement sur l'intervention d'Henry, le manuscrit de *Susan* (le futur *Northanger Abbey*) fut vendu pour la somme de dix livres sterling à un éditeur du nom de Crosby qui d'ailleurs s'empressa de l'oublier. C'est peut-être sous l'impulsion de cette espérance momentanée que Jane entreprit un nouveau roman, *The Watsons*, son seul effort sans doute des années de Bath, mais abandonné hélas en 1805, après quelques chapitres. Ce que nous ne pouvons que regretter.

La mort du père

Le 21 janvier 1805, la mort de Mr. Austen vint plonger brusquement les femmes de la famille dans une situation matérielle qui, sans être jamais véritablement difficile, se révéla néanmoins à peine suffisante pour leur permettre de maintenir leur mode de vie « décent » habituel. Mme Austen, Jane et Cassandra se trouvèrent en outre en partie sous la dépendance financière des frères Austen, c'est-à-dire à la fois de leur générosité variable et de leur fortune fluctuante ; situation qui, pour n'être pas rare à l'époque, n'en est pas moins inconfortable. Toute idée de mariage abandonnée par les deux sœurs, en même temps que les distractions frivoles mais délicieuses de leur jeunesse, elles se résignèrent à la vie plutôt terne des demoiselles célibataires, avec les obligations de visites, de charité et de piété, les distractions de la lecture et des commentaires sur le monde ; s'occupant tour à tour des innombrables enfants Austen, neveux et nièces, les éduquant, les distrayant, les conseillant ou les réprimandant selon les âges, les humeurs ou les circonstances. C'est de cette époque que date l'image, pieusement conservée dans la mémoire familiale, de *dear aunt Jane*, la « chère tante Jeanne » de la légende austenienne, qui exaspérait si fort Henry James.

Chawton

Cependant, en 1808, les trois femmes quittent Bath (sans regret au moins en ce qui concerne Jane) et, après des séjours à Clifton puis à Southampton, s'installent, pour ce qui devait être les dernières années de la vie de Jane Austen, dans un petit cottage du village de Chawton, proche d'Alton, sur la route de Salisbury à Winchester. C'est là que l'essentiel de l'œuvre telle que nous la connaissons a été écrit.

Les premiers succès

En 1809, Jane Austen tente vainement de ressusciter l'intérêt de l'éditeur Crosby pour le manuscrit autrefois acheté par lui de *Susan.* Crosby se borne à en proposer le rachat ; ce qui est fait (la transaction se déroule par un intermédiaire discret, car Jane tient à conserver l'anonymat). Cependant en 1811 *Sense and Sensibility*, forme définitive de l'*Elinor and Marianne* de 1795, est accepté par un éditeur londonien, Thomas Egerton. Elle corrige les épreuves en avril à Londres, au 64 de Sloane Street, lors d'une visite dans la famille de son frère préféré Henry. Le livre paraît en novembre et est vendu 15 shillings. Ce fut un succès d'estime. La première édition, un peu moins de mille exemplaires, fut épuisée en vingt mois et Jane reçut 140 livres, somme inespérée et bienvenue pour quelqu'un qui devait se contenter d'un budget très modeste et n'avait pratiquement aucun argent à elle pour son habillement et ses dépenses personnelles. *Sense and Sensibility* parut anonymement et, dans la famille même, seule Cassandra paraît avoir été au courant. Jane entreprit alors la révision de *First Impressions* transformé en *Pride and Prejudice*, et, simultanément (?) la composition d'un nouveau roman, le premier de sa maturité, *Mansfield Park. Pride and Prejudice*, vendu 110 livres à Egerton en novembre 1812, parut, le 29 juin 1813, à 18 shillings ; le premier tirage était de 1 500 exemplaires environ. Sur la couverture on lisait : *Pride and Prejudice. A novel. In three volumes. By the author of* « *Sense and Sensibility* ». Le succès cette fois fut nettement plus grand. La première édition fut épuisée en juillet, une deuxième sortit en novembre en même temps qu'une deuxième édition de *Sense and Sensibility* et Jane pouvait écrire fièrement à Henry « qu'elle venait de mettre 250 livres à la banque à (son) nom et que cela (lui) en faisait désirer davantage ». Miss Annabella Milbanke, la future Mme lord Byron, écrivait pendant l'été à sa mère, en lui recommandant la lecture de *Pride and Prejudice,* que « ce n'était pas un livre à vous arracher des larmes ; mais l'intérêt en est cependant très vif, particulièrement à cause de Mr. Darcy ». Un an plus tard, c'est *Mansfield Park* et de nouveau 1 500 exemplaires vendus en six mois.

Emma

Pour son cinquième roman (et le deuxième entièrement écrit à Chawton), *Emma* (premier tirage de 2 000 exemplaires), respectueusement dédié au prince régent, Jane, sans doute désireuse d'améliorer encore les revenus inespérés que lui procurait maintenant la littérature (et peut-être aussi dans l'espoir de venir en aide de manière plus efficace à son frère Henry dont les affaires n'étaient guère brillantes), changea d'éditeur et s'adressa à un Mr. Murray (« c'est un bandit mais si poli », écrit-elle) ; mais comme c'est Henry qui se chargea des négociations, il ne semble pas qu'elle y ait gagné beaucoup. Pour *Emma*, qui reçut encore une fois du public un excellent accueil, Jane Austen eut sa première critique un peu sérieuse (elle devait attendre bien longtemps une étude critique digne d'elle) due à rien de moins que la plume auguste de sir Walter Scott (qui restera jusqu'à sa mort son admirateur fervent). Elle en fut extrêmement flattée, regrettant seulement que dans son rapide examen de ses premiers romans il n'ait pas mentionné *Mansfield Park.* Cependant l'anonymat de Jane n'avait pas résisté au succès de *Pride and Prejudice* ni à l'innocente vanité fraternelle d'Henry ; mais Jane, qui détestait les rapports mondains, eut vite fait de décourager les curiosités des snobs et ne modifia en rien son mode de vie antérieur. Le prince régent fut très content de la dédicace de cet auteur brusquement si favorablement commenté dans les salons et, par l'intermédiaire de son chapelain privé, le révérend Clarke, fit sonder l'auteur d'*Emma* sur la possibilité de la voir entreprendre la composition d'un roman historique, exaltant l'auguste maison de Coburg, dont le dernier héritier, le prince Léopold, était fiancé à la princesse Charlotte, fille du régent. La réplique de Jane est célèbre : « Je n'envisage pas plus d'écrire un roman historique qu'un poème épique. Je ne saurais sérieusement entreprendre une telle tâche, sauf peut-être au péril de ma vie ; et si par hasard je pouvais m'y résoudre sans me moquer de moi-même et du monde, je mériterais d'être pendue avant la fin du premier chapitre. »

Fin de vie

Le dernier roman de Jane, *Persuasion*, fut commencé le 8 août 1815, parallèlement à la révision de *Susan*, qui devint *Northanger Abbey.* Elle ne devait pas les voir publiés de son vivant ; avant même l'achèvement de *Persuasion*, elle était déjà sérieusement malade, probablement, si l'on se fie au diagnostic récent de Zachary Cope dans le *British Medical Journal* du 18 juillet 1964, de la maladie d'Addison, alors non identifiée. Au début de 1817, pour être plus près de son médecin, le docteur Lyford, elle vint s'installer à Winchester, dans une maison de College Street, proche de la cathédrale. Et c'est là qu'elle mourut, laissant inachevé un dernier roman, *Sanditon*, regret éternel des « janeites », début peut-être irrémédiablement arrêté d'une « nouvelle manière » ; on était le 18 juillet 1817, et Jane Austen avait quarante et un ans. Elle est enterrée dans la cathédrale de Winchester et l'inscription funéraire gravée par la famille sur une dalle souligne les qualités estimables de son caractère mais ne fait pas la moindre allusion à sa prose.

Jacques ROUBAUD
1978

NOTE BIBLIOGRAPHIQUE

L'édition des œuvres de Jane Austen qui fait autorité est celle qu'a donnée R.W. Chapman à l'« Oxford University Press » ; elle comprend :

Vol. I : *Sense and Sensibility*
Vol. II : *Pride and Prejudice*
Vol. III : *Mansfield Park*
Vol. IV : *Emma*
Vol. V : *Northanger Abbey* et *Persuasion*
Vol. VI : *Œuvres mineures.*

R.W. Chapman a également publié, chez le même éditeur, les *Lettres* de Jane Austen.

Une édition de poche courante des romans et de certaines autres œuvres *(Sanditon, The Watsons* et *Lady Susann)* existe en « Penguin ».

L'étude classique sur Jane Austen est celle de Mary Lascelles, *Jane Austen and her Art.* Elle date de 1939, mais a été rééditée récemment par Oxford University Press.

Pour une biographie illustrée de Jane, voir par exemple, Marghanita Laski : *Jane Austen and her World*, Thames and Hudson.

J.R

à *la suggestion d'un amateur*
de gelée d'azeroles et pour
le plaisir d'une autre Jane

Cet ouvrage a été réalisé par

FIRMIN DIDOT
GROUPE CPI
Mesnil-sur-l'Estrée

pour le compte des Éditions 10/18
en septembre 2003

Imprimé en France
Dépôt légal : juin 1982
N° d'édition : 1356 - N° d'impression : 65437
Nouveau tirage : octobre 2003

Ville de